DUMONT

Zwei Frauen lernen sich auf einer Party kennen. Die zurückhaltende Delphine, die sich mit fremden Menschen meist schwer tut, ist sofort fasziniert von der klugen und eleganten L, die als Ghostwriter arbeitet. Aus gelegentlichen Treffen werden regelmäßige, man erzählt einander das eigene Leben. Und natürlich spricht man über Bücher und Filme, die man liebt und bewundert. Delphine ist glücklich über die Gemeinsamkeiten und fühlt sich verstanden wie schon lange nicht mehr. Ganz entgegen ihrer Gewohnheit gibt sie die Idee für ihr nächstes Buch preis. L. ist enttäuscht: Wie nur könne Delphine ihre Zeit auf eine erfundene Geschichte verschwenden? Eine Autorin ihres Formats müsse sich der Wahrheit verschreiben. Delphine ist entsetzt. L.s leidenschaftlich vorgetragene Forderung löst eine tiefe Verunsicherung in ihr aus. Bald kann sie weder Papier noch Stift in die Hand nehmen. L. scheint völlig unglücklich über das zu sein, was sie in der Freundin ausgelöst hat. Selbstlos übernimmt sie die Beantwortung von E-Mails, die Absagen von Lesungen und Interviews, das Vertrösten des Verlags, der auf einen neuen Roman wartet. Und all das in Delphines Namen. Keiner weiß davon, keiner kennt L., und so ist Delphine allein, als sie feststellt, dass L. ihr immer ähnlicher wird …

Delphine de Vigan, geboren 1966, erreichte ihren endgültigen Durchbruch als Schriftstellerin mit dem Roman ›No & ich‹ (2007). Sie zählt zu den wichtigsten französischen Autoren der Gegenwart. Ihr Roman ›Nach einer wahren Geschichte‹ (DuMont 2016) stand wochenlang auf der Bestsellerliste in Frankreich, wurde 2015 mit dem Prix Renaudot ausgezeichnet und von Roman Polanski verfilmt. Zuletzt erschien ihr Debütroman ›Tage ohne Hunger‹ erstmals auf Deutsch. Die Autorin lebt mit ihren Kindern in Paris.

DELPHINE
DE
VIGAN

NACH EINER WAHREN GESCHICHTE

Roman

Aus dem Französischen
von Doris Heinemann

DUMONT

Von Delphine de Vigan ist bei DuMont außerdem erschienen:

Tage ohne Hunger

Zitatnachweise

Stephen King ›Sie‹

Übersetzung: Joachim Körber

Stephen King, ›Stark. The Dark Half‹

Übersetzung: Christel Wiemken

FSC www.fsc.org
MIX
Papier aus verantwortungsvollen Quellen
FSC® C083411

August 2017
DuMont Buchverlag, Köln

Die französische Originalausgabe erschien 2015 unter dem Titel ›D'après une histoire vraie‹ bei Éditions JC Lattès, Paris

Übersetzung: Doris Heinemann
Umschlaggestaltung: Lübbeke Naumann Thoben, Köln
Umschlagmotiv: © plainpicture/neuebildanstalt/Wilken
Satz: Fagott, Ffm
Gesetzt aus der Minion
Druck und Verarbeitung: CPI books GmbH, Leck
Gedruckt auf säurefreiem und chlorfrei gebleichtem Papier
Printed in Germany
ISBN 978-3-8321-6425-6

www.dumont-buchverlag.de

Einige Monate nach dem Erscheinen meines jüngsten Romans hörte ich auf zu schreiben. Fast drei Jahre lang schrieb ich keine Zeile. Solche Redewendungen sind manchmal wörtlich zu nehmen: Ich schrieb kein einziges Behördenschreiben, keinen Dankesbrief, keine Ansichtskarte, keinen Einkaufszettel. Nichts, was irgendein Formbemühen oder Formulieren verlangt hätte. Keine Zeile, kein Wort. Beim Anblick eines Blocks, eines Hefts oder einer Briefkarte wurde mir übel.

Mit der Zeit wurde die Bewegung an sich selten, zögernd und konnte nicht mehr ohne Beklemmungen ausgeführt werden. Schon das einfache Halten eines Stifts fiel mir immer schwerer.

Später ergriff mich Panik, sobald ich ein Word-Dokument öffnete.

Ich suchte nach der richtigen Haltung, der optimalen Ausrichtung des Bildschirms, ich dehnte meine Beine unter dem Tisch. Und dann saß ich stundenlang da, regungslos, den Blick auf den Bildschirm gerichtet.

Noch später begannen meine Hände zu zittern, sobald ich sie einer Tastatur näherte.

Ich lehnte ohne Unterschied alle an mich gerichteten Angebote ab: Artikel, Sommererzählungen, Vorworte und sonstige Beteiligungen an Gemeinschaftswerken. Ich brauchte nur das schlichte Wort *schreiben* in einem Brief oder einer Nachricht zu sehen, und schon verkrampfte sich mein Magen.

Schreiben, das konnte ich nicht mehr.

Schreiben, o nein.

Ich weiß heute, dass in meiner Umgebung verschiedene Gerüchte über mich kursierten, sowohl in den literarischen Zirkeln als auch in den sozialen Netzwerken. Ich weiß, es hieß, ich schriebe nicht mehr, ich sei am Ende von etwas angelangt, solche Stroh- beziehungsweise Papierfeuer würden letztlich immer verlöschen. Der Mann, den ich liebe, bildete sich ein, ich hätte durch den Kontakt mit ihm meinen Schwung oder auch die kreative innere Verwerfung verloren und deshalb würde ich ihn bald verlassen.

Wenn mich Freunde, Verwandte und manchmal sogar Journalisten nach diesem Schweigen zu fragen wagten, nannte ich verschiedene Gründe und Hemmnisse, darunter Müdigkeit, Reisen ins Ausland, den mit dem Erfolg verbundenen Druck oder sogar das Ende eines literarischen Zyklus. Ich schützte Zeitmangel, Verzettelung, zu viel Unruhe vor und zog mich mit einem Lächeln aus der Affäre, das niemanden täuschen konnte.

Heute weiß ich, das alles war nur Vorwand. Das alles war nichts.

Es ist sicher vorgekommen, dass ich Nahestehenden gegenüber die Angst erwähnte. Ich erinnere mich nicht, von Schrecken gesprochen zu haben, dabei ging es um *Schrecken*. Jetzt kann ich es zugeben: Das Schreiben, das mich seit so langer Zeit beschäftigte, das mein Leben so grundlegend verändert hatte und mir so kostbar war, versetzte mich in Schrecken.

Die Wahrheit ist, dass ich in dem Augenblick, wo ich mit dem Schreiben hätte anfangen müssen, und zwar gemäß einem Zyklus, in dem sich Latenz-, Inkubations- und Phasen des eigentlichen Schreibens abwechseln – einem quasi chronobiologischen Zyklus, in dem ich seit mehr als zehn Jahren lebte –, in dem Augenblick also, wo ich das Buch, für das ich bereits eine gewisse Anzahl Notizen gemacht und eine umfangreiche Dokumentation zusammengestellt hatte, L. begegnete.

Heute weiß ich, dass einzig und allein L. der Grund für meine Schreibunfähigkeit war. Und dass mich die beiden Jahre, in denen wir in Beziehung standen, fast endgültig zum Schweigen gebracht hätten.

1 Verführung

– als wäre er eine Person in einem Buch
oder einem Theaterstück,
eine Person, deren Erinnerung nicht wie
Geschichte wiedergegeben,
sondern wie Literatur erfunden wurde.

Stephen King, *SIE »Misery«*

Ich möchte erzählen, wie und unter welchen Umständen L. in mein Leben trat, ich möchte den Kontext genau beschreiben, der es L. ermöglichte, in meine Privatsphäre einzudringen und sie mit Geduld zu annektieren. Das ist nicht so einfach. Und jetzt, wo ich diesen Satz hinschreibe, *wie L. in mein Leben trat*, ermesse ich, was diese Formulierung an Pompösem, leicht Übertriebenem an sich hat, wie sie eine Dramaturgie hervorhebt, die noch gar nicht existiert, wie sie eine Wendung oder Überraschung ankündigen zu wollen scheint. Ja, L. *trat in mein Leben* und löste darin langsam, sicher und heimtückisch eine tiefgreifende Erschütterung aus. L. trat in mein Leben wie mitten in der Vorstellung auf eine Bühne, als hätte ein Regisseur dafür gesorgt, dass sich ringsum alles zurücknimmt, um ihr Platz zu lassen, als wäre L.s Auftritt arrangiert worden, um seine Bedeutung zu unterstreichen, damit in genau diesem Augenblick der Zuschauer und die anderen Personen auf der Bühne (in diesem Fall ich) nur auf sie sehen, damit ringsum alles andere erstarrt und ihre Stimme bis zum Ende des Saals trägt, kurzum, damit sie Eindruck macht.

Aber ich greife vor.

Ich lernte L. Ende März kennen. Im September darauf bewegte sich L. in meinem Leben wie eine langjährige Freundin, wie auf vertrautem Terrain. Im September darauf hatten wir bereits unsere *private jokes*, eine gemeinsame Sprache aus Anspielungen und Doppelbödigkeiten, wir konnten uns mit Blicken verständigen. Unser Einverständnis wurde von vertraulichen Mitteilungen genährt, aber auch von Ungesagtem und schweigenden Kommentaren. Aus der Distanz und angesichts der Gewalt, die später unsere Beziehung bestimmte, könnte ich versucht sein zu sagen, L. sei in mein Leben eingebrochen, und zwar mit dem einzigen Ziel, mein Territorium zu annektieren, aber das würde nicht stimmen.

L. trat sanft und mit unendlichem Takt in mein Leben, und ich erlebte mit ihr Augenblicke erstaunlicher Verschworenheit.

Am Nachmittag vor unserer ersten Begegnung wurde ich zu einer Signierstunde auf der Pariser Buchmesse erwartet. Dort traf ich mich mit meinem Freund Olivier, der Gast bei einer Direktübertragung vom Radio-France-Stand war. Ich mischte mich unters Publikum, um ihm zuzuhören. Danach setzten wir uns mit Rose, seiner ältesten Tochter, in einer Ecke auf den abgenutzten Teppichboden der Messehalle und teilten uns ein Sandwich. Meine Signierstunde war für 14 Uhr 30 angekündigt, wir hatten also nicht viel Zeit. Olivier sagte mir ziemlich bald, ich sähe erschöpft aus, ja wirklich, besorgt fragte er, wie ich mit *alldem* zurechtkäme, womit er sowohl die Tatsache meinte, dass ich ein so persönliches, so intimes Buch geschrieben hatte, als auch das enorme Echo, das dieses Buch gefunden hatte, ein Echo, mit dem ich, wie er wusste, keine Sekunde lang gerechnet hatte und auf das ich also auch nicht vorbereitet gewesen war.

Später bot mir Olivier an, mich zu begleiten, und wir machten uns auf den Weg zum Stand meines Verlags. Wir kamen an einer dicht gedrängten Warteschlange vorbei, und ich fragte mich, vor welchem Autor sie wohl endete, ich weiß noch, dass ich den Blick hob und nach dem Plakat suchte, auf dem der Name stehen würde, und dann flüsterte mir Olivier ins Ohr: Ich glaube, die sind deinetwegen hier. Tatsächlich zog sich die Schlange immer länger hin, machte dann einen Knick und endete vor dem Stand, an dem ich erwartet wurde.

Zu anderen Zeiten und noch wenige Monate zuvor hätte mich

das mit Freude und wahrscheinlich auch Eitelkeit erfüllt. Ich hatte auf verschiedenen Messen stundenlang brav hinter meinem Stapel Bücher gehockt und vergeblich auf Leser gewartet, ich kannte diese Ratlosigkeit, diese etwas peinliche Einsamkeit. Jetzt überkam mich ein ganz anderes Gefühl, eine Art Betäubung, und mir schoss der Gedanke durch den Kopf, dass dies zu viel sei, zu viel für einen einzigen Menschen, zu viel für mich. Olivier sagte, er werde mich nun allein lassen.

Mein Buch war Ende August erschienen, und seit einigen Monaten fuhr ich von Stadt zu Stadt, von Begegnungen zu Signierstunden, von Lesungen zu Diskussionen in Buchhandlungen, Bibliotheken und Mediatheken, wo mich von Mal zu Mal mehr Leser erwarteten.

Manchmal überwältigte es mich, dieses Gefühl, ins Schwarze getroffen zu haben, Tausende von Lesern mitgezogen, ins Schlepptau genommen zu haben, dieses wahrscheinlich trügerische Gefühl, verstanden worden zu sein.

Ich hatte ein Buch geschrieben, dessen Tragweite ich mir nicht hatte vorstellen können.

Ich hatte ein Buch geschrieben, dessen Wirkung sich in meiner Familie und in meiner Umgebung in mehreren Wellen ausbreiten würde, ein Buch, dessen Kollateralschäden ich nicht vorhergesehen hatte, das mir schon bald meine echten, aber auch die falschen Freunde zeigen würde und dessen Spätfolgen noch lange anhalten sollten.

Ich hatte mir die Vervielfältigung des Gegenstands und deren Folgen nicht vorgestellt, das hundert-, dann tausendfach reproduzierte Bild meiner Mutter, dieses Foto auf dem Buchumschlag, das beträchtlich zur Verbreitung des Textes beigetragen hatte, dieses Foto, das sich sehr bald von ihr getrennt hatte und auf dem nicht mehr meine Mutter war, sondern die verschwommene, diffuse Romanfigur.

Ich hatte mir die bewegten, tief beeindruckten Leser nicht vorgestellt, auch nicht, dass einige vor meinen Augen weinen würden und wie schwer es mir fallen würde, nicht mit ihnen zu weinen.

Es hatte dieses allererste Mal gegeben, in Lille, wo mir eine zarte und von mehreren Klinikaufenthalten sichtlich geschwächte junge Frau erklärt hatte, der Roman habe in ihr die verrückte, die unsinnige Hoffnung geweckt, ihre Kinder könnten sie, vielleicht, trotz allem, was geschehen und nicht wiedergutzumachen sei, trotz allem, was sie ihnen *angetan* habe, lieben …

Und ein anderes Mal in Paris, an einem Sonntagmorgen, als ein völlig kaputter Mann von der psychischen Störung sprach, vom Blick der anderen auf ihn, auf sie, die den anderen so viel Angst einjagten, dass sie alle in denselben Sack gesteckt wurden, Bipolare, Schizophrene, Depressive, je nach der aktuellen Tendenz und den Zeitschriftentitelseiten etikettiert wie folienverpackte Hähnchen, und Lucile, meine unberührbare Heldin, habe sie alle rehabilitiert.

Und noch andere, in Straßburg, Nantes oder Montpellier, Menschen, die ich manchmal am liebsten in die Arme geschlossen hätte.

Nach und nach baute ich mir mehr schlecht als recht eine unsichtbare Schutzwand auf, eine Sperrzone, die es mir ermöglichte weiterzumachen, da zu sein, die richtige Distanz zu halten, eine Bewegung des Zwerchfells, mit der ich die Luft auf der Höhe des Brustbeins blockierte, sodass ein winziges Kissen entstand, ein unsichtbarer Airbag, dessen Luft ich, sobald die Gefahr vorüber war, nach und nach durch den Mund ausatmete. So konnte ich zuhören, sprechen und das Netz verstehen, das sich um dieses Buch entspann, dieses Hin und Her zwischen Leser und Text, wobei das

Buch den Leser fast immer – und aus einem Grund, den ich nicht erklären kann – auf seine eigene Geschichte zurückverwies. Das Buch war eine Art Spiegel, dessen Tiefenschärfe und Umrisse mir nicht mehr gehörten.

Doch ich wusste, früher oder später würde mich das alles einholen, die Zahl, ja die Zahl der Leser, der Kommentare, der Einladungen, die Zahl der Besuche in Buchhandlungen und der Stunden im TGV, und dann würde etwas unter dem Gewicht meiner Zweifel und meiner Widersprüche nachgeben. Ich wusste, eines Tages würde ich mich nicht mehr entziehen können, dann würde ich das genaue Maß der Dinge erfassen müssen, wenn ich mich schon nicht von ihnen befreien konnte.

An jenem Samstag auf der Buchmesse hatte ich pausenlos signiert. Die Leute waren gekommen, um mit mir zu sprechen, ich suchte mühsam nach Worten, um ihnen zu danken, ihre Fragen zu beantworten, ihren Erwartungen gerecht zu werden. Ich hörte meine Stimme zittern, ich rang nach Luft. Der Airbag funktionierte nicht mehr, ich schaffte es nicht mehr. Ich war porös geworden. Verwundbar.

Gegen 18 Uhr war die Schlange mit Hilfe eines elastischen Bands zwischen zwei Ständern geschlossen worden, damit die Neuankömmlinge sich nicht mehr anstellten, sondern ihrer Wege gingen. Wenige Meter entfernt von mir hörte ich die Stand-Verantwortlichen erklären, dass ich jetzt aufhören würde: *Sie muss weg, sie hört auf, es tut uns leid, sie geht jetzt.*

Nachdem ich die Bücher derjenigen, die zu den Letzten der Schlange bestimmt worden waren, signiert hatte, blieb ich noch einige Minuten, um mit meiner Lektorin und dem Vertriebsleiter zu sprechen. Ich dachte an den Weg, den ich noch zum Bahnhof hatte, ich fühlte mich erschöpft, ich hätte mich auf dem Teppichboden ausstrecken und da liegen bleiben mögen. Wir unterhielten uns am Stand, ich mit dem Rücken zu dem Tischchen, an dem ich wenige Minuten zuvor gesessen hatte. Eine Frau trat von hinten an uns heran und fragte mich, ob ich ihr Buch signieren könne. Ich hörte mich Nein sagen, einfach so, ohne zu zögern. Ich glaube, ich erklärte ihr, wenn ich ihr Buch signieren würde, würden sich auch andere Leute anstellen, um eine Widmung von mir zu bekommen, und dann würde sich zwangsläufig wieder eine Schlange bilden.

Ich sah an ihrem Blick, dass sie es nicht verstand, nicht verstehen konnte, in unserer Nähe war niemand mehr, die Zuspätgekommenen hatten sich zerstreut, alles wirkte ruhig und friedlich, ich sah in ihren Augen, dass sie dachte, für wen hält sie sich eigentlich, diese blöde Kuh, was macht das schon, ein oder zwei Bücher mehr, denn deshalb sind Sie doch hier, um Ihre Bücher zu verkaufen und zu signieren, da werden Sie sich jetzt doch nicht auch noch beklagen …

Ich konnte ihr nicht sagen: Madame, es tut mir leid, ich schaffe es nicht mehr, ich bin müde, ich bin nicht aus dem richtigen Holz geschnitzt, ich habe nicht das Format, so ist es eben, ich weiß, andere können stundenlang ohne Essen und Trinken durchhalten, bis alle durch sind, alle bekommen haben, was sie wollen, echte Arbeitstiere, regelrechte Athleten, aber ich, nein, heute nicht, ich kann meinen Namen nicht mehr schreiben, mein Name ist Hochstapelei, ein Schwindel, glauben Sie mir, mein Name in diesem Buch ist nicht mehr wert als ein zufällig auf dem Vorsatzblatt gelandeter Taubenschiss.

Ich konnte ihr nicht sagen: Madame, wenn ich Ihr Buch signiere, dann breche ich entzwei, denn genau das wird passieren, ich warne Sie, treten Sie zurück, halten Sie Abstand, der dünne Faden, der die beiden Hälften meiner Person zusammenhält, wird reißen, und dann fange ich an zu weinen oder vielleicht sogar zu schreien, was für uns alle sehr peinlich wäre.

Ich verließ die Messe und ignorierte zunächst die Reue, die mich zu überfallen begann.

Ich nahm die Metro an der Station Porte de Versailles, der Zug war brechend voll, trotzdem fand ich einen Sitzplatz. Das Gesicht an die Scheibe gepresst, begann ich die Szene durchzuspielen, sie kam ein erstes Mal in mir hoch und dann noch einmal. Ich hatte dieser Frau meine Signatur verweigert, obwohl ich da war und mit den Leuten redete, ich konnte es nicht fassen. Ich fühlte mich schuldig und lächerlich, ich schämte mich.

Ich beschreibe diese Szene heute mit allem, was sie an Müdigkeit und Überforderung enthielt, denn ich bin mir fast sicher: Wenn sie nicht stattgefunden hätte, wäre ich L. nicht begegnet.

L. hätte in mir nicht diesen so instabilen, so lockeren, so mürben Boden vorgefunden.

Als Kind weinte ich an meinem Geburtstag. In dem Augenblick, in dem alle Anwesenden das traditionelle Lied anstimmten, dessen Text in allen mir bekannten Familien ziemlich gleich lautet, und in dem der von Kerzen gekrönte Kuchen auf mich zukam, brach ich in Schluchzen aus.

Diese auf mich konzentrierte Aufmerksamkeit, diese glänzenden Augen, die alle mich ansahen, diese allgemeine Rührung waren mir unerträglich.

Es hatte nichts mit dem echten Vergnügen zu tun, das ich ansonsten darüber empfand, dass mir zu Ehren ein Fest gegeben wurde, es beeinträchtigte meine Freude an den Geschenken in keiner Weise, aber in genau diesem Augenblick gab es eine Art Larsen-Effekt, als könnte ich als Antwort auf diesen meinetwegen veranstalteten kollektiven Lärm nicht anders, als einen anderen, grelleren Ton, eine unhörbare und tragische Frequenz zu produzieren. Ich weiß nicht, bis zu welchem Alter sich dieses Szenario wiederholte (Ungeduld, Spannung, Freude und dann ich, die ich plötzlich Rotz und Wasser heulend vor den anderen stand), doch ich habe noch eine genaue Erinnerung an das Gefühl, das mich dann überwältigte, *unsere allerbesten Wünsche, mögen dir diese Lichter Glück bringen*, und an den Wunsch, auf der Stelle zu verschwinden. Einmal, ich muss wohl acht geworden sein, lief ich weg.

Ich weiß noch, dass meine Mutter in der Zeit, in der man die Geburtstage in der Schule (und im Kindergarten) feierte, der Lehrerin einen Brief schrieb und sie bat, meinen Geburtstag stillschweigend zu übergehen. Bevor sie diesen Brief in den Umschlag steckte, las sie ihn mir vor, damit ich Bescheid wusste, sie nannte mich darin *émotive*, ich wusste damals noch nicht, dass es »leicht erregbar« oder »sensibel« bedeutete. Ich wagte sie nicht danach zu fragen, mir war bewusst, dass schon ein Brief an die Lehrerin eine Ausnahme war, eine besondere Mühe, zumal man sie darin um etwas nicht weniger Ungewöhnliches bat, nämlich ein Sonderrecht, also eine Vorzugsbehandlung. Ich glaubte ehrlich gesagt, *émotive* habe etwas mit der Größe des Vokabulars eines Menschen zu tun: Ich, das kleine Mädchen, war *é-mot-ive*, es fehlte mir also an *mots*, an Wörtern, was anscheinend erklärte, warum ich nicht imstande war, meinen Geburtstag in der Gruppe zu feiern. Es schien mir also, man müsse sich mit Wörtern wappnen, um in der Gesellschaft leben zu können, man müsse beständig neue sammeln, Abwechslung in sie hineinbringen und ihre feinsten Nuancen erfassen. Das so erarbeitete Vokabular würde dann nach und nach einen dicken, festverwebten Harnisch schaffen, der es einem ermöglichte, sich voller Selbstvertrauen und behände durch die Welt zu bewegen. Aber mir waren noch so viele Wörter unbekannt.

Als wir später am Anfang des Schuljahrs den Fragebogen ausfüllen mussten, schummelte ich weiterhin mit meinem Geburtstag und verlegte ihn vorsichtshalber um mehrere Monate mitten in die Sommerferien.

Es kam auch mehrmals (und bis in ein fortgeschrittenes Alter) vor, dass ich in der Schulmensa oder bei Freunden die Bohne, die ich erschrocken in meinem Stück des Dreikönigskuchens entdeckt hatte, verschluckte oder sonst wie verschwinden ließ. Es war mir schlicht unmöglich, meinen Sieg zu verkünden, mehrere Sekunden oder sogar Minuten lang der Gegenstand einer wie auch immer gearteten allgemeinen Aufmerksamkeit zu sein. Ganz zu schweigen von den Tombolalosen, die ich hastig zerknüllte oder zerriss, wenn es an der Zeit war, sich zu melden, um den Gewinn zu bekommen. Als ich in der fünften Klasse war, ging ich sogar so weit, bei der Schuljahrsabschlussfeier auf einen Hundertfranc-Gutschein für die Galeries Lafayette zu verzichten. Ich erinnere mich, dass ich die Entfernung zum Podium abschätzte – man musste, ganz natürlich und locker wirkend, ohne zu stolpern, dorthin gelangen, dann die wenigen Stufen hochsteigen und sich wahrscheinlich auch noch bei der Schuldirektorin bedanken – und zu dem Schluss kam, er sei der Mühe nicht wert.

Im Mittelpunkt stehen, und sei es nur für einen Augenblick, mehrere Blicke zugleich ertragen, war eine unerträgliche Vorstellung.

Ich war als Kind und junges Mädchen sehr schüchtern, aber soweit ich mich erinnere, zeigte sich dieses Handicap vor allem gegenüber einer Gruppe (das heißt, sobald ich es mit mehr als drei oder vier Personen auf einmal zu tun hatte). Insbesondere die Schulklasse war für mich die Verkörperung eines Kollektivs, das nie aufgehört hat, mich in Panik zu versetzen. Bis zum Ende meiner Schulzeit konnte ich in den Nächten, bevor ich etwas vorlesen oder ein Referat vortragen musste, nicht schlafen, und ich decke den Mantel des Schweigens über all die Ausweichstrategien, die ich lange Zeit entwickelte, um nur ja nicht in der Öffentlichkeit das Wort ergreifen zu müssen.

Hingegen glaube ich, dass ich seit früher Kindheit eine gewisse Gewandtheit in der Gegenüberstellung, im Tête-à-Tête zeigte, und sogar eine echte Fähigkeit, dem anderen zu begegnen und eine Verbindung zu ihm aufzubauen, solange es sich um ein Individuum handelte und nicht um eine Gruppe. Wohin ich auch ging, wo ich mich auch aufhielt, immer fand ich jemanden, mit dem ich spielen, reden, lachen oder träumen konnte, auf all meinen Wegen fand ich Freundinnen und Freunde und knüpfte dauerhafte Beziehungen, als hätte ich schon sehr früh erkannt, dass hier mein affektiver Schutz zu finden war. Bis ich L. begegnete.

An jenem Samstag wollte ich, als ich von der Buchmesse kam, zum Bahnhof fahren und dann aufs Land zu dem Mann, den ich liebe, um mit ihm den Abend und den nächsten Tag zu verbringen. François war, wie an fast jedem Wochenende, schon freitagabends nach Courseilles gefahren. Im Laufe der Jahre wurde dieses Haus, das er gerade gekauft hatte, als ich ihn kennenlernte, zu seiner Zuflucht, seinem Stützpunkt, und wenn ich ihn freitagabends mit einem lauten Seufzer des Behagens und der Erleichterung über die Schwelle dieses Hauses treten sehe, dann denke ich immer an die schnurlosen Telefone und an ihren kurzen zufriedenen Triller, wenn man sie zum Nachladen auf die Basisstation stellt. Alle, die uns nahestehen, wissen, von welch fundamentaler Bedeutung dieses Haus für sein Gleichgewicht ist und dass man ihn nur selten von dort fortlockt.

François erwartete mich. Wir hatten vereinbart, dass ich ihn anrufen würde, wenn ich in den Bummelzug stieg, der an jedem Bahnhof hielt und auch irgendwo auf dem platten Land, wenige Kilometer von Courseilles entfernt.

Als die Metro in der Station Montparnasse stoppte, zögerte ich. Wahrscheinlich stand ich auf, aber ich stieg nicht aus. Ich fühlte mich zu belastet, um aufs Land zu fahren. Indisponiert. Der Zwischenfall auf der Messe hatte mit einem Schlag meine Erschöpfung, diesen Zustand der Anspannung, der Anfälligkeit offenbart, der François Sorge bereitete und den ich mir nicht eingestehen wollte. Ich setzte meinen Weg ins elfte Arrondissement fort. Ich schickte ihm eine SMS, um ihm zu sagen, dass ich nach Hause fuhr und ihn später anrufen würde.

Als ich in meinem Viertel ankam, ging ich noch kurz zum Einkaufen in den Super U. Meine Kinder verbrachten das Wochenende bei ihrem Vater, François auf dem Land, und während der Fahrt hatte sich bei mir der Plan eines ruhigen Abends klar abzuzeichnen begonnen, eines stillen, einsamen Abends, ja, genau den brauchte ich jetzt.

Ich schlenderte, einen roten Plastikkorb am Arm, durch die Gänge des Supermarkts, da hörte ich jemanden meinen Namen rufen. Hinter mir stand Nathalie, erfreut, aber nicht sonderlich überrascht. Mehrmals im Jahr treffen wir uns im Super U unseres Viertels. Dadurch sind diese Zufallsbegegnungen zu einer Art *running gag* geworden, bei dem jede nur noch ihre jeweilige Rolle zu spielen hat, wir umarmen uns lachend, das ist doch verrückt, so ein Zufall, um diese Zeit komme ich nie hierher, ich auch nicht.

Wir plauderten einige Minuten vor dem Joghurt-Kühlregal, auch Nathalie hatte nachmittags auf der Messe eine Signierstunde absolviert und außerdem ein Interview über ihren neuesten Roman, *Nous étions des êtres vivants*. Sie habe mich am Stand meines Verlags besuchen wollen, aber dann sei die Zeit knapp geworden und sie sei lieber früh nach Hause gefahren, denn abends sei sie noch zu einer Party eingeladen, übrigens sei sie hier, um eine Flasche Champagner zu kaufen. Wie ich keine drei Sekunden später einwilligen konnte, sie zu dieser Party zu begleiten, obwohl ich mich doch gerade noch auf einen einsamen Abend gefreut hatte, weiß ich nicht.

Bevor ich vor einigen Jahren François kennenlernte, verbrachte ich eine Reihe von Abenden mit Nathalie und einer anderen Freundin, Judith. Wir waren alle drei mehr oder weniger alleinlebend und wollten Spaß haben. Wir nannten diese Abende die *JDN* (Judith, Delphine, Nathalie). Die *JDN* bestanden darin, dass sich jeweils eine von uns mit den beiden anderen zu den unterschiedlichsten Festen (Geburtstag, Wohnungseinweihung, Silvester) einlud, das heißt uns an die absonderlichsten Orte einschleuste, ohne dass auch nur eine von uns eingeladen gewesen wäre. So konnten wir uns in die Einweihung von Vereinslokalen, auf Tanzabende, Abschiedsumtrünke in Unternehmen und sogar eine Hochzeit schleichen, auf der keine von uns das Brautpaar kannte.

Obwohl ich Partys mag, weiche ich fast immer den Veranstaltungen aus, die man *dîners en ville* nennt (ich meine damit nicht Abendessen unter Freunden, sondern Abendessen, deren offizieller Charakter mehr oder weniger feststeht). Diese Abneigung hängt damit zusammen, dass ich unfähig bin, mich an die entsprechenden Codes anzupassen. Alles ist dann, als käme meine Schüchternheit mit einem Schlag wieder hoch, ich bin wieder das errötende Kind oder junge Mädchen von früher, das sich nicht ungezwungen und souverän an der Unterhaltung beteiligen kann und das schreckliche Gefühl hat, nicht auf demselben Niveau zu sein, nicht am rechten Platz – meistens verliere ich bei mehr als vier Tischgenossen ohnehin die Sprache.

Im Laufe der Zeit begriff ich schließlich – oder es ist das Alibi, das es für mich akzeptabel macht –, dass mich die Beziehung zum anderen erst ab einem gewissen Grad der Intimität interessiert.

Die *JDN* wurden seltener und hörten dann ganz auf, ich weiß nicht mehr warum. Vielleicht einfach, weil unser jeweiliges Leben sich veränderte. An jenem Abend im Super U sagte ich Nathalie zu und dachte dabei, dass eine Party mir die so selten gewordene Gelegenheit geben würde zu tanzen. (Denn wenn ich auch bei dem Gedanken, während eines Abendessens eine gute Figur machen zu müssen, vor Angst erstarre, so bringe ich es doch fertig, auf einer Abendeinladung, bei der ich niemanden kenne, ganz allein mitten im Wohnzimmer zu tanzen.)

Mir ist durchaus bewusst, dass diese genauen Angaben den Eindruck vermitteln könnten, ich würde zu anderen Geschichten abschweifen oder mich unter dem Vorwand, den Kontext oder die Kulisse zu beschreiben, verzetteln. Doch nein. Der Ablauf der Ereignisse erscheint mir wichtig, um zu verstehen, wie ich L. kennenlernte, und wahrscheinlich werde ich bei dem Versuch, die wahre Bedeutung dieser Begegnung zu erfassen, im Laufe dieser Erzählung erneut zurückgreifen müssen, noch weiter zurück.

Angesichts der Unordnung, die diese Begegnung in meinem Leben angerichtet hat, möchte ich unbedingt verstehen, was diese Macht möglich machte, die L. über mich und ich vermutlich über L. erlangte.

Übrigens tanzte ich, als ich L. zum ersten Mal sah, und in meiner Erinnerung streiften sich unsere Hände.

Wir saßen auf dem Sofa, L. und ich. Ich hatte die Tanzfläche als Erste verlassen, als ein Stück gespielt wurde, das mir nicht gefiel.

L., die länger als eine Stunde neben mir getanzt hatte, folgte mir bald. Mit einem Lächeln eroberte sie sich den schmalen Platz zwischen mir und meinem Nachbarn, der näher an die Armlehne rückte, sodass sie sich bequem hinsetzen konnte. Danach warf sie mir mit triumphierendem Gesichtsausdruck einen verschwörerischen Blick zu.

»Sie sind sehr schön, wenn Sie tanzen«, erklärte sie, kaum dass sie saß. »Sie sind schön, weil Sie tanzen, als fühlten Sie sich völlig unbeobachtet. Ich bin übrigens sicher, dass sie es tun, dass Sie auch sonst so tanzen, allein in Ihrem Schlafzimmer oder im Wohnzimmer.«

(Als meine Tochter noch Jugendliche war, sagte sie mir einmal, dass sie als Erwachsene diese Erinnerung an mich behalten würde, eine Mutter, die mitten im Wohnzimmer tanzt, um ihre Freude auszudrücken.)

Ich dankte L. für das Kompliment, wusste aber nicht recht darauf zu antworten, sie schien übrigens auch nichts zu erwarten, sondern beobachtete lächelnd weiter die Tanzfläche. Ich betrachtete sie unauffällig. L. trug eine fließende schwarze Hose und eine cremefarbene Bluse, deren Kragen mit einem schmalen dunklen Satin- oder Lederband verziert war, genau konnte ich das Material nicht erkennen. L. war vollkommen. Ich dachte an die Reklamen für die Marke Gérard Darel, ich erinnere mich noch gut daran, denn sie stellte genau das dar, diese einfache, moderne Eleganz, die geschickte Kombination von klassischen, hochwertigen Stoffen mit gewagten Details.

»Ich weiß, wer Sie sind, und freue mich sehr über unsere Begegnung«, fügte sie nach einer Weile hinzu.

Wahrscheinlich hätte ich sie fragen müssen, wie sie hieß, wer sie eingeladen hatte und sogar, was sie beruflich machte, aber ich fühlte mich von dieser Frau und ihrer ruhigen Sicherheit eingeschüchtert.

L. war genau die Sorte Frau, die mich fasziniert.

L. war wie aus dem Ei gepellt, das Haar glatt, die Nägel perfekt gefeilt und in einem Zinnoberrot lackiert, das in der Dunkelheit zu leuchten schien.

Ich habe Frauen, die Nagellack tragen, immer bewundert. Lackierte Nägel verkörpern für mich eine bestimmte Vorstellung von weiblicher Eleganz, die mir, wie ich schließlich einsehen musste, zumindest in dieser Hinsicht für immer verwehrt bleiben wird. Ich habe zu breite, zu große und in gewisser Weise zu starke Hände, und wenn ich mir versuchsweise die Nägel lackiere, wirken sie noch größer, als würde dieser vergebliche Verkleidungsversuch ihre Männlichkeit nur betonen (der Vorgang ist mir ohnehin immer mühsam erschienen, die Bewegung an sich verlangt eine Genauigkeit und Geduld, die ich nicht besitze).

Wie lange braucht man, um zu so einer Frau zu werden?, fragte ich mich, während ich L. beobachtete, wie ich schon Dutzende Frauen beobachtet hatte, in der Metro, in den Warteschlangen vor den Kinos, an den Restauranttischen. Frisiert, geschminkt, gebügelt. Ohne das geringste Fältchen. Wie lange braucht man morgens, um diesen perfekten Zustand herzustellen, und wie lange abends für die Retuschen vor dem Ausgehen? Welche Art Leben muss man führen, um die Muße zu haben, sich die Haare zu fönen, jeden Tag anderen Schmuck zu tragen, seine Kleider abwechslungsreich zu kombinieren und nichts dem Zufall zu überlassen?

Heute weiß ich, dass es nicht nur eine Frage der Zeit ist, sondern eher der *Art*, welche *Art* Frau man zu sein beschließt, soweit man da überhaupt die Entscheidungsfreiheit hat.

Ich weiß noch, als ich meiner Lektorin zum ersten Mal begegnete, in ihrem kleinen Büro in der Rue Jacob, war ich zunächst fasziniert von ihrer Eleganz, die Nägel natürlich, aber auch alles andere, einfach und von tadellosem Geschmack. Sie strahlte eine etwas klassische, aber perfekt dosierte beherrschte Weiblichkeit aus, die mich beeindruckte. Als ich François kennenlernte, war ich davon überzeugt, er müsse eine andere *Art* Frau lieben als mich, eine zurechtgemachtere, elegantere, beherrschtere, ich sehe mich noch mit einer Freundin im Café sitzen und ihr die Gründe für das vorhersehbare Scheitern schildern, es sei einfach nicht möglich, doch, ja, genau deshalb. François liebe Frauen mit gefügigem, glattem Haar (ich machte eine entsprechende Geste), ich dagegen sei struppig. Schon allein dieser Unterschied enthielt in meinen Augen alle weiteren tiefergehenden, ja grundlegenden Unterschiede, ganz allgemein könne unsere Begegnung nur einer falsch gestellten Weiche zu verdanken sein, und ich habe lange gebraucht, um einzusehen, dass es nicht so war.

Nach einer Weile stand L. auf und tanzte weiter, inmitten von etwa zehn anderen, unter die sie sich so geschickt gemischt hatte, dass sie mit dem Gesicht zu mir tanzte. Heute und im Licht des Geschehenen bezweifle ich nicht, dass diese Szene als Balzverhalten interpretiert werden kann, was ich übrigens auch tat, doch in der damaligen Situation war es eher eine Art Spiel zwischen ihr und mir, ein stillschweigendes Einverständnis. Irgendetwas machte mich neugierig, amüsierte mich. Manchmal schloss L. die Augen, die Bewegungen ihres Körpers waren von diskreter Sinnlichkeit, sie hatten nichts Auftrumpfendes, L. war schön, die Männer schauten sie an, und ich versuchte den Blick der Männer auf sie einzufangen, den Moment zu erhaschen, in dem sich dieser Blick trübte. Ich bin für die Schönheit von Frauen empfänglich, ich war es immer. Ich beobachte sie gern und versuche mir vorzustellen, welche Rundung, welche Höhlung, welches Grübchen, welcher kleine Aussprachefehler, welche Unvollkommenheit an ihnen das Begehren auslöst.

L. tanzte inzwischen fast reglos, ihr Körper wiegte sich leicht und rhythmisch, schmiegte sich in jeden Ton, jede Nuance, ihre Füße blieben jetzt fest am Boden und bewegten sich nicht mehr. L. war ein Blumenstängel, eine Liane im Wind des Takts, und es war sehr schön anzusehen.

Später, und ich kann heute keine Verbindung mehr zwischen diesen beiden Momenten herstellen, fanden wir uns wieder, L. und ich, wir saßen am Küchentisch, zwischen uns eine Flasche Wodka. Inzwischen glaube ich mich zu erinnern, dass Leute, die ich nicht kannte, mich ins Gespräch gezogen hatten und ich eine Zeitlang mit ihnen verbrachte, bis L. mir die Hand hinstreckte, damit ich weitertanzte. Nathalie hatte ich aus den Augen verloren, vielleicht war sie schon nach Hause gegangen. Es waren viele Leute da, die Stimmung war gut.

Ich weiß nicht, wie ich dazu kam, L. von der Frau auf der Buchmesse zu erzählen, von dieser Reue, diesem bitteren Nachgeschmack, den ich nicht loswurde. Ich dachte pausenlos an diesen Augenblick zurück, an meine Reaktion, dieser Zwischenfall enthielt etwas, das mich abstieß, das nicht ich war, und ich hatte keine Möglichkeit, diese Frau wiederzufinden, mich bei ihr zu entschuldigen und ihr Buch zu signieren. Es war geschehen, hatte sich abgespielt, und es gab keine Möglichkeit, die Zeit zurückzuspulen.

»Was Ihnen im Grunde zusetzt, ist nicht nur, dass diese Frau gekränkt war, dass sie vielleicht viele Kilometer zurückgelegt hat, um Sie zu sehen, die Kinder bei der Schwester gelassen hat, und dass sie Streit mit ihrem Mann hatte, weil der eigentlich mit ihr einkaufen gehen wollte und nicht verstand, warum sie Sie unbedingt sehen wollte. Nein, das, was Sie verfolgt, ist, dass diese Frau Sie jetzt vielleicht nicht mehr mag.«

Ihre Stimme war sanft und ohne Ironie.

»Vielleicht«, gab ich zu.

»Ich kann mir vorstellen, dass diese Zeit jetzt für Sie nicht so einfach ist. Die Kommentare, die Reaktionen, plötzlich im Rampenlicht zu stehen. Ich kann mir vorstellen, dass immer die Gefahr eines Zusammenbruchs besteht.«

Ich versuchte abzuwiegeln, man dürfe auch nicht übertreiben.

Sie redete weiter.

»Trotzdem dürften Sie sich manchmal sehr allein fühlen, als wären Sie splitternackt mitten auf einer Straße, im Scheinwerferlicht eines Autos gefangen.«

Verblüfft starrte ich L. an. Genau so fühlte ich mich, *splitternackt mitten auf einer Straße*, und mit genau diesen Worten hatte ich es gesagt. Zu wem? Zu meiner Lektorin? Zu einem Journalisten? Wie konnte L. genau die Worte verwenden, die ich selbst verwendet hatte? Aber hatte ich es überhaupt zu jemandem gesagt?

Noch heute weiß ich nicht, ob L. an jenem Abend etwas wiederholte, was sie gelesen hatte oder was ihr erzählt worden war, oder ob sie es wirklich erraten hatte. Mir fiel ziemlich schnell auf, dass L. ein unerhörtes Gespür für den anderen hatte, die Gabe, die richtigen Worte zu finden, jedem zu sagen, was er brauchte. Es dauerte nie lange, bis L. die richtige Frage stellte oder die Bemerkung machte, an der ihr Gesprächspartner merkte, dass nur sie imstande war, ihn zu verstehen und zu trösten. L. wusste nicht nur auf den ersten Blick den Grund der Verstörung herauszufinden, vor allem fand sie den Riss, der, so tief er auch vergraben sein mag, in jedem von uns steckt.

Ich erinnere mich, L. meinen Begriff von Erfolg erklärt zu haben, völlig unverstellt und im Vertrauen darauf, dass sie meine Worte richtig interpretieren würde. Für mich war der Erfolg eines Buchs ein Unfall. Im eigentlichen Sinne des Wortes. Ein vom zufälligen Zusammentreffen verschiedener nicht reproduzierbarer Faktoren verursachtes unerwartetes und heftiges Ereignis. Sie dürfe da keine falsche Bescheidenheit meinerseits hineininterpretieren, das Buch selbst habe natürlich auch etwas damit zu tun, aber es sei nur einer der Faktoren. Andere Bücher hätten womöglich vergleichbaren Erfolg haben können, sogar größeren, doch für sie sei die Konstellation nicht so günstig gewesen, der eine oder andere Faktor habe gefehlt.

L. behielt ihren Blick fest auf mich gerichtet.

»Aber ein Unfall«, sie betonte das Wort, um klarzustellen, dass es nicht ihr Wort war, »verursacht Schäden, manchmal sogar irreparable Schäden, nicht wahr?«

Ich trank das Glas Wodka aus, das vor mir stand und das sie mehrmals nachgefüllt hatte, ich war nicht betrunken, ich hatte ganz im Gegenteil den Eindruck, einen seltenen Grad von Bewusstheit erreicht zu haben. Es war sehr spät, die Zahl der Gäste schien mit einem Schlag geschrumpft, wir waren in der Küche, in der es noch wenige Minuten zuvor von Menschen gewimmelt hatte, allein. Ich lächelte, bevor ich antwortete.

»Das stimmt. Der Erfolg eines Buchs ist ein Unfall, aus dem man nicht unversehrt hervorgeht, aber es wäre unverschämt, darüber zu klagen. Dessen bin ich sicher.«

Wir nahmen zusammen ein Taxi, L. hatte darauf bestanden, sie könne mich ganz einfach absetzen, meine Wohnung liege auf ihrem Weg, es sei nicht einmal ein Umweg.

Im Wagen schwiegen wir. Ich spürte, wie die Müdigkeit in meine Glieder kroch, auf meinem Nacken lastete, mich langsam benommen machte.

Der Fahrer hielt vor meiner Tür.

L. streichelte mir die Wange.

Ich habe oft an diese Geste zurückgedacht, an das, was sie an Sanftheit, Zärtlichkeit und vielleicht Begehren enthielt. Oder vielleicht enthielt sie auch nichts dergleichen. Denn im Grunde weiß ich nichts über L. und habe nie etwas über sie gewusst.

Ich stieg aus dem Taxi, ging die Treppe hinauf und ließ mich in voller Kleidung aufs Bett fallen.

Ich habe keine genaue Erinnerung mehr an die folgenden Tage, ich musste vermutlich noch einige Termine absolvieren: Lesungen in Buchhandlungen, Mediatheken, Vorträge in Schulen. Ich hatte versucht, meine Reisen in die Provinz auf einen Tag in der Woche zu beschränken, um bei meinen Kindern sein zu können, und wollte ohnehin Ende Mai mit alldem aufhören. Irgendwann kommt der Moment, in dem man wieder für Stille rings um sich sorgen, sich wieder an die Arbeit machen und seinen Weg wiederfinden muss. Ich sehnte diesen Moment ebenso herbei, wie ich ihn fürchtete, aber ich hatte dafür gesorgt, dass er kam, und alle Einladungen nach diesem Termin abgelehnt.

Eines Freitagabends, als ich nach zwei Tagen Abwesenheit nach Hause kam (ich war in Genf bei einem Leseverein zu Gast gewesen), fand ich unter einigen Rechnungen einen Brief in meinem Briefkasten. Mein Name und meine Adresse waren auf ein Etikett gedruckt worden, das auf dem unteren Teil des Umschlags klebte. Ich hielt ihn daher für einen Werbebrief, fast hätte ich ihn weggeworfen, ohne den Inhalt zu überprüfen. Ein Detail jedoch weckte meine Aufmerksamkeit. Auf dem Etikett stand fett gedruckt meine Wohnungsnummer, eine Nummer, die auf keiner administrativen Post auftaucht. Übrigens wusste ich lange Zeit gar nichts von ihr. Sie steht nämlich auf einem kleinen Bronzeschild, das draußen im Gang etwa einen Meter links von der Wohnungstür neben den alten PTT-Schildern an die Fußleiste genagelt ist. Ich habe es erst nach ein paar Jahren bemerkt. Meine Wohnung hat die Nummer 8, die meiner Nachbarn die Nummer 5, ein solcher Mangel an Logik machte diese Nummern in meinen Augen noch geheimnisvoller.

Neugierig öffnete ich den Umschlag und entfaltete den auf ein DIN-A4-Blatt getippten Brief. Wer besitzt denn heutzutage noch eine Schreibmaschine, das dachte ich, bevor ich ihn zu lesen begann.

Ich gebe den Text, dessen Syntax und Vokabular anscheinend so gewählt wurden, dass ich das Geschlecht des Absenders nicht bestimmen konnte, hier vollständig wieder.

Delphine,
du glaubst sicher, du seist quitt mit allen.
Du glaubst, du könntest dich so aus der Affäre ziehen, weil dein Buch angeblich ein Roman ist und weil du ein paar Vornamen geändert hast. Du glaubst, du könntest dein erbärmliches kleines Leben einfach so weiterführen. Dafür ist es zu spät. Du hast Hass gesät und wirst das Verdiente ernten. Die Schleimer in deiner Umgebung haben so getan, als hätten sie dir verziehen, aber, glaub mir, dem ist nicht so, sie sind wütend und warten auf ihre Stunde, und wenn die Zeit gekommen ist, wirst du ihnen nicht entgehen. Ich habe allen Grund, dies zu wissen. Du hast eine Bombe gelegt, du wirst auch die Trümmer zählen müssen. Das wird kein anderer für dich tun.
Aber täusch dich nicht über meine Absichten.
Ich will dir nichts Böses. Ich wünsche dir sogar das Beste. Ich wünsche dir einen glänzenden

Erfolg, den du mit 75 % versteuerst, denn ich nehme an, du stehst links, wie all die bürgerlichen Bohemiens deiner Art, und wirst François Hollande wählen.

Du hast deine Mutter verkauft, und das hat dir viel eingebracht. Du verdienst mächtig Kohle, oder? Zahlt sich die Familiengeschichte aus, mit maximaler Rendite?

Dann schick ihn doch bitte, den Scheck.

Damals bekam ich über den Verlag sehr viel Post, Dutzende von Briefen meiner Leser, jede Woche kam ein brauner Umschlag mit einem Päckchen gebündelter Briefe. Auch Mails, die von der Website an meine Mailadresse weitergeleitet wurden.

Aber nun bekam ich zum ersten Mal einen anonymen Brief an meine private Adresse. Und zum ersten Mal einen so aggressiven Brief zu einem Buch von mir.

Ich hatte ihn kaum zu Ende gelesen, da klingelte mein Handy. Ich kannte die Nummer auf dem Display nicht und zögerte, bevor ich den Anruf annahm. Einen Moment lang glaubte ich, der Schreiber des Briefs und der Anrufer seien derselbe, auch wenn das unsinnig war. Ich war so aufgewühlt (und erleichtert), dass es mir nicht seltsam erschien, die tiefe und leicht samtige Stimme L.s zu hören, obwohl ich ihr meine Nummer nicht gegeben hatte.

Sie habe seit unserer Begegnung viel an mich gedacht, sagte L. und schlug vor, an einem der nächsten Tage, wann immer es mir passe, einen Tee, einen Kaffee, ein Glas Wein oder sonst ein Getränk meiner Wahl zu trinken, sie sei sich durchaus bewusst, dass mir ihr Verhalten absonderlich und ein bisschen kühn erscheinen könne, sie lachte und fügte dann hinzu:

»Aber die Zukunft gehört den Sentimentalen.«

Ich wusste nicht, was ich antworten sollte, plötzlich stand mir *Le Loup sentimental* vor Augen, ein Bilderbuch, das ich meinen Kindern, als sie klein gewesen waren, Dutzende Male vorgelesen hatte. Der Held, Lucas, ein temperamentvoller junger Wolf, verlässt seine Familie, um sein eigenes Leben zu leben. Im Augenblick des Abschieds zählt ihm der Vater gerührt die Lebensmittel auf, die er zu sich nehmen darf: Rotkäppchen, drei kleine Ferkel, Ziege und Zicklein usw. In Bermudashorts und Rollkragenpullover (ich erwähne diese Details, weil sie zum unbestreitbaren Charme dieser Figur beitragen) geht Lucas aufgeregt und zuversichtlich auf Abenteuersuche. Doch jedes Mal, wenn er einem der Nahrungsmittel von der Liste begegnet, lässt er sich erweichen und verschlingt seine Beute nicht, sondern geht seines Wegs. Nachdem er einige der vierbeinigen Festmähler – mit denen er bei der Gelegenheit auch noch Freundschaft schließt – ausgelassen hat, trifft er völlig ausgehungert auf den schrecklichen Menschenfresser (soweit ich mich erinnere, ist es der aus dem *Kleinen Däumling*) und verschlingt ihn mehr oder weniger in einem Bissen, wodurch er alle schwachen Geschöpfe seiner Gegend von dieser Gefahr erlöst.

Doch abgesehen von dieser Geschichte kam mir eigentlich kein Beispiel für das glückliche Geschick der Sentimentalen in den Sinn. Mir schien ganz im Gegenteil, dass sie meistens die bevorzugte Beute von Despoten und sonstigen Fieslingen waren.

Wie dem auch sei, ich hörte mich Ja sagen, warum nicht, gern, irgendetwas in der Art. Wir verabredeten uns für den folgenden Freitag in einer Bar, die L. kannte. Während des Gesprächs fragte sie mich mehrmals, ob alles in Ordnung sei, als könnte sie meine Bestürzung aus der Ferne wahrnehmen.

Als ich später wissen wollte, wie sie an meine Telefonnummer gekommen war, antwortete L., sie habe genug *Beziehungen*, um jede Handynummer, von wem auch immer, herauszubekommen.

Ich habe die Spur dieses ersten Treffens in meinem Kalender gefunden. Neben L.s Namen hatte ich ihre Telefonnummer und die Adresse der Bar notiert. Damals und auch für einige Zeit danach konnte ich noch einen Stift in der Hand halten, und mein Leben war in den schwarzen, seit fünfzehn Jahren immer gleichen *QuoVadis*-Kalendern enthalten, die ich in jedem Herbst nachkaufte. Mit Hilfe dieser Seiten versuche ich zu rekonstruieren, in welchem Kontext und in welcher Geistesverfassung ich L. wiedersah. Im Laufe derselben Woche nahm ich anscheinend an einer Veranstaltung in einer Pariser Buchhandlung teil, traf mich im Lutetia mit einer Wissenschaftlerin des staatlichen Zentrums für wissenschaftliche Forschung CNRS, die an einer Studie über die Rolle der Autoren in den Medien arbeitete, begab mich in die Rue Edouard-Lockroy Nr. 12 (die Adresse ist, ohne weitere Angaben, mit einem grünen Stabilo unterstrichen), plauderte im Pachyderme mit Serge, mit dem ich mich ein, zwei Mal im Jahr treffe, damit wir uns über unser Werk und unser Leben austauschen können. (An jenem Tag ging es um den idealen Stuhl, Serge unterhielt mich mit einer witzigen Beschreibung seiner kurzlebigen Leidenschaften für dieses oder jenes Sitzmöbel und der vielen verstoßenen Stühle, die sich auf seinem Dachboden stapelten.) Hinzu kommen etwa zehn Termine, an die ich mich nur noch vage erinnere. Ich schließe daraus, dass ich zu jener Zeit sehr beschäftigt und wahrscheinlich etwas angespannt war, wie immer, wenn mir das Leben davonläuft und schneller galoppiert als ich. Außerdem sehe ich, dass ich den Englischunterricht bei Simon angefangen hatte.

Ich kam übrigens gerade aus dem Unterricht, als ich mich mit L. in der Express Bar traf.

Ich wusste nicht viel über sie, weil wir am Abend unserer ersten Begegnung vor allem über mich gesprochen hatten. Was mir, als es mir später zu Hause auffiel, ziemlich unangenehm war, deshalb stellte ich ihr, kaum dass ich saß, mehrere Fragen, damit sie keine Zeit hatte, den Gesprächsverlauf nach ihren Wünschen zu bestimmen. Es war mir nicht entgangen, dass sie es gewöhnt war, in diesen Dingen die Führung zu übernehmen.

L. lächelte, sie war keine Spielverderberin.

Zunächst erklärte sie mir, sie schreibe für die anderen. Das sei ihr Beruf. Sie schreibe die Beichten der anderen nieder, ihre Seelendramen, beschreibe ihre Ausnahmeexistenzen, die nur darauf warteten, erzählt zu werden, und seltener auch ihre glatten Lebensläufe, die zu Heldenepen umgedichtet werden müssten. Einige Jahre zuvor hatte sie ihre Journalistentätigkeit aufgegeben und diese Art des Schreibens zu ihrem Beruf gemacht. L. war bei den Verlagen sehr gefragt und konnte es sich sogar leisten, Angebote abzulehnen. Im Laufe der Zeit hatte sie sich mehr oder weniger auf Frauen-Autobiografien spezialisiert; Schauspielerinnen, Sängerinnen und Politikerinnen rissen sich um sie. L. erklärte mir, wie der Markt funktioniert: Die großen Aufträge verteilten sich im Wesentlichen auf drei oder vier Kollegen. Meistens stünde sie in Konkurrenz zu zwei bekannten Autoren, die über ihre eigene Arbeit hinaus im Verborgenen schrieben. *Star-Ghostwriter*, betonte sie, eine unsichtbare literarische Gruppe, der sie sich zugehörig fühle. Denn weder deren noch ihr eigener Name erscheine auf dem Umschlag, höchstens unter *Mitarbeit* auf der ersten Seite. Doch eigentlich lasse nichts am Äußeren oder Inneren des Buches darauf schließen, dass der vorgebliche Autor manchmal kein einziges Wort davon geschrieben habe. Sie nannte mir die Titel ihrer jüngsten Werke, darunter waren die Memoiren eines internationalen Top-Models und der Erfahrungsbericht einer jungen Frau, die jahrelang gefangen gehalten worden war. L. beschrieb mir dann die Materialsammlung in den stundenlangen Interviews mit diesen Menschen, die Zeit, die man brauchte, um Zugang zu ihnen zu finden, diese nach und nach aufgebaute, zunächst noch unsichere, dann immer intensivere und vertrauensvollere Beziehung. Sie betrachtete sie als ihre *Patienten*, was natürlich nicht im vordergründigsten Sinne des Wortes zu verstehen sei, aber der Begriff sei nicht willkürlich gewählt, denn im Grunde lausche sie ihren Sorgen, ihren Widersprüchen, ihren geheimsten Gedanken, manche hätten sogar das Bedürfnis, sich ihrem Blick zu entziehen oder sich hinzulegen. Meistens gehe sie zu ihnen, packe ihr Diktiergerät und das Handy aus (einmal habe sie eine komplette Arbeitssitzung verloren, weil sich das Diktafon während des Gesprächs unbemerkt ausgeschaltet habe, seither sichere sie alles durch ein zweites Aufnahmegerät) und warte dann auf die Worte und die Erinnerungen. Den vergangenen Sommer habe sie auf Ibiza im Haus einer bekannten Fernsehmoderatorin verbracht und mehrere Wochen so mit ihr zusammengelebt. Sie habe sich dem Rhythmus dieser Frau angepasst, ihre Freunde kennengelernt und sei mit der Umgebung verschmolzen. Nach und nach seien die vertraulichen Mitteilungen gekommen, bei einem Frühstück, einem nächtlichen Spaziergang, nach einem Fest, als das Haus wieder leer gewesen sei. L. habe alles aufgezeichnet, auch den stundenlangen Austausch von Belanglosigkeiten, bei dem dann doch das ein oder andere enthüllt worden sei. Nach mehrmonatiger Arbeit sei sie gerade mit diesem Buch fertig geworden. L. sprach gern über dieses Material, das ihr geschenkt wurde, ein lebendiger Rohstoff, im Grunde etwas, das zur Wahrheit gehöre, sie wiederholte diese Wort mehrmals, denn im Grunde zähle nur das Wahre. Und all das beruhe auf einer Begegnung, auf dieser einzigartigen Beziehung, die nach und nach zwischen ihr und ihnen aufgebaut werde. Es falle ihr übrigens schwer, ein Buch abzuschließen, um ein neues zu beginnen, jedes Mal fühle sie sich schuldig, als verließe sie jemanden, als wäre sie eine unentschlossene, flatterhafte Geliebte, die eine Beziehung abbricht, bevor sie ihr langweilig wird.

Später am Abend sagte mir L., sie lebe allein, ihr Mann sei schon seit Langem tot. Ich fragte nicht, woran er gestorben war, mir schien, diese Information enthalte einen zusätzlichen Schmerz, den L. nicht auf sich zu nehmen bereit war. Sie vertraute mir an, sie habe keine Kinder, sie sei nicht traurig darüber oder vielmehr sei es eine Trauer, die sie nicht zulassen könne, eine Trauer, die sie wie ein Gift von sich fernhalte. Wozu brauche man Gründe und Rechtfertigungen, es sei nicht dazu gekommen, und damit basta. In diesem Augenblick wurde mir klar, dass ich nicht einschätzen konnte, wie alt sie war. L. konnte ebenso gut fünfunddreißig wie fünfundvierzig sein, sie gehörte zu diesen jungen Mädchen, die vor den anderen fraulich werden, und zu den Frauen, die auf immer mädchenhaft bleiben. L. fragte mich, ob ich mit François zusammenlebte (ich erinnere mich, dass sie ihn beim Vornamen nannte), und ich erklärte ihr, aus welchen Gründen wir beschlossen hatten, jeder in seiner Wohnung zu bleiben, solange unsere Kinder noch bei uns lebten. Ja, wahrscheinlich hätte ich auch Angst vor der Gewöhnung, dem Verschleiß, dem Genervtsein, den Kompromissen, all diesen sehr banalen Dingen, die Menschen, die sich lieben, nach mehreren Jahren des Zusammenlebens zustoßen, aber es gehe vor allem um ein Gleichgewicht, das ich zu gefährden fürchte. Zudem schleppe jeder unseres Alters sein Päckchen an Niederlagen und Desillusionierungen mit sich herum, und mir scheine, so wie wir lebten, würden wir das Beste von uns geben und nehmen.

Ich liebe diese Unbefangenheit im Gespräch, die mit manchen Menschen möglich ist, diese Art, sofort zum Kern des Themas zu kommen. Ich liebe es, über Wesentliches, Emotionales zu sprechen, auch mit Freunden, die ich nur ein- oder zweimal im Jahr sehe. Ich liebe am anderen (und oft an den Frauen) diese Fähigkeit, Intimes anzusprechen, ohne dabei schamlos zu sein.

So saßen wir uns in jenem Lokal gegenüber, L. war nicht mehr in der verführerischen, etwas offensiven Pose wie auf dem Fest, etwas an ihr wirkte sanfter. Wir waren zwei Frauen, die sich kennenlernen, eine gewisse Anzahl von Sorgen teilen und sofort verbindende Übereinstimmungen entdecken. Das erscheint mir jedes Mal banal und wundersam zugleich. Das Gespräch wurde wieder lockerer. Ziemlich bald, so erinnere ich mich, fragte L. nach meinen Freundinnen. Wer sie waren, woher sie kamen, wie oft ich mit ihnen Kontakt hatte. Ein Thema, das ich liebe und über das ich stundenlang reden könnte. Ich habe Freundinnen aus dem Kindergarten, aus der Grundschule, vom *Collège*, vom *Lycée* und aus den Vorbereitungsklassen zum Studium – aus jeder Lebensphase. Ich habe meine Freundinnen in den verschiedenen Unternehmen kennengelernt, in denen ich gearbeitet habe, und zwei von ihnen auf Festivals und Literaturveranstaltungen. Ich bin unbestreitbar jemand, der Zuneigung zu Menschen fasst, und zwar dauerhaft. Einige meiner Freundinnen sind vor langer Zeit aus Paris weggezogen, andere sind zurückgekehrt. Und ich lernte neue kennen. Ich bewundere sie alle aus unterschiedlichen Gründen, ich will wissen, was aus ihnen wird, was sie durchmachen, was sie bewegt, obwohl wir alle sehr beschäftigt sind. Und ich finde es schön, wenn meine Freundinnen sich kennenlernen, einige haben unter sich Freundschaften geschlossen, die mit mir gar nichts mehr zu tun haben.

Das war es, was ich L. zu erklären versuchte, auch, wie wichtig mir jede einzelne war, wie einzigartig und außergewöhnlich, und L. fragte mich:

»Aber keine von ihnen ruft dich jeden Tag an? Keine teilt deinen Alltag?«

Nein, keine war derart regelmäßig präsent. Das schien mir völlig normal. Mit der Zeit hatten sich unsere Beziehungen verändert. Die Begegnungen waren seltener geworden, aber deshalb war die Freundschaft nicht weniger intensiv. Und außerdem fanden wir immer ganz leicht wieder zueinander, das galt für jede von ihnen, für die ältesten wie für die neuesten. Übrigens war das etwas, das mich immer wieder begeisterte, diese Fähigkeit, sofort wieder vertraut zu sein, auch wenn wir uns manchmal Wochen oder Monate nicht gesehen hatten. Meine innigen Freundschaften hatten sich in luftigere, weniger exklusive Bindungen verwandelt, die in ein aus weiteren Bindungen bestehendes Leben einflossen.

L. wirkte erstaunt. Ihrer Ansicht war es unmöglich, als Erwachsene noch mehrere Freundinnen zu haben. Mehrere *echte* Freundinnen. Sie meine nicht die guten Bekannten, sondern *die* Frau, mit der man alles teilen könne. Die einzige. Die Frau, die alles hören durfte, die alles verstand und nicht urteilte. Ich sagte, für mich gebe es mehrere. Jede dieser Beziehungen habe ihre eigene Tonart, ihren Rhythmus und ihre Frequenz, ihre Lieblingsthemen und ihre Tabus. Meine Freundinnen seien unterschiedlich, und was wir miteinander teilten, sei ebenso unterschiedlich. Jede von ihnen sei mir auf einzigartige Weise wichtig. L. wollte mehr erfahren. Wie sie hießen, was sie beruflich machten, ob sie allein oder in einer Paarbeziehung lebten, ob sie Kinder hatten.

Wenn ich heute dieses Gespräch zu rekonstruieren versuche, bin ich versucht zu glauben, dass L. das Terrain sondierte und ihre Eroberungschancen auslotete. Doch in Wirklichkeit bin ich nicht sicher, dass die Dinge so klar waren. Bei L. bestand eine echte Neugier, ein tiefes und immer neues Interesse, dem zu misstrauen ich keinen Grund hatte.

Menschen, die die echten, die wichtigen Fragen stellen, sind selten.

Es war dunkel geworden, die Kellnerin hatte die Kerzen auf den Tischen angezündet. Ich schickte meinen Kindern eine SMS, es würde ein bisschen später werden und sie sollten mit dem Abendessen nicht auf mich warten.

Alles war einfach.

Als ich später einen Stift aus meiner Handtasche holte, um etwas aufzuschreiben, wahrscheinlich eine Adresse oder den Namen eines Geschäfts, lächelte L. mir zu.

»Ich bin auch Linkshänderin. Weißt du, dass sich die Linkshänder untereinander erkennen?«

An jenem Tag sprach L. mit mir weder über mein Buch noch über meine künftige Arbeit.

L. bewegte sich auf Samtpfoten vorwärts, sie hatte Zeit.

Zu der Zeit, als ich L. kennenlernte, schwebte mir vor, einen Roman zu schreiben, der als Hintergrund oder Ausgangspunkt eine Reality-TV-Sendung haben sollte. Das Phänomen beschäftigte mich schon lange, und in den zehn Jahren zuvor hatte ich eine umfangreiche Dokumentation zusammengestellt. 2001, einige Monate bevor die französische Version von *Big Brother, Loft Story*, ausgestrahlt wurde, hatte ich auf TF6 eine Sendung verfolgt, deren Prinzip (das verglichen mit dem heute Üblichen ziemlich fade wirkt) mich faszinierte: Drei aus sehr jungen Leuten bestehende Mannschaften waren jeweils in eine völlig leere Wohnung eingeschlossen. Die Teilnehmer mussten eine gewisse Anzahl von Tests bestehen, und vom Erfolg hing ab, wie lange sie eine Internetverbindung hatten, um sich mit Lebensmitteln und Möbeln zu versorgen. Zum ersten Mal wurden in Frankreich Menschen vierundzwanzig Stunden am Tag mit mehreren Kameras gefilmt. Soweit ich weiß, war *Aventures sur le Net* die allererste in Frankreich ausgestrahlte Reality-TV-Sendung. Durch eine zufällige Fügung, deren Zustandekommen ich vergessen habe – über einen Freund des Sohns eines Freundes oder so –, war es mir gelungen, einen der Teilnehmer an diesem Spiel zu treffen. Nachdem er diese Wohnung verlassen hatte, erzählte er mir von seiner Erfahrung. Damals interessierte mich, wie diese jungen Leute nach mehreren Wochen des Abgeschottetseins wieder ins echte Leben zurückkehrten. Ich hatte den Eindruck, dass wir an der Schwelle zu einer Revolution des Fernsehens standen, war jedoch weit davon entfernt, mir deren Ausmaß vorzustellen. Und dann brach

Loft in unsere Fernsehlandschaft ein, und einige Monate lang war nur noch davon die Rede. Ich glaube, ich habe keine der zur *prime time* ausgestrahlten Sendungen der ersten Staffel verpasst, und dieses eifrige Sehen verdrängte schließlich meinen Wunsch, darüber zu schreiben.

Einige Jahre später, als das Reality-TV die Grenzen der Leere und des Voyeurismus immer weiter ausgedehnt hatte, faszinierte mich noch etwas anderes. Abgesehen von den Kandidaten und ihrer psychischen Entwicklung interessierte mich jetzt, wie es in diesen Sendungen gelang, Figuren mit spezifischen Charakteren zu entwickeln, sie mehr oder weniger vorhergeplante Beziehungen und Situationen erleben zu lassen (beziehungsweise sie beim Schnitt herzustellen) und dabei dem Zuschauer die ganze Zeit Wirklichkeit vorzugaukeln. Woher bezogen diese – von unsichtbaren Weltenschöpfern hergestellten oder dirigierten – Allianzen, Spannungen und Konflikte den Anschein von Wahrheit?

Über eine Freundin war ich in Kontakt mit einer Produzentin getreten, die bei einer der bekanntesten Sendungen dieser Art über mehrere Staffeln hinweg mitgearbeitet hatte. Sie hatte die Produktionsgesellschaft, bei der sie beschäftigt gewesen war, verlassen, und ich hoffte, sie würde sich frei genug fühlen, um mir ein paar Anekdoten zu erzählen. Am Telefon hatte sie eher offen auf mich gewirkt und spontan gesagt:

»Aber natürlich schaffen wir Figuren! Und das Schärfste ist, dass wir diese Figuren schaffen, ohne dass diejenigen, die sie verkörpern, es merken.«

Zum Zeitpunkt, als ich L. kennenlernte, füllte ich schon seit einiger Zeit Hefte mit Notizen im Hinblick auf einen Roman, der sich um diese Frage drehen oder sie zumindest als Hintergrund haben sollte. Ich suchte nach Material. Ich ging fast immer so vor: erst suchen, dann schreiben. (Was natürlich bedeutet, dass man anders sucht.) Für mich handelte es sich um eine Phase des Eintauchens, der Sättigung, in der ich meine Munition sammelte. In diesen Phasen der Dokumentation wartete ich vor allem auf den Impuls: den, der mir Lust machen würde, zu erfinden und zu komponieren, der mich jeden Morgen vor eine Word-Datei führen sollte, deren ständige Sicherung bald zur Besessenheit werden würde.

Alles war eine Sache des Funkens, des Auslösers. Dann kam das Schreiben, diese einsamen Monate vor dem Computer, dieser Kampf mit bloßen Händen, in dem nur das Durchhaltevermögen den Sieg erringen konnte.

Ich hatte noch einige Wochen vor mir, bevor ich die Zeit und die nötige geistige Freiheit haben würde, um mich an die Arbeit zu setzen. Louise und Paul machten beide Abitur, ich wollte bei ihnen und völlig verfügbar sein. Ich hatte vor, das neue Buch im Herbst zu beginnen, wenn auch alle anderen sich nach der Sommerpause wieder an die Arbeit machten.

Natürlich ahnte ich, dass es nicht leicht werden würde. Ich musste wieder ins Gleis kommen, die kaum wahrnehmbaren Wegmarken wiederfinden, diesen unsichtbaren Faden, der von einem Werk zum anderen führt, den man in der Hand zu haben glaubt und der uns dennoch ständig entgleitet. Ich würde mich von allem freimachen müssen, was ich gehört oder sonst wie aufgenommen hatte, was geschrieben oder gesagt worden war, von allen Zweifeln und Ängsten. Ich wusste das alles. Und das alles bildete von nun an eine Art Gleichung mit mehreren Unbekannten, der ich mich unterwerfen musste und von der ich zumindest den ersten Lösungsschritt kannte: sich aus allem herausziehen, wieder Stille und meine Glasglocke schaffen.

Ich hatte noch einige Wochen vor mir, ich war nicht mehr so beschäftigt und auch nicht mehr so müde, ich verbrachte Zeit zu Hause mit meinen Kindern, ich fuhr zu François, wann immer ich konnte, oder er kam zu mir. Die Dinge nahmen ihren Lauf. Ich fühlte mich wie in einer Zwischenwelt; es war eine dieser Phasen des Übergangs mit vagen Erwartungen, die das Ende eines Zeitabschnitts markieren und zum nächsten überleiten. Einer dieser Momente, in denen man aus Angst vor Kurzschlüssen darauf achtet, dass sich die Ereignisse nicht überschneiden, nicht zusammenstoßen, damit geschehen kann, was geschehen muss.

Ich sehnte mich danach zu schweigen.

In dieser Zeit sah ich, wenn ich meinem Kalender Glauben schenken kann, L. mehrere Male. Ich kann mich nicht mehr genau erinnern, wie wir wieder in Kontakt traten. Ich nehme an, nach dem Abend in der Express Bar hat eine von uns die andere angerufen. Ich glaube, L. hat mir per Mail eine oder zwei der Adressen geschickt, von denen wir gesprochen hatten. Sie lud mich ein, mit ihr in ein Theaterstück zu gehen, das seit mehreren Wochen ausverkauft war und für das ich nie Karten hatte bekommen können. Ein anderes Mal, so erinnere ich mich, tranken wir einen Kaffee in einer Bar in der Rue Servan, sie hatte mich angerufen, als sie, auf dem Rückweg von einem Termin in meinem Viertel, an meinem Haus vorbeikam. Durch die unterschiedlichsten Aufmerksamkeiten bekundete mir L. ihr Interesse daran, unsere Beziehung über diese ersten gemeinsamen Unternehmungen hinaus fortzuführen.

Anfang Mai schlug mir L. einen Kinobesuch vor. Einige Zeit zuvor hatte ich ihr erzählt, wie gern ich am helllichten Nachmittag Filme sehe, dieses Vergnügen aus Studententagen, das ich mir wieder gönnte, seit ich nicht mehr in einem Unternehmen arbeitete, und dieses Gefühl einer Übertretung, das mich überkam, wenn ich mich für zwei Stunden fern vom Schreibtisch in einen dunklen Kinosaal setzte. Ich ging gern mit anderen ins Kino, um hinterher mit ihnen über den Film zu sprechen, in diesem ein wenig schwebenden, manchmal auch gerührten Zustand unmittelbar nach der Vorführung, ich ging aber auch gern allein hin, damit nichts diese ersten Eindrücke stören, damit der Film frei wie in einem Resonanzkörper in mir nachschwingen konnte, wenn die Lichter gerade wieder angegangen waren und der Abspann lief, wenn der Augenblick sich dehnte und verlängerte und ich noch in der Atmosphäre des Films sitzen blieb, um mich von seiner Stimmung durchdringen zu lassen. Darüber hatten wir bei einem der ersten Male, als wir zusammen ausgegangen waren, gesprochen. L. hatte mir gestanden, sie ertrage es nicht, allein ins Kino zu gehen, weil sie dann das Gefühl habe, von allen angestarrt zu werden. Deshalb hatte sie mich übrigens auch gebeten, mit ihr in *17 Mädchen*, den ersten Kinofilm von Delphine und Muriel Coulin, zu gehen. Der Film war kurz vor Weihnachten in die Kinos gekommen, und sie hatte ihn nicht sehen können, weil sie einen eiligen Text hatte fertigstellen müssen, doch zum Glück lief er noch einige Tage in einem Kino im Quartier Latin. Ich kannte Delphine Coulins literarische Arbeit und hatte irgendwo gelesen, dass sie diesen Film gemeinsam mit ihrer Schwester geschrieben und gedreht hatte. Mir gefällt die Vorstellung von geschwisterlicher Kreativität, also war ich durchaus interessiert.

Von dieser Verabredung finde ich in meinem Kalender keine Spur, vermutlich hatten wir den Kinobesuch spontan für denselben Tag beschlossen, das würde erklären, warum ich ihn nicht eingetragen habe. Wir trafen uns vor dem Kino, L. war früher gekommen und hatte die Karten gekauft.

Der Film erzählt die Geschichte von siebzehn jungen Mädchen, die dasselbe Gymnasium besuchen und beschließen, zur selben Zeit schwanger zu werden. Inspiriert wurde er von einem ähnlichen Ereignis im amerikanischen Gloucester. Die Schwestern Coulin hatten die Handlung in eine bretonische Kleinstadt verlegt. Der Film ist schön, von einer erwartungsvollen Sehnsucht durchzogen, dieser Art namenloser Schwermut, dem Streben nach einem Anderswo, das nie seine Verkörperung zu finden scheint. Die Großaufnahmen der jungen Mädchen, die reglos in ihren jeweiligen Zimmern sitzen, sind melancholische Bilder, die den Film strukturieren wie ein Countdown. Schon diese Großaufnahmen drücken den besonderen Moment aus, der nicht mehr zur Kindheit gehört, aber auch noch nicht zum Erwachsenendasein, diesen verschwommenen unsicheren Moment. Für diese Mädchen ist die Schwangerschaft ein Akt der Freiheit, das Versprechen eines anderen Lebens. Jenseits dieser Schwangerschaften, von denen unablässig neue auftreten, erzählt der Film auch eine Geschichte von Beeinflussung. Denn Camille, die als Erste schwanger wird, ist der Star der Schule. Sie gehört zu den Mädchen, denen man blind folgt, denen man unbedingt gleichen will. Eins dieser jugendlichen Idole, wie wir sie alle hatten, die schließlich verschwinden und von denen man nicht mehr weiß, was aus ihnen geworden ist. Als die Lichter wieder angingen, wandte ich mich L. zu, weil sie ein wenig angespannt auf mich gewirkt hatte. Mir fiel sofort auf, wie verkrampft ihre Kiefer waren, ein langsames Pulsieren bewegte ihre Wange und bildete mal eine Höhlung, mal eine leichte Ausbuchtung genau unter ihrem Ohr, während das übrige Gesicht unbewegt blieb. Als wir hinausgingen, bot sie mir an, mich nach Hause zu fahren. Sie sei ausnahmsweise mit dem Wagen da, normalerweise benutze sie ihn in der Stadt nicht, aber sie sei von einem Termin in der Banlieue zurückgekommen und habe nicht die Zeit gehabt, ihn im Parkhaus abzustellen. Ich nahm ihr Angebot an.

L. hatte einen Parkplatz in der Nähe des Kinos gefunden, schweigend gingen wir nebeneinanderher.

Als L. auf dem Fahrersitz saß und sich angeschnallt hatte, ließ sie das Seitenfenster nach unten fahren. Erst hielt sie es auf halber Höhe an, dann öffnete sie es ganz. Ein Luftschwall drang in den Wagen. Sie blieb einige Sekunden lang so sitzen und blickte starr geradeaus, ich sah, wie sich ihre Bluse im Rhythmus ihres Atems hob und senkte. Schließlich begann sie zu sprechen:

»Entschuldige bitte, aber ich kann nicht losfahren.«

Beide Hände auf dem Steuer, versuchte sie tief durchzuatmen, doch ihre Atemzüge waren kurz und stockend.

»Liegt es am Film?«

»Ja, es liegt am Film, aber mach dir keine Sorgen, es geht gleich wieder.«

Wir warteten. L. starrte nach vorn, als führe sie mit hundertfünfzig Stundenkilometern über eine Schnellstraße.

Ich versuchte die Atmosphäre zu entspannen. Auch ich leide manchmal unter solchen Nachwirkungen. Es gibt Filme, die mit Verzögerung explodieren, erst beim Abspann. Ich kenne dieses Gefühl, ich habe es mehrmals erlebt, so schlimm, dass ich mich nicht mehr bewegen konnte und auf den Bordstein setzen musste (*Asphalt-Blüten* von Jerry Schatzberg) oder kein Wort mehr hervorbrachte (*Water Lilies* von Céline Sciamma). Ich verstand sie sehr gut. Manchmal geht uns der Nachhall eines Films durch Mark und Bein. Um sie abzulenken, erzählte ich von dem Tag, als ich zum ersten Mal *Von Ewigkeit zu Ewigkeit* gesehen hatte, die Verfilmung von Michael Cunninghams Roman *Stunden*. Nachdem ich während der ganzen Vorführung keine einzige Träne vergossen hatte, brach ich, sobald der Film zu Ende war, in Schluchzen aus. Es kam einfach so, ohne Vorzeichen, ich weinte bittere Tränen und war unfähig, den Saal zu verlassen oder auch nur dem Vater meiner Kinder, in dessen Armen ich zusammengebrochen war, irgendeine Erklärung zu geben.

Offensichtlich hatte irgendetwas in meinem inneren Schutzmechanismus versagt.

Ich versuchte meinen Bericht darüber mit einer Prise Selbstironie zu würzen, in der Hoffnung, das könne sie aufheitern. L. hörte mir aufmerksam zu, aber ich sah deutlich, dass sie weder lächeln noch nicken konnte, sie schien ihren ganzen Körper zu mobilisieren, um ihre Selbstbeherrschung zurückzuerlangen.

Es vergingen noch einige Minuten des Schweigens, bevor sie den Schlüssel ins Zündschloss steckte, und noch weitere, bis sie den Motor anließ.

Auch auf der Rückfahrt sagten wir nichts, ich ging im Geist alle Szenen des Films durch, die mich berührt hatten, und suchte nach einem Hinweis auf das, was sie derart erschüttert hatte. Ich wusste nicht genug über L., um zu erkennen, an welcher Stelle sie getroffen worden war. Dennoch erinnere ich mich, dass ich an Florence dachte, diese etwas reizlose rothaarige junge Frau, die man zu Beginn des Films sieht, wie sie von den anderen ausgegrenzt wird. Sie ist diejenige, die gern verspottet wird, sie wirkt ein bisschen linkisch, ein bisschen lächerlich, ohne dass man zu sagen wüsste, woran es liegt, an welcher Stelle dieser Missklang ist, um dessentwillen sie von den anderen abgelehnt wird. Florence ist die Erste, die Camille anvertraut, auch sie sei schwanger. Diese Schwangerschaft öffnet ihr die Türen zu der Gruppe, aus der sie ausgeschlossen war, und Florence ist es, die ohne jede Absicht die Welle der Nachahmung auslöst. Weitere Mädchen werden schwanger und dann noch mehr. Später entdecken die Mädchen in einer sehr grausamen Szene, dass Florence' Schwangerschaft nur vorgetäuscht war, alles nur eine Lüge, um zu diesem Kreis zu gehören, der sie jetzt ohne langes Fackeln wieder aus seinen Grenzen verweist.

L. hielt vor meinem Haus. Sie bedankte sich lächelnd bei mir. Wahrscheinlich nur mit einem einfachen »Danke fürs Mitkommen«, aber in einem Ton, als hätte ich sie gerade zu einer schmerzhaften Untersuchung im Krankenhaus begleitet oder zu einem Gespräch, in dem man ihr eine schwere Erkrankung mitgeteilt hätte.

In mir breitete sich plötzlich Mitgefühl für sie aus, der Wunsch, sie in die Arme zu nehmen.

Eine seltsame Intuition sagte mir, so erinnere ich mich, dass L. nicht immer diese hinreißende, elegante Frau gewesen war, die ich vor Augen hatte. Etwas in ihr, etwas sehr tief Vergrabenes, kaum Wahrnehmbares wies darauf hin, dass L. etwas hinter sich hatte, dass sie aus einem dunklen, schlammigen Gelände zurückgekehrt war und eine ungeheure Wandlung durchgemacht hatte.

Von diesem Tag an sahen wir uns immer häufiger.

L. wohnte ganz in meiner Nähe. Sie arbeitete zu Hause und konnte frei über ihren Arbeitsplan und ihre Zeit entscheiden. L. rief mich an, weil sie an meinen Fenstern vorbeikam, weil sie ein Buch gelesen hatte, über das sie gern mit mir gesprochen hätte, weil sie ein Lokal entdeckt hatte, wo man in Ruhe einen Tee trinken konnte. Sie verschmolz mit meinem Leben, weil sie frei kam und ging, weil sie sich Unvorhergesehenes und Ungeplantes gönnte, weil es ihr normal erschien zu sagen, ich stehe vor deinem Haus, als wären wir noch fünfzehn, ich erwarte dich an der Kreuzung, wir treffen uns vor der Bäckerei, im Monoprix, in der Station Réaumur-Sébastopol, ich muss mir heute Nachmittag eine Jacke kaufen, komm mit und hilf mir, eine neue Schreibtischlampe auszusuchen. L. liebte es, im letzten Moment zu entscheiden, ihre Pläne zu ändern, einen Termin abzusagen, um eine nette Begegnung auszukosten, ein Dessert zu nehmen oder einfach ein Gespräch, das sie interessierte, nicht abzubrechen. L. kultivierte eine Art der Hingabe an den Augenblick, die sie für mich einzigartig machte, für mich, die ich seit so langer Zeit meine Ängstlichkeit dadurch zu mildern versuchte, dass ich mich mit mehr oder weniger Erfolg bemühte, alles vorauszudenken.

Ich bewunderte L. für ihre Fähigkeit, sich Zwängen zu verweigern und die Zukunft nur unmittelbar ins Auge zu fassen. Für sie gab es nur den gegenwärtigen Augenblick und den sofort danach, nichts sonst konnte wichtiger oder dringender sein. L. trug keine

Armbanduhr und sah nie auf ihrem Handy nach, wie spät es war. Sie war da, völlig da, und so verhielt sie sich unter allen Umständen. Es war eine Entscheidung, eine Art des Daseins, die Verweigerung jeglicher Form des Abgelenktseins und der Verzettelung. Es kam vor, dass ich ganze Nachmittage im Gespräch mit ihr verbrachte, ohne dass sie sich ein einziges Mal um die Uhrzeit gesorgt hätte, und ich glaube, ich habe im Verlauf dieser beiden Jahre nie ihr Handy klingeln hören.

L. verschob nie ein Treffen: Die Dinge geschahen im rechten Moment oder gar nicht. L. lebte *jetzt*, als könne alles noch am selben Tag aufhören. L. sagte nie: »Wir telefonieren uns dann mal zusammen«, oder: »Wir sollten versuchen, uns noch diesen Monat zu sehen.« L. war sofort verfügbar, ohne jedes Warten. Was man hatte, hatte man.

Ich bewunderte ihre Entschlossenheit, und ich glaube, ich habe nie jemanden mit einer solchen Präsenz im Augenblick erlebt. L. wusste schon lange, was ihr wichtig war, was sie brauchte und was sie benötigte, um sich zu schützen. Sie hatte eine Art Auslese getroffen, die es ihr ermöglichte, ohne Umschweife ihre Prioritäten zu benennen und auch die störenden Elemente, die sie endgültig aus ihrer Umgebung ausgeschlossen hatte.

Ihre Art zu leben – soweit ich sie wahrnehmen konnte – schien mir eine innere Stärke auszudrücken, wie sie nur wenige besitzen.

Einmal rief L. mich um 7 Uhr morgens an, weil sie bemerkt hatte, dass ihr digitales Aufnahmegerät defekt war. Sie hatte um 8 Uhr 30 einen Termin mit einer Politikerin, für die sie zu arbeiten begonnen hatte. Sie hatte keinerlei Aussicht, ein offenes Geschäft zu finden, und fragte mich, ob ich ihr mein Aufnahmegerät leihen könne. Eine halbe Stunde später trafen wir uns am Tresen einer Brasserie. Ich sah sie die Straße überqueren, ich beobachtete ihren trotz der hohen Absätze völlig ausgeglichenen, sicheren Gang; das mit einer Klammer hochgesteckte blonde Haar betonte ihren langen Hals und die elegante Kopfhaltung, sie wirkte gedankenverloren. Einen Fuß vor den anderen zu setzen war offensichtlich die geringste ihrer Sorgen. (Für mich kann es manchmal ein größeres Problem sein.) Als sie eintrat, wandten sich ihr alle Gesichter zu, sie hatte etwas in ihrer Haltung, das man nicht ignorieren konnte. Ich erinnere mich noch so genau an diesen Moment, weil ich dachte: Es ist 7 Uhr 30 morgens, und nichts an ihr stört. Nichts war zerknittert oder zerdrückt, jede Einzelheit ihrer Person war am rechten Platz, und dennoch hatte L. nichts Künstliches oder Starres an sich. Ihre Wangen waren von der Kälte oder von einem natürlich wirkenden Make-up zart gerötet, ihre Wimpern mit einem leichten Mascara getuscht. Sie lächelte mir zu. Sie verströmte eine echte Sinnlichkeit, etwas, das mit Ungezwungenheit und Leichtigkeit zu tun hatte. In meinen Augen verkörperte L. diese geheimnisvolle Mischung aus Bewegung und Aufmachung.

Ich hatte mich längst mit dem Gedanken abgefunden, dass ich nicht eine dieser makellosen, tadellosen Frauen war, zu denen ich gern gehört hätte. Bei mir störte immer etwas, stand ab oder verlief. Ich hatte seltsames, zugleich glattes und krauses Haar, mein Lippenstift hielt nie länger als eine Stunde, und spätabends kam immer ein Moment, in dem ich die Wimperntusche vergaß und mir die Augen rieb. Wenn ich nicht furchtbar aufpasste, stieß ich mich an Möbeln, verpasste Stufen, stolperte über Unebenheiten oder irrte mich in der Etage, wenn ich in meine Wohnung wollte. Damit und mit allem Übrigen hatte ich mich abgefunden. Besser, man lachte darüber.

Dennoch dachte ich, als ich L. an jenem Morgen ankommen sah, dass ich viel von ihr lernen könne. Wenn ich mir die Zeit nähme, sie zu beobachten, könnte ich vielleicht etwas erfassen, was mir immer entgangen war. Wenn ich mich in ihrer Nähe aufhielt, würde ich vielleicht verstehen, wie sie es fertigbrachte, all das zugleich zu sein: anmutig, selbstsicher und weiblich.

Ich hatte zehn Jahre gebraucht, um mich gerade zu halten, und fast genauso lange, um auf Absätzen gehen zu können, vielleicht würde ich letzten Endes doch noch eine solche Frau werden.

An jenem Morgen setzte sich L. auf den Barhocker neben mir. Sie trug einen schmalen, ziemlich enganliegenden Rock, ich konnte die Muskeln ihres Oberschenkels durch den Stoff erkennen. Ihre Strümpfe waren dunkel und leicht glänzend. Sie hielt sich gerade, und ich bewunderte ihre Haltung, die die Rundung ihrer unter der Bluse zu erahnenden Brust betonte, die Art, wie sie die Schultern öffnete, nur gerade so weit, dass es natürlich wirkte, fast lässig. Ich dachte, ich müsse lernen, mich ebenfalls so zu halten, und dann ihre Beine: trotz des engen Rocks übereinandergeschlagen; L.s Körper ausbalanciert auf einem Barhocker, das war eine Choreografie, die keine Musik brauchte und die Blicke auf sich zog. War diese Haltung auch beim Fehlen günstiger Anlagen reproduzierbar?

Es war halb acht Uhr morgens, ich hatte lediglich geduscht, Jeans, Pulli und Stiefeletten angezogen und war mir mit den Fingern durchs Haar gefahren, um mich zu frisieren. L. sah mich an und lächelte wieder.

»Ich weiß, was du denkst. Und du täuschst dich. Es gibt einen großen Unterschied zwischen dem, was du empfindest, der Art, wie du dich wahrnimmst, und dem Bild, das du von dir gibst. Wir alle tragen noch die Spur des Blicks, der in unserer Kindheit oder Jugend auf uns ruhte. Wir tragen diese Spur auf uns, ja, wie einen Fleck, der nur für bestimmte Menschen sichtbar ist. Wenn ich dich ansehe, sehe ich den Abdruck von Spott und Sarkasmus, der in deine Haut eintätowiert ist. Ich sehe, welcher Blick auf dir ruhte. Voller Hass und Misstrauen. Scharf und unnachsichtig. Ein Blick, unter dem man nur schwer ein Leben aufbauen kann. Ja, ich sehe ihn und ich weiß, woher er kommt. Nur wenige können ihn erraten. Denn du verbirgst das sehr gut, Delphine, viel besser, als du glaubst.«

Meistens traf L. ins Schwarze. Auch wenn die Dinge aus ihrem Mund dramatischer klangen, als sie waren, auch wenn sie dazu neigte, alles miteinander zu verquicken, es gab immer einen wahren Kern.

L. schien alles über mich zu wissen, ohne dass ich ihr etwas gesagt hätte.

Während ich versuche, die Annäherung an L. zu erklären und die Etappen dieses Annäherns zu erfassen, kommt mir ein anderer Augenblick ins Gedächtnis, der mehr oder weniger in dieselbe Zeit fiel.

Wir hatten uns an einem Abend mit langer Öffnungszeit eine Ausstellung angesehen und dann in einem Café in der Nähe des Museums einen Croque-Monsieur bestellt. Es regnete heftig, deshalb wollten wir warten, bis der Regen vorbei war. Es war ziemlich spät, als wir wieder in die Metro stiegen. Wir saßen nebeneinander auf den Klappsitzen an der Tür. Der Wagen war voll, aber nicht so voll, dass wir aufstehen mussten. Ein Mann und eine Frau stiegen ein. Die Frau klammerte sich sofort an die Haltestange in der Mitte, genau vor uns. Anklammern, das war das Wort, an das ich dachte, als ich sie sah, sie schien sich nur mit Mühe aufrecht zu halten. Der Mann war älter als sie. Er nahm sofort den Monolog wieder auf, den er offensichtlich schon auf dem Bahnsteig begonnen hatte, er sprach laut, mindestens die Hälfte der Fahrgäste in unserem Waggon konnte ihn hören. Die Frau hatte den Kopf gesenkt, die Schultern hingen leicht nach vorn. Ich konnte zwar ihr Gesicht schlecht erkennen, aber ich meinte zu sehen, wie sich ihr Körper unter der verbalen Breitseite krümmte. Der Mann warf ihr ihr Verhalten während des Abendessens vor, von dem sie gerade kamen. Gereizt und mit angewidertem Gesichtsausdruck betonte er die Sätze wie bei einer politischen Rede, du hältst dich wie ein armes Mädchen, du isst wie ein armes Mädchen, du sprichst wie ein armes Mädchen, ich schäme mich für dich. (Ich gebe es quasi Wort für Wort wieder, ich glaube, ich habe nichts vergessen, so betäubt war ich von der Brutalität dieses Mannes und der öffentlichen Demütigung, die er dieser Frau zumutete). Die Leute rückten ab, manche setzten sich auf einen anderen Platz. Der Mann, weit davon entfernt, sich zu mäßigen, redete weiter.

»Du bist die Einzige, die es nicht merkt, Magali, alle waren verblüfft, und wie, und alle dachten: Aber was hat er mit einem solchen Mädchen zu tun? Du schwitzt es aus, dein Unbehagen, was soll ich sagen, du jagst den Leuten Angst ein. Und dann erst, als du angefangen hast, von deinem Job zu reden, ja, was glaubst du denn? Dass die Leute sich für das Leben einer erbärmlichen Kindergärtnerin interessieren? Das ist uns doch egal, das ist allen egal, und du glaubst, das würde die Leute interessieren?«

L. sah den Mann an, nicht unauffällig und flüchtig wie wir anderen. L. starrte den Mann an, demonstrativ, sie hob ihm wie im Theater das Gesicht entgegen. Ihre Kiefer waren angespannt, das Pulsieren war wieder da und bildete immer wieder eine kleine Mulde in ihrer Wange.

»Aber sieh dich doch an, deine Haltung, das gibt's doch nicht, du siehst aus, als hättest du einen Buckel. Ach ja, ich vergaß, du trägst ja auch das Elend der Welt, Magali, verzeih, das hatte ich vergessen, hahaha, guter Witz, was? Doch ja, es stimmt, Madame trägt das Unglück der ganzen Erde, und da gibt es Gott weiß genug: Bälger, deren Eltern keine Aufenthaltserlaubnis haben, Bälger, deren Eltern den Job verloren haben, Bälger, deren Eltern einen an der Klatsche haben und so weiter und so fort, aber aufgepasst, Madame macht es sich jeden Tag um 16 Uhr 30 nach einem ordentlichen Imbiss gemütlich! Ach Magali, schau dich doch an, du brauchst bloß noch einen Versandhauskittel, dann siehst du aus wie eine Putzfrau.«

Wir hatten gerade in der Station Arts et Métiers gehalten. L. stand auf, sie war sehr ruhig, jede ihrer Bewegungen schien im Voraus und millimetergenau berechnet worden zu sein, sie baute sich vor dem Mann auf, genau vor ihm, und starrte ihm wortlos in die Augen. Der Mann brach ab, das Gemurmel ringsum verstummte. Eine seltsame Stille machte sich im Wagen breit. L. stand dem Mann gegenüber und ließ ihn nicht aus den Augen, während einige Fahrgäste aus- und einstiegen. Der Mann sagte: »Was will die blöde Fotze«, dann ertönte das Signal vor dem Schließen der Türen.

Und da stieß L. den Mann überraschend schnell mit einer entschlossenen Bewegung auf den Bahnsteig. Er fiel nach hinten, fing sich mit den Händen ab, und die Türen schlossen sich, bevor er die Situation begriff. Durch die Fenster sahen wir sein benommenes, ungläubiges Gesicht. Er brüllte: »Dreckige Hure«, und dann verschwand seine Gestalt.

L. wandte sich jetzt an die junge Frau und sagte diesen Satz zu ihr, den ich nie vergessen habe:

»Sie dürfen das nicht ertragen, niemand darf das ertragen.«

Es war keine Bitte, auch kein Wort des Trostes. Es war ein Befehl. Die Frau setzte sich ein Stückchen weiter hin, sie wirkte erleichtert. Nach einigen Minuten sah ich sie gedankenverloren lächeln, dann lachte sie kurz auf, abrupt, fast wie mit Schuldgefühlen. Mir schien, dass sich ihr Körper ein wenig aufgerichtet hatte.

Noch heute fällt es mir schwer zu erklären, wie sich unsere Beziehung so schnell entwickeln und wie L. binnen weniger Monate einen solchen Platz in meinem Leben einnehmen konnte.

L. übte auf mich eine echte Faszination aus.

L. erstaunte mich, amüsierte mich, machte mich neugierig. Schüchterte mich ein.

L. hatte eine besondere Art zu lachen, zu sprechen und zu gehen. L. schien mir nicht gefallen zu wollen, schien kein Spiel zu spielen. Sie beeindruckte mich im Gegenteil durch ihre Fähigkeit, sie selbst zu sein. (Jetzt, wo ich diese Zeilen schreibe, wird mir deren Naivität klar, wie hätte ich nach so kurzer Zeit wissen sollen, wer L. war?) Alles an ihr wirkte einfach, als bräuchte man nur in die Hände zu klatschen, um so zu erscheinen, natürlich und perfekt angepasst. Wenn ich mich nach einem Zusammensein oder einem langen Telefongespräch von L. trennte, wirkte unser Austausch oft noch in mir nach. L. übte eine sanfte, intime und verwirrende Macht auf mich aus, deren Grund und Tragweite ich nicht erkannte.

Einige Wochen nach unserer ersten Begegnung hatte L. bereits dafür gesorgt, dass unsere Kontakte so häufig waren, wie ich sie mit keiner meiner Freundinnen mehr unterhielt. Mindestens einmal am Tag meldete sie sich auf die eine oder andere Weise bei mir. Morgens eine Nachricht, abends ein An-mich-Denken, eine extra für mich geschriebene winzige Erzählung (L. beherrschte die Kunst, in wenigen Worten ein Erlebnis oder einen Menschen zu beschreiben, den sie gerade gesehen hatte). L. schickte mir Fotos, die sie hier und da gemacht hatte, als freches oder witziges Augenzwinkern, das mehr oder minder mit unseren Gesprächen oder gemeinsam Erlebtem zusammenhing: ein Mann im Zug, der in die chinesische Übersetzung meines neuesten Buchs vertieft war, ein Plakat für ein Konzert von La Grande Sophie, deren Lieder ich, wie sie wusste, mochte, eine Werbung für eine neue bittere Schokoladensorte meiner Lieblingsmarke. L. drückte unverhohlen ihren Wunsch aus, mit mir in Verbindung zu stehen. Meine Freundin zu werden.

Unbewusst begann ich auf diese Zeichen zu warten. Und auf die Anrufe. Ich rief sie häufiger an, um ihr Belanglosigkeiten zu erzählen. Wir begannen, uns Mails zu schreiben.

Ich bemerkte nicht gleich, wie sehr L. die sehnsuchtsvolle Erinnerung an die Jahre meiner Postadoleszenz reaktivierte, an jene Zeit, zu der ich ins Erwachsenenalter eintrat, der Zeit, zu der mir mein *Élan vital*, meine lebendige, schöpferische Begeisterungsfähigkeit, bewusst wurde. L. reaktivierte dieses Allmachtsgefühl, das ich als Siebzehnjährige empfand, diese unglaubliche Energie, die mich einige Monate trug, bis mich die Angst, die Beklommenheit und die Schuldgefühle wieder einholten. L. reaktivierte genau diesen Moment meines Lebens, als ich nach vier Jahren bei meinem Vater wieder nach Paris zurückkehrte, meine ersten studentischen Gespräche in den Cafés der Rue de Rome, die Kinovorstellungen im Quartier Latin, meine Begegnung mit Coline, unsere Streiche in der Metro, die Sprache mit slawisch klingenden Konsonanten, die wir erfunden hatten, die stillen Gespräche, die während des Unterrichts zwischen uns stattfanden, sie wurden zu Ehren von Abel Tiffauges von rechts nach links geschrieben und konnten nur im Spiegel gelesen werden oder wenn man die Zettel gegen das Licht hielt. Ein ständiger unauslöschlicher Faden, der den Kontakt aufrechterhielt. Eine Art, alles zu teilen: die Angst und das Begehren.

L. reaktivierte es: diese ausschließliche und gebieterische Art einer Verbindung mit einem anderen, wie man sie mit siebzehn erleben kann.

Dennoch passte sich das intensive, regelmäßige Beziehungsmuster, das sich zwischen L. und mir gebildet hatte, gut an die Erfordernisse meines Erwachsenenlebens an. So hatte sie zum Beispiel, obwohl sie nur selten Fragen über François gestellt hatte, die Art unserer Beziehung und den Rhythmus unserer Treffen völlig erfasst. Sie kannte meinen Zeitplan und wusste, dass ihm bestimmte Tage vorbehalten waren. Im Übrigen interessierte sich L. schon sehr früh für meine Kinder. Wahrscheinlich hatte sie erkannt, dass diese Haltung ihr leichteren Zugang zu meinem Privatleben ermöglichte und notwendige Voraussetzung für jedwede Vertiefung unserer Beziehung war. L. fragte mich oft nach Louise und Paul, bat mich, ihre Persönlichkeiten zu beschreiben oder ihr Erinnerungen aus ihrer Kindheit zu erzählen. Manchmal dachte ich, L. wolle die verlorene Zeit aufholen, die Zeit, in der sie mich noch nicht gekannt hatte. Doch L. verfolgte mit gleichem Interesse das aktuelle Leben meiner Kinder; ob sie den Abiturprüfungen zuversichtlich entgegensähen, ob sie schon genau wüssten, welchen Weg sie danach einschlagen wollten?

L. wies mich auf ein oder zwei Dokumente zu dem Beruf hin, für den Paul sich interessierte, und schickte mir per Post ein Dossier über die staatliche französische Hochschule für zivile Luftfahrt, weil meine Tochter vorhatte, sich auf die dortige Aufnahmeprüfung vorzubereiten. Später schickte sie mir per Mail eine sehr umfassende Dokumentation über die Ausbildungsmöglichkeiten im Bereich Kunst und Kunsthandwerk sowie eine Liste der Gymnasien mit den besten Vorbereitungsklassen für naturwissenschaftliche Studien.

Ich muss zugeben, dass mich die Neugier auf meine Kinder,

die L. sehr bald zum Ausdruck brachte, zunächst erstaunte. Dann schien mir mein Staunen auf einem dummen Vorurteil zu beruhen: Warum sollte sich eine Frau, die selbst keine Kinder hatte, nicht für die Kinder der anderen interessieren? Fakt ist jedenfalls, dass L. eine unvergleichliche Zuhörerin war, wenn es um meine Muttersorgen ging. Das Zwillingsschicksal von Louise und Paul, ihr Unbehagen angesichts der anstehenden Trennung, die sie wahrscheinlich selbst für notwendig hielten, ihre jeweiligen Entscheidungen, die Verwaltungsangelegenheiten, die Dossiers, die zusammengestellt werden mussten, die Motivationsschreiben, die Erfassung der Ausbildungswünsche nach dem Abitur durch diese mysteriöse EDV-Anwendung, die den Schülern zur Verfügung gestellt wurde, und dann das Warten … lauter Etappen, die L. an meiner Seite mitmachte, als wäre sie selbst im höchsten Maße betroffen.

L. stellte Fragen, erkundigte sich nach Neuigkeiten und äußerte manchmal eine Meinung.

Heute könnte ich versucht sein zu sagen, dass L. sich nicht für Louise und Paul interessierte, sondern für den Raum, den sie in meinem Leben einnahmen: ihren erkennbaren Einfluss auf meine Stimmung, meinen Schlaf, meine Verfügbarkeit. Heute fiele es mir leicht zu schreiben, L. habe sich für mich als Mutter nur deshalb interessiert, weil sie sich für mich als Schriftstellerin interessierte. L. brauchte nicht lange, um zu verstehen, dass diese beiden Seiten meiner Persönlichkeit nicht getrennt sind. Bis zu welchem Grad Louise und Paul imstande waren, mein Schreiben zu stören, zu beeinträchtigen, zu verhindern oder ganz im Gegenteil zu fördern, das war es vermutlich, was L. ausloten wollte. Zudem würden sie wegen der Studiengänge, für die sie sich entschieden hatten, Paris verlassen müssen, die eine Richtung Provinz, der andere Richtung Ausland. Heute könnte man leicht denken, dass L. sich darüber freute, dass sie im Sommer abreisen würden. Aber ich weiß, das wäre ungerecht, und so einfach ist es nicht. In Wahrheit ist nichts im Zusammenhang mit L. je so einfach gewesen. Aus der jetzigen Distanz habe ich den Eindruck, das Interesse, das L. an meinen Kindern bekundete, war zugleich tiefer und komplexer als all das. Mütter übten auf L. ganz allgemein eine echte Faszination aus, und besonders die Mutter, die ich war. L. hörte gern zu, wenn ich von meinen Kindern sprach, über Erinnerungen an ihre ersten Jahre, die Art, wie sie groß geworden waren, über das, was sie in ihrer Pubertät umgetrieben hatte. L. verlangte Einzelheiten und amüsierte sich über unsere kleine Familienmythologie. Mit dem heutigen Abstand muss ich sagen, dass L. meine Kinder verblüffend gut verstand. Es kam mehrmals vor, dass ich ihr von einem Problem, einem Streit, einem Mangel an Verständnis zwischen ihnen beiden oder ihnen beiden und mir erzählte und sie sofort den Kern des Problems erkannte und mir so half, damit umzugehen. Dennoch hat es L. nie danach verlangt, sie kennenzulernen. Ich würde sogar sagen, dass sie alle Umstände mied, die ein Kennenlernen begünstigt hätten. Sie ging nicht mit, wenn ich mit ihnen ins Kino ging, und wenn ich ihr vorschlug, mich irgendwo zu treffen, fragte sie immer, ob ich allein sein würde. Genauso kam sie auch nie bei mir vorbei, wenn sie wusste, dass meine Kinder da waren, und wenn sie darüber im Zweifel war, ging sie kein Risiko ein.

Ich brauchte einige Zeit, um es zu bemerken.

Ich dachte schließlich, es sei bei ihr eine Frage des Takts oder sie wolle sich vor einer Emotion schützen, der sie nicht gewachsen zu sein fürchtete. Ich dachte schließlich, diese Frage der Mutterschaft sei für sie viel schmerzlicher, als sie sich eingestehen wolle.

Ich glaube, es gelang L., sich im Verlauf weniger Monate einen ziemlich genauen Überblick über meine Art zu leben zu verschaffen: was für mich wichtig war, wie viel Zeit ich jedem widmete, wie schlecht ich schlief.

Wenn ich es recht bedenke, positionierte sich L. sehr schnell als Unterstützer-Persönlichkeit: als jemand, der zuverlässig war, ungewöhnlich oft verfügbar, jemand, auf den ich mich verlassen konnte. Jemand, der sich um mich sorgte, der mir Zeit schenkte wie kein anderer Erwachsener, den ich kannte.

L. war eine großzügige, witzige und außergewöhnliche Frau, die ich auf einer Abendeinladung kennengelernt hatte, diese Worte gebrauchte ich übrigens auch, als ich François zum ersten Mal von ihr erzählte.

François wusste, wie schwer es mir fiel, die Leute ziehen zu lassen, mich damit zu begnügen, ihnen nur zu begegnen, sodass ich anschließend immer wissen wollte, was aus ihnen wurde, dass ich mich weigerte, sie ganz zu verlieren. Daher sagte er liebevoll-ironisch:

»Als hättest du nicht genug Freunde …«

Eines Abends im Juni schickte mir L. ein Foto von einem riesigen Graffito in Rot und Schwarz, das ihr auf einer schmutzigen Mauer im dreizehnten Arrondissement aufgefallen war. Jemand hatte auf Augenhöhe hingesprüht:

WRITE YOURSELF, YOU WILL SURVIVE.

Ich habe immer gern Frauen beobachtet. In der Metro, in den Geschäften, auf der Straße. Ich betrachte sie auch gern im Film oder im Fernsehen, ich sehe sie gern spielen und tanzen, höre sie gern lachen oder singen.

Ich glaube, dieses Interesse gleicht dem kindlichen Interesse, ist eng mit der Kindheit verbunden. Es ist die Fortsetzung der Rollenspiele, die ich als kleines Mädchen mit bestimmten Freundinnen gern spielte und in denen man sich nur einen neuen Vornamen erfinden musste, um jemand anders zu werden. Wir sagen, du würdest Sabrina heißen und ich Johanna. Oder umgekehrt. Ich wäre eine wunderschöne Prinzessin, hätte Locken wie Candy und ein unwiderstehliches Grübchen, ich wäre eine überbegabte junge Schauspielerin wie Jodie Foster in *Bugsy Malone*, mit blauen Augen und einem Porzellanteint, ich wäre Christine Rosenthal, die auf dem Schuljahrs-Abschlussfest in der Grundschule von Yerres zu *Belinda* tanzte, ich wäre Christelle Portal oder Isabelle François, die Stars des *Lycée* von L'Aigle, dunkelhaarig und von magnetischer Anziehungskraft, ich wäre das einzige Mädchen in einer Clique von Jungs, die alle nur Augen für mich hätten, ich wäre ein herrliches Geschöpf mit langem, glattem Haar und samtweichen Brüsten.

Ich wäre eine andere.

L. ließ diese ungestillte Hoffnung wiederaufleben, schöner zu sein, geistvoller, selbstsicherer, insgesamt jemand anders zu sein, wie die Herzen brechenden Frauen in dem Lied von Catherine Lara, das ich als Jugendliche ständig hörte: *Fatale, fatale, j'aurais voulu être de ces femmes pour lesquelles tout le monde s'enflamme, fou d'amour, foudroyé …*

Obwohl ich mich im Laufe der Zeit mit meiner Person insgesamt abgefunden habe, obwohl mir scheint, dass ich mit der Frau, die ich bin, in Frieden und sogar in Harmonie zusammenlebe, obwohl ich nicht mehr das heftige Verlangen habe, mich ganz oder teilweise gegen ein attraktiveres Modell einzutauschen, habe ich, so glaube ich, diesen Blick auf die Frauen noch heute – als Nachklang dieses Wunsches, den ich so lange in mir trug: eine andere zu sein. Einen Blick, der bei jeder Frau, der ich begegne, das sucht, was an ihr am schönsten, am dunkelsten und am leuchtendsten ist. Dennoch hat sich mein sexuelles Begehren, jedenfalls bislang, nur in Bezug auf Männer bemerkbar gemacht. Diese Welle, das Erschauern, die Wärme im Unterleib, in den Schenkeln, der stockende Atem, der Alarmzustand des Körpers, die elektrisch aufgeladene Haut, all das nur im Kontakt mit Männern.

Eines Tages jedoch, vor einigen Jahren, schien mir, dass ich für eine Frau etwas empfand, das durch die Adern floss und die Haut durchdringen konnte. Ich war wegen der Übersetzung eines meiner Bücher zu einem Literaturfestival im Ausland eingeladen worden. In einem dunklen, klimatisierten Saal, denn draußen herrschte eine Gluthitze, beantwortete ich die Fragen meiner Leser. Danach hörte ich dieser Frau zu, die über ihren letzten Roman sprach. Ich hatte zwar einige ihrer Bücher gelesen, war ihr aber nie zuvor begegnet. Sie war brillant, witzig, geistvoll. Ihre Rede war eine Folge von Pirouetten, Sprüngen, Abschweifungen, der Saal hing an ihren Lippen, ich auch, sie spielte mit den Wörtern und ihren Mehrdeutigkeiten und hatte ihren Spaß. Das Publikum, das Gelächter, die auf sie gerichtete Aufmerksamkeit, all das schien ein Spiel zu sein, als dürfe man im Grunde nichts von diesem Zirkus (der Schriftsteller vor seinem Publikum) ernst nehmen. Sie war auf eine maskuline Art schön, es hatte nichts mit ihren Gesichtszügen zu tun, eher mit ihrer Haltung, ohne dass ich diese genau zu benennen wüsste, diese seltsame Anziehung, die sie auf mich ausübte. Es war etwas ungeheuer Feminines in ihrer Art, maskulin zu sein, die Codes zu übernehmen und abzuwandeln.

Noch am selben Abend gingen wir beide irgendwo am Hafen etwas trinken.

Früher an diesem Abend, als wir noch mit der Gruppe (die aus etwa zehn Autoren und den Organisatoren des Festivals bestand) zusammen waren, hatte sie von sich selbst gesprochen, von ihrer Leidenschaft für Autos und Geschwindigkeit, von ihrer Liebe zum Wein, von ihren Kursen an der Universität. Plötzlich wünschte ich mir, dass sie sich für mich interessierte, dass sie mir vorschlüge, den anderen gemeinsam zu entwischen, dass sie mich unter den anderen auszeichnete. Mich wählte. Und genau das geschah.

Ich saß ihr in der warmen Nacht gegenüber, und obwohl wir in etwa gleichaltrig waren, fühlte ich mich wie ein unbeholfenes kleines Mädchen, sie war mir in jeder Hinsicht überlegen. Ihr Geist, ihre Sprache, ihre Stimme, alles faszinierte mich. Ich erinnere mich, dass wir von der Stadt sprachen, in der sie lebte, von der Schönheit von Flughäfen, von der Art, wie die Bücher trotz des Vergessens in unserem Gedächtnis weiterleben. Ich erinnere mich, dass ich ihr vom Selbstmord meiner Mutter erzählte, der einige Monate zurücklag, und von den Fragen, die mich immer noch verfolgten.

Zum ersten Mal hatte ich Lust, neben einer Frau zu liegen, ihre Haut zu spüren. In ihren Armen einzuschlafen. Zum ersten Mal stellte ich mir vor, es sei möglich, es könne mir passieren, dass ich eine Frau körperlich begehre.

Wir gingen zu Fuß ins Hotel zurück, spät in der Nacht. Auf dem Gang trennten wir uns, ohne zu zögern, es war eindeutig und klar, jede ging in ihr Zimmer. Ich habe oft an sie gedacht, ich habe sie nie wiedergesehen.

War L. für mich ein Gegenstand des Begehrens? In Anbetracht der Art unseres Kennenlernens und der Schnelligkeit, mit der sie sich in meinem Leben einen so wichtigen Platz eroberte, habe ich mir, natürlich, die Frage gestellt. Und die Antwort ist Ja. Ja, selbst heute noch wäre ich imstande, L.s Körper genau zu beschreiben, die Länge ihrer Hände, diese Strähne, die sie hinters Ohr strich, die Textur ihrer Haut. Die Geschmeidigkeit ihres Haars, ihr Lächeln. Ich wäre gern L. gewesen, wäre gern wie sie gewesen. Ich wünschte mir, ihr zu gleichen. Es kam vor, dass ich Lust hatte, ihre Wange zu streicheln, sie in die Arme zu nehmen. Ich mochte ihren Duft.

Ich weiß nicht, wie viel sexuelles Verlangen in alldem ist, wahrscheinlich ist es nie bis zu meinem Bewusstsein vorgedrungen.

Am Tag der Bekanntgabe der Abiturnoten war L. die Erste, die anrief, um zu erfahren, ob Louise und Paul bestanden hatten. Wir hatten beschlossen, den Erfolg meiner Kinder noch am selben Abend mit Freunden bei uns zu Hause zu feiern, ein fröhliches Essen im kleinen Kreis, bevor sie, vermutlich bis zum nächsten Morgen, im Viertel ausgehen würden. Ich lud L. ein zu kommen, dann könne sie sie endlich kennenlernen, genauso wie François, den sie ja noch nie gesehen habe. Nach kurzem Zögern reagierte L. begeistert, aber ja, das sei eine sehr gute Idee, was sie mitbringen solle: Wein, Knabbereien zum Aperitif oder ein Dessert?

Im Laufe des Abends hinterließ L. eine Nachricht auf meinem Anrufbeantworter, sie komme doch nicht, es tue ihr leid, aber sie habe starke Rückenschmerzen und fürchte, es seien Vorzeichen einer Nierenkolik, so etwas passiere ihr leider oft, sie bleibe lieber zu Hause und schone sich.

Am folgenden Tag rief ich sie an, um zu erfahren, wie es ihr ging. Sie glaube, die Kolik vermieden zu haben, sei aber noch recht schlapp. Wie es ihrer Gewohnheit entsprach, übernahm sie schon bald die Führung, was das Ausfragen anging: Wie der Abend verlaufen sei, ob Louise und Paul glücklich, stolz, erleichtert seien? Ob sie anschließend mit ihren Freunden ausgegangen seien? Und wie ich mich bei alldem fühle? Sie könne sich vorstellen, dass dies für mich eine seltsame Etappe sei, wenn man als Mutter das Abi seiner Kinder und bald auch deren achtzehnten Geburtstag feiere, sich darauf vorbereite, sie von dannen ziehen zu lassen, wenn man sich für sie über ihren Erfolg freue und darüber, dass sie auf ihre Wunsch-Unis gehen konnten, aber all das bedeute doch auch, nicht wahr, dass ich bald allein sein würde. Wie das für mich sei? Gehe es nicht zu schnell, fühle es sich nicht ein bisschen plötzlich an, als würde man von hinten überfallen, obgleich seit der Geburt meiner Kinder achtzehn Jahre verstrichen seien? Sei das nicht einfach verblüffend?

Wieder einmal formulierte L. die Dinge genauso, wie ich es selbst hätte tun können: dieses Gefühl, die Zeit anhalten zu wollen, dieser vergebliche Kampf, damit der Zeiger nicht weiterrückte oder aber die Stunden sich dehnten, nur ein ganz kleines bisschen, diese Ungläubigkeit, dass ich schon hier angelangt war.

L. hatte recht. Es war schmerzlich und wunderbar. Es war ganz plötzlich gekommen. Es war schwindelerregend. Mir blieben Hunderte Bilder und Empfindungen, die ich nicht verlieren wollte, zarte, schon veränderte Erinnerungen, die ich nun gut behüten musste.

Und dann war da diese Frage, die mir manchmal durch den Kopf ging, wenn ich versuchte, zwei Bilder nebeneinanderzustellen: Louise und Paul bei ihrer Geburt (zwei winzige Wesen, die im Abstand von drei Minuten durch einen Kaiserschnitt zur Welt gekommen waren und zusammen gerade einmal fünf Kilo gewogen hatten) und Louise und Paul heute (zwei junge Leute von gesunder Konstitution, 1,78 beziehungsweise 1,95 m groß); diese Frage, die ich manchmal laut aussprach, wenn ich sie morgens in der Küche beobachtete, diese Frage, die meine Verblüffung ausdrückte, ja, das war das passende Wort, als hätte die Zeit zwischen diesen beiden Bildern nicht existiert:

»Was ist bloß passiert?«

Als mich L. zum ersten Mal fragte, was ich nun zu schreiben gedächte, hatte ich den Eindruck, dass wir, endlich, zur Sache kamen. Ich weiß nicht, warum ich, und zwar sofort, dachte: Alles, was vorher zwischen ihr und mir gewesen war, war nur dazu da gewesen, um uns an genau diesen Punkt zu bringen, und L. hatte gerade ihre Karten auf den Tisch gelegt und ihr Spiel aufgedeckt.

Ich saß am Tresen, sie stand mir gegenüber, es war eine zum Wohnzimmer hin offene Küche, der Geruch von Fleisch und Sauce sättigte nach und nach den Raum. L. schnitt Gemüse klein, wir tranken einen Rotwein als Aperitif.

Sie stellte mir die Frage abrupt, unerwartet, nichts im vorherigen Gespräch hätte diesen Überfall rechtfertigen können, wir sprachen von etwas ganz anderem, und plötzlich fragte sie mich:

»Und was wirst du jetzt schreiben?«

Seit Monaten fragten mich Leser, Freunde, Leute, die ich irgendwo getroffen hatte, nach dem Danach. Im Allgemeinen wurde die Frage so formuliert: »Was werden Sie *da*nach schreiben?« Manchmal wurde die Frage ins Allgemeinere gezogen: »Was kann *man* nur *da*nach schreiben?« In diesem Fall schien mir die Frage die Antwort zu enthalten: *Da*nach gab es nichts, das war von vornherein klar. Ich hatte die Blackbox geöffnet, den Fundus verschleudert, ich hatte nichts mehr auf Lager. Wie auch immer, diese Frage war keine neutrale Frage. Sie schien mir eine vage Drohung zu enthalten, eine Warnung.

Vielleicht war ich die Einzige, die nicht wusste, was alle wussten. Dieses Buch war ein Endpunkt, ein Ende an sich. Oder vielmehr eine unüberwindliche Schwelle, ein Punkt, über den hinaus *man* nicht gehen konnte, jedenfalls ich nicht. Danach würde nichts mehr sein. Die berühmte Geschichte mit der gläsernen Decke, der Schwelle der mangelnden Kompetenz. Das war es, was die Frage meinte. Aber vielleicht war es auch eine Fehlinterpretation meinerseits, ein wahnhaftes Hirngespinst. Die Frage war so einfach, wie sie auf den ersten Blick wirkte, ohne einen Hintergedanken oder eine Anspielung. Dennoch hatte sich angesichts dieser ständig wiederholten Frage der Gedanke aufgedrängt, ich hätte, ohne es zu wissen, mein letztes Buch geschrieben. Ein Buch, über das hinaus es nichts gebe, über das hinaus sich nichts mehr schreiben lasse. Das Buch habe den Kreis geschlossen, den Zauber gebrochen, dem schöpferischen Elan ein Ende gesetzt.

Bei den Begegnungen mit meinen Lesern, zu denen sie mich manchmal begleitete, hatte meine Lektorin bemerkt, wie sehr mich das häufige Auftauchen dieser Frage aus dem Lot brachte. Mehrmals hatte ich mich in ihrer Gegenwart zurückhalten müssen, um der Panik nicht nachzugeben und nicht zu antworten: Nichts, gar nichts, Madame, danach schreibt *man* nichts mehr, nicht die geringste Zeile, nicht das geringste Wort, man hält ein für alle Mal die Klappe, o ja, Sie haben recht, Monsieur, ich bin durchgebrannt wie eine Glühbirne, ich habe mein Pulver verschossen, sehen Sie doch, das Häuflein Asche zu Ihren Füßen, ich bin tot, denn ich habe alles verbrannt.

L.s Frage war nicht ganz dieselbe. Sie hatte nicht *da*nach gesagt, sondern *jetzt.*

Was würde ich schreiben, jetzt.

Der große Sprung, der Salto, der Sprung ins Nichts, die Stunde der Wahrheit (diese Ausdrücke hagelten mir durch den Kopf, während L. das Gemüse mit beängstigender Entschlossenheit klein schnitt), das war also *jetzt.*

François war gerade in die Vereinigten Staaten geflogen, um eine Dokumentarfilmserie über amerikanische Schriftsteller zu drehen, Louise und Paul verbrachten das Wochenende bei ihrem Vater. L. hatte mich zum Abendessen in ihre Wohnung eingeladen. Zum ersten Mal luden wir uns so ein, nach Hause, ein wenig förmlich und geplant. Es war auch das erste Mal, dass ich ihre Wohnung überhaupt betrat, und dabei hatte ich das seltsame Gefühl, in eine Filmkulisse zu treten. Alles wirkte neu, wie gerade erst geliefert. Das hatte ich gedacht, und dann reichte mir L. ein Glas Wein, und der Eindruck verflüchtigte sich.

Ich trank mein Glas aus und begann, L. von meinem Reality-TV-Projekt zu erzählen. Es zeichnete sich schon genauer ab, seit einigen Wochen hatte ich eine weibliche Figur im Kopf, über die ich reichlich Notizen gemacht hatte (ich hatte sie auf die erste Seite des Hefts gezeichnet, das ich stets in der Handtasche dabeihatte). Meine künftige Heldin war der Star einer Sendung mit großer Einschaltquote, eine junge Frau von fünfundzwanzig Jahren, durch und durch künstlich, von allen angehimmelt und immer im Vordergrund. Eine Figur genau in der Mitte zwischen der Loana in der französischen Version von *Big Brother* und dem Truman Burbank der *Truman Show.*

Während ich redete und ihr mein Projekt zu beschreiben versuchte, bemerkte ich bald ihre Enttäuschung oder, genauer gesagt, ihre Verärgerung. Ich spürte es an der Art, wie sie ihr Schneiden beschleunigte, nach dem Porree machte sie sich nun, den Kopf über das Schneidebrett gebeugt, über die Möhren her, ihre Bewegungen waren rasch und präzise, sie hörte mir aufmerksam zu, sah mich jedoch nicht an.

Nachdem ich ihr meine Vorstellung in groben Zügen beschrieben hatte, wartete sie einen kurzen Moment, bevor sie sprach.

Ich rekonstruiere hier mein Gespräch mit ihr. Ich schrieb es noch am selben Abend nieder, gleich nachdem ich zu Hause angekommen war. An Schlafen war nicht zu denken. In einem Schulheft, das ich in einem Karton mit Schulbedarf gefunden hatte, versuchte ich das Gespräch bis ins letzte Detail wiederzugeben, wahrscheinlich, um eine Distanz dazu herzustellen, es aus mir herauszuhalten. Vielleicht hatte ich eine Vorahnung, dass dieses Gespräch eine eigene Nachwirkung haben würde, die sich langsam ausbreiten würde. Ich weiß noch, dass ich Angst hatte, ich könne es vergessen und es könne ohne mein Wissen wirksam werden.

In den ersten Monaten unserer Beziehung schrieb ich unsere Gespräche und L.s Monologe weiterhin in dieses Heft. Bis zu dem Tag, an dem ich überhaupt nicht mehr schreiben konnte, aber darauf komme ich noch zurück.

L. blickte zu mir auf, und ich hatte den Eindruck, dass sie das Timbre ihrer Stimme und mehr noch ihr Sprechtempo zu kontrollieren versuchte:

»Ich hätte mir keine Sekunde lang vorstellen können, dass du daran dachtest, etwas Derartiges zu schreiben. Ich habe einen Artikel in *Le Monde des Livres* gelesen, wo du von einem Phantom-Buch sprachst, einem noch persönlicheren Buch, zu dem du wahrscheinlich letztlich gelangen würdest. Einem Buch, das als Hohlform schon in diesem Buch verborgen ist.«

Ich wusste genau, auf welches Interview sie anspielte. Ich tat so, als könne ich mich nicht mehr genau daran erinnern.

»Ach, das habe ich tatsächlich gesagt?«

»Ja. Du sprachst von einer Flugbahn, die durch mehrere Punkte gehe, und davon, dass es für dich von nun an schwierig sei, zur Fiktion zurückzukehren. Mit diesem Gedanken habe ich dein letztes Buch gelesen: dass es bereits ein künftiges Buch enthält, ein wichtigeres und gefährlicheres.«

Mir wurde langsam warm.

Ich erklärte L., ich hätte mich getäuscht. Ich sei Anfang August interviewt worden, mehrere Wochen vor Erscheinen meines Buchs. Ich sei weit davon entfernt gewesen, mir vorstellen zu können, was geschehen würde, was das Buch auslösen würde. Ich hätte gedacht, die Folgen vorhergesehen zu haben, aber das sei nicht im Mindesten der Fall gewesen. Ich hätte nicht das nötige Format dafür. Ich sei dem ganz einfach nicht gewachsen. Und deshalb wolle ich jetzt im Gegenteil zur Fiktion zurückkehren, eine Geschichte erzählen, Figuren erfinden, ich wolle der Wirklichkeit nicht zur Rechenschaft verpflichtet sein.

»Es ist also eine Frage der Bequemlichkeit?«

Sie machte keinen Hehl aus ihrer Verärgerung. Ich fühlte mich überrumpelt.

»Eine Frage der Bequemlichkeit, ja, gewissermaßen, für mich und für die anderen. Eine haltbare, aushaltbare Position, die es ermöglicht ...«

»Darauf pfeifen die Leute. Sie haben genug von Märchen und Figuren. Mit romanhaften Wechselfällen und plötzlichen Umschwüngen sind sie zur Genüge gefüttert worden. Die Leute haben die gut geölten Geschichten mit ihren geschickten Aufhängern und Auflösungen satt. Sie haben genug von den Sandmännchen und Geschäftemachern, die am laufenden Band Geschichten erfinden, um ihnen Bücher, Autos und Joghurts anzudrehen. In großer Zahl produzierte und unendlich abwandelbare Geschichten. Glaub mir, die Leser erwarten etwas anderes von der Literatur, und damit haben sie sehr recht: Sie erwarten Wahres, Authentisches, sie wollen, dass man ihnen vom Leben erzählt, verstehst du? Die Literatur darf nicht auf das falsche Territorium geraten.«

Ich dachte kurz nach, bevor ich ihr antwortete:

»Ist es denn so wichtig, ob das Leben, von dem man in den Büchern erzählt, wahr ist oder erfunden?«

»Ja, es ist wichtig. Es ist wichtig, dass es wahr ist.«

»Aber wer kann denn behaupten, er wüsste, was wahr ist? Die Leute, wie du sie nennst, wollen vielleicht nur, dass es richtig klingt. Wie ein Ton in der Musik. Vielleicht liegt übrigens da das Geheimnis des Schreibens: Es klingt richtig oder nicht. Ich glaube, die Leute wissen, dass nichts von dem, was wir schreiben, uns wirklich fremd ist. Sie wissen, dass es immer einen Faden, ein Motiv, einen Bruch gibt, der uns mit dem Text verbindet. Aber sie sind damit einverstanden, dass wir umformen, verdichten, verschieben, verkleiden. Und erfinden.«

Das dachte ich. Oder wollte es glauben. Ich wusste nur zu genau, wie sehr *die Leute* oder zumindest manche Leser das Wahre lieben, es vom Erfundenen zu trennen versuchen, ihm von Buch zu Buch nachspüren. Wie viele hatten im Zusammenhang mit meinen früheren Romanen wissen wollen, was daran autobiografisch war? Wie viele hatten mich gefragt, ob ich wirklich auf der Straße gelebt, wirklich eine verrückte Leidenschaft zu einem egozentrischen und fabulierenden Fernsehmoderator entwickelt hätte, ob ich wirklich gemobbt worden sei? Wie viele hatten mich, nachdem sie meinen letzten Roman gelesen hatten, gefragt: »Ist das *alles* wahr?«

Aber ich wollte etwas anderes glauben: dass die Begegnung mit einem Buch – die intime, durchs Mark gehende, emotionale und ästhetische Begegnung mit einem Buch anderswo stattfindet.

Ich spürte, dass L. von einer dumpfen, heftigen Wut gepackt wurde.

»Und dein letzter Roman, ist der dann nur eine Geschichte wie jede andere? Hat das keine Bedeutung? Bildest du dir ein, du hättest genug getan, damit die Wahrheit gesagt wird? Und jetzt, wo du einen kleinen Schritt zur Seite gemacht und dir fast den Fuß verknackst hast, fühlst du dich berechtigt, wieder in deine Komfortzone zurückzukehren?«

Ich spürte ihren empörten Blick, er war wie eine Waffe auf mich gerichtet. Ich fühlte mich allmählich für etwas schuldig, das es nicht gab, von dem ich noch keine Zeile geschrieben hatte, das war doch völlig unsinnig.

»Aber es gibt keine Wahrheit. Die Wahrheit existiert nicht. Mein letzter Roman war nur ein ungeschickter und unvollkommener Versuch, mich etwas Ungreifbarem zu nähern. Eine Art, die Geschichte durch ein verzerrendes Prisma hindurch zu erzählen, ein Prisma aus Schmerz, Reue und Leugnen. Auch aus Liebe. Du kennst das doch alles sehr gut. Sobald man Dinge auslässt, etwas ausdehnt oder verdichtet, Lücken füllt, ist man im Reich der Fiktion. Ich suchte nach der Wahrheit, ja, da hast du recht. Ich habe die Quellen, die Standpunkte, die Erzählungen miteinander verglichen. Aber jedes Schreiben über sich selbst ist ein Roman. Der Bericht ist Illusion. Kein Buch dürfte diese Bezeichnung tragen.«

L. sagte nichts mehr.

Ich überlegte eine Sekunde lang, ob ich den berühmten Satz von Jules Renard zitieren sollte, wonach eine Wahrheit, die über fünf Zeilen hinausgehe, bereits ein Roman sei, aber ich hielt mich zurück. L. war nicht von der Art, die sich von aus dem Kontext gerissenen Zitaten beeindrucken ließ. Sie schenkte uns beiden Wein nach, dann trat sie näher an mich heran.

»Ich spreche ja nicht vom Ergebnis. Ich spreche von der Absicht. Vom Antrieb. Das Schreiben muss eine Suche nach Wahrheit sein, sonst ist es nichts. Wenn du dich durch das Schreiben nicht kennenzulernen versuchst, wenn du in dir nicht nach dem gräbst, was in dir wohnt, was dich ausmacht, wenn du nicht die Wunden wieder aufreißt, wenn du nicht mit den Händen wühlst und kratzt, wenn du deine Person, deine Herkunft, dein Milieu nicht in Frage stellst, hat es keinen Sinn. Schreiben gibt es nur als Schreiben über sich. Das Übrige zählt nicht. Deshalb stieß dein Buch auf ein solches Echo. Du hast das Gebiet des Romanhaften verlassen, das Künstliche, die Lüge, die Vorspiegelung. Du bist zum Wahren zurückgekehrt, und deine Leser haben sich nicht getäuscht. Sie erwarten von dir, dass du beharrlich bleibst, noch weiter gehst. Sie wollen das, was versteckt und verheimlicht wird. Sie wollen, dass du so weit gehst zu sagen, was du immer umgangen hast. Sie wollen wissen, aus welchem Stoff du geschaffen bist, woher du kommst. Welche Gewalt die Schriftstellerin hervorgebracht hat, die du bist. Sie lassen sich nicht irreführen. Du hast nur einen Teil des Schleiers gelüftet, und das wissen sie sehr gut. Wenn du jetzt wieder damit anfangen willst, Geschichtchen über Obdachlose oder deprimierte Führungskräfte zu schreiben, wärst du besser in deiner Marketingfirma geblieben.«

Ich war verblüfft.

In Konfliktsituationen werde ich wehrlos, mein Atem geht kürzer, mein Gehirn trocknet aus, ich bin unfähig, meine Argumente zusammenhängend vorzutragen. Ich verteidigte mich also auf lächerliche Art, indem ich ein Detail korrigierte, als wäre es das Wesentliche:

»Ich war mit der Beobachtung des Sozialgefüges innerhalb von Unternehmen befasst, nicht mit Marketing. Eins hat mit dem anderen nichts zu tun.«

Ich hätte es L. gern genauer erklärt, um das Thema zu wechseln, doch L. legte das Messer hin und entfernte sich. Sie blieb mehrere Minuten lang weg, ich hörte im Bad Wasser laufen.

Als sie zurückkam, sah sie so aus, als hätte sie geweint.

Aber das ergab alles keinen Sinn. Warum sollte sich L. derart um mein nächstes Buch sorgen? Sie hatte das Rouge ein wenig aufgefrischt, ihr Haar aufgesteckt und eine Weste über ihre Bluse gezogen. Als Zeichen meiner Friedfertigkeit sagte ich sehr sanft:

»Weißt du, Fiktion, Autofiktion, Autobiografie, das ist für mich nie eine Entscheidung oder Forderung, nicht einmal eine Absicht. Es ist möglicherweise ein Ergebnis. Ich glaube tatsächlich, ich kann die Grenzen nicht so klar sehen. Meine fiktionalen Bücher sind genauso persönlich und privat wie die anderen. Manchmal muss man die Dinge verkleiden, um sie besser zu erforschen. Wichtig ist die Authentizität des Tuns, ich meine seine Notwendigkeit, ohne jede Berechnung.«

Ich fand nicht die richtigen Worte. Ich war mir bewusst, dass ich gegenüber L. eine bedauerliche Naivität an den Tag legte. Ich war verwirrt. Ich wäre gern weiter gegangen, hätte mich gern verteidigt. Doch in dieser Gegenüberstellung geschah etwas, das mir die Worte raubte.

Nach kurzem Schweigen setzte sie nach.

»Das meine ich nicht. Du bist es, die davon redet. Der Code, der Pakt, das Etikett, das ist mir alles egal. Ich meine das Tun. Das, was dich an deinen Schreibtisch fesselt. Ich meine das, weswegen du dich tagelang wie einen Hund an deinen Schreibtischstuhl kettest, obwohl nichts und niemand dich dazu zwingt.«

»Na und?«

»Und das kannst du eben nicht mehr ausblenden.«

Ich wusste nicht mehr, was ich sagen sollte.

Ich wusste nicht mehr, worüber wir redeten, auch nicht, womit es angefangen hatte.

L. kümmerte sich wieder um die Zubereitung des Essens. Ich sah ihr zu, wie sie das Gemüse abtrocknete, das sie abgespült hatte. Ich spürte, dass sie sich bemühte, ihre Gesten zu verlangsamen, wieder in ihren Rhythmus zu finden und damit zu signalisieren, dass sie sich beruhigt habe, dass all das nicht wichtig sei. Ich beobachtete L., ihr rasches Hin und Her auf relativ engem Raum, ihre Art, sich um den Tresen herumzubewegen, die Schränke zu öffnen, die Gegenstände, die Ecken, die Kanten zu streifen, diese Art grundloser Eile, diese Ungeduld. L. warf das Gemüse in das siedende Öl des Woks.

Sie nahm das Messer, mit dem sie es geschnitten hatte, und spülte es vorsichtig, der Spülschwamm glitt zart über die Schneide, dann trocknete sie es behutsam mit einem Tuch ab. Sie legte es in eine Schublade und schüttete dann ein Päckchen Cashewnüsse in eine Schale. Ohne mich anzusehen, sprach sie weiter:

»Ich weiß, was dein verborgenes Buch ist. Ich wusste es von Anfang an. Ich habe es begriffen, als ich dich zum allerersten Mal sah. Du trägst es in dir. Wir tragen es in uns. Du und ich. Wenn du es nicht schreibst, wird es dich einholen.«

Am Tag nach diesem Abendessen hörte ich nichts von L.

Für einige Tage verschwand L. aus meinem Leben und bewirkte dadurch eine Unterbrechung, eine Leere, auf die ich nicht gefasst gewesen war.

L. fehlte mir. Ich glaube, ich dachte, sie wolle mich bestrafen, obwohl das völlig abwegig war. Ich versuchte sie mehrmals telefonisch zu erreichen und hinterließ ihr ein, zwei Nachrichten, auf die sie jedoch nicht reagierte.

Am Wochenende darauf fuhren Louise und Paul mit ihren jeweiligen Freunden in die Ferien. Paul zeltete in der Bretagne, Louise war in den Süden eingeladen worden. Am Abend nach ihrer Abreise brachte mir ein Bote einen herrlichen Blumenstrauß mit einem Kärtchen von L., dessen genauen Text ich vergessen habe. Im Wesentlichen entschuldigte sie sich dafür, in Zorn geraten zu sein, und bedauerte die Heftigkeit unserer Diskussion. Ich schickte ihr eine beruhigende SMS.

Ich war allein in Paris und wartete ungeduldig auf François' Rückkehr, denn er wollte noch zwei Wochen in Frankreich verbringen, bevor er wieder aufbrechen musste, diesmal zu einem längeren Aufenthalt in den USA. Ich wusste, wie wichtig diese Dokumentarfilmserie für ihn war, wie sehr er davon geträumt hatte. Wir hatten über diese langen Zeiträume gesprochen, in denen wir getrennt sein würden. Ich hatte ihn zu diesen Reisen ermuntert. François stellte meinen Lebensstil und die Zeit, die ich dem Schreiben widmete, nie in Frage.

Als er ankam, machten wir uns sofort auf den Weg nach Courseilles.

In den Jahren zuvor, als sich die unterschiedlichsten Einladungen an ihn immer mehr häuften, hatte sich François immer stärker zurückgezogen und sich, gewissermaßen auf seinem Land, an diesem Ort verschanzt, den er sich als Ankerpunkt auf dem glatten, abschüssigen Parkett der Welt erwählt hatte.

An dem Tag, als ich François kennenlernte, erzählte er mir, bei einem Margarita an der Bar einer Provinz-Disko, von diesem gar nicht so weit von Paris entfernten Haus, das damals gerade eine einzige Baustelle war. Er erklärte mir, wie wichtig, ja lebenswichtig es für ihn sei, sich zu entfernen und in der Stille zu sein. Ich antwortete ihm völlig schonungslos, mir hingegen sei das Landleben verhasst. Das habe nichts mit der Natur zu tun, gegen die hätte ich nichts, es gehe um etwas anderes. Die Vorstellung des Landlebens sei für mich gleichbedeutend mit Isolation, ihr wohne der Begriff der Gefahr inne. Mit dem Land würde ich Angst und eine gewisse Vorstellung des Eingeschlossenseins verbinden.

Ich kann mich überhaupt nicht mehr an dieses Gespräch erinnern, François jedoch erzählte mir lange danach, wie sehr ihn meine Worte aus der Fassung gebracht hatten. Wir seien eindeutig in einen Prozess gegenseitiger Verführung eingetreten gewesen, und so etwas habe er noch nie erlebt, eine Frau, die sich einfach so die Chancen verdarb, gleich zu Beginn, die die Regeln nicht beachtete, die nicht nach zufälligen Gemeinsamkeiten suchte, sondern ganz im Gegenteil die Unterschiede und Unverträglichkeiten betonte. Wir fanden dann trotz allem noch ein Gebiet, auf dem wir uns gut verstanden, als wir von den Songs sprachen, die wir damals auf Hit FM hörten. (Wir zählten eine ganze Liste auf und amüsierten uns über diese gemeinsame Sommerhit-Kultur.)

Ich könnte davon erzählen, wie ich zum ersten Mal nach Courseilles kam, fast drei Jahre nach unserem ersten Gespräch, und von dem seltsamen Weg, der mich schließlich zu diesem Mann geführt hat (und ihn zu mir). L. hat mir immer klar zu erkennen gegeben, dass sie unsere Verbindung seltsam fand, ich glaube übrigens, sie sagte nicht »eure Beziehung« oder »das Paar, das ihr bildet« oder »eure Liebe«, sie benutzte explizit die französische Redewendung von der Hochzeit von Frau Karpfen mit Herrn Kaninchen, die die Vereinigung Unvereinbarer beschreibt. L. schien immer fasziniert zu sein von der Beziehung zwischen François und mir und trug eine gewisse Verblüffung darüber zur Schau. Damit steht sie nicht allein. Ich brauchte selbst Zeit, um zu verstehen und wahrscheinlich auch mir einzugestehen, dass wir trotz meiner Vorurteile viel gemeinsam hatten. Anfangs bemühte ich mich eifrig, alles aufzulisten, was uns trennte und unterschied, ich gefiel mir in der Vorstellung, es gebe zwischen unseren Welten keine Verbindung, und sollte sich doch einmal eine ergeben, dann nur zufällig und vorläufig. Später, als ich dem Menschen François nähergekommen war, als ich endlich begriff, wer dieser Mann war, was ihn antrieb, woher seine Energie und seine Brüche rührten, als ich imstande war, hinter die mal offene und kultivierte, mal arrogante und distanzierte Maske zu sehen, die er der Welt zeigte, verstand ich, welche Liebe aus unserer Begegnung entstehen konnte, und ich hörte auf, Angst zu haben.

Während ich in Courseilles war, rief mich L. schließlich an. Ich freute mich darüber. Sie verhielt sich, als habe nie etwas zwischen uns gestanden, sie wollte hören, was es bei mir Neues gab, sicher sein, dass ich mich wirklich ausruhte, in den letzten Monaten hätte ich so viel an Emotionen aushalten müssen, es sei nur normal und sogar wünschenswert, dass ich mir ein wenig Zeit nähme, eine Pause machte. Ich telefonierte ziemlich lange mit ihr, daran erinnere ich mich, weil der Wind nicht aus der richtigen Richtung kam und ich mich auf einen Erdhaufen ganz hinten im Garten begeben musste, das heißt an den einzigen Ort, an dem man bei

Nordwind noch halbwegs konstanten Empfang hat. Ich erinnere mich, dass mich dieser Anruf rührte und beruhigte. L. dachte an mich. Und auch jetzt schien L. besser als jeder andere zu verstehen, was das gerade zu Ende gegangene Jahr für mich bedeutet hatte, die Energie, die es mich gekostet hatte, die Zweifel, die aufgetaucht waren, die Ambivalenz meiner Empfindungen, das Gefühl von Erfüllung und das der Leere, beide untrennbar vermischt. Auch jetzt schien mir, dass nur L., sogar noch aus der Ferne, wusste, an welchem Punkt ich stand. Denn L. hatte das seltsame Zusammentreffen dieser beiden Momente erkannt: dieses letzte Buch, das mir im wörtlichen wie im übertragenen Sinne über den Kopf gewachsen war und jetzt unabhängig von mir existierte, und meine Kinder, die sich anschickten, ins Leben hinauszugehen.

L. sagte mir, sie bleibe den ganzen Sommer in Paris, um einen Text fertigzustellen, den sie nach den Sommerferien abgeben müsse, einen Augenzeugenbericht über einen neueren Zwischenfall, mehr könne sie derzeit nicht sagen, aber es sei für sie eine wichtige Baustelle, bei der es um einiges gehe. Nein, es mache ihr nichts aus, allein in Paris zu bleiben, sie liebe die den Touristen überlassene Stadt in ihrem verlangsamten Rhythmus, sie würde ein wenig später Urlaub machen. Sie fragte mich, was ich im August vorhätte, ich erinnere mich, dass ich ihr die Geschichte unseres berühmten *Ferienhauses* erzählte, das die Kinder so getauft hatten, als sie klein waren, und das nicht etwa den Ort bezeichnete, sondern die Zeit, diese unausweichlich jedes Jahr stattfindende Verabredung. Jeden Sommer miete ich gemeinsam mit Freunden, die ich mit etwa zwanzig kennengelernt habe, für zwei oder drei Wochen ein ziemlich großes Haus, immer ein anderes und immer an einem anderen Ort. In den ersten Sommern, die wir gemeinsam verbrachten, hatten wir noch keine Kinder. Heute sind sie so alt wie wir, als wir nachts in einem kleinen Badeort an der spanischen Atlantikküste von einer Bar zur anderen zogen. Inzwischen beherbergt *das Ferienhaus* je nach Jahr achtzehn bis fünfundzwanzig Personen, die Kinder mitgezählt. Wobei sich die Geometrie immer um denselben harten Kern bildet, an den sich im Laufe der Zeit bestimmte, von der Gemeinschaft für würdig befundene Personen angeschlossen haben.

Die Freunde sind selten, von denen wir sagen können, dass sie unser Leben verändert haben, und zwar mit dieser seltsamen Sicherheit, dass unser Leben ohne sie ganz einfach nicht dasselbe gewesen wäre, mit der tiefen Überzeugung, dass der Zufall dieser Verbindung, ihr Einfluss sich nicht auf ein paar Abendessen, Partys oder Ferienwochen beschränkt, sondern weit darüber hinaus gestrahlt und geleuchtet hat, dass sie unsere wichtigsten Entscheidungen beeinflusst, unsere Seinsweise tief verändert und zur Verfestigung unserer Lebensweise beigetragen hat. Meine Freunde aus *dem Ferienhaus* sind von dieser Sorte: fundamental. Zu meinem Pech (aber anscheinend zu ihrem Glück) sind sie längst aus Paris fortgezogen.

Ehrlich gesagt haben die meisten meiner Freunde Paris verlassen. Sie leben jetzt in Nantes, Angers, Valence, Rocbaron, Caen, Évecquemont, Montpellier.

Ich stand also oben auf einem Erdhügel hinten im Garten von Courseilles, während es kühler zu werden begann (wenn ich einen Pulli aus dem Haus geholt hätte, hätte ich die Verbindung und damit das Gespräch unterbrochen), und erzählte L., ich weiß nicht warum, von dieser Wegzugswelle, die mich einige Jahre zuvor geradezu verwaist zurückgelassen hatte, bis ich mich wieder imstande fühlte, mit anderen Menschen Kontakte zu knüpfen. Ich beschrieb L., wie meine Freunde einer nach dem anderen Kinder und Habe zusammengepackt hatten, als wäre die Pest über die Stadt hereingebrochen, und mein absurdes Gefühl von Verlust, ja sogar Verlassenheit, als sie nach nicht einmal fünf Jahren alle fort gewesen waren.

L. sagte, sie verstehe mich. Sie kenne dieses Gefühl, habe es selbst empfunden. Ihre Freunde seien nicht weggegangen, um aufs Land zu ziehen, sie seien nach dem Tod ihres Mannes einfach so weggegangen. Sie versprach, mir eines Tages davon zu erzählen. Sie wünschte mir schöne Ferien, sie werde an mich denken.

Im August flog François nach Wyoming, und ich fuhr mit Louise und Paul im Zug zum *Ferienhaus.*

Zum ersten Mal seit Langem hatte ich den Eindruck, dass die Dinge wieder ihre normale Gestalt und ihre normalen Maße annahmen, als hätte all dies – dieser einige Monate zuvor erschienene Roman, die Wellen seiner Resonanz, diese Folge von konzentrischen Kreisen, die sich in einem unermesslichen Raum ausgebreitet und die Beziehungen zu bestimmten Mitgliedern meiner Familie tiefgreifend verändert hatten –, als hätte all dies nie existiert.

Dort, inmitten der Menschen, deren Blick auf mich sich nicht geändert, sich nicht getrübt, sich mit keinem Schleier bedeckt hatte, der Menschen, die dieser leeren Aufregung so fern und mir so nah geblieben waren, hatte ich das Gefühl, dass sich mein Körper fallen ließ.

Wir lachten, schliefen, tranken, tanzten, wir redeten und wanderten stundenlang. Ich sagte mir, eines Tages würde ich über sie schreiben, sie, meine nach hier und dort verschlagenen Freunde, die aus der Kindheit und die aus der Erwachsenenzeit, und über diese fünfundzwanzig oder vierzig Jahre, in denen wir heranwuchsen, Eltern wurden, ein neues Leben, einen neuen Beruf, ein neues Haus und manchmal eine neue Liebe wählten.

Während dieser Zeit hörte ich nichts von L. Ich glaube, ich erzählte meinen Freunden nichts von ihr.

Drei Wochen später fuhren wir mit dem Zug zurück, Louise, Paul und ich, wir waren fröhlich, wir hatten einen Vierertisch im TGV, wir sahen erholt aus. Plötzlich fühlte ich mich lebendig, unglaublich lebendig, ich saß mit meinen Kindern in einem Zug, der uns aus den Landes nach Hause brachte, ich hatte die Sandwiches gemacht, die sie mochten, mit oder ohne Butter, mit oder ohne Salat, wir hatten herrliche Ferien miteinander verbracht, hinter der Scheibe sah ich die Landschaft vorbeiflitzen, meine Kinder würden fortgehen und ihr eigenes Leben beginnen, ich war stolz auf sie, stolz auf die Art Mensch, zu der sie geworden waren, alle beide, und ich dachte, dass ich ihnen über die Familienängste und -verletzungen hinaus etwas mitgegeben hatte, das trotz allem der Freude glich.

Als wir im Bus alle drei in der kompakten Berufsverkehrsmenge steckten, war ich plötzlich zu Tränen gerührt. Etwas ging zu Ende, und etwas anderes würde beginnen, ich hatte unglaubliches Glück, von Anfang an, die ganze Zeit, im Grunde hatte das Glück mich nicht verlassen. Die vor mir liegende Zeit versprach harmonisch und intensiv zu werden, ich würde wieder schreiben, und ich würde meine Kinder an ihren neuen Wohnorten besuchen. Ich würde ein neues Leben in einer neuen Konstellation erkunden, an das ich mich sicher anpassen würde, ich musste die Sehnsucht nach der Vergangenheit fernhalten und mich an der Gegenwart festhalten. Es gab keinen Grund, sich zu fürchten.

Delphine,
es ist lästig. Zu deiner Familie zu gehören, heutzutage denselben Namen zu tragen wie du, das ist sehr lästig. Du hast dir diesen Namen angeeignet, du hast ihn beschmutzt und hast auf ihn geschissen. Das ist es, was du uns antust, uns allen, auch diese nervige Frage, mit der man uns in den Ohren liegt: „Sind Sie mit der Autorin verwandt?" Ja, ich bin mit der Autorin verwandt, und das geht mir auf den Geist. Mir und auch anderen, glaub mir, es geht uns wirklich auf den Senkel. Kann man heute überhaupt noch außerhalb dieser Frage leben, eine andere Identität haben als die, mit der Autorin verwandt zu sein? Es ist kein Geschenk.
Du scheinst zu vergessen, dass du krank bist. Ja, krank. Du bist sehr krank. Und überdies ansteckend. Du glaubst, du seist davongekommen, aber du vergisst die Nachwirkungen. Und das werden dir alle Ärzte sagen: Solche Sachen suchen sich eine andere Stelle, aber sie gehen nicht weg. Es ist erblich, es steckt in dir.
Ich hörte, du schaffst dir gerade deine Kinder vom Hals. Endlich zeigt sich die perfekte Mutter in ihrer wahren Gestalt! Gut gemacht.
Die Bahn ist frei, nicht wahr, jetzt kannst du deinen Spaß haben, deine ganze Knete ausgeben,

auf den VIP-Partys nach jungen Männern Ausschau halten. Ich weiß, dass du eine schlechte Mutter bist, die ihre Brut bei der erstbesten Gelegenheit möglichst weit weg schickt, angeblich, weil die Kinder dort studieren wollen.

Deine Kinder haben eine von den Medien überschätzte Märchenerzählerin zur Mutter.

Sie tun mir leid.

Ich stand einfach so da, den Brief in der Hand.

Zuerst empfand ich eine Art Beklemmung, eine kaum identifizierbare Hemmung beim Einatmen, dann begann sich in meinem Brustkorb eine Kugel auszudehnen, ein mir schon bekanntes, unkontrollierbares Gefühl. Meine Hände zitterten leicht. Ich hatte mir nicht die Zeit genommen, die Koffer auszupacken oder meine Sachen wegzuräumen, ich hatte den Packen Post aus dem Briefkasten auf den Tisch gelegt, mir einen Tee gekocht und angefangen, die Werbung von den Briefen zu trennen, die ich dann einen nach dem anderen öffnete, bis ich auf diesen stieß, der das Datum des Vortags trug. Louise und Paul waren in ihren Zimmern, sie konnten jeden Augenblick herauskommen, Weinen kam nicht in Frage. Ich dachte daran, François anzurufen, aber dann sagte ich mir, dass ich wegen der Zeitverschiebung wenig Aussicht hätte, ihn zu erreichen.

Ich faltete den Brief wieder zusammen. Ich atmete tief durch und griff nach dem nächsten Umschlag. Just in diesem Augenblick klingelte mein Handy. Es war L. Sie erinnere sich, dass ich dieser Tage aus dem Urlaub zurückgekehrt sein müsse, und wolle fragen, wie es mir gehe. Einen Augenblick lang überlegte ich, ob L. mich etwa beim Betreten der Wohnung beobachtet hatte, und warf in einem seltsamen Reflex einen Blick aus dem Fenster. Nichts rührte sich: Fast überall waren die Vorhänge zugezogen und die Rollos geschlossen, ein bisschen weiter unten sah ich durch ein offenes Fenster ein Paar rauchend an einem Couchtisch sitzen.

L. brauchte nur wenige Sekunden, um zu erkennen, dass ich nicht ganz in meinem Normalzustand war. Mehr als alles andere verrät meine Stimme meine Verfassung, dabei habe ich wahrhaftig zu lernen versucht, wie man seine Stimme moduliert, beherrscht, aber da ist nichts zu machen, meine Stimme verrät, wie ich bin, *émotive*, obwohl ich meinen Wortschatz beständig erweitere. L. schlug mir sofort vor, irgendwo etwas trinken zu gehen, sie habe das Manuskript gerade vormittags abgeschlossen und brauche ebenfalls ein wenig Entspannung. Ich willigte ein, mich ein wenig später mit ihr zu treffen, sobald ich ausgepackt hätte und im Supermarkt gewesen wäre, um den Kühlschrank aufzufüllen. Ich steckte den Brief in meine Handtasche, ich wollte ihn ihr zeigen.

Wir saßen hinten im Café, und L. entfaltete den Brief vor meinen Augen. Ich beobachtete sie, während ihr Blick über die Zeilen glitt, ihr Haar war offen, ihre Lider waren von einem metallischen Grau bedeckt, das die Blässe ihres Teints hervortreten ließ, ihre Lippen waren leicht rosa, sie war sehr schön. Sie ließ sich Zeit beim Lesen, und ich sah, wie sich ihr Gesicht durch ihre wachsende Empörung veränderte.

»Weißt du, wer es ist?«

»Nein.«

»Glaubst du, es ist jemand aus deiner Verwandtschaft?«

»Ich weiß nicht.«

Während L., sichtlich erschüttert, den Brief ein zweites Mal las, erzählte ich ihr von dem, den ich einige Wochen zuvor erhalten hatte. In meiner Erinnerung war er weniger gehässig. L. wirkte einige Sekunden lang gedankenverloren, dann sah sie mich wieder an.

»Hast du nie daran gedacht, ein Buch über das *Danach* zu schreiben? Ein Buch, das vom Erscheinen des letzten Buchs handeln würde, von seinen Folgen, von dem, was es ausgelöst, überstürzt, deutlich gemacht hat. Von der Art, wie es wirkt, mit Verzögerung.«

Ja, ich hatte daran gedacht. Der Gedanke war mir durch den Kopf gegangen. Von der Resonanz dieses Buches zu erzählen, von der unverhofften Unterstützung, von den verstörenden Briefen. Von der Mühe zu erzählen, die manche sich gegeben hatten, um diesen Text zu akzeptieren, von ihrem nie aufgegebenen Willen, es zu schaffen. Von dem Respekt vor der Literatur zu erzählen. Von den späten geflüsterten Geständnissen, nachdem das Buch gedruckt war, von den Erinnerungen, die es geweckt hatte. Von den Verteidigungsstrategien, den stillen Prozessen. Ja, dies zu beschreiben war eine Versuchung: Die Störung war nicht nur in den als *Risikozonen* bekannten Bereichen aufgetreten. Die *Risikozonen* hatten die Einschlagstelle umschrieben, hatten sie in sich aufgenommen und sich mit ihr arrangiert. Zerstörerischer war das dumpfe Beben in anderen Bereichen, solchen, die ich nur gestreift oder umgangen, solchen, die ich absichtlich ausgeklammert hatte.

Jeder Autor, der über sich (oder über seine Familie) geschrieben hat, war wahrscheinlich mindestens einmal versucht, über das *Danach* zu schreiben. Von den Verletzungen zu erzählen, der Bitterkeit, den Unterstellungen, den Brüchen. Manche haben es getan. Sicher wegen der Spätfolgen. Denn ein Buch ist nichts anderes als eine Art radioaktiver, langsam zerfallender Stoff, der noch lange weiterstrahlt. Und letzten Endes werden wir immer als das betrachtet, was wir sind, menschliche Bomben mit erschreckender Zerstörungskraft, denn niemand weiß, wie wir das Material nutzen. Genau das war es, woran ich dachte, was ich jedoch nicht aussprach.

Da ich nicht antwortete, formulierte L. ihre Frage neu:

»Vielleicht könntest du diesem Menschen so antworten? Seine Briefe unverändert abdrucken, ohne auch nur ein Komma zu ändern, und ihm oder ihr zu verstehen geben, dass es dir egal ist, ob es ihm oder ihr schwerfällt, einen Namen zu tragen, den du dir nicht ausgesucht hast; ihm oder ihr sagen, dass es tausend Arten gibt, diesen Namen zu tragen, und dass es ihm oder ihr freisteht, sich eine neue zu erfinden …«

»Aber es ist mir nicht egal.«

»Doch, es ist dir egal. Es *muss* dir egal sein! Du müsstest das alles schreiben, was du mir erzählt hast, seit wir uns kennen, über die Art, wie sich die Beziehungen zu manchen, ohne dass du etwas dagegen tun könntest, verändern, verschlechtern, über die Menschen, die es gar nicht mehr interessiert, wie es dir geht, über die, die es schick finden, dich jetzt für *berühmt* zu halten – als hätte das in der Welt, in der wir leben, für einen Schriftsteller, welchen auch immer, eine Bedeutung –, über die, die sich mehr für die Anzahl der Nullen auf deinem Scheck interessieren als für die Wende, die es in deiner literarischen Entwicklung bedeutet, über die, die eher krepieren als dich direkt danach fragen würden, über die, die sich einreden, du habest dich verändert, seist distanzierter, ferner, unzugänglicher, weniger verfügbar geworden, über die, die dich nicht mehr einladen, weil sie ein für alle Mal beschlossen haben, dass du zu viel um die Ohren hast, über die, die dich plötzlich jeden Sonntag einladen wollen, über die, die glauben, du würdest deine Abende auf Cocktail- oder Dinnerpartys zubringen, über die, die sich einbilden, du würdest dich nicht gut um deine Kinder kümmern, über die, die sich fragen, ob du vielleicht heimlich trinkst oder dir die Lider hast liften lassen. Ist es nicht das, Delphine, was du mir neulich abends lachend erzählt hast? Und jetzt lies diesen Brief, lies ihn noch einmal sorgfältig. Da ist keinerlei Lachen, da ist Hass, es geht darum, dir zu schaden.«

Während L. sprach, spürte ich ihren wachsenden Zorn und ihre Empörung, und es tat mir irrsinnig gut, dass jemand sich so auf meine Seite stellte, so uneingeschränkt, so bedingungslos.

Ja, über all das ließ sich schreiben, natürlich, aber es würde zu nichts nütze sein. Ich war verantwortlich für das, was geschah, ich hatte es nicht gewollt, aber ich hatte es ausgelöst, ich musste dazu stehen oder zumindest damit zurechtkommen, mich meinerseits damit arrangieren. Und außerdem kann nichts die Fantasien anderer über uns stoppen. Darüber wusste ich einiges. Ein Buch über das *Danach* zu schreiben würde den Graben oder das Unverständnis nur vertiefen. Mir schien, dass ich Besseres zu tun hatte. Ich erinnerte L. daran, dass ich seit einigen Monaten über eine andere Idee nachdachte, eine *wahre Fiktion*, ich hätte mir in den Ferien weiter Notizen gemacht, mein Projekt nehme Form an, die Handlung beginne sich abzuzeichnen.

L. unterbrach mich.

»Die Handlung? Meinst du das ernst? Du brauchst keine Handlung, Delphine, auch keine fiktiven Schicksalswendungen. Du stehst inzwischen darüber, das musst du endlich einsehen.«

Jetzt sprach sie sehr sanft. Ihre Stimme war völlig frei von Aggression. L. versuchte mir klarzumachen, mit welcher Ungläubigkeit sie meine Worte gehört hatte. Hatte ich mir etwa wirklich eine Handlung ausgedacht und sie ausgearbeitet? Sie fuhr fort:

»Du brauchst absolut nichts zu erfinden. Dein Leben, deine Person, dein Blick auf die Welt sollten dein einziges Material sein. Die Handlung ist eine Falle, eine Fußangel, du glaubst sicher, sie böte dir Schutz, einen Pfeiler, aber das stimmt nicht. Die Handlung schützt dich vor gar nichts, sie würde ganz schnell unter deinen Füßen nachgeben oder dir auf den Kopf fallen. Damit das klar ist, die Handlung ist ordinäres Blendwerk, sie bietet kein Sprungbrett, keine Stütze. So etwas brauchst du nicht mehr. Du bist jetzt anderswo, verstehst du? Du unterschätzt deine Leser. Deine Leser erwarten nicht, dass sie eine Geschichte erzählt bekommen, damit sie besser einschlafen oder sich getröstet fühlen. Sie pfeifen auf austauschbare, von einem Buch zum anderen transportierbare Figuren, sie pfeifen auf mehr oder weniger glaubhafte Situationen, die zwar geschickt eingefädelt sind, die sie aber schon fünfundzwanzig Mal gelesen haben. Die gehen ihnen an sämtlichen Körperteilen vorbei. Du hast ihnen bewiesen, dass du etwas anderes kannst, dass du dich der Realität zu bemächtigen vermochtest, mit ihr gekämpft hast, sie haben verstanden, dass du eine andere Wahrheit suchtest und dass du keine Angst mehr hattest.«

Es herrschte nicht mehr die Spannung zwischen uns, die ich einige Wochen zuvor in ihrer Küche gespürt hatte. Wir waren zwei Freundinnen, die über meine Arbeit und deren Folgen sprachen, und es rührte mich, dass L. sich von diesem Thema so betroffen fühlte.

L. fragte sich nicht, ob ich imstande war, *danach* noch etwas zu schreiben. L. war sicher, dass ich dazu imstande war, und hatte eine sehr genaue Vorstellung davon, in welche Richtung es gehen sollte.

Amüsiert antwortete ich, sie spiele mit Worten und ziehe meine Äußerungen ins Lächerliche. Ich hätte zwar *Handlung* gesagt, aber das sei nur so dahergesagt gewesen, keins meiner Bücher habe dem Leser je eine Handlung und eine Auflösung in dem von ihr genannten Sinne geboten. Sie solle mir wenigstens Gelegenheit geben, ihr zu erklären, was ich mir vorstellte. Wo sie sich doch so dafür interessiere, was man mit dem Realen machen könne, komme sie vielleicht auf ihre Kosten.

L. gab dem Kellner ein Zeichen, uns noch zwei Mojitos zu bringen, und bedeutete mir so, dass sie alle Zeit der Welt hatte, notfalls auch die Nacht, sie lehnte sich auf ihrem Stuhl zurück, ihre Haltung sagte mir, na los, ich höre, stoßen wir auf das Buch an, das du dich zu schreiben weigerst, und auf das, das dich angeblich innerlich beschäftigt. Ich trank mein Glas aus und begann.

»Die Heldin … also … die Hauptfigur … ist eine junge Frau, die … die gerade aus einer Reality-TV-Sendung ausscheidet, in der sie gewonnen hat. Vom ersten Sendetag an haben die Zuschauer sich in sie verknallt, die sozialen Netze schäumten über, sie war auf den Titelseiten der Hochglanzmagazine und TV-Programmzeitschriften. Dieses Mädchen wurde binnen weniger Wochen und noch während ihrer Teilnahme am Spiel – du weißt schon, eins dieser Spiele, bei denen die Leute eingeschlossen werden – zum Star.«

Ich wartete auf ein Zeichen der Ermunterung von L., doch ihr Gesicht drückte lediglich äußerste Wachsamkeit aus. Ich redete weiter:

»Eigentlich ist es nicht so sehr das Spiel, das mich interessiert, nicht einmal das Eingeschlossensein, es ist eher das Danach, wenn sie herauskommt, ich meine den Moment, in dem sie sich diesem Bild von ihr stellen muss, das nichts mit dem zu tun hat, was sie eigentlich ist.«

L. regte sich nicht, behielt mich fest im Blick. Sie ließ keine Reaktion erkennen. Sie lauschte mir mit etwas übertriebener Aufmerksamkeit. Wieder einmal hatte ich das Gefühl, dass mir die Worte fehlten, dass es mir nicht gelang, meine Idee so auszudrücken, wie ich es gern getan hätte. Wieder einmal hatte ich das Gefühl, symbolisch wieder zu dem kleinen Mädchen zu werden, das mit rotem Kopf vor der Klasse steht und sich ganz darauf konzentrieren muss, nicht in Tränen auszubrechen. Doch ich sprach weiter:

»Mehrere Wochen lang wurde jede ihrer Gesten, jedes Wort von ihr kommentiert. Eine allwissende, allmächtige Stimme deutete unablässig ihre Reaktionen. Nach und nach zeichnete diese Stimme das nach, was von nun an in aller Augen als ihre Persönlichkeit erscheint. Das heißt eine Fiktion, die nicht mehr viel mit ihr zu tun hat. Als sie das Spiel verlässt, verkörpert sie eine Figur, deren Umrisse sie nicht kennt, eine Art Abklatsch mit abgekupferten Größenverhältnissen, der sich weiterhin von ihr ernährt, sie auffrisst wie ein unsichtbarer unersättlicher Blutegel. Die Presse hat sich an den Orten ihrer Kindheit umgehört, ihr Leben ist neu erfunden worden, um die Zuschauer zu rühren, und die Erfindung beruht auf den Zeugenberichten von Leuten, die sie zumeist gar nicht kannte. Tatsächlich steht diese junge Frau jetzt vor einem Porträt, das sie als Kriegerin zeigt, obwohl sie sich wahrscheinlich noch nie so verwundbar gefühlt hat.«

L. unterdrückte ihren zweifelnden Gesichtsausdruck nicht, ermunterte mich jedoch fortzufahren. Aufgrund ich weiß nicht welcher Art Stolz, die darin besteht, sich nicht geschlagen zu geben, solange man noch nicht am Boden liegt, sprach ich weiter.

»Gut, und dann gibt es noch eine weitere Figur, einen jungen Mann, der Cutter ist und während der ganzen Ausstrahlungszeit für die Sendung gearbeitet hat. Tatsächlich hat er durch die Auswahl der Bilder und Sequenzen wesentlich zu dem Bild beigetragen, das sie nun von sich entdeckt. Dieser Junge versucht in Kontakt mit ihr zu treten, er möchte sie wiedersehen.«

Merkwürdigerweise begann es mir schwerzufallen, irgendwelchen Enthusiasmus für meine Ausführungen vorzutäuschen. Plötzlich erschien das alles nur noch grotesk.

»Tatsächlich«, (und warum wiederholte ich alle vier Sätze dieses *tatsächlich*?), »weiß er selbst nicht mehr so genau, wer sie ist. Er hängt von einer fiktiven Frau ab, einer Frau, die er selbst mitgeschaffen hat und die nicht existiert.«

L. hatte sich nicht gerührt. Plötzlich stand mir meine Idee in einem grausam grellen Licht vor Augen: All das war so vorhersehbar, so … künstlich. All das erschien mir schon in dem Augenblick, als ich davon sprach, so hohl.

Der Kellner schob sich zwischen uns, um die Gläser auf den Tisch zu stellen.

L. holte ein Päckchen Taschentücher aus ihrer Handtasche, sie spielte auf Zeit.

Sie saugte einen großen Schluck aus dem Strohhalm ihres Cocktails, bewegte mechanisch die Minzeblätter in ihrem Glas hin und her und zögerte noch eine Weile, bis sie sich schließlich einen Ruck gab.

»Über all das haben wir vor langer Zeit nachgedacht, Delphine. Wir lasen Roland Barthes und Gérard Genette, René Girard und Georges Poulet, wir machten uns Notizen auf Karteikärtchen und unterstrichen die Schlüsselbegriffe mit Vierfarbkulis, wir lernten die Konzeptionen und die neuen Wörter, als würden wir Amerika entdecken, wir fanden neue Idole, wir verbrachten Stunden mit dem Versuch, die Autobiografie, die Beichte, die Fiktion, die echte Lüge und das Erfassen der Wahrheit mittels der Lüge, also der Fiktion zu definieren.«

Mir war klar, wovon sie sprach, aber ich konnte den Sinn des Wortes *wir* nicht erfassen. Vielleicht hatte L. zur selben Zeit wie ich Literaturwissenschaften studiert. Wahrscheinlich hatte sie sich damals mit dem Strukturalismus, dem Nouveau Roman und der Nouvelle Critique befasst, und dieses *wir* bezeichnete eine Generation, unsere von denselben Denkern geprägte Generation.

Sie fuhr fort:

»Wir studierten die Entwicklung der Erzählformen und die Absicht bestimmter Autoren, das Leben an sich, den eigentlichen Lebensantrieb zu erfassen.«

Ich nickte.

L. sprach weiter. Plötzlich war ihr Ton vertraulicher geworden.

»Die Verirrungen des Herzens und des Geistes, die wechselnde Augenfarbe Emma Bovarys, die Verzückung der Lol V. Stein, Nadja, all das zeichnete im Grunde eine Flugbahn vor, zeigte uns einen Weg und gab uns diese Suche zu verstehen, die heute euch Schriftstellern anvertraut ist.«

Diesmal waren L.s Anspielungen sehr klar. Crébillon, Flaubert, Duras, Breton, lauter Werke, die in dem Jahr, in dem ich mich auf die Aufnahmeprüfung der École normale supérieure vorbereitet hatte, auf der Liste der Hochschulvorbereitungsklasse gestanden hatten. Diese Liste wird für jedes Jahr neu aufgestellt.

L. sagte mir gerade, dass sie im selben Jahr wie ich in der Vorbereitungsklasse gewesen war. L. verwies damit auf eine Art gemeinsamer Verankerung. Sie redete im selben Fahrwasser weiter, aber ich hörte ihr nicht mehr zu. Ich versuchte mir im Stillen die junge Frau von achtzehn Jahren vorzustellen, die sie gewesen war. Ich versuchte an der Frau, die – so selbstsicher, so selbstbeherrscht – vor mir saß, eine Eigenschaft, eine Charakter bildende Eigenschaft zu finden, die bis in diese Zeit zurückreichen konnte, doch am Ende fand ich nichts, kein Gesicht.

Schließlich unterbrach ich sie.

»Aber auf welchem Lycée warst du denn?«

Sie lächelte.

Sie ließ noch ein paar Sekunden Schweigen eintreten.

»Erinnerst du dich nicht an mich?«

Nein, ich erinnerte mich nicht. Ich versuchte mir all die mehr oder weniger verschütteten Mädchengesichter aus meiner Klasse ins Gedächtnis zu rufen, ließ diese fernen Bilder so schnell wie möglich Revue passieren, aber es waren nur noch wenige, und keines glich L.

»Nein, tut mir sehr leid. Aber warum hast du mir nichts gesagt?«

»Weil ich deutlich gemerkt habe, dass du mich nicht wiedererkannt hast. Dass du dich nicht im Mindesten an mich erinnerst. Das hat mich traurig gemacht. Weißt du, eins habe ich gelernt. Etwas Ungerechtes, das die Welt in zwei Teile teilt: Es gibt im Leben die, an die man sich erinnert, und dann die, die man vergisst. Die, die einen Eindruck hinterlassen, wohin auch immer sie gehen, und die, die unbemerkt bleiben und keine Spur hinterlassen. Bei der Belichtung des Films bleiben sie unsichtbar, nach ihnen verlischt alles. Ich bin sicher, du bekommst Briefe von Leuten, die mit dir im Kindergarten, auf der Schule, im Skikurs waren, von Leuten, die deinen Namen und dein Gesicht unauslöschlich in einer Ecke ihres

Hirns abgespeichert haben. Von Leuten, die sich an dich erinnern. Du gehörst zur ersten Kategorie, ich zur zweiten. So ist es eben, es lässt sich nicht ändern. Siehst du, ich erinnere mich sehr gut an dich. Deine langen Röcke, dein seltsames Haar, dieser schwarze Lederblouson, den du zu jeder Jahreszeit trugst.«

Ich protestierte:

»Aber nein, so einfach ist das nicht, wir gehören alle zu beiden Kategorien.«

Um diese Behauptung zu rechtfertigen, erzählte ich L. von meiner Begegnung mit Agnès Desarthe. Ob sie sich daran erinnere, dass Agnès Desarthe mit uns in einer Klasse gewesen sei? Natürlich, L. erinnerte sich genau.

Ich muss etwa dreißig gewesen sein, als Agnès ihren zweiten Roman veröffentlichte. Eines Abends signierte sie am Buchmessestand ihres Verlags ihre Bücher. Damals hatte ich nicht die geringste Absicht, irgendetwas zu veröffentlichen, ich arbeitete in einem Unternehmen und konnte mir nicht vorstellen, dass mein Leben eines Tages eine andere Richtung nehmen könne als die, die ich beizubehalten und zu stabilisieren versuchte, ein Leben, dessen Grundlagen ich unablässig festigte, um mich vor mir selbst und vor all dem zu schützen, was an mir die Norm verletzte. Ich schrieb zwar, doch im Rahmen dessen, was mir akzeptabel, lebbar erschien, das heißt eine Art privates, nur für mich bestimmtes Tagebuch. Der Gedanke, anders zu schreiben, zu schreiben, damit man mich las, war damals eine zu große Gefahr. Ich war nicht stabil genug, und ich wusste es. Meine psychische Struktur hätte so einen Lebensentwurf nicht zu tragen vermocht.

Ich ging zu Agnès, wie ich wahrscheinlich zu ihr gegangen wäre, wenn sie Sängerin oder Tänzerin geworden wäre, nur mit der zusätzlichen Bewunderung, die man jemandem entgegenbringt, der etwas geschafft hat, das uns unerreichbar erscheint. Agnès erkannte mich nicht. Sie erinnerte sich nicht an mich, weder an meinen Namen noch an mein Gesicht. Ich erinnerte mich an sie und an ihren Mädchennamen, an das, was über sie und ihre Familie bekannt war, ich wusste noch, welche Art Mädchen sie gewesen war, ich hätte sie an die Namen der Schüler erinnern können, mit denen sie sich angefreundet hatte, Nathalie Azoulai und Hadrien Laroche (beide haben inzwischen ebenfalls Romane veröffentlicht), ich sah sie vor mir, als stünden sie mir vor Augen, und auch Nathalie Mesuret, deren so helle Haut und zinnoberroter Lippenstift mich fasziniert hatten. Sie waren die Elite der Klasse (die *fraîcheurs*, wie meine Kinder heute sagen würden), sie waren schön und heiter, sie fühlten sich dort zu Hause, sie waren am rechten Platz, sie hatten jeden objektiven und statistisch belegten Grund, dort zu sein, etwas an ihrem Verhalten schien überhaupt keinen Zweifel daran zuzulassen, ihre Eltern waren stolz auf sie, unterstützten sie, sie gehörten zu dieser kultivierten, aufgeklärten Pariser Welt, die ich gerade erst zu entdecken begann – jetzt, wo ich dies schreibe, ist mir durchaus klar, dass es sich um reine Projektion meinerseits handelte –, aber so ist es, in ihrer Gewandtheit erschienen sie mir: legitim.

Ich erinnerte mich an Agnès Desarthe, aber sie hatte Mühe, mich wiederzuerkennen. Das war es, was ich L. sagen wollte: Wir alle waren Schiffbrüchige, für jemand anderen verschollen, das bedeutete nichts, hatte keinen verborgenen Sinn.

Ich erzählte L., ich hätte das Klassenfoto aufgehoben (übrigens hatte mich Agnès an jenem Abend auf der Pariser Buchmesse gefragt, ob ich ihr eine Kopie machen würde, und ich hatte sie ihr einige Wochen danach mit der Post geschickt). L. konnte es nicht fassen.

»Du hast das Foto noch?«

»Natürlich. Ich hebe alle Fotos auf, die mir in die Hände geraten, ich bin versessen auf Fotos, ich verliere nichts, werfe nichts weg. Wenn du willst, zeige ich es dir. Dann kannst du feststellen, dass du bei der Belichtung des Films sehr wohl sichtbar geworden bist!«

L. dachte kurz nach, bevor sie antwortete:

»Ich glaube, ich bin nicht auf dem Foto. Ich bin mir sogar praktisch sicher. An dem Tag war ich krank.«

L. wirkte traurig, und ich fühlte mich schuldig. Wir waren ein ganzes Jahr lang in einer Klasse gewesen, und ich hatte sie nicht wiedererkannt. Da war kein vertrautes Detail an ihr gewesen, das mir aufgefallen wäre, mich neugierig gemacht hätte, und selbst jetzt noch konnte ich mich an keine Gestalt erinnern, die ihre hätte sein können. Gewiss, sie hatte ihren Namen geändert und trug nun den ihres Mannes (obwohl dieser seit Jahren tot war), aber ihr Gesicht hatte in mir keinen Moment lang eine vage Erinnerung oder ein Déjà-vu-Gefühl geweckt.

Einige Minuten lang schlürften wir schweigend unsere Mojitos. Andere ferne Bilder aus jenem flüchtigen Jahr stiegen in mir auf. Es war seltsam, diese Erinnerungen, die schon so lange geruht hatten, in mir aufzurufen.

L. beugte sich zu mir, plötzlich ernsthafter.

»Deine Idee ist nicht schlecht, Delphine. Aber deine Figuren haben keine Seele. Heutzutage kann man solche Sachen nicht mehr schreiben. Nicht in dieser Form. Das interessiert den Leser nicht. Du musst etwas finden, das die Menschen mehr einbezieht, das persönlicher ist, das mit dir zu tun hat, mit deiner Geschichte. Deine Figuren müssen einen Bezug zum Leben haben. Sie müssen auch außerhalb des Papiers existieren, das ist es, was der Leser verlangt, dass es lebt und atmet. *In echt*, wie die Kinder sagen. Du kannst nicht derart im Konstruierten, Künstlichen, Vorgetäuschten bleiben. Sonst sind deine Figuren wie Papiertaschentücher, die man nach Gebrauch in den nächstbesten Abfalleimer wirft. Und dann vergisst. Denn von den erfundenen Figuren bleibt nur etwas, wenn sie einen Bezug zur Realität haben.«

Ich war verwirrt, aber ich konnte ihr nicht zustimmen. Hatte eine Figur nicht das Recht, aus dem Nichts aufzutauchen, ohne jede Verankerung, als reine Erfindung? War sie Rechenschaft schuldig? Nein. Das glaubte ich nicht. Denn der Leser wusste, woran er war. Der Leser war immer bereit, der Illusion nachzugeben und die Fiktion für Wirklichkeit zu halten. Dazu nämlich war der Leser fähig: daran zu glauben und gleichzeitig zu wissen, dass es nicht existierte. Daran zu glauben, als wäre es wahr, und sich dabei bewusst zu sein, dass es konstruiert war. Der Leser war imstande, über den Tod oder Niedergang einer nichtexistierenden Figur zu weinen. Und das war das Gegenteil von Hochstapelei.

Das konnte jeder Leser bezeugen. L. irrte sich. Sie wollte nur die Hälfte der Geschichte hören. Manchmal war die Fiktion sogar so mächtig, dass sie in die Realität hineinwirkte. Als ich mit Louise und Paul in London gewesen war, hatten wir Sherlock Holmes' Haus besichtigt. Touristen aus aller Welt besichtigten dieses Haus. Aber Sherlock Holmes hat nie existiert. Trotzdem besichtigt man seine Schreibmaschine, seine Lupe, seine Tweed-Kappe, seine Möbel, seine Einrichtung, die auf der Grundlage von Conan Doyles Romanen inszeniert wurde. Die Leute wissen es. Und trotzdem stehen sie Schlange und bezahlen Geld, um ein Haus zu besichtigen, das lediglich die detailgenaue Rekonstruktion einer Fiktion ist.

L. gab zu, das sei wahr. Und charmant.

Aber was sie wirklich fasziniere, was sie am Schlafen hindere, wenn sie ein Buch lese, das sei nicht nur, dass es richtig klinge. Das sei das Wissen, dass es stattgefunden habe. Etwas war geschehen, und der Autor habe Wochen, Monate oder Jahre damit zugebracht, dieses Material in Literatur zu verwandeln.

Ich trank meinen Mojito in einem Zug aus.

L. lächelte mir zu.

Sie wirkte wie jemand, der sich keine Sorgen macht, der weiß, dass seine Stunde kommt. Der nicht bezweifelt, dass die Zeit für ihn spielt und ihm schließlich recht geben wird.

Als Louise und Paul zur Welt kamen, unterbrach ich das Tagebuch, das ich jahrelang geführt hatte.

Wenige Monate später kehrte das Schreiben, das ich so zur Tür hinausgejagt hatte, durchs Fenster zu mir zurück, und ich begann mit dem Verfassen eines Romans. Ich weiß nicht, wie dieser Wunsch sich in mir durchsetzen konnte, ich vermag heute nicht mehr zu sagen, welcher Zwischenfall, welches Ereignis, welche Begegnung mich zur Tat schreiten ließ. Jahrelang hatte mir ein intimes, ungefiltertes, nahezu tägliches Schreiben geholfen, mich zu erkennen und zu erschaffen. Dieses Schreiben hatte mit Literatur nichts zu tun. Und jetzt, wo ich lernte, ohne es zu leben, schien mir, dass ich etwas anderes schreiben konnte, ohne wirklich zu wissen, was oder welche Form mir dabei vorschwebte.

Also schrieb ich, sobald ich zwei freie Stunden vor mir hatte, an dieser Geschichte.

Eines Tages verschickte ich das Manuskript, bei dem ich mich von einem mehrmonatigen Klinikaufenthalt an der Schwelle zu meinem Erwachsenenleben inspirieren ließ, mit der Post. Es war ein autobiografischer, in der dritten Person geschriebener Roman, in dem ich auch einen Anteil Fiktion für mich in Anspruch nahm.

Ein Pariser Verleger empfing mich in seinem Büro, sichtlich verärgert: Seiner Ansicht nach mangele es dem Text an *effets de réel*, an Realitätseffekten.

Ob ich überhaupt wisse, was das sei?

Noch bevor ich antworten konnte, erinnerte er mich freundlicherweise daran: Roland Barthes habe den Begriff geprägt, es handle sich um etwas, das dem Leser klarmache, dass der Text die reale Welt beschreiben wolle, etwas, dessen Aufgabe es sei, die enge Beziehung zwischen Text und Wirklichkeit zu unterstreichen.

Und eben das, fuhr er fort, fehle. Man dürfe die Augen nicht davor verschließen, die autobiografische Dimension dieser Seiten sei offensichtlich, warum also den Kopf in den Sand stecken? Dieses Buch sei ein Erlebnisbericht, man müsse noch ein paar Details hinzufügen, damit der Leser wisse, woran er sei, man müsse sich voll und ganz hinter die Geschichte stellen, in der ersten Person Singular, und dann bei Jean-Luc Delarue darüber sprechen. Im Übrigen komme Magersucht gerade in Mode. Mit zitternder Stimme und die Papiertaschentücher in Reichweite, antwortete ich ihm, wenn der Text in seinen Augen nichts weiter bedeute, sonst keinerlei Wert habe, solle er ihn nicht veröffentlichen. Ich fügte hinzu (und meine Stimme wurde dabei unwillkürlich ein bisschen schriller), dass eine meiner besten Freundinnen seit zehn Jahren mit Jean-Luc Delarue zusammenarbeite. Wenn es nur darum gehe, auf einem Fernsehpodium Rede und Antwort zu stehen, bräuchte ich kein Buch zu schreiben. Ich stand kurz vor einem Tränenausbruch, aber nur kurz davor. Ich hatte noch nie einen Fuß in einen Verlag gesetzt, ich hatte in der Firma einen halben Tag Urlaub eingereicht, um diesen Termin wahrnehmen zu können, ich hatte zwei oder drei Tage darüber nachgedacht, was man bei solchen Gelegenheiten wohl anzieht, vielleicht hatte ich sogar einen Rock oder eine Bluse dafür gekauft. Eine Sekunde lang dachte ich daran, einfach wegzurennen, doch nein. Dafür war ich zu gut erzogen.

Oben an der Treppe verabschiedeten wir uns zurückhaltend voneinander.

Ich hatte nichts gegen Realitätseffekte, ich liebte sie, ich war eine leidenschaftliche Anhängerin von Realitätseffekten, doch der

Verleger hatte von etwas anderem gesprochen. Er wollte, dass ich den Text zu etwas Echtem machte. Achtung, Monsieur oder Madame, sollte ich zum Leser sagen, alles, was ich Ihnen erzähle, ist authentisch, hier ist ein Buch, das nach Erlebtem riecht, ein hundertprozentig autobiografisches Buch, hier ist Echte Wahrheit, das Leben im Rohzustand, garantiert ohne Zusatzstoffe, Realität, die in keiner Weise umgeformt wurde, schon gar nicht literarisch.

Daran dachte ich, als ich, von einem dritten Glas leicht betrunken, zu Fuß nach Hause ging, nachdem ich mich vor der Bar von L. verabschiedet hatte. Wir hatten viel gelacht, sie und ich, hinten im Lokal, denn schließlich war das Gespräch auf unsere Jugendlieben gekommen, vor Barthes und Konsorten, auf die Zeit, als wir noch Poster an die Wand pinnten.

Ich hatte L. von den zwei Jahren erzählt, in denen ich mich, mit etwa sechzehn, aufs Spektakulärste auf Ivan Lendl kaprizierte, einen nicht sonderlich gut aussehenden tschechoslowakischen Tennisspieler, dessen ergreifende und dunkle Schönheit nur ich erfasste, und zwar so sehr, dass ich (die ich nie im Leben einen Tennisschläger in der Hand gehalten hatte) das *Tennis Magazine* abonnierte und stundenlang vor dem Fernseher hockte, um Wiederholungen der Fernsehübertragungen von Roland Garros und dann Wimbledon zu sehen, statt fürs Abitur zu lernen. L. hatte gestaunt. Auch sie habe für ihn geschwärmt! Es war wirklich das erste Mal, dass ich jemanden traf, der Ivan Lendl geliebt hatte, einen der meistgehassten Spieler der Tennisgeschichte, vermutlich wegen seines strengen Gesichts, in dem sich nie eine Miene verzog, und wegen seines methodischen, für die anderen mühsamen Grundlinienspiels. Höchstwahrscheinlich habe ich ihn aus ebendiesen Gründen, weil er so groß und mager und unverstanden war, derart geliebt. Und ja, exakt zu der Zeit habe L. alle Spiele Ivan Lendls verfolgt, sie könne sich genau daran erinnern, vor allem an das berühmte

Finale im Stadion Roland Garros gegen John McEnroe, das Lendl nach einem Match von seltener Dramatik und Intensität gewonnen hatte. Danach hatte ihn das Fernsehen gezeigt, siegreich und von der Erschöpfung gezeichnet, und zum ersten Mal hatte ihn die ganze Welt lächeln sehen können. L. war unschlagbar, sie erinnerte sich an alle Details aus Ivan Lendls Leben und Karriere, die ich zum Teil schon vergessen hatte. Es war unglaublich, sich zwanzig Jahre danach vorzustellen, wie wir beide hypnotisiert vor dem Bildschirm gehangen hatten, sie in der Pariser Banlieue, ich in einem Dorf in der Normandie, beide mit gleicher Inbrunst dem Mann aus dem Osten die Daumen drückend. L. wusste auch, was aus Ivan Lendl geworden war, sie hatte alles genau verfolgt, seine Karriere und sein Privatleben, Ivan Lendl sei verheiratet und Vater von fünf Kindern, lebe in den Vereinigten Staaten, trainiere junge Tennisspieler und habe sich die Zähne richten lassen. Letzteres bedauerte L., das Verschwinden des tschechoslowakischen Lächelns (unregelmäßige und, wie man vermutete, verschachtelt stehende Zähne) zugunsten eines amerikanischen Lächelns (perfekt aufgereihte strahlend weiße falsche Zähne), ihrer Meinung nach habe er damit allen Charme verloren, ich bräuchte nur im Internet nachzusehen, wenn ich ihr nicht glaubte.

Ein seltsames Zusammentreffen. Eine von mehreren Gemeinsamkeiten, die uns einander näherbrachten.

Aber ich hatte mich noch an etwas anderes erinnert.

Als ich nach Paris zurückgekehrt war, um mit dem Studium zu beginnen, ließ ich mich in die Kartei einer Agentur aufnehmen, die Hostessen für Messen und ähnliche Events bereitstellte. Aber es zeigte sich sehr bald, dass ich nicht das richtige Profil hatte, irgendetwas fehlte mir, störte, und jede Woche, während die anderen Mädchen ins Kongresszentrum oder auf die Automobilmesse geschickt wurden, wurden mir, aber nicht nur mir, Jobs in großen, weit in der Banlieue verstreuten Supermärkten angeboten, die mehr oder weniger gut mit den Vorortzügen zu erreichen waren. Vor den Regalen oder an einem Stand führte ich also Parfümeriewaren, Hacksteaks oder Waschpulver vor, ich bot Fertig-Crêpes, Aperitif-Knabbergebäck und von eigener Hand kleingeschnittenen Weichkäse zum Probieren an, ich verteilte auf Rollschuhen Prospekte, trug Spitzenschürzen mit rustikaler Anmutung sowie Schals und T-Shirts mit Werbeaufschriften, ich wiederholte Werbeslogans zum Muttertag oder zu Ostern, bis ich davon träumte. Wenn wir mehrere Monate emsig arbeiteten und bei den unangemeldeten Kontrollen gut abschnitten, konnten wir darauf hoffen, in einem Geschäft der näheren Banlieue oder sogar in der Pariser Innenstadt arbeiten zu dürfen.

So wurde mir im Jahr meiner Vorbereitungsklasse eine zweitägige Mission im Bon Marché anvertraut. Eine unverhoffte Anerkennung, eine unerhörte Beförderung. Kein Vorortzug in aller Frühe, keine Cafeteria mit orangefarbenen Wänden und flackernden Neonröhren. Ich sollte mich oben an einer Rolltreppe postieren und den ganzen Tag Rabattgutscheine für eine neue Haarpflegeserie verteilen, die eine Kosmetikmarke in den Kaufhäusern zu lancieren versuchte. Ich trug ein Kostüm der Agentur, dessen Crinkle-Stoff den schlechten Schnitt nicht ganz kaschierte. Doch besonders lächerlich wirkte der Viskoseschal, den wir uns um den Hals binden mussten, die erbärmliche Imitation eines Hermès-Tuchs mit dem Firmenlogo als Motiv. Es war fast 17 Uhr, ich fühlte meine geschwollenen Füße (eine Freundin hatte mir ein Paar etwas zu kleine Pumps geliehen), als ich sie in einer Traube mitten auf der Rolltreppe stehen und zu mir aufsteigen sah. Das hatte ich nicht vorausgesehen: die hohe Wahrscheinlichkeit, samstags mitten im siebten Arrondissement Mitschülern zu begegnen. Ich kann mir ihre Gesichter nicht mehr ins Gedächtnis rufen, ich weiß ihre Namen nicht, ich weiß nicht mehr, ob es Schüler aus meiner oder der anderen Vorbereitungsklasse waren. Sie gingen an mir vorbei und stießen sich mit dem Ellbogen an, es waren ziemlich viele, einige blieben stehen, kamen zurück, ich hörte Lachen, die Mädchen kicherten und die Jungs machten Witze, einer von ihnen nahm, ohne mich dabei anzusehen, einen der Rabattgutscheine, die ich verteilte. Er machte sich laut über den Text lustig, die Mädchen lachten nun ganz offen. Sie waren schön, das weiß ich noch, und ich war ausstaffiert wie Pik-Ass in meinem drittklassigen Kostüm, das auch noch vage an eine Stewardessenkluft erinnerte. Ich tat so, als merkte ich nicht, dass sie direkt hinter mir stehen geblieben waren und gluckten, während sie mich immer dieselben Sätze sagen hörten, Guten-Tag-Madame-hier-bitte-sehr-ein-Rabattgutschein-für-unsere-Shampoos-Spülungen-Haarkuren-eine-neue-außergewöhnliche-Haarpflegeserie-warten-Sie-nicht-länger-schauen-Sie-sich-gleich-unsere-Einführungs-Sonderangebote-an, ja, gleich da vorn, erstes Regal rechts. Eine Frau fragte mich, ob sie zwei Gutscheine haben dürfe, ich gab ihr noch einen. Sie wollte wissen, ob die Produkte eine Antischuppen-Wirkung hätten, und ich glaubte das Lachen in meinem Rücken anschwellen zu hören, und dann hörte ich plötzlich diese Mädchenstimme, die aus ihrer Gruppe kam, eine Stimme voller Empörung und Verachtung:

»Ihr seid wirklich total bescheuert. Das ist also die Elite der Nation, kleine Rotznasen, die noch nie mehr als ihr Bett gemacht haben und über ein Mädchen spotten, das samstags arbeitet. Wisst ihr eigentlich, wie ihr mir vorkommt?« Ich verteilte weiter meine Gutscheine oben an der Rolltreppe, wie ein Roboter, dessen Bewegungen sich durch nichts stören lassen, ich atmete sehr flach, mein ganzer Körper spannte sich in ihre Richtung, ohne hinzusehen, lauerte ich auf ihr Weggehen, sie sollten weggehen, alle, sie sollten verschwinden. Ich hörte, wie sich die Stimmen entfernten, ich wartete noch ein bisschen, bevor ich mich umdrehte. Ich sah sie von hinten, sie stießen sich mit den Ellbogen an, ich konnte das

Mädchen, das meinem Leiden ein Ende gesetzt hatte, nicht erkennen.

Ja, an jenem Abend, als ich aus der Bar kam und diese Szene, an die ich jahrelang nicht mehr gedacht hatte, noch einmal durchlebte, während ich allein durch die Straßen ging, war es L.s Stimme, die ich hörte.

Aus dieser Überlagerung, die mir wie eine Offenbarung vorkam, bezog ich die Gewissheit, dass L. dieses Mädchen gewesen war, das die Gruppe weggelotst hatte und das ich nicht hatte erkennen können.

Im September verließ ich Paris wieder, um meinen Kindern bei der Einrichtung ihrer neuen Bleibe zu helfen. Paul hatte ein Zimmer im Studentenwohnheim bekommen, Louise hatte mit zwei Freunden, die dieselbe Ausbildung machten, eine Wohngemeinschaft gegründet. Die Fahrten zu Ikea und Castorama, die Tage, die ich in Tournai und dann in Lyon verbrachte, füllten die ersten Wochen nach der Sommerpause, sodass sich die Frage des Schreibens gar nicht wieder stellen konnte. Ich war glücklich, diese gemeinsamen Momente mit meinen Kindern genießen zu können. Den Augenblick der Trennung hinauszuschieben.

Ich hätte den Kopf nicht frei genug, um mich an die Arbeit zu setzen, das hatte ich L. erklärt, als sie sich eines Abends am Telefon nach den Fortschritten meines Projekts erkundigte. Mit ihrer samtigen Stimme fragte sie mich, ohne es wie eine Aussage klingen zu lassen, ob nicht all das (die Hin- und Herfahrten, das Einrichten der Wohnungen meiner Kinder, der Behördenkram, die Anschaffungen) mir ein willkommenes Alibi biete, um die Augen vor meiner Unfähigkeit, mich hinzusetzen und zu schreiben, zu verschließen, einer Unfähigkeit, die mit dem Projekt selbst zu tun habe und nicht mit den Randbedingungen. Denn hätte ich nicht zu anderen Zeiten den nötigen Raum und die nötige Zeit gefunden, obwohl ich vier Tage in der Woche weit draußen in der Banlieue gearbeitet hätte? Ihrer Meinung nach weigerte ich mich zuzugeben, dass meine Idee nicht die richtige war und dass ich mich schon seit Monaten auf einem Terrain bewegte, das nicht meines war und der Entwicklung meiner Arbeit sogar entgegenstand. War es nicht dieser Bruch, an den ich mich vergeblich klammerte, der mich am Schreiben hinderte? Sie gebe mir diese Hinweise, damit ich darüber nachdenken könne. Eine Frage, die ihr wesentlich erscheine, deshalb erlaube sie sich, mir Mitteilung davon zu machen, jetzt, wo wir Freundinnen seien. Sie sei sich nicht sicher, es sei nur eine Intuition.

Ich fand keine Gegenargumente.

Ja, ich hatte in weniger ruhigen Lebensabschnitten die Zeit zum Schreiben gefunden.

Aber ich war nicht mehr so jung und hatte nicht mehr die Energie, das war alles.

Ich hatte L., die sich stark für meine Arbeitsweise interessierte (wie niemand zuvor), meine laufenden Hefte gezeigt, drei oder vier von gleicher Größe und mit glattem, weichem Einband, François hatte sie mir geschenkt, nachdem wir die Edward-Hopper-Ausstellung besucht hatten. Auf jedem Einband war die Reproduktion eines der Werke des Malers.

Ich mache mir in kleinen Heften Notizen. Ich mag sie dünn und leicht, mit biegsamem Einband und liniert. Ich habe sie immer in der Handtasche, wohin ich auch gehe, ich nehme sie auf Reisen mit, in die Ferien, und abends lege ich immer eins auf den Nachttisch. Ich notiere darin Ideen oder Sätze für meine laufende Arbeit, aber auch andere Ausdrücke und Formulierungen, Titel für künftige Bücher, Anfänge von Geschichten. Manchmal beschließe ich, meine Ideen zu ordnen: Einige Wochen lang kommen die Ideen im Zusammenhang mit dem laufenden Buch in ein bestimmtes Heft, während ein anderes für die aufgeschobenen Baustellen reserviert ist. In besonders heißen Phasen kam es sogar vor, dass ich fünf oder sechs *angefangene* Hefte hatte, wovon jedes zu einem anderen Projekt gehörte; aber am Ende mische ich dann doch wieder alles.

Meine Lektorin ließ ich im Glauben, alles laufe gut, ich gebrauchte etwas vage Formulierungen, um noch nicht lügen zu müssen: Ich sei noch mit zusätzlichen Recherchen befasst, bereite den Boden, festige die Grundlagen …

Es gab keinen Grund zur Sorge.

Ich war *im Begriff, wieder an die Arbeit zu gehen.*

In Wirklichkeit zögerte ich, verzettelte ich mich und verschob Tag um Tag, Woche um Woche den Augenblick, in dem ich würde zugeben müssen, dass etwas zerbrochen oder verloren war, nicht mehr funktionierte.

In Wirklichkeit erhob sich, sobald ich den Computer anschaltete, sobald ich nachzudenken begann, die Stimme der Zensur. Eine Art sarkastisches, unnachsichtiges Über-Ich hatte von meinem Geist Besitz ergriffen. Es gluckste, feixte und höhnte. Es fand, noch bevor er formuliert war, den ungeschickten Satz heraus, der, aus dem Kontext gerissen, für allgemeine Heiterkeit sorgen würde. Auf meiner Stirn war mir über den beiden anderen ein drittes Auge gewachsen. Was immer ich mich zu schreiben anschickte, es sah mich und meine Absichten schon in Holzschuhen heranhumpeln. Das dritte Auge lauerte hinter jeder Ecke, zerstörte jeden Ansatz zu einem Anfang, entlarvte meine Hochstapelei.

Ich hatte gerade etwas Beängstigendes und Schwindelerregendes begriffen: Von nun an war ich mein schlimmster Feind. Mein eigener Tyrann.

Manchmal überkam mich ein düsterer, unerträglicher Gedanke: L. hatte recht. L. ermahnte mich, weil sie das Unheil kommen sah, auf das ich mich zubewegte.

Ich war auf dem falschen Weg.

L. versuchte mich zu warnen, und ich verschloss die Ohren.

Louise und Paul begannen ihr Ausbildungsjahr, und ich war nun allein in der Wohnung. Ich hatte es mir nicht so vorgestellt, und ich war gewissermaßen nicht darauf vorbereitet. Ich meine damit, dass es unmöglich war, diese Stille vorauszuahnen und diese verdächtige Reglosigkeit, in der die Wohnung plötzlich erstarrt war.

Dabei hatte ich vor ihrem Aufbruch versucht, mir mein Alleinleben in dem verödeten Zuhause auszumalen. Ich hatte mir die Leere vor Augen zu führen versucht und das mit ihr einhergehende neue Leben. Aber ich hatte weit daneben geraten. Jetzt war es nicht mehr nur ein Gedanke, den man ins Auge fassen, sondern eine Realität, der man sich unterwerfen musste. Ich irrte von Raum zu Raum, auf der Suche nach etwas Verschwundenem. Eine Phase meines Lebens war jetzt zu Ende gegangen, es war ganz natürlich und fröhlich geschehen, ganz reibungslos, es entsprach dem Lauf der Dinge, und dennoch setzte es mir furchtbar zu. In den leeren Zimmern waren die Betten gemacht, die Bücher ordentlich aufgereiht, die Schränke geschlossen. Ein oder zwei Gegenstände waren nicht am Platz, ein Kleidungsstück hing noch über einer Stuhllehne, ich betrachtete diese unechte Unordnung, die jener glich, die man aus Möbelkatalogen oder Wohnzeitschriften kennt und die nach dem aussieht, was sie ist: ein lächerliches Trugbild, eine künstliche Darstellung von Leben. Am liebsten hätte ich geweint.

L. rief mich regelmäßig an und fragte besorgt nach meiner Stimmung.

L. schien sich das alles sehr zu Herzen zu nehmen, sie zeigte mir ihr Mitgefühl und erschien mir nach und nach als der einzige

Mensch, der verstehen konnte, was ich empfand: diese Wohnung voller Erinnerungen, die ich nun allein bewohnen musste, diese häusliche Zeit, mit der ich nichts anzufangen wusste.

Dabei hatte ich ein Buch zu schreiben, und jetzt war der Augenblick, es in Angriff zu nehmen.

Jeden Tag fuhr ich den Computer hoch, stellte ich meinen Schreibtischstuhl ein. Den Bildschirm auf Augenhöhe, öffnete ich die Word-Datei, in der ich seit mehreren Wochen einen Anfang, der nie länger wurde als zwei Seiten, immer wieder neu schrieb. Ich suchte nach einem Titel. Manchmal macht ein Titel Lust zu schreiben. Doch es ergab sich nichts als diese kurze Begeisterung, auf die eine allgemeine Erschlaffung folgte, eine überwältigende Müdigkeit, die mich schließlich immer zwang, den Schreibtisch zu verlassen, damit ich nicht vom Stuhl fiel oder einfach einschlief, mit einem Mal, den Kopf auf der Tastatur. (Ich erinnerte mich an das Bild von Paul, im Alter von acht oder zehn Monaten: Als wir einmal spät vom Spielplatz zurückgekommen waren und die Zeit des Mittagsschlafs verpasst hatten, war er auf seinem Hochstühlchen zusammengebrochen und mit der Nase im Brei gelandet.)

Oder aber ich hörte wieder aus der Ferne dieses höhnische Lachen.

Dennoch schuf ich jeden Tag aufs Neue die Bedingungen für das Ritual, als gäbe es nichts, was mich behinderte, nichts, was mich in Schrecken versetzte.

Es kommt der Moment, wo nichts mehr im Weg steht, wo der nötige Raum freigeräumt ist, wo alles am Platz ist, geordnet, abgeheftet, abgeschrieben. Die Stille ist wirklich zurückgekehrt, das Kissen liegt richtig auf dem Stuhl, die Tastatur wartet nur noch auf die tippenden Finger.

Es kommt der Moment, wo man eintauchen sollte, den Rhythmus, den Schwung, die Entschlossenheit finden sollte. Aber es gelingt nicht.

Es kommt der Moment, wo man sich sagt, dass es eine Frage der Disziplin ist, dass man sich nur einmal ordentlich in den Hintern treten muss, dann hält man sich an die Spielregeln, schaltet die Bestie zu einer bestimmten Zeit am frühen Morgen ein, setzt sich an den Tisch, ist da, ist bereit, lässt sich nicht davon ablenken. Doch nichts geschieht.

Es kommt der Moment, wo man sich sagt, dass es nicht so sein dürfte, dass es vorher nicht so schmerzvoll war oder wenn doch, dann enthielt dieser Schmerz auch einen Anteil Lust, doch jetzt nicht, es ist eine einzige Niederlage. Mein leerer Blick vor dem Computer.

Ein wenig später kam die Zeit ohne Entschuldigungen, ohne Vorwände. Alles war bereit, doch nichts ließ sich schreiben.

Ich hatte Angst. Ich schaffte es nicht mehr.

Die Figuren, die ich L. beschrieben hatte, hatten ihre Substanz verwirkt, sie hatten sich entfernt, ohne dass ich es bemerkt hätte, und ich hatte sie schließlich aus den Augen verloren. Die Idee für den Roman war insgesamt in sich zusammengesackt, zusammengefallen wie ein Blasebalg.

Es klang falsch.

Die Geschichte, die Situation, die ganze Idee für das Buch, sogar die Idee der Idee.

Nichts mehr hatte einen Sinn.

Eines Abends im Oktober erklärte ich meiner Lektorin, dass ich das Projekt, von dem ich ihr erzählt hätte, aufgeben würde. Es funktioniere nicht, irgendetwas laufe leer. Sie bat mich, ihr zu schicken, was ich geschrieben hätte, auch als Steinbruch, im Rohzustand, sie würde schon zwischen den Zeilen zu lesen wissen, auch wenn es nur der allererste Anfang sei, und seien es nur ein paar Seiten. Ich antwortete ihr, ich hätte nichts geschrieben, keine Zeile, und legte auf.

Ich war nicht imstande, diese Empfindung einer Sackgasse, in der ich steckte, zu beschreiben, den Abscheu, den mir das alles einflößte, dieses Gefühl, alles verloren zu haben.

Keinen Moment lang hatte ich daran gedacht, dass meine Gespräche mit L. etwas mit meiner Resignation zu tun haben könnten. Bislang hatte kein Standpunkt, keine Rede, keine Ermahnung Auswirkungen auf meine Arbeitsweise gehabt. Die Bücher drängten sich mir auf, da gab es nichts zu diskutieren oder zu verhandeln, es war keine Entscheidung, es war ein Weg, und es gab keinen anderen.

Wie hätte ich mir vorstellen können, dass ein oder zwei Gespräche genügen würden, um mir die Luft zu nehmen?

Nachts lag ich mit weit offenen Augen da. Ich sah nichts: kein Funkeln, keinen Funken.

Als ich einmal, nachdem ich bei François übernachtet hatte, sehr früh morgens nach Hause ging, begegnete ich L. an der Ecke zu meiner Straße. Nicht vor meiner Tür, sondern in einigen hundert Metern Entfernung von meiner Wohnung. Sie hatte keinen Grund, dort zu sein. Meine Straße ist eng, es gibt dort keine Geschäfte, es wurde gerade erst hell, und die Cafés in der Umgebung waren noch geschlossen. Ich ging mit gesenktem Kopf und, wegen der Kälte, ziemlich schnell. Dennoch wurde mein Blick von einer hohen, weißen Gestalt auf dem Bürgersteig gegenüber angezogen, wahrscheinlich wegen der Reglosigkeit, in der sie erstarrt zu sein schien. L. trug einen langen Mantel und hatte den Kragen hochgeschlagen. Sie rührte sich nicht, sie schien aus keiner Richtung zu kommen, schien nicht einmal auf jemanden zu warten. Nach einigen Sekunden hatte ich den Eindruck, dass sie immer wieder den Eingang des Hauses beobachtete, in dem meine Wohnung war. Als sie mich entdeckte, leuchtete ihr Gesicht auf. In ihrem Blick lag keinerlei Verlegenheit oder Überraschung, als wäre es ganz normal, dass sie mitten im Winter um 7 Uhr morgens dort stand. Sie habe Lust gehabt, mich zu besuchen, aber ich sei nicht da gewesen. Das sagte sie mir. Sie hatte nicht versucht, irgendetwas zu erfinden, und diese Schlichtheit rührte mich, denn L. hatte es mit einer Kindlichkeit gesagt, die ich sonst nicht an ihr kannte.

Sie folgte mir auf dem Fuße und trat nach mir in meine Wohnung. Ich hatte die Heizung heruntergedreht, bevor ich gegangen war, über Nacht war es kalt geworden. Ich bot ihr eine Wollstola an, die sie jedoch ablehnte. Sie zog ihren Mantel aus, darunter trug sie keinen Pullover, sondern eine lange Satinbluse, deren sehr fließender Stoff sich an ihren Bauch, ihre Schultern und ihre Arme schmiegte. Es war eher die Art Kleidungsstück, die man zu einer Abendeinladung oder einem etwas feierlicheren Abendessen trägt. Ich fragte mich, woher sie wohl kam und ob sie überhaupt geschlafen hatte. Ich stellte die italienische Espressokanne auf den Herd, und wir setzten uns aufs Sofa. Ich war durchgefroren. L. neben mir schien von einem inneren Brand gewärmt zu werden, der sie vor der Kälte schützte. Ihr Körper hatte etwas seltsam Laszives. Entspanntes.

Wir saßen einige Minuten lang schweigend da, dann rückte sie näher. Ihre Stimme erschien mir etwas heiser, wie nach einer Nacht, in der man gesungen oder geraucht hat.

»Ist es dir schon einmal passiert, dass du nicht nach Hause gehen konntest?«

»Ja, natürlich. Aber schon lange nicht mehr.«

»Heute Nacht habe ich in einem Hotelzimmer mit einem Mann geschlafen. Gegen 5 oder 6 Uhr morgens zog ich mich wieder an und nahm ein Taxi, das mich vor meinem Haus absetzte. Als ich vor der Haustür stand, konnte ich nicht hinaufgehen, ich hatte keine Lust zu schlafen oder mich auch nur hinzulegen. Als weigerte sich etwas in mir zu kapitulieren. Kennst du dieses Gefühl? Also lief ich ziellos herum. Bis hierher.«

Die Espressokanne begann zu fauchen, und ich stand auf, um das Gas abzudrehen. Bei jeder anderen Freundin hätte ich den Kaffee eingeschenkt und wäre sofort aufs Sofa zurückgekehrt, um fröhlich ein gnadenloses Verhör zu führen: Wer dieser Mann sei, seit wann und wo sie sich mit ihm treffe und ob sie ihn wiedersehen wolle.

Aber ich stellte ihr den Kaffee und den Zucker hin und blieb stehen.

Ich war nicht imstande, ihr auch nur die kleinste Frage zu stellen.

Ich betrachtete L., ich sah dieses Fieber unter ihrer Haut pochen, ja, von da aus, wo ich stand, konnte ich sehr genau wahrnehmen, wie schnell das Blut in ihren Adern kreiste.

So blieb ich stehen, fern von ihr, mit dem Rücken an meine Spülmaschine gelehnt. Zum ersten Mal dachte ich, dass L. etwas in sich habe, das sich mir entzog, das ich nicht verstand. Zum ersten Mal, glaube ich, hatte ich Angst, ohne zu wissen weshalb und ohne dass diese Angst in eine Form oder ein Bild zu fassen gewesen wäre.

L. trank ihren Kaffee und stand auf. Sie bedankte sich bei mir.

Es sei inzwischen hell und sie fühle sich jetzt bereit dazu, nach Hause zurückzukehren, sie sei erschöpft.

Ich möchte L.s Persönlichkeit in all ihren Facetten wiedergeben, so widersprüchlich diese auch gewesen sein mögen.

L. zeigte sich in unterschiedlichem Licht, mal ernst und selbstbeherrscht, mal unberechenbar und zu Späßen aufgelegt. Vermutlich ist die Darstellung ihrer Person deshalb so komplex, wegen dieser plötzlichen Risse in ihrer Selbstkontrolle, wegen dieser Mischung aus Autorität und Ernsthaftigkeit, die plötzlich durch einen so heftigen Ausbruch von Humor oder Fantasie in Frage gestellt wurde, dass es mich an den unerwarteten Luftschwall erinnerte, der entsteht, wenn ein Fenster unter dem Druck des Windes aufspringt.

L. beeindruckte mich nach wie vor mit ihrer Fähigkeit, die Seelenzustände ihres Gegenübers augenblicklich zu erfassen und sich daran anzupassen. Sie wusste den Missmut eines Kellners oder die Müdigkeit einer Bäckereiverkäuferin aufzubrechen, als hätte sie deren Laune beim Überschreiten der Schwelle des Cafés oder der Bäckerei erfasst. Sie war immer einen Schritt voraus. An einem öffentlichen Ort konnte sie mit einer beliebigen Person ein Gespräch beginnen, und es dauerte keine drei Minuten, bis ihr die Betreffenden ihre Kümmernisse und Geheimnisse erzählten. L. gab sich tolerant und nachsichtig, sie vermittelte das Gefühl, sie könne alles hören, ohne darüber zu urteilen.

L. fand die richtigen Worte, um zu trösten und zu beschwichtigen.

L. gehörte zu den Leuten, an die man sich auf der Straße instinktiv wendet, wenn man eine Auskunft oder Wegbeschreibung braucht.

Doch manchmal zerriss die glatte Oberfläche, und L. enthüllte eine überraschende Seite von sich. Hin und wieder steigerte sich L., ganz offensichtlich, um ihr sonst so gleichmäßiges Verhalten Lügen zu strafen, in einen erschreckenden, unangemessenen Zorn hinein, zum Beispiel, weil ihr ein entgegenkommender Passant auf dem Bürgersteig nicht ausgewichen war. (Sie fand, dass zwei sich entgegenkommende Menschen beide einen Schritt zur Seite machen oder, als Zeichen des Respekts oder des guten Willens, zumindest die Bewegung andeuten müssen.) Von den Metro-Erlebnissen erinnere ich mich an eines, als L. mehr als fünf Minuten lang einer ins Handy brüllenden Frau laut und völlig unbeeindruckt antwortete, ohne dass die Frau es gemerkt hätte, was natürlich bei den Fahrgästen ringsum für Heiterkeit sorgte.

Ein anderes Mal, als ich mich mit ihr auf der Place Martin-Nadaud treffen wollte, sah ich sie, rot vor Zorn, einen Typen niederschimpfen, der zwar lauter schrie als sie, dessen Wortschatz jedoch im Vergleich zu ihrem sehr beschränkt wirkte. Mit ihrer tiefen, festen, Endgültigkeit verkündenden Stimme hatte L. die Oberhand gewonnen. Als sie endlich bereit war, mit mir wegzugehen, erklärte sie mir, der Kerl habe zwei junge Mädchen, die in Shorts vor ihm hergegangen seien, aggressiv und vulgär angemacht.

L.s Gesprächsthemen waren sehr breit gefächert. Die Pariser Unhöflichkeit, der Machtmissbrauch durch die kleinen Chefs, die Inquisitoren und Henker aller Art, die verschiedenen Formen der psychosomatischen Reaktionen und deren Bezug zu unserer Zeit sowie die Teleportation von Menschen gehörten zu ihren Lieblingsthemen. Wenn wir davon ausgingen, dass wir lediglich eine Gesamtheit miteinander verbundener Atome seien, könne uns kein grundlegendes physikalisches Gesetz daran hindern, zusammenzuleben und dabei unseren jeweiligen Radius zu respektieren. Andererseits werde uns auch in ein paar hundert oder tausend Jahren kein physikalisches Gesetz daran hindern, uns von Punkt A nach Punkt B zu teleportieren, wie wir ja schon jetzt ein Foto oder ein Musikstück fast im selben Augenblick ans andere Ende der Welt schicken könnten.

Neben anderen Schrullen hatte sich L. die Theorie zurechtgelegt, Linkshänder seien besondere Menschen, sie würden sich sofort gegenseitig erkennen und bildeten eine unsichtbare, lange abgelehnte Kaste, deren Überlegenheit ja nicht weiter bewiesen werden müsse.

Bald schon stellte ich fest, dass L. auch Phobien hatte: Als wir beide einmal in einer Brasserie in meinem Viertel zu Mittag aßen, sah ich eine Maus unten an der Bar entlanglaufen, unmittelbar hinter L. In den Pariser Restaurants, auch in den schicksten, sind Mäuse keine Seltenheit, aber ich muss zugeben, dass man sie im großen Mittagsgetümmel eher selten sieht. Zumal das Tierchen ganz ungeniert und locker vor sich hin trippelte. Dieser Anblick war es wert, das Gespräch zu unterbrechen.

L. erstarrte, unfähig, sich umzudrehen.

»Eine echte Maus? Machst du Witze?«

Ich schüttelte amüsiert den Kopf.

Und dann begriff ich, dass L. ebenfalls keine Witze machte, sie wurde leichenblass, auf ihrer Stirn bildete sich eine Schweißschicht. So blass hatte ich sie noch nie gesehen.

Ich versuchte sie zu beruhigen: Die Maus sei schon weg, L. brauche keine Angst zu haben, und das Tier komme bestimmt nicht wieder. L. wollte nichts davon hören. Sie nahm keinen Bissen mehr von dem Salat, den sie gerade zu essen begonnen hatte, sie bestellte die Rechnung, und wir gingen.

Später erfuhr ich, dass L. überhaupt keine Nagetiere ertrug, sie erzählte mir, dass sie meine Novelle, in der es auch um weiße Mäuse gegangen war, nicht habe zu Ende lesen können.

Nach und nach begriff ich im Verlauf der verschiedenen Unterhaltungen, dass L. *alles* gelesen hatte, was ich je geschrieben und veröffentlicht hatte, meine Romane, Erzählungen, meine Beiträge für Gemeinschaftswerke, *alles*, nur nicht diesen einen Text.

Ansonsten kultivierte L., wie sie gern zugab, einige Manien und interessierte sich lebhaft für die der anderen. Sie hatte eine Theorie dazu. Kein Mensch könne in unserer Gesellschaft überleben, ohne eine gewisse Anzahl von Ritualen zu entwickeln, deren er sich nicht immer bewusst sei. L. hatte zum Beispiel festgestellt, dass wir alle Nahrungsmittel-Perioden hatten. Ob ich verstünde, was sie meine? Ob mir bei genauerem Nachdenken nicht auffalle, dass meine Ernährung sich im Laufe der Zeit geändert habe, dass es verschiedene Phasen gegeben habe, die unterschiedlichen Altersstufen und Einflüssen entsprochen hätten, sodass bestimmte Nahrungsmittel verschwunden seien, während andere, bis dahin verschmähte, mir plötzlich unverzichtbar erschienen seien? Ich solle doch beispielsweise über mein Frühstück nachdenken, bat sie. Ob es immer gleich sei? Ich gab zu, dass sich die übliche Zusammenstellung mehrfach geändert habe. Ich hätte eine Brot + Joghurt-Phase gehabt, eine Müsli + Brot-Phase, eine Müsli + Joghurt-Phase und eine Einfach-nur-Brioche-Phase … Mit zwanzig hätte ich Tee getrunken, mit dreißig Kaffee, mit vierzig heißes Wasser. Darüber musste sie lächeln. L. gestand mir, sie habe sogenannte chromatische Phasen gehabt: eine Orange-Phase, in der sie nur Lebensmittel in dieser Farbe zu sich genommen habe (Orangen, Aprikosen, Möhren, Mimolette-Käse, Kürbis, Melone, gekochte Garnelen), und dann, etwas später, eine Grün-Phase (Spinat, Bohnen, Gurken, Brokkoli …), die sie bei ihrer Heirat beendet habe.

Zudem hatte L. festgestellt, dass eine gewisse Anzahl unserer alltäglichen Gesten immer in derselben Reihenfolge ausgeführt würden, ohne dass wir dies so beschlossen oder darüber nachgedacht hätten. Diese Sequenzen waren ihrer Meinung nach auf Strategien zurückzuführen, die wir mehr oder weniger bewusst entwickeln, um zu überleben. Auch unsere sprachlichen Ticks seien alles andere als zufällig, sie zeigten deutlicher als jede Theorie, wie wir imstande seien, uns in einem Augenblick X an die Hauptzwänge unserer Umwelt anzupassen (oder ihnen zu widerstehen). L. meinte, die geläufigen Ausdrücke, die wir uns allgemein zu eigen machten, zeigten besser als alle tiefgreifenden Analysen unseres Lebens und unserer Beschäftigungen, was uns am meisten verstöre. So hätten zu einer Zeit, als nichts mehr zu funktionieren, als die Gesellschaft insgesamt erstarrt in der Luft zu hängen schien, die Leute alle Nase lang *es läuft* gesagt. Genauso seien auch die Partys, die Filme, die Leute nicht mehr *sehr* – sehr nett, sehr nervig, sehr schnell, sehr langsam – nein, sie seien *total* – total nett, total nervig, total schnell, total langsam – geworden, vielleicht weil uns dieses Leben tatsächlich total über den Kopf wachse.

Was die Strategien anging, so hatte L. eine sehr wirksame, um sich ihren Lebensraum und die Vertraulichkeit ihrer Gespräche zu sichern. Wenn sie um die Mittagszeit in einem Lokal ankam, fragte sie immer nach einem Tisch für drei, obwohl wir nur zu zweit waren. Dieser Schachzug brachte sie in den Genuss eines großen Tischs (oder zweier zusammengeschobener Tischchen), während ringsum alle Ellbogen an Ellbogen saßen. Nach etwa zwanzig Minuten setzte sie ein enttäuschtes Gesicht auf und erklärte dem Kellner, wir würden wohl schon bestellen müssen, auch wenn die oder der Dritte noch nicht da sei, wir würden ihr oder ihm aber für alle Fälle noch den Platz freihalten. Gegen Ende der Mahlzeit, wenn sich das Lokal schon sehr geleert hatte, entschuldigte sich L. beim Kellner: Es tue ihr sehr leid, wir seien versetzt worden.

Ich muss zugeben, dass ich mich in ihrer Gesellschaft nie langweilte. L. stellte sich alle möglichen Fragen laut oder sprach vielmehr laut aus, was sich wahrscheinlich viele Frauen (oder jedenfalls ich) fragen: Bis zu welchem Alter konnte man eine Röhrenjeans tragen? Einen Minirock? Ein Dekolleté? War man imstande, es selbst zu merken, wenn das nicht mehr ging, wenn es ans Lächerliche grenzte, oder musste man (solange man noch Zeit hatte) einen Nahestehenden bitten, uns zu warnen, sobald es so weit war? War es womöglich *schon* zu spät und hatten wir die rote Linie in aller Unkenntnis überschritten?

Ich fasste es nicht: L., die bei unserer ersten Begegnung so selbstsicher auf mich gewirkt hatte, so sicher bei der Kleiderwahl, so ihrer Aura bewusst, brachte – mit viel mehr Witz – Sorgen zum Ausdruck, die meinen glichen.

Es wurde zu einem unserer Lieblingsthemen: Die Akklimatisierung, die wir leisten mussten, um uns so zu sehen, wie wir waren – ein Scharfstellen im fotografischen Sinne des Wortes, zu dem wir regelmäßig bereit sein mussten, um uns in der Altersskala einzuordnen und zu wissen, woran wir waren.

Die Entdeckung eines neuen Fältchens, einer weiteren Etappe des allgemeinen Verfalls, die hartnäckigen Augenringe, all das ließ sich besprechen, war von nun an Gegenstand einer kritischen – und komischen – Analyse.

L. erzählte mir, sie könne keinem über dreißig begegnen, ohne sich zunächst zu fragen, wie alt er sei. Seit einigen Jahren war das Alter das Erste, wonach sie sich fragte, wenn sie jemanden, Mann oder Frau, sah beziehungsweise kennenlernte, als wäre das eine erste, unumgängliche Eigenschaft, um das Kräfteverhältnis, die Verführungs- und Verbrüderungsmöglichkeiten zu sondieren. Ich meinerseits hatte festgestellt, dass mir mit zunehmendem Alter die jungen Leute häufig jünger erschienen, als sie waren. Und genau das war ihrer Meinung nach ein sicheres Zeichen des Alterns, nicht mehr imstande sein, den Unterschied zwischen einem Zwanzig- und einem Dreißigjährigen zu erkennen, während diese durchaus fähig seien, sich als gleich oder unterschiedlich alt zu erkennen.

Was mich an L. faszinierte, war, dass keine dieser inneren Fragestellungen bis an die Oberfläche ihrer Seinsweise gelangte. Nichts an ihrer Erscheinung oder ihrem Verhalten verriet den geringsten Zweifel, die geringste Sorge bezüglich der eigenen Person. Mir schien ganz im Gegenteil, dass ihre Art sich zu kleiden, sich zu bewegen oder zu lachen der schlagende Beweis dafür war, dass sie durch und durch zu der Frau stand, die sie war.

Wahrscheinlich war es das, diese Anziehungskraft, die L. auf mich ausübte: Ich bewunderte ihren klaren Blick auf die Welt und auf sich selbst, aber auch ihre Fähigkeit, die anderen zu *täuschen* und das Spiel mitzuspielen.

Als wir eines Abends über den Mittelstreifen des Boulevards Richard-Lenoir schlenderten, erzählte mir L., sie habe Anfang der Neunzigerjahre einen Film von Pascale Bailly gesehen, *Comment font les gens*, also: Wie machen es die Leute? Schon dieser Titel sei ihr wie eine Beschreibung ihrer eigenen geistigen Verfassung erschienen, diese ständige Selbstbefragung über die anderen, die sie nicht ablegen könne: Wie machten sie es, ja, in welchem Rhythmus, mit welcher Energie, auf der Grundlage welcher Überzeugungen? Wie schafften es *die Leute* durchzuhalten? Denn damals seien die Leute, die sie beobachtet habe, allem Anschein nach besser zurechtgekommen als sie. Ob ich diesen Film gesehen hätte? Da ich nicht antwortete, redete L. mit Schwung weiter und erzählte mir von einem Spielfilm von Laurence Ferreira Barbosa, der etwa zur gleichen Zeit herausgekommen war und dessen Titel auch nicht viel vernünftiger klang: *Verrückt – Nach Liebe*. Die Handlung spiele im Wesentlichen in einer psychiatrischen Klinik, und sie habe den Film toll gefunden.

Ich blieb stehen.

Einige Sekunden lang konnte ich nicht sprechen, ich suchte in ihrem Gesicht nach irgendeinem Indiz.

L. sah mich verblüfft an. Es war gerade dunkel geworden, hinter den Fenstern wurde das Licht eingeschaltet, der Wind stieß das dürre Laub vor sich her, es klang wie das Zerknittern von Papier.

Ich glaube, ich empfand in jenem Augenblick eine Art Schwindel, von dem ich nicht zu sagen wüsste, ob er mit Freude oder Angst zu tun hatte.

Und nicht zum ersten Mal.

Ja, ich hatte diese beiden Filme gesehen, und aus ziemlich privaten Gründen gehörten sie zu meinem persönlichen Pantheon. Dass L. mir von genau diesen beiden Filmen, die keine große Resonanz gefunden hatten, erzählte und sie miteinander in Verbindung brachte, war ein so verwirrender, ja verblüffender Zufall, dass mir der Gedanke kam, sie habe irgendwo gehört oder gelesen, welche besondere Rolle diese Filme für mich spielen. Aber wir hatten keinen einzigen gemeinsamen Bekannten, und ich erinnerte mich nicht, je öffentlich davon erzählt zu haben.

Ja, auch ich hatte mich oft gefragt: Wie machen es die Leute? Und ehrlich gesagt hatten sich diese Fragen zwar leicht geändert, aber sie waren immer noch präsent: Wie machen es die Leute, schreiben, lieben, durchschlafen, sich neue Mahlzeiten für die Kinder ausdenken, sie aufwachsen lassen, sie gehen lassen, ohne sich an sie zu klammern, einmal im Jahr zum Zahnarzt gehen, Sport treiben, treu bleiben, nicht zu rauchen anfangen, Bücher + Comics + Zeitschriften + eine Tageszeitung lesen, in Sachen Musik nicht völlig hinter dem Mond sein, atmen lernen, nicht ohne Sonnenschutz an die Sonne gehen, nur einmal in der Woche einkaufen und dabei nichts vergessen?

Diesmal musste ich mir Klarheit verschaffen. Ich sah L. fest in die Augen und fragte sie, warum sie mir von diesen beiden Filmen erzählt hatte. Ob ich sie schon einmal erwähnt hätte? Sie wirkte erstaunt. Sie habe von ihnen gesprochen, weil sie von ihnen beeindruckt gewesen sei. Und weil sie sich eigentlich dieselben Fragen stelle. Das sei alles. Deshalb habe sie an sie gedacht.

Schweigend setzten wir unseren Spaziergang fort.

Empfand auch sie diesen ständigen Zweifel an ihrer mal zögernden, mal übertriebenen Art, sich durch die Welt zu bewegen? Diese Angst, nicht im richtigen Rhythmus, nicht in der richtigen Tonart zu sein? Dieses Gefühl, sich die Dinge zu sehr zu Herzen zu nehmen, nicht den nötigen Sicherheitsabstand wahren zu können?

Oder hatte L. meine Ängste und Sorgen übernommen, wie man in eine Verkleidung schlüpft, um mir einen Spiegel vorzuhalten, in dem ich mich erkennen sollte?

Wenn ich mir solche Fragen stellte, sagte ich mir schließlich immer, dass ich keinen Grund hätte, an den Ähnlichkeiten zwischen uns zu zweifeln und auf den Trost, den sie mir boten, zu verzichten.

L. beobachtete die anderen.

Auf der Straße, in den Parks, in der Metro.

L. zögerte auch nicht, sich selbst zum Gegenstand ihrer Beobachtung zu machen, mit großem Vergnügen und einem Scharfsinn, der mich begeisterte.

L. begnügte sich nicht damit, Fragen zu stellen, sie bot auch Antworten an.

L. mangelte es nicht an Selbstironie.

L. hatte zu allem Theorien: die Adäquatheit von Kleidung und Alter, die anstehende Renaissance der Presse, die Rückkehr der alten Gemüsesorten, die beste Methode gegen Schluckauf, Telepathie, Teintkorrekturen, der Siegeszug der Haushaltsroboter, die Entwicklung der Sprache und die Rolle der Wörterbücher, die Auswirkungen von Internet-Partnerschaftsbörsen auf die Liebesbeziehungen.

Eines Morgens, ich wollte gerade meine Wohnung verlassen, hörte ich im Radio die Stimme von Gilles Deleuze. Ich gebe hier die Sätze wieder, die ich einige Sekunden nach dieser kurzen Archivaufnahme aus dem Gedächtnis notiert habe:

Wenn du nicht die kleine Verrücktheit an jemandem erkennst, kannst du ihn nicht lieben. Wenn du seinen Funken Wahnsinn nicht erkennst, verpasst du den Menschen. Der Funke Wahnsinn in ihm ist die Quelle seines Charmes.

Ich dachte sofort an L.

Ich dachte, L. habe meine kleine Verrücktheit erkannt und ich ihre.

Vielleicht ist eine Begegnung, ob nun eine amouröse oder freundschaftliche, genau das, zwei Funken Wahnsinn, die sich erkennen und gefangen nehmen.

An den Tagen, an denen sie sicher sein konnte, François nicht bei mir anzutreffen, besuchte mich L. zum Abendessen oder auf einen Tee.

Der Herbst zog sich in die Länge, und da ich nicht schrieb, lebte ich einfach. Ich hatte damit aufgehört, mich zu bestimmten Zeiten an den Computer zu ketten, ich hatte mir eine Art Burgfrieden verordnet, eine Pause, damit ich einem Buch begegnen, mich von ihm gefangen nehmen lassen konnte. Ich dachte oft an die Worte, die ich irgendwo, ich wusste nicht mehr wo, gelesen hatte: Die Geschichten liegen wie Fossilien im Boden vergraben. Sie sind Reliquien, die aus einer früheren Welt stammen. Und die Arbeit des Schriftstellers besteht darin, sie mit seinen Werkzeugen vorsichtig freizulegen und möglichst unversehrt herauszuheben.

Und deshalb sah ich, wenn ich herumlief, zu Boden, vermutlich wartete ich auf das kleine Stückchen Schiefer unter den Pflastersteinen, das mir die Kraft zum Graben geben würde.

Als es Winter wurde, fiel es mir schwer, mich der Tastatur zu nähern.

Es fiel mir nicht nur schwer, eine Word-Datei zu öffnen, sondern auch – es kam tückisch, schleichend –, Mails zu beantworten oder Briefe zu schreiben. Ich weiß nicht mehr, wann ich zum allerersten Mal, kaum dass ich vor dem Rechner saß, dieses schreckliche Brennen in der Speiseröhre spürte. Ich weiß, dass es sich wiederholte und dabei immer stärker wurde: ein Magensäurestoß, der mir den Atem raubte.

Ich kaufte in der Apotheke Säurehemmer.

Um meinen Computer weiter nutzen zu können, musste ich meinen Körper überlisten, ihm möglichst klar signalisieren, dass ich nichts versuchen würde, was von nah oder fern mit dem Schreiben zu tun hatte. Ich nahm eine lässige, provisorisch wirkende Haltung ein, ich bewegte den Cursor nie mehr auf das Word-Icon unten auf meinem Bildschirm zu. Nur dank diesen Tricks konnte ich mich vor meinem Rechner aufhalten.

Zum Glück gab es die kleinen Hefte. Die Hefte, in denen ich weiterhin Notizen machen, Wörter aufschreiben konnte, winzige Anfänge, dem Schweigen entrissene Satzfetzen, grob gezeichnete Umrisse. Die Hefte waren in meiner Handtasche. Und das war der Gedanke, an den ich mich klammerte: Das Fossil war in den Seiten gefangen, in den Papierfasern, das Fossil wartete auf seine Stunde. Ein Titel, eine Gedankenverbindung, einige aus dem Leben gegriffene Notizen, die im richtigen Moment einen Sinn ergeben und mich auf ihrem Nachhall tragen würden. Eine Goldmine, ein Schatz, aus dem ich nur zu schöpfen brauchte, sobald ich so weit war. Das erklärte ich L., als diese mich besorgt fragte, was ich eigentlich tue.

Als ich in der Metro bestohlen wurde, war sie bei mir. Ich habe den Grund vergessen, der uns bewogen hatte, im Berufsverkehr in die Linie 4 zu steigen, und ich kann mir auch keinen mehr denken. Wir standen, von der kompakten Masse aus Körpern verschluckt, eng aneinandergedrängt und wurden im Takt der Schienenstöße hin und her und gegeneinander geschüttelt. Natürlich bemerkte ich nichts. Beim Umsteigen trennten wir uns, ich fuhr mit der Linie 3, die genauso voll war, weiter nach Hause. Erst später am Abend, als ich nach einem Päckchen Papiertaschentücher suchte, merkte ich, dass meine Handtasche mit einem Cutter aufgeschlitzt worden war, auf der vollen Höhe von oben nach unten. Ich dachte sofort an die Hefte. Sie waren nicht mehr da. Auch die Börse mit meiner Kreditkarte, meinem Bargeld und meinen Papieren war verschwunden. Jemand hatte alles an sich genommen (wegen ihrer Weichheit waren die Hefte vielleicht für eine Brieftasche oder ein Kartenetui gehalten worden), oder aber er hatte nur das Geld genommen, und die Hefte waren danach durch den klaffenden Schlitz gefallen. Ich durchwühlte meine Handtasche, zehn Mal nacheinander tastete ich in alle Ecken, in einer absurden, verzweifelten Bewegung, und sagte immer wieder laut: Das ist nicht wahr, das ist nicht wahr. Und dann fing ich an zu weinen.

Später rief ich L. an, um ihr zu erzählen, was mir passiert war, und mich zu vergewissern, dass bei ihr alles in Ordnung war. Ihre Handtasche sei heil. Aber jetzt, wo sie darüber nachdenke, sie habe hinter uns zwei Männer bemerkt, deren Verhalten ihr komisch vorgekommen sei. Die Sorte Kerle, die Menschenansammlungen dazu nutzen, sich an andere zu drängen.

L. gab mir die Nummer des zentralen Dienstes der Banken, bei dem ich die Karten sperren lassen konnte.

L. fragte mich besorgt, wie es mir gehe.

L. bot an zu kommen, wenn ich wolle.

Gleich nachdem ich aufgelegt hatte, legte ich mich ins Bett. Ich hatte nichts mehr zu tun. Ich hatte mich gefasst sagen hören, es sei nicht so schlimm. Es war nicht so schlimm, nein, meine Hefte waren weg, und ich hatte das Gefühl, meine beiden Arme seien amputiert worden, aber das war lächerlich, übertrieben, unverhältnismäßig. Und es war der Beweis, sofern überhaupt noch einer nötig war, dass etwas nicht stimmte.

II Depression

In ihm flüsterte zum ersten
Mal eine Stimme:
Wer bist du, wenn du schreibst, Thad?
Wer bist du dann?

Stephen King, *Stark*

»Ich weiß, dass du dir mit deinen Kindern Serien anschaust, dass ihr die besten gesehen habt. Also denk doch bitte mal zwei Minuten nach. Vergleiche. Sieh dir an, was geschrieben und was gefilmt wird. Glaubst du nicht, dass ihr die Schlacht verloren habt? Die Literatur hat sich, was die Fiktion anbelangt, längst das Heft aus der Hand nehmen lassen. Ich rede nicht vom Kino, das ist eine ganz andere Sache. Ich rede von den DVD-Kassetten in deinen Regalen. Ich kann kaum glauben, dass dir das nie den Schlaf geraubt hat. Hast du nie gedacht, der Roman sei tot, jedenfalls eine bestimmte Art von Roman? Hast du nie gedacht, die Drehbuchschreiber hätten euch einfach abgehängt, vielleicht aber auch an den Nagel gehängt? Sie sind doch die neuen allwissenden und allmächtigen Schöpfer. Sie sind imstande, aus dem Nichts ganze Drei-Generationen-Familien, politische Parteien, Städte, Sippen, ganz einfach Welten zu schaffen. Imstande, Helden zu schaffen, die man lieb gewinnt, zu kennen glaubt. Du verstehst, was ich meine? Diese enge Beziehung, die sich zwischen der Figur und dem Zuschauer knüpft, dieses Gefühl von Verlust oder Trauer, das dieser empfindet, wenn die Geschichte zu Ende ist. Das geschieht nicht mehr mit den Büchern, das passiert jetzt woanders. Und das ist es, was die Drehbuchschreiber so gut können. Du warst es doch, die mir von der Macht der Fiktion erzählte, von ihrem Fortwirken in der Realität. Aber das ist jetzt alles keine Sache der Literatur mehr. Das müsst ihr zugeben. Für euch ist es aus mit der Fiktion. Die Serien bieten allem Romanhaften einen weit fruchtbareren Boden und ein unendlich größeres Publikum. Nein, das ist gar nicht traurig, glaub mir. Es ist im Gegenteil eine sehr gute Nachricht. Freut euch. Überlasst den Drehbuchschreibern das, was sie ohnehin besser können als ihr. Die Schriftsteller müssen wieder Kampfgeist entwickeln, zu dem zurückkehren, was sie auszeichnet. Und weißt du, was das ist? Nein? Aber ja doch, du weißt es sehr gut. Warum, glaubst du, fragen sich die Leser und die Kritiker nach dem Autobiografischen im literarischen Werk? Weil das heute der einzige Daseinszweck ist: das Reale wiedergeben, die Wahrheit sagen. Alles Übrige hat keine Bedeutung. Das ist es, was der Leser von den Romanciers erwartet: dass sie ihr Innerstes nach außen kehren. Ein Schriftsteller muss sich ständig nach seiner Art zu leben, seiner Erziehung, seinen Werten fragen, er muss unablässig in Frage stellen, wie er sich der Sprache bedient, die er von den Eltern übernommen hat, die ihm auf der Schule beigebracht wurde, die seine Kinder sprechen. Er soll sich eine ihm eigene Sprache schaffen, mit einzigartigen Schwingungen, eine Sprache, die ihn mit seiner Vergangenheit und seiner Geschichte verbindet. Eine Sprache der Zugehörigkeit und der Befreiung. Ein Schriftsteller braucht keine Hampelmänner zu basteln, so beweglich und faszinierend sie auch sein mögen. Er hat genug mit sich selbst zu tun. Er muss sich pausenlos auf dem abgeschnittenen Stückchen Terrain umdrehen, auf das er sich zurückziehen musste, um zu überleben, er muss immer wieder zu dem Ort des Unfalls zurückkehren, der aus ihm diesen besessenen, untröstlichen Menschen gemacht hat. Kämpfe nicht den falschen Kampf, Delphine, mehr will ich ja gar nicht sagen. Die Leser wollen wissen, was man in sein Buch hineingibt, und sie haben recht. Die Leser wollen wissen, welches Fleisch in der Füllung ist, ob sie Farb- oder Konservierungsstoffe, Emulgatoren oder Verdickungsmittel enthält. Von nun an hat die Literatur die Pflicht, ein offenes Spiel zu spielen. Deine Bücher dürfen nie aufhören, deine Erinnerungen, deine Überzeugungen, dein Misstrauen, deine Angst, deine Beziehungen zu den Menschen ringsum zu befragen. Nur unter dieser einzigen Bedingung werden sie ins Schwarze treffen und ein Echo finden.«

Das hatte mir L. an jenem Abend in einem ziemlich leeren Café nicht weit vom Rathaus des zwanzigsten Arrondissements gesagt.

Es war schon dunkel geworden, und wir waren da geblieben, hinten in dem Raum, dessen Wände mit verblichenen Werbeplakaten aus den Fünfzigerjahren bedeckt waren. In der Ferne hörte man einen Radiosender rauschen, den ich nicht zu erkennen vermochte. Ich dachte, dieses Café sei sicher die letzte Spur einer vergangenen Zeit, das Einzige im Viertel, das den Angriffen der Auf-Schick-Renovierungen, die die Straßen in kleinen Bissen verschlangen, getrotzt hatte. Eine Insel des Widerstands, die auch bald fallen würde.

Ich hatte L. zugehört, aber nicht versucht, sie zu unterbrechen. L. übertrieb, dachte in Schemata und Systemen, aber ich hatte nicht die Kraft, ihr zu antworten.

Nein, ich wollte das Territorium der Fiktion nicht anderen überlassen, wem auch immer. Aber ich sah auf meine Hände, und meine Hände waren leer.

Nein, ich schloss auch nicht aus, dass ich eines Tages zu einer Form von autobiografischem Schreiben zurückkehren würde, wie auch immer es dann genannt würde. Aber es hatte nur Sinn, wenn es Aussagen über die Welt ermöglichte, das Universelle erreichte.

Jedenfalls war ich entkräftet.

So hatte L. mit mir geredet, und ich hatte ihr halb amüsiert, halb verblüfft zugehört.

Ihre Worte zwangen mich, über das nachzudenken, worüber ich nie hatte theoretisieren wollen. Ihre Überzeugungen stießen heftig gegen das minimale Gebäude, das ich errichtet hatte, um meiner Arbeit einen Sinn zu geben oder wenigstens über sie sprechen zu können.

Und ihre Worte schlichen sich ins Herz des Zweifels, den ich nicht mehr zu formulieren vermochte.

L. hatte mir einmal gesagt, ich hätte nur zwei Bücher geschrieben. Das erste und das letzte. Die vier anderen seien ihrer Ansicht nach nur bedauerliche Verirrungen.

Im Herbst kamen Louise und Paul zwei oder drei Mal gemeinsam oder einzeln übers Wochenende nach Hause. Zwischen uns bildete sich eine neue Bindung, geprägt von der Entfernung und dem gegenseitigen Fehlen. Eine intensive, redefreudige Beziehung als Fortsetzung der gemeinsam verbrachten Jahre und doch ganz anders als zuvor. Meine Kinder waren groß geworden. Ich war nach wie vor eine gerührte, hingerissene Mutter.

François jonglierte mit verschiedenen Projekten und hatte sich gerade für eine zweite Staffel seiner Dokumentarfilmserie verpflichtet, eine Arbeit über einen längeren Zeitraum, die ihn wieder für mehrere Wochen ins Ausland führen würde. Ich kannte seine unersättliche Neugier, ich wusste, dass er ganze Tage mit Lesen verbrachte und das Reisen liebte. Und im Grunde war mir das alles sehr recht, unser beider Engagement bei dem, was wir zu machen versuchten, dieser Wille – oder diese Illusion –, das, was man teilen kann, und das, was man nicht teilen kann, gleichzeitig anzupacken. François respektierte mein Einsamkeitsbedürfnis, meine Unabhängigkeit, meine Momente der Abwesenheit. Ich respektierte seine Entscheidungen, seine Marotten, seinen immer wieder neu entfachten Enthusiasmus.

Mehrmals in der Woche rief L. mich an, um mir zu sagen, dass sie ganz in der Nähe war. Eigentlich war sie nie sehr weit entfernt. Und jedes Mal schlug ich ihr vor, zu mir heraufzukommen. Denn in meiner Verstörung, die zu benennen ich mich weigerte, war mir ihre Gegenwart eine Beruhigung.

L. kam mit Blumen, Hefegebäck oder einer Flasche Wein. Sie wusste, wo bei mir der Tee, der Kaffee, der Korkenzieher und die Weingläser waren.

Sie hatte ihren Platz auf dem Sofa. Sie hüllte sich in meine Stola, knipste Lampen an, suchte die Musik aus.

Wenn ich in L.s Gegenwart einen Anruf bekam, blieb sie da. Sie tat nicht so, als schaute sie auf ihrem eigenen Handy nach oder blätterte in einer Zeitschrift, wie es die meisten Leute machen würden. Nein, ganz im Gegenteil, sie bestätigte meine Äußerungen mit einem Nicken oder runzelte die Brauen. Sie nahm schweigend am Gespräch teil.

L. hatte mir eine Auswahl neuer Hefte aus Recycling-Papier geschenkt, in drei unterschiedlichen Größen. In das größte hatte sie mir eine aufmunternde und zuversichtliche kurze Widmung hineingeschrieben, die ich vergessen habe. Ich kann sie nicht mehr nachlesen, denn ich habe sie alle weggeworfen.

Jede Woche fragte sie mich, wie weit ich mit meiner Arbeit sei, und erinnerte mich daran, dass ich jederzeit mit ihr darüber sprechen könne, wenn ich wolle. Da ich nicht viel dazu zu sagen hatte, erzählte sie mir von ihrer Arbeit. L. fing gerade mit der Autobiografie einer berühmten Schauspielerin an. Drei Monate zuvor hatte sie mit zwei sehr gesuchten Ghostwritern darum konkurriert. Wie die anderen beiden auch hatte sie die Schauspielerin bei einer von deren Agenten arrangierten Abendeinladung kennengelernt. Und die Schauspielerin hatte sich für sie entschieden. Wahrscheinlich hatte L. die rechten Worte gefunden und diese Intuition für den anderen gezeigt, die mich an ihr nach wie vor faszinierte. L. sprach gern über die Freude, die sie daran hatte, dem Material, das ihr die Schauspielerin anvertraute, Form zu geben. Sie erzählte mir mit der Zärtlichkeit einer Schöpferin von dieser Frau, so als existierte die Schauspielerin gar nicht außerhalb der

Arbeit, die sie beide begonnen hatten, als wäre es an L., diese Frau der Welt und sich selbst zu zeigen. L. war glücklich, dieses Mal hatte sie das Gefühl, im Mittelpunkt ihres Berufs zu stehen. Dort, wo es wichtig war. Denn L. begnügte sich nicht damit, sich aussuchen zu lassen. Sie schrieb nicht für jeden. Sie nahm sich das Recht heraus, die Zusammenarbeit mit bestimmten Personen abzulehnen, und suchte sich solche aus, mit denen sie gern zusammenarbeiten wollte. Leute, die ein Schicksal hatten, so hatte sie es mir gesagt. Die abgestürzt, heruntergekommen waren, die gelitten hatten und davon gezeichnet waren. Das war es, was sie interessierte. Zu beschreiben, wie sie sich wieder aufgerichtet, aufgebaut, repariert hatten. Ihre Rolle bestand darin, das Material, das sie ihr anvertrauten, zu inszenieren, es in Worte zu fassen und zur Geltung zu bringen. Es war die Seele dieser Menschen, die sie lesbar machte, und wenn sie ihr dankten, kam sie immer wieder darauf zurück: Sie habe nur deren Seele für das bloße Auge sichtbar gemacht.

Eines Abends sagte mir L., sie könne auf den ersten Blick Menschen erkennen, die Opfer von Gewalt gewesen seien. Nicht nur physischer Gewalt. Menschen, deren Persönlichkeit und Person durch andere in Gefahr gebracht worden seien. Sie wisse bei ihnen eine Art von Verstricktsein, von Behindertwerden und Ungleichgewicht im eigentlichen Sinne des Wortes zu erkennen. Ein Zögern, eine Unsicherheit, eine Bruchlinie, die sonst niemand zu bemerken scheine.

Der Winter kündigte sich an, und L. war mitten in der Arbeit. Ich meinerseits genoss diese Zeit, in der ich mich noch hinter mehr oder minder glaubwürdigen Vorwänden verstecken konnte. Hinausschieben. Ich behauptete, etwas vorzubereiten. Ich erfand immer neue Recherchen und Skizzen.

Ich ahnte nicht, dass zwei Jahre vergehen würden, bevor ich wieder in der Lage sein würde, eine neue Textverarbeitungsdatei einzurichten und einen Satz aus mehr als drei Wörtern zu verfassen.

Zwischen der Geburt meiner Kinder und dem Jahr, in dem ihr Vater und ich uns trennten, stellte ich etwa zehn Fotoalben von je etwa fünfzig Seiten zusammen. Danach fotografierte ich weiter, ließ auch manchmal Papierabzüge machen, aber ich ordnete sie nicht mehr und klebte sie nicht mehr ein. Aus der zeitlichen Distanz könnte ich mehrere Hypothesen über unsere Trennung sowie über das Beenden der Alben-Produktion liefern, aber das ist eine andere Geschichte. Sollte eines Tages ein Feuer in meiner Wohnung ausbrechen, dann werde ich wohl die Alben noch vor den Büchern, vor den Briefen, vor allem anderen retten. Sie zeigen einen unendlich kostbaren Moment meines Lebens, unseres Lebens. Sie sind das Epizentrum meiner Sehnsucht, ein zerbrechliches Schmuckkästchen im Herzen meines Gedächtnisses. Wenn ich sie aufschlage, denke ich oft, dass ich darüber gern schreiben können würde, über diese vergangene Zeit, von der das Bild so genau und zugleich so hilflos zeugt.

Als der Winter da war und die Tatenlosigkeit drohend im Raum stand, setzte ich es mir in den Kopf, die Alben weiterzuführen. Nach dem letzten waren mehrere Jahre vergangen. Ich brauchte fast zwei Tage, um einen Laden zu finden, der ähnliche Alben führte, und zwei weitere, um die Fotos auszusuchen, die zumeist elektronisch gespeichert waren; in verschiedenen, auf mehr oder minder veralteten Medien und Geräten gespeicherten Dateien.

Nachdem ich die Fotos auf Papier hatte abziehen lassen, setzte ich mich an den Wohnzimmertisch, vor mir die Alben, die ich jetzt füllen musste. Im Grunde, dachte ich, ist es dem Schreiben gar nicht so unähnlich: Aus den ausgewählten, verteilten, angeordneten und auf eine Seite geklebten Bildern würde eine neu erfundene Geschichte hervortreten.

Als ich gerade anfing, die Abzüge einzukleben, klingelte L. an meiner Tür.

Sämtliche Fotos waren, nach Epochen sortiert, vor mir ausgebreitet. L. setzte sich neben mich und begann sich dann für das Päckchen vor ihr zu interessieren. Eine Reihe relativ neuer Fotos zeigten einen lehmverschmierten Paul, der von einem Motocross-Treffen zurückgekommen war, und mehrere andere Louise mit ihren Freunden aus der Abiturklasse an einem Wintertag im Schnee.

»Sie sieht dir ähnlich«, sagte L., die Louise gerührt und aufmerksam betrachtete. In diesem Augenblick sagte ich mir, dass Louise auf diesem Foto so alt war wie L. und ich, als wir uns kennengelernt hatten. Seit L. mir gesagt hatte, dass wir in einer Klasse gewesen waren, hatten wir noch ein- oder zweimal darüber gesprochen. Ich hatte keinerlei Erinnerung an sie, und es erschien mir taktlos, dieses Thema noch einmal aufs Tapet zu bringen. Ich wollte das Messer nicht in der Wunde herumdrehen.

L. hatte meine Gedanken wohl gelesen, denn sie bat mich, ihr das Foto unserer Klasse zu zeigen. Ich musste ein bisschen in den Kartons suchen, bis ich die schon leicht verblichene Vergrößerung fand. Das Foto war im Schulhof aufgenommen worden, die Schüler umstehen in fünf Reihen Monsieur E., den Philosophielehrer. Die Jungs hocken oder knien praktisch alle auf dem Boden unten auf dem Foto. Die größten Mädchen stehen auf einer für den Betrachter unsichtbaren Bank. L. zeigte zunächst auf mein Gesicht, das sie sofort erkannt hatte, dann betrachtete sie ausführlich das gesamte Bild und fasste jeden einzelnen Schüler ins Auge. Schließlich schob sie, mit der obersten Reihe beginnend, ihren Finger von rechts nach links und begann Namen und Vornamen jedes Einzelnen aufzusagen. Namen, an die ich mich allein nicht hätte erinnern können, die jedoch, sobald sie von ihr ausgesprochen wurden, an die Oberfläche meines Gedächtnisses stiegen und so bestätigt wurden.

Nachdem sie auf den letzten gezeigt hatte, wandte sie sich mir triumphierend zu. Von den Namen dieser fünfzig Schüler waren ihr nur etwa zehn entfallen.

Plötzlich verdüsterte sich ihre Stimmung.

»Wie schade, dass ich an diesem Tag fehlte. Ich hätte so gern einen bleibenden Beweis …«

»Beweis wofür?«, fragte ich.

»Für dieses Jahr, das wir gemeinsam verbracht haben.«

Aber wir hatten es nicht gemeinsam verbracht. Ich hatte diese Zeit nicht mit ihr geteilt. Ich hatte mich mit anderen angefreundet. Und ehrlich gesagt hatte ich von diesem Jahr nur die Erinnerung an einen langsamen Niedergang zurückbehalten. Jetzt war mir dieser Zeitraum so fern, dass er zum Leben eines anderen hätte gehören können. Meine damalige körperliche Verfassung hatte wahrscheinlich dazu beigetragen, die Erinnerung zu verwischen.

»Ja, das ist schade«, gab ich schließlich zu. »Aber wieso sollten wir einen Beweis benötigen?«

»Weil du dich nicht an mich erinnern konntest.«

Ihr Blick war hart, enthielt jedoch zugleich eine Art Bitte. Vielleicht hätte ich behaupten sollen, ich erinnerte mich doch an sie, sie sei mir endlich doch noch eingefallen. Doch ich konnte ihr diesen Trost nicht bieten, ich konnte mich nicht einmal mit irgendeinem Scherz aus der Affäre ziehen.

Als ich die Schachtel, in der in wildem Durcheinander Dutzende von Bildern aus etwa derselben Zeit lagen, wieder schließen wollte, fragte mich L., ob ich ihr eine Erinnerung an mich überlassen würde. Noch bevor ich antworten konnte, suchte sie in der Schachtel und hielt mir dann fragend eine Serie von drei Bildern aus dem Fotoautomaten hin. Das fehlende Foto hatte ich sicher in meinen Studentenausweis geklebt.

Ich sah zu, wie sie die Bilder, ohne meine Antwort abzuwarten, vorsichtig in ihrer Brieftasche verstaute.

Ich glaube, das war auch der Tag, an dem sie diesen Satz äußerte, den ich gleich nach ihrem Weggehen auf einem Klebezettel notierte:

»Wir haben vieles gemeinsam, aber nur du kannst darüber schreiben.«

L. blieb zum Abendessen. Später am Abend setzte sie mir wieder zu. Wie weit ich sei? Ob ich mich wieder an die Arbeit gemacht hätte? L.s Hartnäckigkeit verärgerte mich. Doch zugleich kam ich nicht um die Feststellung herum, dass sie die Einzige war, die mir diese Frage noch stellte. Die weiterhin an mein Schreiben glaubte.

Als ich ihr meine Unfähigkeit zu schreiben eingestand, sagte mir L., sie finde, ich würde mich zu sehr zerstreuen. Ich wunderte mich über diesen Begriff. Zerstreuen?

Sie wolle die Gestaltung meiner Fotoalben nicht in Frage stellen, sie finde sie sogar eher kreativ, aber da gebe es noch all das andere. Ihrer Meinung nach war ich viel zu sehr mit der Außenwelt verbunden.

Ich protestierte:

»Aber gar nicht! Ich sehe niemanden, ich rufe niemanden an, ich bin unfähig, einer Einladung zum Abendessen oder zu einer Party zu folgen, ich lehne alles ab. Außer mit François und den Kindern bringe ich mit niemandem mehr ein Gespräch zustande, mit wem auch immer.«

L. antwortete mir in diesem apodiktischen Ton, den ich gut an ihr kannte:

»Das ist normal, und das weißt du sehr gut. Denn in dieser heilsamen Stille wirst du dich wieder an die Arbeit setzen können.«

Mich wieder an die Arbeit setzen, was sollte das heißen? Was nutzte es, stundenlang vor dem Computer zu sitzen, wenn doch nichts dabei herauskam? Ich musste mich schließlich beschäftigen.

L. war anderer Meinung.

Aus der Konfrontation mit dem Hindernis würde sich etwas ergeben. Ein Licht oder ein Verzicht. Wenn ich immer nur auswiche, würde nichts geschehen.

Eines Morgens rief mich mein Freund Olivier an, um mir mitzuteilen, dass sich auf meiner Facebook-Seite, das heißt, auf der von meinen Lesern eingerichteten Facebook-Seite, beunruhigende Dinge zutrügen. Ich verstand nichts von dem, was er mir zu erklären versuchte, diese Geschichte von einer Wand, an die jemand die ganze Nacht lang schreckliche Dinge über mich geschrieben hätte. Jemand, der behauptete, mit mir verwandt zu sein, hatte Dutzende von *posts* veröffentlicht und mich darin der scheußlichsten Taten bezichtigt. Mein Freund fürchtete, dass ein Journalist diese Botschaften zufällig finden und weiterverbreiten könne. Ob ich die Möglichkeit hätte, die Administratoren der Gruppe zu kontaktieren? Ob mein Verlag die Gruppe aufgebaut habe?

Nachdem ich endlich halbwegs begriff, wovon er redete (für mich, die ich Facebook nicht nutze, war die Sache mit der für alle sichtbaren Wand und den unter einem fiktiven Profil daraufgepinnten Botschaften nicht so leicht zu verstehen), begann ich mir Sorgen zu machen. Nein, ich kannte die Administratoren der Gruppe nicht persönlich, und soweit ich wusste, stand auch mein Verlag nicht mit ihnen in Verbindung.

Ich dankte Olivier für seine Warnung und legte auf. Ich dachte noch über die Situation nach, als L. mich aus demselben Grund anrief. Sie informierte mich in groben Zügen über den Inhalt der Botschaften, weigerte sich jedoch, sie mir vorzulesen, sie halte es für unnötig und verletzend. Es gehe darin um den Schaden, den ich durch meinen letzten Roman angerichtet hätte, und ganz allgemein um den Schaden, den ich von Kindheit an angerichtet hätte, ich sei krank und hätte alles in meiner Umgebung zerstört, ich hätte eine destruktive Borderline-Persönlichkeit, ich hätte die Geschichte gefälscht, die Daten verwechselt, ein Buch geschrieben, das weit entfernt von der Wahrheit geblieben sei, ich hätte durch Verschweigen gelogen, die Wirklichkeit entstellt, und alles nur, um mein Kranksein zu verbergen. Die Botschaften waren die ganze Nacht über versandt worden, einige widersprachen sich, man warf mir vor, zu viel gesagt zu haben, dann wieder zu wenig, die Wirklichkeit geschönt oder aber verzerrt zu haben, kurzum: alles und sein Gegenteil. Wie L. sagte, hatte ihr Inhalt die Mitglieder der Gruppe nicht kaltgelassen. Einige hatten dem Verfasser schließlich geraten, einen Arzt aufzusuchen. Mit fortschreitender Nacht hatte der anonyme Schreiber durch die Verworrenheit und wachsende Giftigkeit seiner Äußerungen seine Glaubwürdigkeit verloren.

Im Laufe des Tages verschwanden die Nachrichten. Entweder hatte der Administrator der Gruppe sie alle gelöscht, weil er sie für überzogen hielt, oder aber der Verfasser selbst hatte es übernommen, sie verschwinden zu lassen.

Am selben Abend klingelte L. bei mir. Sie wollte sich vergewissern, dass es mir gut ging, und mit mir über die Geschehnisse sprechen. Ihrer Auffassung nach waren der Verfasser dieser Nachrichten und der der anonymen Briefe ein- und derselbe. Und diese Angriffe müssten beantwortet werden.

Da ich nicht darauf einging, setzte sie sich in einer Haltung auf mein Sofa, die klar zeigte, dass sie entschlossen war, eine echte Diskussion über dieses Thema vom Zaun zu brechen. Und sie stürzte sich auch schon hinein:

»Jemand aus deiner Familie provoziert dich seit Monaten, und du antwortest nicht. Er oder sie hat dir mehrmals geschrieben, und du hast nicht reagiert. Also ist er oder sie zur nächsten Stufe übergegangen, auf der andere Menschen zu Zeugen gemacht werden, weil er oder sie auf eine Antwort wartet. So einfach ist das.«

»Aber es gibt nichts zu antworten.«

»Aber ja. Natürlich gibt es etwas zu antworten. Er erwartet, dass du reagierst. Schreib ein Buch. Beweis ihm, dass du keine Angst hast. Beweis ihm, dass du frei bist, dass die Literatur alle Rechte hat. Schreib über deine Kindheit, schreib über deine Familie, schreib über dich selbst, such. Nur das Schreiben wird dir ermöglichen, ihn zu entdecken. Du hast etwas angefangen, was du zu Ende führen musst.«

Aber nein, ich wollte nicht wieder damit anfangen. Ich wollte zurück zur Fiktion, ich wollte mich schützen, wieder die Freude des Erfindens genießen, ich wollte nicht weitere zwei Jahre lang jedes Wort, jedes Komma abwägen und mitten in der Nacht mit wild klopfendem Herzen aus unerklärlichen Albträumen hochschrecken.

L. hatte sich heißgeredet, doch ich kannte sie mittlerweile in dieser leicht überreizten Verfassung. Ich versuchte ihr zu erklären, warum es nicht möglich war:

»Hör zu. Wenn ich dieses Buch nicht geschrieben hätte, hätte ich nie wieder etwas geschrieben. Dessen bin ich mir noch heute sicher. Es war eine Art Probe, die ich bestehen musste. Ein Initiationsritus. Aber wer über sich und über seine Familie schreibt, läuft Gefahr, Menschen zu verletzen, selbst die, die er geschont oder überhöht zu haben glaubt. Das will ich nicht mehr tun. Ich sage nicht, dass ich bereue, es getan zu haben, ich sage nur, dass ich nicht die Kraft habe, damit wieder anzufangen. Nicht in dieser Form. Ja, du hast recht, ich habe eine Waffe zur Verfügung, zu der die anderen, vorläufig jedenfalls, keinen Zugang haben. Die anderen, wer immer sie sein mögen, haben kein Recht zu antworten. Bestenfalls können sie mir anonyme Briefe schreiben oder eine

Wand beschmieren, die mir nicht gehört. Wenn ich hingegen rückfällig werde, kann ich sicher sein, von mehreren tausend Menschen gelesen zu werden. Und eine Spur zu hinterlassen, die erst nach mehreren Jahren verblasst.«

»Na und? Du hast das Glück, etwas in Händen zu haben, um das dich alle beneiden. Du kannst dich nicht so verhalten, als gäbe es das nicht, als gehörte es dir nicht. Ja, das Schreiben ist eine Waffe, und das ist auch gut so. Deine Familie hat die Schriftstellerin hervorgebracht, die du bist. Sie haben das, pardon, Ungeheuer geschaffen, und das Ungeheuer hat ein Mittel gefunden, seinen Schrei für alle hörbar zu machen. Was glaubst du, woraus Schriftsteller bestehen? Schau dich an und schau dich um! Ihr seid das Ergebnis von Scham, Schmerz, Geheimnis und Zusammenbruch. Ihr kommt aus namenlosen dunklen Gegenden oder habt sie zumindest durchquert. Überlebende, das seid ihr, jeder Einzelne und jeder auf seine Weise. Das gibt euch nicht alle Rechte. Aber glaub mir, es gibt euch das Recht zu schreiben, auch wenn es einen Aufruhr gibt.«

L.s Erregung begann mir Sorgen zu machen.

Als ich mich vor einigen Jahren anschickte, einen Roman über die Gewalt der Beziehungen in einem Unternehmen – oder etwas, das damit *zu tun hatte* oder davon *ausging* – zu schreiben, traf ich mich mit einem Psychiater, der sich auf den Leidensdruck am Arbeitsplatz und die damit verbundenen psychosozialen Gefahren spezialisiert hatte. Damals stellte ich mir für diesen Roman ein gewaltsames Ende vor. Ich wollte wissen, ob dieses Ende in psychischer Hinsicht möglich und glaubwürdig war: War eine erschöpfte Frau, die seit Wochen Opfer täglicher, hinterhältiger Aggression war, eine Frau, die gemobbt wurde, einer Gewalttat oder einer Tötung fähig?

Nachdem ich ihm den Kontext beschrieben hatte, formulierte ich meine Frage an ihn so:

»Ist es glaubwürdig, dass diese Frau, und sei es unwillkürlich, etwas Gefährliches tut? Wenn Sie Nein sagen, dann nehme ich ein anderes Ende ins Visier.«

Wir saßen in einem Café, und der Psychiater sah mich amüsiert an:

»Sagen Sie mal, Ihr Projekt ist ja ganz schön geladen.«

Ich lachte. Dieser Satz, den ich da ausgesprochen hatte, *dann nehme ich ein anderes Ende ins Visier*, verfolgte mich noch mehrere Tage. Was war das für ein Zorn, mit dem ich das Buch zu schreiben gedachte? Welcher Schmerz hatte sich in ihn verwandelt, wirkte in ihm fort?

Ich hütete mich natürlich, L. diese Anekdote zu erzählen.

L. brauchte keinerlei Zustimmung von mir, um weiterzureden.

L. war wütend, weil sie dachte, ich ließe mich von diesen Drohungen einschüchtern, die mich ganz im Gegenteil hätten zum Kampf anstacheln müssen. L. empörte sich laut und rief mich zur Rebellion auf.

»Sie müssen begreifen, dass dies erst der Anfang ist, weißt du. Du hast Samthandschuhe angezogen, du hast dich auf Zehenspitzen bewegt, du hast eine Reihe von Dingen stillschweigend übergangen, du hast das Dunkelste, das Gewaltsamste ausgelassen, und genau das werfen sie dir vor! Und weißt du, warum? Weil sie darin ein Zeichen der Schwäche sehen. Du hast Rücksichten genommen, du wolltest das liebe Mädchen bleiben, das keiner Fliege etwas zuleide tun könnte, du hast dich immer wieder direkt an den Leser gewandt – was du vorher nie getan hast – und ihm deine Zweifel und dein Zaudern mitgeteilt, du hast ihn unablässig an dein Konstrukt erinnert, ›Achtung, meine Damen und Herren, dies ist ein Roman, ein Versuch, sich der Wahrheit zu nähern, aber es ist nur meine Sicht der Dinge, ich behaupte nicht, ich erlaube mir nicht, vor allem möchte ich nicht‹ und so weiter. Du bist in die Knie gegangen, das ist es. Du hast die Bresche geöffnet, durch die sie einfallen, um dich tiefer treffen zu können. Du hast einen Fehler gemacht, Delphine, du hast ihnen gezeigt, dass du dich um sie sorgtest, um ihre seelische Verfassung, und durch diese Bruchstelle versuchen sie dich nun zu vernichten.«

Ich protestierte nicht, ich stellte nichts richtig, ich enthielt mich jeglichen Kommentars.

Ich fragte mich, ob L. getrunken hatte, bevor sie zu mir gekommen war. Was sie sagte, war irrational und übertrieben. Dennoch glaubte ich unter der Emphase ihres Aufbegehrens etwas Richtiges herauszuhören. Um sie zu beruhigen, sagte ich, ich würde darüber nachdenken. Doch sie war noch nicht fertig.

»Ja, Schreiben ist eine Waffe, Delphine, eine verdammte Massenvernichtungswaffe. Das Schreiben ist sogar viel stärker als alles, was du dir vorstellen kannst. Das Schreiben ist eine Verteidigungs-, eine Schuss-, eine Schreckschusswaffe, das Schreiben ist eine Granate, eine Rakete, ein Flammenwerfer, eine Kriegswaffe. Es kann alles zerstören, aber es kann genauso gut alles wieder aufbauen.«

»Dieses Schreiben will ich nicht.«

L. sah mich an. Ihr Gesichtsausdruck war schlagartig verschlossen. Ihre Stimme erschien mir plötzlich ungewöhnlich sanft, als sie sagte:

»Ich bin mir nicht sicher, dass du die Wahl hast.«

Ja, es hätte mir Sorgen bereiten sollen, dass L. sich dermaßen von dem betroffen fühlte, was mir zustieß.

Ja, dieses »*sie*«, das in ihren Reden auftauchte, hätte mich hellhörig machen müssen.

Ja, ich hätte wenigstens für ein paar Tage ein wenig auf Distanz zu ihr gehen und mich, endlich, wieder an die Arbeit machen sollen.

Aber hatte ich wirklich Grund zur Beunruhigung? L. war eine Frau meines Alters, die ihr Leben damit verbrachte, über das der anderen zu schreiben. Sie hatte von der Literatur eine extreme, radikale, aber, wie mir schien, auch eine ergiebige Vorstellung, die zu diskutieren interessant sein konnte, aber ohne Affekte, das heißt ohne sich auf meinen persönlichen Fall zu beziehen.

Außerdem schlug L. sich auf meine Seite. Und in einem Augenblick wie diesem – einem Augenblick des Zweifels und der Widrigkeiten – war mir L.s Mitgefühl ein unschätzbarer Trost.

Einige Tage später ging ich in den Keller, um alte Papiere zu suchen, und stieß beim Wühlen in einer Archivkiste auf mein vergessenes Manuskript. Ich hatte diesen Text etwa zehn Jahre zuvor, als ich noch nichts veröffentlicht hatte, geschrieben. Ich wusste nicht mehr genau, unter welchen Umständen, aber ich hatte ihn geschrieben. Es war eine ziemlich chaotische Zeit gewesen, die dem Gedächtnis trotzte. Die Blätter wurden von einer Plastikspirale zusammengehalten, über dem Deckblatt war noch eine transparente Kunststoffseite. Der Titel brachte mich zum Lächeln. Er war gut. Unter der flackernden Lampe des Kellerflurs blätterte ich in dem Manuskript. Bruchstückhaft kam die Erinnerung an ein Gespräch mit einer Lektorin hoch, die mich zum Weiterschreiben ermuntert, dieses Projekt jedoch für unfertig gehalten hatte. Ich hatte es ohne Bedauern aufgegeben und den Text beiseitegelegt, in der Meinung, er sei zu ehrgeizig für mich.

Ich suchte in dem Kasten nach weiteren Exemplaren, doch ich musste feststellen, dass ich nur dieses eine aufgehoben hatte.

Ich lag den ganzen Nachmittag auf meinem Bett und las das Manuskript. Ich nahm keinen Anruf an, ich ließ mich durch nichts unterbrechen. Ich hatte nicht das Bedürfnis, unter den unterschiedlichsten Vorwänden viermal um den Block zu gehen oder alle Schuhe im Schrank zu putzen. Zum ersten Mal seit langer Zeit blieb ich konzentriert. Als ich den Text fertiggelesen hatte, war mir, als hätte in einem versteckten dunklen Winkel meines Gehirns ein »Notausgang«-Schild aufgeleuchtet.

Später suchte ich nach einer Sicherungskopie dieser Word-Datei. Ich fand nichts. Ich hatte inzwischen zweimal den Computer gewechselt und an einem Gewitterabend den Großteil meiner Daten verloren.

Spätnachmittags rief ich meine Lektorin an, um ihr die Neuigkeit mitzuteilen: Ich würde einen unfertigen Roman wieder aufnehmen, ich hätte gerade das einzige Exemplar wiedergefunden, das meine Umzüge überlebt habe. Es sei enorm viel Arbeit, es müsse neu geschrieben werden, aber zum ersten Mal seit langer Zeit hätte ich wieder Lust. Meine Lektorin fragte mich, ob ich mir sicher sei. Sei es wirklich eine gute Idee, einen alten Text auszugraben, liefe ich nicht Gefahr, zu klein gewordene Schuhe oder ein Kleidungsstück, dessen Schnitt mir nicht mehr stand, anziehen zu wollen?

Nein, ich war zuversichtlich: Ich hielte eine ungeheure Menge Rohstoff in Händen, wirklich noch roh, aber kostbar, und ich würde ihn zu bearbeiten wissen.

Ich erinnere mich, dass ich ihr von dem Text erzählte und von dem, was daraus werden könnte, nun, da ich den nötigen Abstand hätte, seine Naivität zu erkennen. Meine Lektorin freute sich, das zu hören, es sei eine gute Nachricht, sie sei schon ganz gespannt darauf, etwas davon zu lesen.

Als ich auflegte, überlegte ich, ob ich in den Kopierladen unten in meinem Haus gehen, eine Kopie anfertigen und sie ihr sofort schicken sollte, aber ich besann mich eines Besseren. Ich wollte meiner Lektorin lieber die neue Fassung zu lesen geben.

Ich hatte dieses Gespräch kaum beendet, da klingelte mein Telefon. Ich sah automatisch durchs Fenster auf das Gebäude gegenüber. (Einige Tage zuvor war mir dieser seltsame Reflex bewusst geworden, von dem ich nicht wusste, wann er sich eingestellt hatte: Wenn ich nach Hause kam, wenn ich das Licht anknipste, beim geringsten ungewöhnlichen Geräusch richtete sich mein Blick auf das Treppenhaus des Gebäudes gegenüber, um sicherzustellen, dass ich nicht beobachtet wurde.)

Ich sah L.s Vornamen auf dem Display und nahm den Anruf an. Wie so oft fragte mich L., wie mein Tag verlaufen sei, was ich getan hätte, ob ich ausgegangen sei. War ich wieder durch den Monoprix gebummelt? Schon nach wenigen Minuten belanglosen Plauderns merkte L., dass sich meine Stimmung geändert hatte.

»Hast du etwas Neues? Hast du mit etwas angefangen?«

Ich schob zunächst die Antwort vor mir her. Es sei zu früh, darüber zu sprechen. Ich versuchte abzuwiegeln, das Gespräch auf andere Gebiete zu lenken, aber L. war keine, die sich etwas vormachen ließ.

»Sag's mir, Delphine. Da ist doch etwas, ich merke es an deiner Stimme.«

Ich war verblüfft. Ich war nie zuvor jemandem mit einem solchen Gespür für andere Menschen begegnet, es war eine Art sechster Sinn. Präzise. Hochempfindlich. Geschärft.

L. hatte recht. Etwas Unsicheres, Winziges war geschehen.

Ich hatte das Manuskript gefunden. Ich sah mich wieder als jemanden, der schreiben kann. Ich hatte wieder Hoffnung.

L. brachte mich sanft zum Reden. Sie brannte darauf, mehr zu erfahren.

Ich setzte mich, ich wollte meine Worte abwägen. Sie nicht enttäuschen. Sie nicht brüskieren. Ich wollte es ihr in Ruhe erklären, und plötzlich fühlte ich mich wie eine Jugendliche, die ihren Eltern verkünden will, dass sie den Weg verlassen wird, den diese ihr vorgezeichnet haben.

Mit wohlgewählten Worten erklärte ich L., ich hätte einen Text wiedergefunden, einen Roman, und ich hätte ihn wiedergelesen. Er erscheine mir interessant. Es sei noch viel daran zu arbeiten, aber er könne ein guter Ausgangspunkt sein. Ich hätte Lust, mich wieder daranzusetzen.

Ja, dieser Text sei fiktional. Ja, »reine« Fiktion.

Am anderen Ende der Leitung ließ L. ein langes Schweigen eintreten. Und dann sagte sie:

»Wenn du dir sicher bist, ist es gut. Du hast wahrscheinlich recht. Wenn es einer weiß, dann du.«

Erst nachdem wir aufgelegt hatten, wurde es mir bewusst: Ihre Stimme hatte sich verändert. Etwas Verzweifeltes hatte sich auf sie gelegt und diesen Satz fast erstickt, der mich nicht etwa beruhigte, sondern mich ganz im Gegenteil daran erinnerte, wie verloren ich war. Nein, ich wusste es nicht, ich wusste nichts.

Zwei Tage lang hörte ich nichts von L. Ich verbrachte diese Zeit damit, mir im Manuskript Notizen zu machen, um das, was mir noch brauchbar erschien, von dem zu trennen, was wirklich dem Vergessen anheimfallen sollte. Langsam begann sich für mich abzuzeichnen, was aus dieser Geschichte nach ihrer Überarbeitung werden konnte.

Dann rief mich L. abends an, um mich zu ihrem Geburtstag einzuladen, den sie schon am nächsten Tag feiern wollte. Sie sagte, es würden fünf oder sechs Personen kommen, mehr nicht, sie finde Abende im kleineren Kreis schöner. Ich solle vor allem keine Geschenke oder Schnittblumen (die ertrage sie nicht) mitbringen, höchstens eine Flasche Wein, wenn ich unbedingt etwas mitbringen wolle.

Ich nahm, ohne zu zögern, an. Seit zwei oder drei Wochen hatte ich mich mit niemandem mehr getroffen, ich freute mich, ein bisschen ausgehen zu können und einige ihrer Freunde kennenzulernen. Ich bot ihr an, früher zu kommen und ihr bei den Vorbereitungen zu helfen, sie willigte begeistert ein, dann könnten wir uns noch ein bisschen unterhalten, bevor die anderen kämen.

An dem betreffenden Samstag traf ich gegen 19 Uhr bei ihr ein. Alles war bereits fertig.

L. nahm die Schürze ab, die sie sich um die Taille gebunden hatte, und bot mir einen Aperitif an. Sie trug einen enganliegenden kurzen Lederrock zu einer blickdichten Strumpfhose und ein schwarzes, sehr einfaches T-Shirt, dessen Stoff leicht glänzte. Das ist das erste Mal, dass ich sie so sexy angezogen sehe, dachte ich.

Ein angenehmer Duft nach Zimt und Gewürzen durchzog die Wohnung. L. hatte gerade eine Tajine mit Aprikosen in den Ofen geschoben, ein Rezept, das sie bereits ausprobiert habe und das mir sicher gefallen würde, da ich doch die Mischung von salzig und süß so möge.

Der Bartresen, der die Küche vom Wohnzimmer trennte, war vollgestellt mit Porzellanschälchen, in denen verschiedene, in allen Farben leuchtende Gerichte angerichtet waren. L. hatte alles selbst gemacht: Auberginenkaviar, Hummus, Tarama, eingelegte Paprikaschoten. Auf der Anrichte waren einige anscheinend ebenfalls selbstgemachte Desserts aufgereiht.

Nein, nein, ich könne ihr nicht mehr helfen, alles sei fertig, aber sie freue sich, dass ich ein bisschen eher gekommen sei.

L. muss mindestens zwei Tage in der Küche gearbeitet haben, um all das zuzubereiten, dachte ich.

Ich setzte mich ins Wohnzimmer. Sie hatte Duftkerzen angezündet und ein halbes Dutzend Teller und Besteck auf der Anrichte bereitgestellt. So, erklärte sie, während sie in der Küche die Backofentemperatur kontrollierte, könne sich jeder nach Belieben bedienen und dann irgendwo hinsetzen.

Ich sah mich um. Der Raum wurde von einer Reihe geschmackvoll angeordneter gleichartiger kleiner Lampen erhellt. Der niedrige Couchtisch aus Glas war von makelloser Transparenz. Wie schon beim ersten Mal hatte ich das Gefühl, in einer durch und durch künstlichen Dekoration zu sitzen. L.s Wohnzimmer – die Beleuchtung, die Zusammenstellung der Materialien und Farben, der genaue Platz jedes Gegenstands, der Abstand zwischen den Gegenständen, all das schien mir aus einer dieser Reality-TV-Serien zu stammen, in der ein Coach deine Wohnungseinrichtung an einem einzigen Wochenende in eine doppelseitige Ikea-Reklame verwandelt.

Soweit ich mich zurückerinnere, habe ich mich nie besonders für Inneneinrichtung interessiert. Sobald Menschen in meinem Blickfeld sind, verschwimmt die Einrichtung und verschwindet. Wenn ich mit François einen neuen Ort aufsuche (zum Beispiel ein Restaurant), kann ich ihm hinterher mit einer Genauigkeit, die ihn verblüfft, die Menschen, die rings um uns waren, beschreiben, die Art ihrer Beziehung untereinander, ihre Frisur, ihre Kleidung; und meistens auch noch ihre wichtigsten Gesprächsthemen. François hingegen könnte minutiös die Raumaufteilung, die Atmosphäre, Stil und Art des Mobiliars und gegebenenfalls auch noch größere und kleinere Dekorationsgegenstände beschreiben. Von alledem hätte ich dann nichts bemerkt.

In L.s Wohnung jedoch störte mich etwas, doch was genau, wusste ich nicht zu benennen.

L. brachte mir ein Glas Weißwein, um die Zeit des Wartens auf ihre Freunde zu verkürzen. Wir sprachen von diesem und jenem. L. hatte alle möglichen Anekdoten über die mehr oder weniger bekannten Persönlichkeiten zu erzählen, für die sie gearbeitet hatte. An diesem Abend ließ sie sich ausführlicher über ihre Arbeit aus als sonst. Sie beschrieb mir diese enge Bindung, die sich während einiger Monate von Begegnung zu Begegnung aufbaute, um dann in Schweigen überzugehen. Sie sah nie jemanden wieder, für die oder den sie geschrieben hatte, so war es eben, sie wusste auch nicht warum, vielleicht wegen dieser plötzlichen Vertrautheit, die erforderlich war, aber hinterher belastete.

Die Zeit verging, und wir saßen in ihrem Wohnzimmer und warteten auf ihre Freunde.

L. ging von Zeit zu Zeit in die Küche, um die Tajine zu überwachen, und ich nutzte die Gelegenheit und sah auf meine Uhr.

Gegen 20 Uhr 30 öffneten wir einen Meursault und begannen zu probieren, was L. in den Schälchen angerichtet hatte.

Gegen 21 Uhr, als immer noch niemand gekommen war, stand L. auf, um den Backofen auszuschalten, damit das Fleisch nicht austrocknete. Sie wirkte nicht beunruhigt, sondern trug ganz im Gegenteil eine etwas übertriebene Gelassenheit zur Schau. Sie sagte mir, sie habe bei der Einladung keine genaue Uhrzeit angegeben, samstags hätten die Leute immer so viele Besorgungen zu machen.

Etwas später fragte ich L., ob sie sich vergewissert habe, dass ihr Handy eingeschaltet sei, vielleicht hätte ja einer ihrer Freunde ein Problem.

Gegen 21 Uhr 45 stand L. auf, um auf der Uhr des Backofens nachzuschauen, und erklärte dann, sie würden nicht mehr kommen. Ihre Stimme war nicht mehr so sicher, ich wagte nicht nachzufragen und schlug vor, noch ein wenig zu warten.

Um 22 Uhr öffneten wir noch eine zweite Flasche, und ich fragte L., ob ihre Freunde alle gleichzeitig hätten kommen wollen. Sie wusste es nicht. Ich schlug ihr vor, sie anzurufen, wenigstens den einen oder anderen, um zu erfahren, was los sei.

L. antwortete, das sei *vergebliche Mühe.* Ich dachte, es sei wirklich viel Mühe für nichts gewesen, wenn doch niemand kam. Ich fragte L., ob sie sie telefonisch eingeladen habe. Nein, antwortete mir L., sie habe ihnen wie jedes Jahr eine Mail geschickt. Und wie jedes Jahr seien sie nicht gekommen.

Gegen 22 Uhr 15 überreichte ich L. den Kaschmirschal, den ich ihr entgegen ihren Anweisungen gekauft hatte. Als sie den Schal aus der Verpackung holte und vor sich ausbreitete, sah ich, wie sich ihre Kehle verkrampfte, ihr die Röte in die Wangen stieg und sie mit den Tränen kämpfte. Ich glaubte schon, sie würde vor meinen Augen zusammenbrechen. Deshalb legte ich ihr tröstend die Arme um die Schultern. Einige Sekunden lang hatte ich das Gefühl, dass in ihrem Körper ein Kampf zwischen Haltungbewahren und Kapitulieren stattfand. Als ich sie aus der Umarmung freigab, hatte L. sich wieder im Griff, sie lächelte.

»Keine Geschenke!, hatte ich gesagt. Aber trotzdem, danke, er ist wunderschön.«

Gegen 22 Uhr 30 holte ich die Tajine, die L. vergessen zu haben schien, aus dem Backofen, und wir füllten uns zwei Teller mit dem kochend heißen Inhalt.

Später am Abend erklärte mir L., vielleicht weil wir die zweite Flasche Wein fast geleert hatten, dass ihre Freunde (ein knappes Dutzend, das sie recht oft gesehen hätten, als Jean noch am Leben gewesen sei) nicht mehr auf ihre Mails antworteten. Trotzdem würde sie sie jedes Jahr an diesem Tag, der nicht nur ihr Geburtstag, sondern auch Jeans Todestag sei, einladen. Aber sie seien nie gekommen.

Ich versuchte mehr zu erfahren, doch schon auf die ersten Fragen reagierte L. verschlossen.

Nach kurzem Schweigen sagte sie, sie sei nicht bereit, darüber zu sprechen. Sie könne das Risiko, verurteilt zu werden, nicht mehr auf sich nehmen.

Sie versprach, eines Tages werde sie mir davon erzählen. Ich drang nicht weiter in sie.

Später verbrachte L. einige Minuten im Badezimmer. Während ihrer Abwesenheit betrachtete ich den leeren Raum, die Stapel der hübschen Teller, die Gerichte, die wir nicht angetastet hatten, ich weiß noch, ich dachte an all diese *Mühe*, und all das erschien mir entsetzlich traurig.

Als sie zurückkam, kosteten wir von den verschiedenen Desserts und legten ein wenig Musik auf.

Wir lachten, ich weiß nicht mehr worüber.

Als wir nach Mitternacht zum dritten oder vierten Mal anstießen, fragte L. interessiert nach dem Manuskript, das ich wiedergefunden hatte. Ob ich schon begonnen hätte, daran zu arbeiten. Ob ich es jemandem zu lesen gegeben hätte. Ich erklärte L., dafür sei es meiner Meinung nach noch zu früh, ich wolle erst ein Stück vorankommen.

Kurz bevor ich ging, wir standen schon in der Diele und sie sah traurig zu, wie ich mir den Mantel anzog, nahm sie meine Hand, um mir zu danken.

»Wie gut, dass du gekommen bist. Du kannst dir gar nicht vorstellen, was es mir bedeutet.«

Und dann bat sie mich mit dieser sanften Stimme, die ich zu erkennen begann, ihr – und nur ihr – das wiedergefundene Manuskript zu lesen zu geben. Unter strengster Vertraulichkeit.

Ich versprach es.

Wieder zu Hause, zog ich die Vorhänge zu, bevor ich Licht machte.

Die Hypothese, dass L. diese ganze Maskerade nur inszeniert haben könnte, um mich zu rühren und zu erweichen, kam mir erst viel später in den Sinn.

Ich setzte mich auf mein Sofa, sah mich um und empfand eine merkwürdige Erleichterung. Plötzlich, und zwar durch den Unterschied, begriff ich, was mich an L.s Wohnung so gestört hatte.

Bei ihr gab es nichts Abgenutztes, Vergilbtes, Beschädigtes. Kein Gegenstand, kein Möbelstück, kein Stoff zeugte von früherem Leben. Alles dort war neu. Alles schien tags zuvor oder einige Wochen zuvor gekauft worden zu sein. Die Räume waren ordentlich und seelenlos.

Ich hatte kein Foto, keine Postkarte, keinen Nippes gesehen, der an irgendetwas hätte erinnern können oder sollen.

Als gäbe es kein Gestern.

Als hätte sich L. neu erfunden.

»Nein, das geht nicht, wirklich nicht. Ich bin lieber ehrlich zu dir, auch wenn du mich dann vielleicht ein bisschen brutal findest, es liegt nicht an der Arbeit, es liegt an etwas anderem. Es ist ein Text ohne Herzschlag, irgendwann geschrieben, unter irgendwelchen Bedingungen, wie soll er dann heute noch eine Beziehung zu deinem Lebensweg, deiner Entwicklung haben, zu dem, was du schreiben *musst*? Glaub mir. Ich sage nicht, dass dieser Text schlecht ist oder niemanden interessieren könnte, ich sage, dass er nicht mehr deine Sache ist. Er hat nichts mehr mit dir, mit der Autorin, die aus dir geworden ist, zu tun. Er wäre ein unverständlicher Rückschritt. Ein Desaster. Ja, natürlich, ich habe es gelesen, bis zum Ende, was glaubst denn du? Du hast mich gebeten, dir zu sagen, was ich davon halte, und ich erlaube mir, dir zu sagen, dass es ein Fehler wäre, ja, ein schwerer Fehler, selbst wenn es komplett redigiert und korrigiert wäre, auch wenn es verbessert, umgewandelt und überdacht würde. Es ist keine Frage des Reifens. Ich will dich nicht entmutigen, ich will nicht, dass du auch nur eine Sekunde lang glaubst, ich hielte dich nicht für fähig, es zu schaffen. Du weißt, wie sehr ich an dich glaube. Aber das hier, nein, das geht nicht. Wenn ich du wäre, würde ich dieses Ding wieder ganz unten in die Schublade legen, in der du es gefunden hast. Du hast Angst, du bist in Panik, du bist bereit, dich an den nächstbesten Strohhalm zu klammern. Wir kommen immer wieder an denselben Punkt, siehst du's, du bist blockiert, weil du nicht schreiben willst, was du schreiben musst. Nein, das ist jetzt keine Projektion von mir, es ist etwas, das ich an dir spüre, das ich gleich bei unserer ersten Begegnung gespürt habe.

Ich habe gespürt, dass du Angst hattest. Du hast Angst, dorthin zu gehen, wohin dich dein Weg führt. Du hast unrecht, weil es nicht an dir ist, zu entscheiden, welche Art Schriftsteller du bist, nein, tut mir leid, du hast nicht die Wahl. Und wo wir schon mal dabei sind, ich frage mich manchmal, ob du dieser Komfortzone nicht misstrauen solltest, in der du dich bewegst, diesem letztlich doch sehr friedlichen angenehmen Leben mit deinen Kindern, deinem Kerl und dem Schreiben, alles wohldosiert, das frage ich mich manchmal, es ist nur eine Frage, ja doch, ich frage mich, ob das Ganze nicht ein bisschen etwas ... Einschläferndes hat. Vielleicht brauchst du es, dieses Gleichgewicht, das kann ich verstehen, ich weiß, wovon ich rede, ich weiß, welchen Spalt die Gewalt aufreißt und dass er nicht mehr reparabel ist. Du glaubst das alles zu brauchen, weil du nicht genug auf dich selbst vertraust, aber pass trotzdem auf, dass du nicht einschläfst. Ich verstehe, dass du Angst hast, aber die Angst schützt dich vor gar nichts, die Angst beugt der Gefahr nicht vor. Das weißt du sehr gut. Und ich weiß, woher die Gefahr kommt. Wo deine Achillesferse ist. Ich weiß, mit welcher Art Angriff sie dich zu Fall bringen können, also lass sie nicht gewähren, mehr will ich dir gar nicht sagen. Sie wissen sehr gut, wo sie dich am besten treffen können, und sie haben, bitte verzeih, keine Ahnung, was Literatur ist. Das lässt sich wohl nicht leugnen. Vom wem ich spreche? Aber das weißt du doch. Ich sage dir ja nur, dass du nicht gezwungen bist zu kapitulieren, um Bindungen zu bewahren, die sich längst aufgelöst haben und an die außer dir keiner mehr glaubt. Frag dich doch, wer dich wirklich liebt. Und wo wir gerade davon sprechen: Ich glaube nicht, dass du dir die Einsamkeit ersparen kannst, ich glaube sogar, du tätest gut daran, dich auf sie vorzubereiten, denn sie ist das Los des Schriftstellers, er muss einen Graben um sich ziehen, ich glaube nicht, dass es einen anderen Weg gibt, das Schreiben macht nichts heil, darüber sind wir uns wohl ausnahmsweise einig, es höhlt aus, es gräbt und zieht immer breitere, immer tiefere Schützengräben, es schafft Leere rings um dich. Den notwendigen Raum. Um schließlich wieder auf diesen Text zu kommen, ja, natürlich, wenn du ihn deinem Verlag schickst, werden sie nicht Nein sagen, sie werden dich ermutigen, sie werden sagen, es sei eine gute Idee, sie sind nicht verrückt, sie sind darauf angewiesen, dass du ein bisschen Geld in die Kassen spülst, da darf man sich nichts vormachen, das ist alles, was sie interessiert, selbst wenn dein nächstes Buch schlecht ist, werden sie es schon einigen tausend Lesern andrehen können. Und da auch sie nach oben Rechenschaft schuldig sind, werden sie nicht heikel sein, glaub mir. Denk kurz darüber nach, was du zu tun hast, nach welchen Noten du spielst. Du hast Angst vor der Leere, aber du darfst ihr nicht nachgeben. Wo wir gerade davon sprechen.

Am nächsten Tag legte ich das Manuskript tief unten in den Kasten, in dem ich es gefunden hatte.

Einige Tage später teilte ich es meiner Lektorin mit. Sie bat mich nicht, es ihr zu lesen zu geben, sie wirkte nicht überrascht. Sie riet mir, ich solle mir Zeit lassen, so viel Zeit, wie ich bräuchte.

Ich hatte François nichts von dem Manuskript erzählt, und nun bestand auch keine Veranlassung mehr dazu, ich hatte den Plan ja gleich wieder aufgegeben. Wenn François nicht auf Reisen war, verbrachte er ganze Tage mit Lesen. Das war das Herz seines Berufs. In mancher Hinsicht brachte uns sein Beruf einander näher. Wir konnten stundenlang über die Romane der anderen reden, wir erzählten uns gern von unseren Entdeckungen, unseren Vorlieben und diskutierten heftig, wenn wir unterschiedlicher Meinung waren. Aber ich war nicht nur Leserin. Ich schrieb Bücher. Bücher, über die er vielleicht auch ein Urteil abgeben würde. Wahrscheinlich weigerte ich mich deshalb, ihm meine Texte zu zeigen, manchmal wollte ich nicht einmal mit ihm darüber sprechen. Ich hatte Angst, ihn zu enttäuschen. Ich hatte Angst, er würde mich nicht mehr lieben. Zwei Jahre zuvor, als ich mit der ersten Fassung meines letzten Buchs fertig war, hatte ich sie ihm nicht gezeigt. Er durfte den Text erst lesen, als die ersten Fahnenabzüge kamen.

Das Schreiben war mein privatester, am besten abgeschotteter und geschützter Raum. Den ich am wenigsten teilte. Ein egoistisch verteidigter Freiraum. Verbarrikadiert. Ein Raum, den ich nur selten und beiläufig erwähnte. Meistens sprach ich mit meiner Lektorin, bevor ich mit einem Buch anfing, und dann vergingen viele Monate, bis ich ihr eine erste Fassung des fertigen Textes schickte.

So war ich immer vorgegangen.

Diese Tatsache hatte L. sehr schnell verstanden: Das Schreiben war ein umzäuntes Territorium, zu dem Besucher keinen Zutritt hatten. Doch jetzt war dieses Territorium vermint, wurde von Zweifeln und Angst angegriffen, und meine Einsamkeit wurde mir unerträglich.

Ich wollte mich allein schlagen, aber ich brauchte einen Verbündeten.

Einige Tage darauf wollte ich meine Mails beantworten und stellte fest, dass es mir fast unmöglich geworden war, länger als fünf oder zehn Minuten vor dem Computer zu sitzen. Zusätzlich zu der Furcht, die mich überkam, wenn ich den Rechner einschaltete (ein heftiges Stechen auf der Höhe des Brustbeins), wurde es für mich körperlich immer mühsamer, vor dem Bildschirm zu bleiben, und sei es nur so lange, wie ich für das Schreiben einiger Mails brauchte. Schreiben wurde zum Kampf. Nicht nur das Schreiben eines Buchs (von dem eigentlich nicht mehr die Rede war), sondern Schreiben überhaupt: Freunden antworten, von meinem Verlag weitergeleitete Fragen beantworten, Wörter zusammenstellen, um Sätze aus ihnen zu bauen, so gewöhnlich diese auch sein mochten. Ich zögerte bei den Formulierungen, fragte mich, ob die Grammatik stimmte, und versuchte vergeblich, den richtigen Ton zu treffen. Schreiben war zu einer Kraftprobe geworden, der ich nicht gewachsen war.

Und immer, wenn ich vor dem leeren Bildschirm saß, dieses Brennen in der Speiseröhre, das mir den Atem nahm.

Ich hatte L. nicht gesagt, dass ich mich geweigert hatte, eine Erzählung für eine Frauenzeitschrift zu schreiben, und zum dritten Mal den Leitartikel verschoben hatte, den ich für eine Wochenzeitung schreiben sollte.

Ich hatte L. nicht gesagt, dass ich mit der Abgabe des Vorworts für die Neuauflage von Maupassants letztem Roman, das ich ein Jahr zuvor zugesagt hatte, bereits sechs Wochen im Verzug war.

Ich hatte L. nicht gesagt, dass ich keine drei Wörter mehr aneinanderreihen konnte.

Meine Hände zitterten, und eine dumpfe, undefinierbare Angst pulste in meinen Adern.

Eines Abends willigte ich ein, François zur Vernissage einer Ausstellung zu begleiten, die einer seiner Freunde veranstaltete. Seit L.s Geburtstag war ich nicht mehr ausgegangen.

Wir gehörten zu den ersten Besuchern, begrüßten den Hausherrn und sahen uns die Fotos an den Wänden an, darunter eine Serie von Schwarz-Weiß-Porträts aus den Sechzigern, die mir sehr gefiel. Auf der Vernissage wurden auch Getränke serviert. Ich freute mich, da zu sein, nahm mir ein Glas Champagner und sah mich um. Jetzt war es an der Zeit, sich ein wenig zu unterhalten, mit dem Glas in der Hand zu plaudern, sich ein wenig gesellig zu zeigen. Während ich noch zögerte (anscheinend verliert man die Sprache, wenn man zu lange zu Hause bleibt), sah ich mehrere Schriftsteller und Journalisten ankommen, die ich kannte. Leute, die ich zumindest hätte begrüßen müssen. Aber statt ihnen entgegenzugehen, um Guten Abend zu sagen, sah ich mich plötzlich in einer Rückwärtsbewegung und in völlig absurder Panik ausweichen, ich wich zurück, wie ich es, vom Schwindel gepackt, auf einem Felsvorsprung zwanzig Meter über dem Erdboden getan hätte, um mich an eine feste Wand zu pressen. Mit dem Rücken zur Wand. Genau wie damals, als ich fünfzehn war und mich eine unsichtbare Kraft bei den Partys an den Rand, die Peripherie, die Grenzen drängte. Mauerblümchen sein, ja, lieber das als Gefahr laufen, sichtbar zu sein. An diesem Abend drängte mich dieselbe Kraft aus dem Kreis, ich war unfähig, einfach Guten Abend zu sagen, wie geht es Ihnen, eine Stimme in meinem Kopf empörte sich, also wirklich Delphine, das hast du Dutzende Male gemacht, du kannst es, na los, sei einfach und natürlich, sei du selbst, aber nein, es war zu spät, es war falsch eingefädelt worden, ich war ins Schwimmen geraten. In einiger Entfernung drehte sich François nach mir um und sah mich besorgt an.

In nicht einmal zwei Minuten war ich um dreißig Jahre zurückgefallen, ich war wieder das schüchterne, überstolze Mädchen, das unfähig war mitzuspielen.

So weit war es also mit mir gekommen, weil ich nicht mehr schrieb, nicht mehr schreiben konnte, das war es also, was mich erwartete, wenn ich keinen Notausgang fand: eine nie da gewesene Regression.

Ich konnte gar nicht mehr zählen, wie viele Leute ich zurückrufen musste, wem ich einen Aperitif, ein Mittag- oder Abendessen versprochen hatte, Menschen, die ich normalerweise mit dem größten Vergnügen getroffen hätte, aber so nicht, denn was hätte ich ihnen sagen sollen? Ich habe nicht mehr die geringste Idee, nicht mehr den geringsten Elan, hätte ich ihnen sagen müssen, ich frage mich, ob ich nicht von Anfang an auf dem falschen Dampfer war, ich frage mich, was ich da zu suchen habe, mitten im Nichts, ich bin eine steckengebliebene Schriftstellerin, es ist ein solches Klischee, dass ich es kaum zu formulieren wage, ja, steckengeblieben, wie erbärmlich, aber nein, es ist keine Frage der Zeit, des Erfolgs oder dergleichen, es ist unendlich viel tiefer, ich kann es Ihnen nicht erklären, es hat etwas mit dem Grund des Schreibens selbst zu tun, mit seiner Berechtigung, vielleicht habe ich mich von Anfang an getäuscht, vielleicht habe ich hier nichts zu suchen, ich habe einen Abzweig verpasst, den ich besser genommen hätte, zu einem anderen Leben, ja, einer anderen Art Leben, die weniger eitel, oberflächlich und exponiert gewesen wäre, ich weiß nicht, warum ich das sage, ja, sicher, aus Müdigkeit, aber manchmal habe ich den Eindruck, dass ein seltsames Partikel in mein Hirn eingedrungen ist und dass die Übertragungen, Verbindungen und Wünsche gestört sind, all diese Dinge, die gar nicht so schlecht funktionierten, bocken jetzt und versagen, daher bleibe ich lieber allein, verstehen Sie, ich halte mich lieber für einige Zeit abseits, seien Sie mir nicht böse, ich würde mich freuen zu hören, wie es Ihnen geht, wenn ich Ihnen dann nicht im Gegenzug von meinem Befinden erzählen müsste, aber so geht das eben nicht, ich weiß.

Eines Morgens rief mich die Lektorin an, der ich das Vorwort für Maupassants Roman *Unser Herz* zugesagt hatte, er sollte in einer Klassiker-Reihe neu herausgegeben werden. Ich hätte meinen Text schon mehrere Wochen zuvor abgeben müssen, aber ich hatte den Kopf in den Sand gesteckt und kein Lebenszeichen von mir gegeben.

Die junge Frau war besorgt, das Buch sei schon in der Vorschau angekündigt, ein weiteres Mal könne man es nicht verschieben, zumal zahlreiche Gymnasiallehrer vorhätten, dieses Buch auf ihren Unterrichtsplan zu setzen.

Als ich auflegte, geriet ich in Panik. Es war völlig klar, dass ich außerstande war, ein Vorwort zu schreiben. Ich war nicht einmal fähig, ihr eine Mail zu schreiben, um sie um einen weiteren Aufschub zu bitten oder meine Zusage zurückzuziehen. Übrigens sammelten sich in meinem Postfach Dutzende von unbeantworteten und zumeist nicht einmal geöffneten Nachrichten.

Am Nachmittag packte mich eine Art letztes Aufbäumen. (Einige Tage zuvor hatte ich einen wissenschaftlichen Artikel über das letzte Aufbäumen von sterbenden Zellen gelesen, wahrscheinlich kam mir dieser Begriff deshalb in den Sinn.) Ich durfte nicht kapitulieren, ohne es wenigstens versucht zu haben: alles auf eine Karte setzen, wie es in einer Fernsehsendung hieß, die meine Großmutter immer sah, als ich klein war.

Ich musste wenigstens das schreiben. Ich hatte diese Arbeit angenommen. Wenn ich mein Wort nicht hielt, wenn ich mich nicht an etwas festklammerte, würde ich den Boden unter den Füßen verlieren.

Ich kannte den Roman gut, ich hatte ihn mehrmals gelesen, ich würde es hinbekommen, ich *musste* es hinbekommen.

Fest entschlossen, meine Verpflichtung einzuhalten, schaltete ich den Computer ein.

Ich zwang mich weiterzuatmen, während der Rechner die wichtigsten Anwendungen hochfuhr und die entsprechenden Icons sichtbar wurden, ich versuchte, entspannt zu wirken wie jemand, den der Gedanke, vor einer leeren Seite mit einem blinkenden, stummen Curser zu sitzen, nicht in Angst und Schrecken versetzt. Ich öffnete die Datei, die mir der Verlag gemailt hatte und die den Fragebogen enthielt, den ich beantworten sollte. Aber ich hatte kaum die Zeit, die Seite auf dem Bildschirm erscheinen zu sehen, schon packte mich eine ungeheure Übelkeit. Ich erreichte knapp den Papierkorb und spuckte mir die Seele aus dem Leib, ich konnte kaum noch atmen. Ich musste mich entfernen, das spürte ich, ich musste mich möglichst weit von der Tastatur entfernen, damit es aufhörte. Immer wieder vom Brechreiz geschüttelt, kroch ich gekrümmt ins Badezimmer und versuchte dabei, den Papierkorb mitzuziehen. Nachdem ich die Tür hinter mir geschlossen hatte, erbrach ich ein letztes Mal Galle ins Waschbecken.

Als ich mir danach das Gesicht gewaschen und die Zähne geputzt hatte, betrachtete ich im Spiegel mein Gesicht. Ich sah aus wie jemand, der etwas Schreckliches gesehen hat. Das Bild des Computers, der Gedanke an den Computer presste meinen Kopf in einen Schraubstock.

Da begriff ich, dass ich *unten im Loch* war, ganz tief unten.

Es war nicht nur ein Bild. Ich sah mich sehr deutlich unten in einem Loch, dessen glatte Wände jeden Versuch, sich hinaufzuarbeiten, vereitelten. Ich sah mich – ja, einige Sekunden lang und mit erschreckender Genauigkeit hatte ich diese Vision von mir – auf dem Grund eines Lochs voller Erde und Schlamm.

Heute bin ich versucht zu denken, dass diese Vision nichts anderes war als eine Vorahnung.

Ich verließ das Badezimmer und rief L. zu Hilfe.

Ich rief sie an und niemanden anders, denn in jenem Augenblick schien sie mir der einzige Mensch zu sein, der verstehen konnte, was mir gerade zustieß.

L. war binnen einer halben Stunde bei mir.

Sie zog den Mantel aus, machte einen Tee und drückte mich in den Sessel am Fenster.

L. fragte mich nach dem Passwort für meinen Computer.

L. setzte sich auf meinen Platz, an meinen Schreibtisch.

L. sagte: »Erst einmal beantworten wir deine Mails, und dann schreiben wir dieses Vorwort.«

L. las mir die diplomatischen Formulierungen vor, die sie benutzte, um eine Absage zu begründen oder eine Antwort hinauszuschieben. Aus ihrem Mund klang das alles so einfach. So flüssig.

L. sagte mir, bei der Gelegenheit würde sie den Bekannten, die mir in den letzten Wochen geschrieben hatten und denen ich anscheinend ebenfalls nicht geantwortet hatte, eine kurze Nachricht schicken. Danach verfasste sie eine Mail an die Hausverwaltung, die ich schon lange vor mir hergeschoben hatte.

Schließlich kam sie zu dem Vorwort.

Der Text, den ich verfassen musste, hatte die Form eines Interviews. So ist das bei dieser Reihe generell: Ein zeitgenössischer Schriftsteller erklärt, warum er das neu herausgegebene klassische

Werk liebt. L. las mir die vom Verlag vorgeschlagene Grundlage vor, etwa fünfzehn Fragen, auf die ich schriftlich antworten sollte. Sie wirkte zufrieden. So ein Glück, ich bräuchte ihr nur von dem Roman zu erzählen, und sie brächte dann alles in Form. Das sei schließlich ihr Metier, und in zwei oder drei Tagen wären wir fertig.

L. schrieb der Lektorin, um ihr diese Frist mitzuteilen.

L. kam am nächsten Tag wieder zu mir, und auch am übernächsten.

Ich erzählte L., aus welchen Gründen ich diesen Roman liebte. Ich saß in dem Sessel am Fenster, nicht weit von ihr, während sie schrieb.

Am letzten Tag, als sie den Text ausdruckte, damit ich ihn durchlesen konnte, griff L. nach einem Stift, um noch ein Detail einzufügen, das ihr gerade eingefallen war.

Sicher erleichtert darüber, mit dieser Arbeit fertig zu sein, beugte sich L., die mir gesagt hatte, sie sei Linkshänderin (und sich vor meinen Augen auch so verhalten hatte), über das Blatt, hielt den Stift in der rechten Hand und schrieb völlig leserlich.

Ja, ich hätte mich darüber wundern sollen.

Ja, ich hätte L. fragen sollen, wieso sie plötzlich mit rechts schrieb.

Ja, ich hätte sie fragen sollen, wieso sie neuerdings Stiefeletten wie meine trug.

Ich hätte mich bei ihr bedanken und ihr zu verstehen geben sollen, dass sie am nächsten Tag nicht wiederzukommen bräuchte, da wir ja fertig seien.

Schon am selben Abend, L. war noch bei mir, bestätigte die Lektorin den Empfang des Vorworts. Es passe wunderbar, sie sei sehr angetan.

Und wieder ließ ich mich zu dieser Geste hinreißen, die ich bei meinen Freundinnen häufig mache: In einer Aufwallung von Dankbarkeit legte ich meine Arme um L. An den Berührungspunkten spürte ich, dass ihr Körper sich versteifte. L. entzog sich meiner Umarmung und sah mich bewegt an: Sie sei sehr glücklich, mir helfen zu können und mich von einigen Dingen zu entlasten, wenn mir dies ermögliche, mich wieder auf das Wesentliche zu konzentrieren.

Sie wiederholte es: dich wieder auf das Wesentliche zu konzentrieren.

Jetzt, wo ich die Fakten in einer Reihenfolge rekonstruiere, die in etwa der ihres Ablaufs entsprechen, ist mir bewusst, dass, wie mit Geheimtinte gezeichnet, eine Art Raster auftaucht, in dessen Lücken sichtbar wird, wie L. langsam, aber sicher vordringt und ihre Macht mit jedem Tag weiter festigt. Mit gutem Grund: Ich schreibe diese Geschichte im Bewusstsein dessen, was aus dieser Beziehung wurde und welche Verheerungen sie anrichtete. Ich weiß, in welche Verstörung sie mich stürzte und wie gewaltsam sie zu Ende ging.

Heute, wo es mir wieder möglich ist, vor einem Bildschirm zu sitzen (in welchem Zustand, ist eine andere Geschichte), auch wenn es noch sehr brüchig ist, versuche ich zu verstehen. Ich versuche Verbindungen und Zusammenhänge herzustellen und Hypothesen zu entwerfen. Mir ist natürlich bewusst, dass meine Parteinahme den Leser dazu bewegt, L. gegenüber ein gewisses Misstrauen zu entwickeln. Ein Misstrauen, das ich nicht empfand. Staunen, Belustigung, Verblüffung, das ja. Aber Misstrauen, nein. Das Misstrauen kam erst viel später. Viel zu spät.

François reiste wieder ins Ausland, um seinen Dokumentarfilm fertigzustellen, und ich trat in eine Phase großer Einsamkeit ein.

Sie dauerte mehrere Monate, und es fällt mir heute schwer, sie genau einzugrenzen.

Ich muss zugeben, dass die Orientierungspunkte ineinander verschwimmen, zumal ich nichts mehr aus meinem Terminkalender erfahre: Heute blättere ich lauter leere Seiten um. Ich finde nur

Louise' und Pauls Heimfahrten darin, ich habe sie in Blau mit ihren Initialen markiert, und die wenigen Wochenenden, an denen ich Paris verließ, um sie zu besuchen, Sauerstoffstöße, die mich aus meiner Schlaffheit holten.

Nachdem das Vorwort geschrieben und abgeschickt worden war, ließ ich es zu, dass L. kam und bei mir ein wenig aufräumte. Sie hatte bemerkt, dass sich die Briefe und Rechnungen auf meinem Schreibtisch immer höher stapelten, teils sogar ungeöffnet, und machte sich Sorgen wegen der Zahlungsfristen.

L. unterschrieb an meiner Stelle eine Reihe von Schecks und Zahlungsanweisungen, beantwortete verschiedene Briefe (Versicherung, Hausverwaltung, Bank) und sortierte schließlich die Rechnungen, die ich hatte herumliegen lassen.

L. kümmerte sich darum, die verschiedenen Anfragen zu beantworten, die, zumeist über die Presseabteilung des Verlags, nach wie vor bei mir ankamen.

Ich sah zu, wie L. den Computer einschaltete, einen Briefblock aufschlug, einen Umschlag in der passenden Größe aussuchte, meine E-Mails sortierte, kurzum, sich bei mir so verhielt, als wäre sie hier zu Hause, und alles wirkte ganz einfach. Tatsächlich bediente sie sich wieder ihrer linken Hand, mit einer Selbstverständlichkeit, die meiner Ansicht nach schwerlich vorzutäuschen war, weshalb ich schließlich glaubte, ich hätte mich an jenem Tag, als ich sie mit rechts schreiben sah, getäuscht.

»Du gelangst jetzt an einen Moment deines Lebens, in dem es gefährlich wird, den Menschen zu trauen«, erklärte sie mir eines Morgens, als sie gerade fast eine Stunde an meinem Computer verbracht hatte.

»Warum sagst du das?«

»Weil ich genug Erfahrung habe, um die Fallen zu sehen, die

dir gestellt werden. Weil ich genug Erfahrung habe, um zu wissen, was dein Verlag, deine Freunde, deine Familie, deine Bekannten jetzt von dir erwarten. Und wie sie vorgehen, um dich dazu zu bringen, und dabei so wirken, als würden sie gar nichts tun.«

»Aber all diese Leute haben nicht viel miteinander zu schaffen und erwarten von mir sehr Unterschiedliches oder sogar Widersprüchliches.«

»Da bin ich nicht so sicher, Delphine. Alle ermuntern dich dazu, dieses risikolose Leben zu führen, das du bisher hattest. Gewissermaßen zu deinen Themen zurückzukehren, zu diesem Geschäftskapital an Empathie und Wohlwollen, das mehr oder minder dein literarisches Markenzeichen war.«

»Ich weiß nicht, wovon du redest.«

»Ich möchte dich einfach nur wachsam machen. Es wäre an der Zeit, in deinem Umgang mit der Außenwelt ein wenig mehr Urteilsfähigkeit an den Tag zu legen. Keiner der Menschen, die du als nahestehend empfindest, hat die geringste Ahnung von dem, was du durchmachst. Keiner der Menschen, die du dir zum Freund oder zur Freundin erkoren zu haben glaubst, weiß, welcher Kraftprobe du dich gerade stellst. Wen beschäftigt es? Ich meine, wen beschäftigt es *wirklich*?«

Ich wusste immer noch nicht, worauf sie hinauswollte, aber ich konnte sie nicht länger solchen Unsinn reden lassen.

»Es beschäftigt die Leute, die mich lieben, jedenfalls interessieren sie sich dafür, weil es mich beschäftigt. Sie interessieren sich dafür in einem vernünftigen Ausmaß, wie man sich für das Leben eines Menschen interessiert, den man liebt und dem man wünscht, dass es ihm gut geht.«

»Na schön … Wenn du es sagst. Es war nur nicht der Eindruck, den ich hatte. Nur wenigen gelingt es, für einen da zu sein, wenn man sie nicht ruft. Nur wenige wissen die Barrieren zu überwinden, die wir in den unsicheren, schlammigen Untergrund unserer Schützengräben gerammt haben. Nur wenige sind fähig, uns da abzuholen, wo wir wirklich stehen. Du bist nämlich wie ich, Delphine, du bist keine, die um Hilfe ruft. Bestenfalls kann es vorkommen, dass du im Nachhinein und möglichst nur beiläufig erwähnst, dass du gerade eine schwere Zeit hinter dir hast. Aber in der Gegenwart um Hilfe bitten, in dem Moment, in dem du versinkst, in dem du ertrinkst, das hast du nie getan, da bin ich sicher.«

»Doch, das kommt vor. Heute kommt es vor. Wenn es um konkrete Dinge geht, von denen ich weiß, dass mir dieser oder jener dabei helfen kann. Das gehört zu den Dingen, die ich schließlich doch noch gelernt habe.«

»Aber die wahren Freunde sind doch die, die man nicht erst rufen muss, findest du nicht?«

»Ich weiß nicht, was das bedeuten soll, *wahre Freunde*, man ist befreundet oder nicht. Und wenn man befreundet ist, gibt es Augenblicke, in denen man die Barrieren ein wenig beiseitestoßen kann, ja, aber auch andere Augenblicke, wo es schwieriger ist.«

»Aber waren deine Freundinnen je imstande, die Barrieren wegzustoßen, sich dir im richtigen Moment aufzudrängen, ohne dich erst um Erlaubnis zu fragen?«

»Ja, natürlich. Es ist mehrmals vorgekommen.«

»Zum Beispiel?«

»Aber dafür gibt es jede Menge Beispiele …«

»Erzähl mir ein einziges.«

»Na schön, zum Beispiel als der Vater meiner Kinder und ich uns vor inzwischen ziemlich langer Zeit getrennt haben, habe ich eine seltsame Phase durchgemacht. Es kam schrittweise, nach meinem Umzug, ich bemerkte es gar nicht. Nach und nach hörte ich auf, meine Freunde anzurufen, nach ihrem Ergehen zu fragen, ich ließ die Tage und Wochen vergehen, ich verkroch mich in meinen Schmerz, ich fiel in eine Art Winterschlaf, ich versteckte mich, um mich zu häuten, ich weiß auch nicht, es war eine Art Gleichgültigkeit, die ich noch nie erlebt hatte, als wäre außer meinen Kindern nichts mehr wichtig. Ich hatte nicht mehr die Kraft. Es dauerte einige Monate. Die meisten meiner Freundinnen meldeten sich weiterhin bei mir, riefen mich an, waren, selbst aus der Ferne, für mich da. Um acht Uhr an einem Freitagabend im März, Louise und Paul waren gerade übers Wochenende zu ihrem Vater gefahren, klingelte es bei mir. Ich öffnete die Tür. Chloé und Julie standen auf dem Treppenabsatz, mit einem Geburtstagskuchen, auf dem die Kerzen brannten. Und dann fingen sie an, im Treppenhaus zu singen, ich sah sie beide im Kerzenlicht lächeln, und dieses Lächeln sagte mir, wir sind trotzdem gekommen, ganz gleich, in welchem Zustand wir dich vorfinden. Ich habe nicht geweint, aber ich war sehr gerührt. Und was mich besonders bewegte, und noch heute bewegt, wenn ich davon erzähle, ist dieser Kuchen. Sie hätten bei Picard oder irgendeiner anderen Bäckerei in meiner Straße einen Kuchen kaufen können. Doch nein. Hunderte von Kilometern entfernt hatten sie einen Mandel-Pithiviers gebacken und ihn mit einer makellosen Zuckerglasur überzogen, sie hatten ihn mit aller erforderlichen Vorsicht in einem Karton hierhertransportiert, sie hatten für Kerzen und ein Feuerzeug (beide sind Nichtraucherinnen) gesorgt, sie hatten sich so organisiert, dass sie im selben Wagen desselben TGVs in Paris ankamen (eine wohnt in Nantes, die andere in Angers), dann hatten sie die Metro genommen und waren mit ihrem kleinen Wochenendgepäck die Treppe hochgestiegen. Auf dem Treppenabsatz haben sie alles abgestellt und die Kerzen angezündet. Ja, es hat mich bewegt, dass sie an meinem Geburtstag bei mir anklopften und mir einen selbstgebackenen Kuchen mitbrachten, es war die Verheißung eines Lebens, in dem es immer Nachsicht und Schönes geben würde, es war die Verheißung großer Freuden.

Als meine Mutter einige Jahre später starb, sind Tad und Sandra, meine Kindheitsfreundinnen, die beide weit weg wohnen, in den Zug nach Paris gestiegen. Sie haben sich mehrere Tage Urlaub genommen, um meiner Mutter die letzte Ehre zu erweisen und um mir zu helfen, um bei mir zu sein.«

L. hatte mir aufmerksam und wortlos zugehört. Sie lächelte.

»Das sind hübsche Geschichten. Aber das war vorher.«

»Vor was?«

»Vor alldem.«

Sie ließ einen Blick durchs Zimmer wandern, der nichts Bestimmtes aussagte, und ich bat sie nicht, das zu präzisieren, sie tat so, als hätte sie nichts gehört.

»Es ist interessant zu sehen, wer jetzt imstande ist, an einem Freitagabend bei dir zu klingeln, obwohl du um nichts gebeten hast. Was meinst du, welche deiner Freundinnen wird unverhofft auftauchen?«

»Jetzt ist es anders. Es gibt François.«

»Wo?«

Ich tat so, als hätte ich die Ironie nicht bemerkt.

»In meinem Leben. Das wissen meine Freundinnen, sie wissen, dass ich auf ihn zählen kann.«

»Gut. Ja, stimmt, ich nehme an, es ist anders. Ich bin, unter uns gesagt, ohnehin nicht sicher, dass dich jemand, wer auch immer, vor dir selbst schützen kann. Aber was soll's. Vielleicht erklärt das wirklich, warum sich, obwohl du nichts von dir hören lässt, niemand besondere Sorgen um dich macht.«

Ich hatte nicht die geringste Lust, dieses Gespräch, das ich für illoyal und grausam hielt, fortzusetzen. Erlaubte ich mir etwa, L. daran zu erinnern, dass ihre eigenen Freunde sie an ihrem Geburtstag nicht nur nicht anriefen, sondern nicht einmal kamen, wenn sie sie einlud? Erlaubte ich mir etwa, L. zu sagen, sie wirke wie ein sehr einsamer Mensch, ein Mensch, der eine große Leere um sich geschaffen habe?

Ich dachte, L.s Bitterkeit sei auf ihre eigene Einsamkeit zurückzuführen, und das machte mich traurig. Ich konnte es ihr nicht verübeln. L. hatte ihren Mann verloren. In ihrem Leben war etwas Schlimmes geschehen und hatte sie von den meisten ihrer Freunde abgeschnitten. L. projizierte Dinge auf mich, die mit mir nichts zu tun hatten. Aber auf ihre Weise wollte sie mir helfen.

Es war fast zwölf Uhr mittags, und L. sagte mir, sie sei zum Mittagessen verabredet.

Bevor sie ging, riet sie mir noch, ein wenig an die frische Luft zu gehen, ich sei ein bisschen blass um die Nase.

Erst einige Tage später konnte ich mich zu dieser Feststellung durchringen: L. hatte recht. Außer François und meinen Kindern hatte mir schon seit einer ganzen Weile niemand mehr geschrieben oder mich angerufen.

Auf diese Weise gelang es L. vermutlich, sich in meinem Leben einzurichten, mit meiner Einwilligung und durch eine Art schrittweiser Behexung.

Ich habe oft nach dem Riss gesucht, der mich so verwundbar gemacht hatte. So durchlässig.

Ich erhielt anonyme Briefe, die immer bösartiger wurden.

Meine Kinder hatten ihr Zuhause verlassen und angefangen, sich anderswo ein Leben aufzubauen, das ihr Leben sein würde.

Der Mann, den ich liebte, war mit seiner Arbeit, seinen Reisen und den tausend Projekten, die anzunehmen ich ihn immer ermunterte, beschäftigt. Wir hatten uns für diese Art Leben entschieden, das anderen Obsessionen, anderen Leidenschaften Raum ließ. Aus Naivität oder Vertrauensseligkeit hatten wir uns gegen jeden Eroberungsversuch gefeit gefühlt.

Im Erwachsenenalter baut sich Freundschaft auf einer Art gegenseitigen Erkennens und schweigenden Einverständnisses auf: auf einem gemeinsamen Territorium. Doch ich habe auch den Eindruck, dass wir im anderen etwas suchen, das in uns selbst nur in einer kleineren, embryonalen oder stark eingeschränkten Form vorhanden ist. So neigen wir dazu, uns mit Menschen anzufreunden, die eine Lebensweise zu entwickeln vermochten, die wir vergeblich anstreben.

Ich weiß, was ich an jeder Einzelnen meiner Freundinnen bewundere. Bei jeder von ihnen wüsste ich zu benennen, was sie in sich trägt und was ich nicht oder in zu geringer Menge habe.

L. verkörperte in meinen Augen vermutlich eine Art von Selbstsicherheit, Überlegtheit und Überzeugtheit, die ich an mir vermisste.

L. kam fast jeden Nachmittag.

L. konnte besser als jeder andere meine Stimmung, meine Sorgen erraten, sie schien eine Vorherkenntnis der Ereignisse zu haben, die mich betrafen. Sie hatte auf mich einen Einfluss, den keine meiner Freundinnen je gehabt hatte.

L. erinnerte sich an alles. Vom allerersten Mal an hatte sie die kleinste Anekdote, das kleinste Detail, Daten und Orte, alle in einem Gespräch gefallenen Vornamen gespeichert. Manchmal fragte ich mich, ob sie sich nicht nach jedem unserer Treffen Notizen machte. Heute weiß ich, dass es ihre zweite Natur war, eine Art selektiver Hypermnesie.

Tatsächlich schien mir L. als Einzige ermessen zu können, welchen Kampf ich führte, auch wenn der Einsatz lächerlich wirken mochte – ob ich nun ein Buch schrieb oder nicht, würde den Lauf der Welt nicht ändern –, aber L. hatte verstanden, dass es um mein Gravitationszentrum ging.

L. war für mich notwendig geworden, unverzichtbar. Sie war da. Und vielleicht brauchte ich genau das: dass sich jemand ausschließlich für mich interessierte. Hegen wir nicht alle diesen verrückten Wunsch? Ein Wunsch aus der Kindheit, auf dessen Erfüllung wir, manchmal zu früh, haben verzichten müssen. Ein Wunsch, von dem wir als Erwachsene wissen, dass er egozentrisch, übersteigert und gefährlich ist. Dem wir dennoch manchmal nachgeben.

Wahrscheinlich füllte L. eine Lücke, die mir gar nicht bewusst gewesen war, und besänftigte eine Angst, die ich nicht zu benennen wusste.

L. ließ wiederauferstehen, was ich begraben oder repariert zu haben glaubte.

L. schien dieses unersättliche Trostbedürfnis zu stillen, das uns allen geblieben ist.

Ich brauchte keine neue Freundin. Doch im Lauf unserer Gespräche und durch ihre beständige Aufmerksamkeit gelangte ich schließlich zu der Überzeugung, nur L. könne mich verstehen.

Eines Morgens rief mich L. sehr früh an. Ihre Stimme war weniger beherrscht als normalerweise, sie wirkte leicht atemlos. Als ich sie besorgt danach fragte, gab sie zu, sie habe Probleme, nichts Schlimmes, aber sie wolle mich um einen Gefallen bitten: Ob ich sie zwei oder drei Wochen bei mir unterbringen könne, bis sie eine neue Mietwohnung gefunden hätte?

L. kam am Montag darauf bei mir an. In Begleitung eines jungen Mannes von etwa zwanzig Jahren. Seine Größe, seine ungewöhnlich langen Wimpern, die jugendliche Lässigkeit seiner Bewegungen zogen den Blick auf sich. Er war schön.

Er hatte sie kurz vorher in der alten Wohnung abgeholt und ihr geholfen, die vier großen Koffer zu transportieren, die sie in meine Wohnung mitnehmen wollte. Kaum mit zwei Koffern angekommen, lief er wieder hinunter, um die beiden anderen zu holen, die noch unten standen. Er stellte sie auf dem Treppenabsatz ab und rannte wieder die Treppe hinunter, um noch einige Taschen aus L.s Wagen zu holen. Ich wohne im sechsten Stock ohne Aufzug, aber es schien ihm nichts auszumachen.

Angesichts der vielen Gepäckstücke dachte ich, L. habe ja gut vorgesorgt. Ich konnte mir allerdings auch nicht vorstellen, dass sie sich ohne einen Teil ihrer Garderobe hier aufhalten würde, und sie hatte sicher auch einiges an Arbeitsunterlagen mitgenommen.

Als der Junge zum dritten Mal heraufkam, bot ich ihm einen Kaffee an. Er wandte sich L. zu und wartete auf ihre Zustimmung, doch L. tat so, als bemerkte sie die Frage in seinem Blick nicht. Nach einigen Sekunden lehnte er ab.

Als sich die Tür hinter ihm geschlossen hatte, fragte ich L., wer er sei. Sie lachte. Was könne das für eine Bedeutung haben? Keine, antwortete ich, es war reine Neugier. Der Sohn einer Freundin, sagte L. Sie hatte ihn nicht beim Vornamen genannt, sie hatte ihm nicht gedankt und ihm kaum Auf Wiedersehen gesagt.

Ich hatte vorgesehen, L. in Pauls Zimmer einzuquartieren. Ich erinnerte mich, dass ihr die Farbe der Wände bei ihrem ersten Besuch besonders gefallen hatte. Ich ließ L. Zeit, ihre Koffer auszupacken. Ich hatte mehrere Regale und einen Teil des Kleiderschranks leer geräumt, damit sie ihre Sachen unterbringen konnte. Ich hatte das Bett bezogen und für eine freie Schreibtischplatte gesorgt, auf die sie auch sofort ihren Laptop stellte. Sie habe nur noch wenig Zeit, um die Biografie der Schauspielerin fristgerecht abzuliefern, deshalb könne sie im Augenblick auch nicht nach einer neuen Wohnung suchen. Ich habe nie erfahren, aus welchem Grund sie die alte so überstürzt hatte verlassen müssen.

Schon bald wurde mir klar, dass L. so ziemlich alles, was sie besaß, mit zu mir gebracht hatte, abgesehen von vier, fünf Kartons, die sie im Keller einer Nachbarin im Stockwerk unter ihr hatte unterstellen können. L. hatte keine Möbel, wie sie mir erklärte, sie habe nach dem Tod ihres Mannes alles verkauft. (Sie kam mehrmals auf das *alles* zurück und gab so zu verstehen, dass wirklich kein Gegenstand verschont geblieben war.) Seither habe sie es immer vorgezogen, möblierte Wohnungen zu mieten. Sie wolle sich nicht belasten und schon gar nicht Wurzeln schlagen. Hingegen besitze sie Kleidungsstücke. Viele, wie sie zugeben müsse.

Ich habe nur wenige Erinnerungen an die ersten Wochen, die L. bei mir verbrachte.

Was sicher damit zu tun hat, dass sie sehr mit ihrem Auftrag befasst war und ihr Zimmer selten verließ. Durch die Tür hörte ich sie wieder und wieder die Aufnahmen ihrer Interviews hören, dieses rohe, zögerliche, manchmal wirre Material, aus dem sie schöpfte. Sie hielt bei einem Satz, ging an dessen Anfang zurück und fing wieder an. Sie konnte zehn Mal dieselbe Passage anhören, als wolle sie jenseits der Worte etwas erfassen, was sich nicht sagen ließ und das sie erraten musste. Sie füllte eine Teekanne mit kochendem Wasser und zog sich dann für vier, fünf Stunden in dieses Zimmer zurück, in einer Stille, die nichts störte. Ich hörte ihren Schreibtischstuhl nicht übers Parkett rollen, ich hörte nie, wie sie sich die Beine vertrat, ich hörte sie nie husten oder das Fenster öffnen. Ihre Konzentrationsfähigkeit beeindruckte mich.

Ich hatte gehofft, das Zusammenwohnen mit L. würde mir helfen, mich wieder an die Arbeit zu machen.

Ich hatte oft den Eindruck gehabt, es sei leichter, Seite an Seite zu arbeiten. In relativer Einsamkeit. Mir gefällt der Gedanke, dass nicht weit von mir jemand anders in derselben Lage ist wie ich und sich ebenso anstrengt. Deshalb habe ich als Studentin auch so viel Zeit in der Bibliothek verbracht.

Aber L.s Fleiß am Schreibtisch hielt mich nicht davon ab, leerzulaufen.

Ich wüsste heute nicht mehr zu sagen, womit ich mich beschäftigte, die Zeit verging mühelos und ohne so etwas wie Langweile, aber es kam nichts dabei heraus.

Vormittags machte ich einen Salat oder ein Nudelgericht für L. und mich.

Gegen 13 Uhr rief ich sie, und wir aßen rasch an dem kleinen Küchentisch, an dem wir uns gegenübersaßen.

Danach brach ich zu langen einsamen Spaziergängen auf. Ich wickelte mich in den riesigen orangefarbenen Schal, den mir L. am Tag ihres Einzugs geschenkt hatte, und lief los. Ich träumte von den Büchern, die ich nicht mehr zu schreiben vermochte. Ich trieb mich draußen herum, bis es dunkel wurde. Auf dem Rückweg von diesen ziellosen Wanderungen kam ich als Letztes immer durch die kleine Grünanlage, wo ich mit Louise und Paul gespielt hatte, als sie noch klein waren. Wenn ich ankam, hatte sich der Spielplatz schon geleert, und ich stand vor der Rutschbahn oder den Wipptieren und versuchte mir ihre Kindergesichter zurückzurufen, ihr Lachen, das Knirschen des vielen Sandes unter ihren Schuhen, ich sah die Farbe ihrer Mützen, ihre wackeligen ersten Schritte. Hier hatte etwas stattgefunden, was sich nicht festhalten lässt.

Abends hörte ich L. manchmal telefonieren. Es waren ziemlich lange Gespräche, ich verstand nicht, was sie sagte, ich nahm lediglich den Ton wahr, in dem sie sprach. Manchmal hörte ich sie auch lauthals lachen. Ich erinnere mich, dass ich mich fragte, ob L. nicht vielleicht Selbstgespräche führe, denn ich hatte ihr Handy nie klingeln oder vibrieren hören.

Nachdem sich L. bei mir eingerichtet hatte, übernahm sie alles: die Post, die Steuererklärungen, die Sozialabgaben, mit einem Wort, alles, wozu man den Computer einschalten oder einen Stift in die Hand nehmen musste. Was mir als nicht zu bewältigen erschien, erledigte sie in ein paar Minuten.

Wenn sie an meiner Stelle Post beantwortete, gab sie mir abends einen kurzen Bericht darüber: *Wir* hatten zu diesem oder jenem Nein gesagt, *wir* hatten in jener Sache die Frist verlängern können, *wir* hatten das Verfassen eines kurzen Theaterstücks für *Le Paris des Femmes* auf das kommende Jahr verschoben.

L. glich meine Unfähigkeit aus. Ich war nicht in der Lage, etwas, was auch immer, zu verfassen oder länger als drei Minuten einen Stift in der Hand zu halten, doch letzten Endes kam ich ganz gut zurecht.

Wir schafften es.

Wenn L. die Wohnung verließ, um zu einem Termin oder einkaufen zu gehen, konnte ich nicht anders, ich ging in ihr Zimmer. Mein Blick nahm sekundenschnell alles auf: die Kleidungsstücke auf dem Stuhl, die unter dem Heizkörper aufgereihten Schuhe, die unterbrochene Arbeit. Das war es im Grunde, was mich am meisten interessierte, und das war wohl auch meine größte Indiskretion: die auf dem Schreibtisch ausgebreiteten Seiten der Rohfassung zu betrachten, die mit Bleistift korrigiert und mit Radiergummikrümeln übersät waren und über die ich, ohne sie zu lesen, meine Hand gleiten ließ. Und die von ihrer Teetasse hinterlassenen ockerfarbenen Kreise.

Ich betrachtete diesen Raum, den sie in Besitz genommen hatte, die deutlichen Zeichen der laufenden Arbeit, die Notizen, Post-its, die ausgedruckten und korrigierten Seiten, und all das war mir nicht etwa vertraut, sondern schien mir zu einer Welt zu gehören, die ich nicht kannte und zu der mir der Zugang verwehrt war.

Das war die Zeit, in der L. mit dem begann, was ich bald das *Regal-Ritual* nannte. Mehrmals in der Woche verbrachte L. abends einige Minuten damit, die Bücher in meinen Wohnzimmerregalen zu begutachten. Sie begnügte sich nicht damit, zerstreut die Titel auf den Rücken zu lesen, wie es die meisten Leute tun. Sie nahm sich die Zeit, jedes Bord einzeln zu mustern, und zog manchmal ein Buch heraus, um es in die Hand zu nehmen. Manchmal sah ich, wie sich ihr Gesicht zustimmend entspannte, manchmal sah ich sie missbilligend die Brauen runzeln. Und dann kam immer der Moment, wo sie mich, immer aufs Neue, fragte, ob ich alles gelesen hätte. Ja, fast alles, antwortete ich dann jedes Mal, von einigen wenigen abgesehen. Dann ließ L. ihren Finger von einem Buch zum anderen gleiten und las die Titel laut vor, als bildeten sie einen einzigen Satz, einen einzigen, riesigen, herrlichen Satz, dessen Bedeutung mir verschlossen blieb. Hatte ich Die Erklärung, *Wenn ein Reisender in einer Winternacht, Lichtjahre, Meeresrand,* Kein Tag, Die gefrorene Frau, *Das Echo der Erinnerung,* Jungshimmel, Vogelleben, *Klippen, Gestern,* Nachher, *Das Leben entzwei,* Wie findest du mich, *Kontertanz,* Gnade und Not, *Die Erfindung der Einsamkeit, Wovon wir reden, wenn wir von der Liebe reden, Ach, dieses*

Paradies, Betet für uns, *Souvenirs, Die Brandungswelle, Ich habe sie geliebt, Was ich liebte,* Schreie, Körper, *Der rote Rock, Gedächtnis mit Flügeln,* Der Ursprung der Gewalt, Infame Familie, Spaziergang, Fetzen, Auf dem Foto, *In memoriam*, Schwestern, Die Pause, *Leben der kleinen Toten, Abendgesellschaft,* Mein Kleiner, Die Haut der anderen, Jede Ähnlichkeit mit dem Vater, Die Bescheid wussten, Joséphine, Sexuelle Nacht, Beginn, Der fehlende Teil, Die tote Faust, *Der Regen, bevor er fällt,* Zwischen den Geräuschen, *Amok*, Trockenen Auges, *Das Protokoll*, Der Schwung, Die Zukunft, Das rote Heft, Der Ersatzgroßvater, Zu sensibel, *Gift, Kindheit, Spiel dein Spiel, Verstoßen* gelesen?

Delphine,
dass du nicht antwortest, zeigt, wie sehr du dich wahrscheinlich schämst. Du hast ja auch allen Grund.
Du bist zum Fürchten. Man braucht bloß zu sehen, wie du dich anziehst, wie du dich hältst, man braucht bloß deine Bewegungen zu sehen und deinen hinterhältigen Blick. Das ist alles nicht neu. Man spürt deutlich, dass irgendetwas in dir nicht funktioniert, es springt einem ins Auge, und es ist wahrhaftig nicht besser geworden. Du schleppst einiges mit dir herum, mein armes Mädchen.
Was dein Marketing angeht, daran ist nichts auszusetzen, du bist die Beste. Erst verkaufst du deine Mutter, und dann tust du dich mit einem Literaturmoderator zusammen, um Werbung für dich zu machen, wirklich, alle Achtung, das muss man erst mal hinkriegen. Der Arme, er hat sicher schwere sexuelle Probleme, sonst wäre er nicht mit einer Frau wie dir zusammen. Glaubst du wirklich, er liebt dich? Glaubst du, ein Mann wie er könnte eine Frau wie dich lieben? Wenn er dich dann sitzenlässt, machst du bestimmt einen Roman daraus, oder? Ein schönes verhurtes Buch, wie du es doch so gut zu schreiben verstehst. Gib ihm meine Telefon-

nummer, ich hätte ihm das ein oder andere zu erzählen.
Du hast in deiner Umgebung viel Schlimmes angerichtet, beträchtliche Schäden.
Und weißt du, warum?
Weil die Leute glauben, was gedruckt wird.
Sie glauben, es sei wahr.
Und das ist zum Kotzen.

Ich steckte den getippten Brief wieder in den Umschlag und legte ihn zu den anderen. Ich erwähnte ihn, als ich mit François telefonierte, aber ich sprach nicht über Einzelheiten, ich sagte ihm, ich hätte einen weiteren Brief erhalten, noch bösartiger als die vorherigen. Ich beruhigte ihn, es sei nicht schlimm, es würde sicher bald aufhören.

Ich glaube, im ersten Moment habe ich nicht mit L. darüber gesprochen.

Eines Morgens, zwei oder drei Tage danach, stand ich auf, zog mich an, machte Kaffee und dann brach ich ohne jeden Grund in Tränen aus. L. saß mir gegenüber, ich hatte gerade noch die Zeit, einen Ausdruck von Panik auf ihrem Gesicht zu sehen, dann stand ich auf und floh in mein Zimmer. Ich weinte mehrere Minuten lang, ich konnte einfach nicht aufhören.

Die Briefe waren in meinem Körper: ein Gift. Vom allerersten an. Sie hatten schließlich ihren Wirkstoff freigesetzt, es war ein Gift, das langsam wirkte und imstande war, alle Immunbarrieren zu überwinden.

Als ich wieder aus meinem Zimmer herauskam, hielt mir L. ein Päckchen Papiertaschentücher hin. Sie hatte einen Tee gemacht. Sie legte mir, sichtlich bewegt, die Hand auf den Arm.

Ich beruhigte mich, und sie wollte die Briefe sehen. Sie las sie in der zeitlichen Reihenfolge, einen Ausdruck von Ekel auf den Lippen. Sie musterte das Papier, als könnte es eine Antwort liefern, sie suchte nach dem winzigsten Detail, das den Verfasser hätte verraten können. Adresse und Brieftext waren auf einer Schreibmaschine getippt worden, die Briefe waren in normale Umschläge gesteckt und in verschiedenen Vierteln von Paris in den Briefkasten geworfen worden. Mehr ließ sich nicht aus ihnen herauslesen.

L. fand Worte, um mich zu beruhigen, um die Sache ein wenig zu entdramatisieren. Die Dinge im Kontext sehen. Ich dürfe nicht alles durcheinanderbringen, nicht alles wörtlich nehmen. L. erinnerte mich an die liebevollen Briefe, die ich nach Erscheinen des Buches von vielen Verwandten bekommen hatte. Das bedeute ja nicht, dass es einfach für sie gewesen sei, aber es bedeute, dass sie verstanden hätten. Das Buch habe die Zuneigung nicht in Frage gestellt. In einigen Fällen habe es sie vielleicht sogar vertieft. Ja, natürlich, der Briefschreiber sei ganz klar ein Nahestehender. Jemand, der mir schon lange böse gewesen sein müsse, lange vor dem Erscheinen des Buches. Jemand, der über seinem Zorn und Hass brüte und jetzt die Gelegenheit gefunden habe, ihnen freien Lauf zu lassen.

Nein, das sei nicht traurig, fand L. Im Gegenteil. Mein Buch habe etwas ausgelöst, habe dieser Bösartigkeit Gelegenheit gegeben, sich auszudrücken. Einer bereits vorhanden gewesenen Bösartigkeit. Das sei die Berufung der Literatur, etwas auszulösen, zum Glück. Dass die Literatur Auswirkungen auf das Leben habe, dass sie Zorn, Verachtung, Neid hervorrufe, ja, das sei eine gute Nachricht. Es geschehe etwas. Wir seien im Zentrum des Themas. Und diese Briefe sollten mich zum Wesentlichen zurückführen.

L. hielt die Gewalt in häuslichen wie familiären Beziehungen für die Quelle literarischer Inspiration. Diese Theorie hatte sie mir schon mehrmals im Gespräch vorgetragen. Diese Gewalt, ob nun verborgen oder offen, sei eine der notwendigen Bedingungen für künstlerisches Schaffen. Sein Ausgangspunkt.

Die Briefe taten mir weh. Sie stellte es fest und bedauerte es. Sie verstand. Diese Briefe fräßen mich heimtückisch von innen auf, denn sie zielten auf das Kind, das ich gewesen, aber auch auf die Frau, zu der ich geworden sei. Weil sie mir Schuld zuwiesen. Mich an den Ursprung der Gewalt erinnerten.

L. las den letzten Brief noch einmal schweigend durch, bevor sie weitersprach.

»Ja, die Leute glauben, was geschrieben steht, und das ist gut so. Die Leute wissen, dass nur die Literatur Zugang zur Wahrheit gewährt. Die Leute wissen, was es kostet, über sich zu schreiben, sie verstehen zu erkennen, was ehrlich ist und was nicht. Und glaub mir, sie irren sich nie. Ja, *die Leute*, wie dein spezieller Freund sie nennt, wollen Echtes. Sie wollen wissen, dass es existiert hat. Die Leute glauben nicht mehr an die Fiktion, und ich sage dir, sie misstrauen ihr sogar. Sie glauben an das Beispiel, an den Zeugenbericht. Sieh dich doch um. Die Schriftsteller greifen nach Zeitungsmeldungen, veröffentlichen immer häufiger Blicke ins eigene Innere, dokumentarische Berichte, sie interessieren sich für Sportler, Kriminelle, Sängerinnen, Königinnen und Könige, sie erforschen die eigene Familie. Was glaubst du, warum? Weil nur dieses Material etwas taugt. Wozu jetzt Rückschritte machen? Du darfst nicht an der falschen Front kämpfen. Du ergreifst die Flucht, du behauptest nur aus einem einzigen Grund, zur Fiktion zurückkehren zu wollen: weil du dich weigerst, dein Phantombuch zu schreiben. Ja, bitte verzeih, ich reite schon wieder darauf herum, aber du hast es selbst gesagt, ich erfinde nichts. Es ist übrigens genau deine Formulierung, ich habe das Interview noch einmal gelesen, du kannst selbst nachsehen, es ist im Internet leicht zu finden. Der Mensch, der dir schreibt, hat nämlich Angst, dass du wieder anfängst. Diese Briefe sollten dir die Augen öffnen, den Elektroschock auslösen, den du brauchst, um wieder die Kraft und den Mut zu finden, dich dem zu stellen, was dich erwartet. Schreiben ist ein Kampfsport. Es bringt Gefahren mit sich, macht verletzlich. Sonst ist es nichts wert. Du kannst dich in Gefahr begeben, denn ich bin da. Ich bin da, Delphine, ich werde dich nicht verlassen. Ich werde an deiner Seite bleiben, darauf kannst du dich verlassen, ich werde bleiben, solange es nötig ist. Und niemand wird dich je erreichen können.«

Wenn L. sich einmal in einen ihrer Monologe gestürzt hatte, war sie keinem Argument mehr zugänglich. Ich hörte ihr schweigend zu. Ich wartete, bis sie fertig war, bevor ich antwortete. Wieder einmal konnte ich nicht anders, ich war erleichtert, dass sie sich diese Fragen so zu Herzen nahm. Ich sprach sehr sanft mit ihr, wie mit einem übermüdeten Kind, dessen Wutanfälle man fürchtet:

»Ja, das stimmt, du hast recht. Ich erinnere mich. Ich habe von diesem verborgenen Buch gesprochen, diesem Buch, das ich vielleicht schreiben würde. Ich habe damals nicht ausgeschlossen, dass ich eines Tages in der einen oder anderen Weise darauf zurückkommen würde. Aber nicht jetzt. Meine Arbeit hat mich in eine andere Richtung geführt. Ich will nicht …«

L. unterbrach mich.

»Wohin? Wohin hat sie dich geführt? Soweit ich sehen kann, hat sie dich bisher nirgendshin geführt.«

Ich antwortete nicht. Sie hatte recht.

Und Fakt ist, sie war da. Nur sie war wirklich da.

Ich glaube, noch am selben Abend, oder vielleicht am Abend des folgenden Tages, hat mich L. vor dem Ersticken bewahrt. Danach sprachen wir von diesem Ereignis oft als von *dem Abend, als L. mir das Leben rettete.* Wir mochten das Emphatische dieses Satzes, seine dramatische Tonlage, als ginge es um einen Schauerroman, einen pseudoepischen Moment unserer Freundschaft. Aber im Grunde, und das wussten wir beide, war genau das geschehen: L. hatte mir das Leben gerettet.

Wir waren beide in der Küche und wollten mit dem Abendessen beginnen, als ich mich an einer ganzen gesalzenen Mandel verschluckte. Ich habe mich schon öfter verschluckt, aber nie derart heftig. Die Mandel war besonders dick, ich spürte, wie sie in die Luftröhre rutschte, meiner Kehle entfuhr ein verblüfftes Röcheln, und schon bekam ich keine Luft mehr. Ich versuchte zu husten und dann zu sprechen, aber nichts kam durch, kein Gramm Luft, als wäre der Hahn einfach zugedreht worden. Ich sah L. an, ich sah in ihren Augen genau den Moment, wo sie aufhörte, einen schlechten Scherz zu vermuten, und begriff, was los war. Drei oder vier Mal schlug sie mir erfolglos auf den Rücken, dann stellte sie sich dicht hinter mich, legte die Arme um meinen Körper und versetzte mir dann einen heftigen Faustschlag in den Magen. Beim zweiten Versuch rutschte die Mandel heraus, und ich bekam wieder Luft. Ich hustete zwei oder drei Minuten lang, meine Luftröhre brannte, und ich hatte plötzlich einen Brechreiz. Aus meinen Augen liefen Tränen, Tränen des Schmerzes und der Erleichterung. Langsam kam ich wieder zu Atem und hob die Mandel auf, die auf den Boden gefallen war.

L. sah mich jetzt aufmerksam an und wartete auf ein Zeichen, dass alles wieder in Ordnung war.

Nach einem kurzen Moment fingen wir an zu lachen, immer lauter. Und dann nahm mich L. zum ersten Mal in die Arme. Und ich spürte, dass ihr Körper zitterte und dass sie genauso viel Angst gehabt hatte wie ich.

Später sagte mir L., sie habe einen Erste-Hilfe-Lehrgang gemacht, aber noch nie Gelegenheit gehabt, das Heimlich-Manöver auszuführen, ein in den Siebzigerjahren von einem amerikanischen Arzt entwickeltes Verfahren zur Befreiung blockierter Atemwege, wie sie mir erklärte, das normalerweise an Puppen geübt werde. Die praktische Anwendung habe ihr sehr gefallen.

An den Tagen danach hatte ich mehrere Albträume. Eines Nachts wachte ich von meinem eigenen Schrei auf, einem Schrei wie die Schreie, die ich als Jugendliche ausstieß, wenn ich träumte, jemand würde mich unter einem Kissen ersticken oder mir mit dem Gewehr in die Beine schießen.

Seit ich den Brief erhalten hatte, wurden meine Nächte von zerrissenem Papier, von verbrannten Büchern, von herausgerissenen Seiten bevölkert. Mit einem Mal erhoben sich in meinem Schlafzimmer zornige, verächtliche Stimmen, ein empörter Aufruhr, der mich brutal aus dem Schlaf riss. Ich erinnere mich auch an ein wahnsinniges, unvergesslich grausames Lachen, das mich eines Nachts weckte und das, obwohl ich mit weit offenen Augen dalag, erst nach mehreren Minuten verhallte.

Dann saß ich aufrecht im Bett, schweißgebadet und fest davon überzeugt, dass all das real war. Ich musste Licht machen und die vertrauten Gegenstände in meinem Schlafzimmer betrachten, damit sich mein Herzschlag beruhigte. Meist stand ich leise auf, lief barfuß übers Parkett und dann über die Fliesen, um mir Wasser ins Gesicht zu spritzen oder einen Kräutertee zu kochen. Ich blieb ein oder zwei Stunden in der Küche sitzen, bis sich die Bilder verflüchtigten und ich wieder ins Bett gehen konnte.

Ich glaube, das war die Zeit, in der ich sämtliche Bilderbücher wieder las, die Louise und Paul behalten hatten. Mehrmals war davon die Rede gewesen, sie in den Keller zu verfrachten, doch keiner von uns hat sich je dazu durchringen können, und jetzt, wo die Kinder zwanzig Jahre alt sind, stehen die Bilderbücher immer noch in ihrem Zimmer. Mitten in der Nacht blätterte ich Seite um Seite um, sehr vorsichtig und glücklich über das Wiedersehen mit den Bildern, die ihre Kindheit geprägt hatten, und den Texten, die ich ihnen hundertmal vorgelesen hatte. Es verblüffte mich, mit welcher Macht diese Bücher Erinnerungen aufleben ließen. Jede dieser Geschichten erinnerte an den kostbaren Augenblick vor dem Schlafengehen, das Gefühl ihrer kleinen Körper, die sich an meinen drängten, ihre weichen Frotteeschlafanzüge, ich fand zu der Intonation zurück, die ich jedem Satz gegeben hatte, sah die Wörter wieder, die ihnen so sehr gefielen und die ich manchmal zehn-, zwanzigmal wiederholen musste, all das stieg unversehrt wieder an die Oberfläche.

Fast jede Nacht zwischen 4 und 5 Uhr morgens las ich noch einmal Geschichten von Bären, Kaninchen, Drachen, blauen Hunden und musikalischen Kühen.

Ich erinnere mich, dass L. eines Nachts aufwachte und mich in der Küche fand, und zwar vertieft in ein Bilderbuch von Philippe Corentin, das Louise geliebt hatte: die Geschichte einer Mäusefamilie, die oben auf einem Bücherregal lebt und sich von Büchern ernährt. Louise fand es toll, dass man Bücher essen konnte, besonders begeisterte sie die Bestellung, die Mutter Maus beim Helden und dessen Cousin aufgibt: »Bringt mir vier Seiten Pinocchio mit. Den isst dein Vater so gern als Salat!« Wieder ertönte das Kinderlachen von Louise. Ich kannte diese Sätze auswendig, vielleicht murmelte ich sie sogar lächelnd vor mich hin, als L. auf mich zutrat. Sie füllte den Wasserkocher mit Wasser, suchte im Schrank nach einem Teebeutel und setzte sich dann. Mit spitzen Fingern blätterte sie in dem Bilderbuch und hielt es dabei weit von sich ab (auch wenn sie stilisiert und bunt waren, es handelte sich immerhin um Mäuse), dann fragte sie mich:

»Was meinst du, was will uns dieses Buch sagen?«

Ich wusste nicht, worauf sie hinauswollte. Sie fuhr fort:

»Mäuse, die sich von Büchern ernähren, als wären diese Bücher nur hundsgewöhnliches Papier, ist das nicht eine Art, den Tod der Fiktion zu verkünden oder doch zumindest den ihrer Gebrauchstüchtigkeit?«

»Aber wirklich, das hat doch damit nichts zu tun«, antwortete ich. »Das ist überhaupt nicht das Thema des Buches! Wenn es überhaupt eine Botschaft hat, dann eine ganz andere.«

»Aha. Und die wäre deiner Ansicht nach?«

L. hatte mich in einem Moment liebevoller Erinnerung gestört, und ich hatte Mühe, meine Verärgerung zu unterdrücken. Zudem hatte ich absolut keine Lust, um 3 Uhr morgens über den verborgenen Sinn eines für Leser von drei bis sechs Jahren bestimmten Bilderbuchs zu diskutieren.

Ich machte Anstalten, vom Stuhl aufzustehen, doch L. hielt mich zurück.

»Du weigerst dich, den Kontext zu sehen. So geht es dir in allem, Delphine, du weigerst dich, die Dinge in ihrer Gesamtheit zu sehen, du begnügst dich mit einem Detail, auf das du dich konzentrierst.«

Ich fühlte mich angegriffen. Ich reagierte auf die gemeinste Art und Weise und schämte mich schon in dem Moment, in dem ich ihr diese Frage stellte:

»Sag mal, apropos Kontext, wie weit bist du mit deiner Wohnungssuche?«

Es war nicht nur unserer Beziehung nicht würdig, mir war auch gar nicht daran gelegen, dass sie ging.

»Wenn dir meine Gegenwart lästig ist, genügt ein Wort, und ich gehe sofort.«

Sie stand auf, um ihre Tasse in die Spülmaschine und den Zucker in den Schrank zu stellen, ihre Bewegungen waren abgehackt und verrieten ihren Zorn.

Ich blieb sitzen, noch völlig verblüfft darüber, dass ich etwas derart Idiotisches hatte sagen können. Sie stand jetzt neben meinem Stuhl und beugte sich zu mir herunter:

»Sieh mich an, Delphine. Ich werde es nicht zweimal sagen. Ein einziges Wort von dir, und ich verschwinde. Noch bevor es hell wird. Ein einziges Wort, und du wirst nie wieder von mir hören.«

Fast wäre ich in ein nervöses Lachen ausgebrochen. Und hätte sie gefragt, ob sie im Actors Studio bei Al Pacino oder Marlon Brando Unterricht genommen habe. Ihre Worte enthielten eine Drohung, die ich nicht ignorieren durfte. Ich versuchte abzuwiegeln.

»Bitte entschuldige, so habe ich es nicht gemeint, es ist Unsinn. Du weißt genau, dass du so lange bleiben kannst, wie du willst.«

L. setzte sich wieder neben mich. Sie atmete tief ein.

»Keine Sorge. Ich fange an zu suchen, sobald ich den Text abgegeben habe.«

Wir haben dieses Gespräch nie wieder erwähnt.

Einige Tage darauf schloss L. das Buch der Schauspielerin ab, und wir machten eine Flasche rosa Champagner auf. L. hatte pünktlich abgegeben, der Lektor hatte ihr zu ihrer guten Arbeit gratuliert, und die Schauspielerin war höchst angetan.

An jenem Abend verriet mir L. eine kleine Autorenmarotte, von der sie nie abwich. Am Ende jedes Textes, den sie für jemand anders fertigstellte, schrieb sie das Wort ENDE, gefolgt von einem Sternchen (zu dem aber keine Fußnote gehörte). Sie legte im Vertrag fest, dass dieses Zeichen am Ende des Buches stand. Es war ihre Unterschrift, ihr Markenzeichen, eine Art Spur, die nur sie kannte.

Ich machte mich liebevoll darüber lustig, ich fand es altmodisch, denn heutzutage findet man in den Büchern kaum noch das Wort ENDE.

»Man sieht doch, dass es zu Ende ist«, witzelte ich, »es gibt keine weiteren Seiten!«

»Nein, das glaube ich nicht. Ich glaube, der Leser findet es schön, wenn er es gesagt bekommt. Es ist das Wort ENDE, das ihm ermöglicht, aus diesem besonderen Zustand, in dem er sich befindet, aufzutauchen, das ihn in sein Leben zurück entlässt.«

Wir verbrachten einen Großteil der Nacht damit, alte Platten zu hören. Ich zeigte L., wie man zu Ska tanzt, weil sie behauptete, sie habe es vergessen.

L. saß auf dem Sofa und lachte darüber, wie ich im Wohnzimmer herumsprang, dann stand sie auf, um es mir nachzutun. Über die Musik hinweg rief sie mir zu:

»Wer weiß noch, dass es Ska gegeben hat? Wer erinnert sich noch an die Specials und The Selecter? Und wenn wir die Einzigen wären?«

Viele Leute erinnerten sich noch daran. Leute in unserem Alter oder ein paar Jahre älter oder jünger. War es nicht das, was eine Generation vor allem verband: ein kollektives Gedächtnis mit Hits, Jingles, Filmstars? Die Prägung durch ein Kinoplakat, ein Musikstück oder ein Buch? Natürlich, wenn sie es so wollte, dann konnten wir einen Abend lang glauben, wir seien die Einzigen, die zu Ska tanzen konnten, die Einzigen, die den Text von *Missing words* und *Too much pressure* kannten, das wir jetzt lauthals und mit hochgereckten Armen sangen; ich sah unser Spiegelbild in der Fensterscheibe, ich hatte schon lange nicht mehr so gelacht.

Eines Tages, L. war gerade ausgegangen, rief mich eine Journalistin von France Culture an, die mich über einen meiner früheren Romane interviewen wollte. Sie bereitete ein Projekt über das Leiden am Arbeitsplatz vor und wollte gern wissen, wie ich diesen Text geschrieben und wie ich Material dafür gesammelt hatte.

Ich weiß nicht, warum ich einwilligte. Vielleicht, um mir zu beweisen, dass ich imstande war, etwas ganz allein zu machen. Ohne L. Diesmal brauchte ich sie nicht, um Fragen zu beantworten, diesmal war es etwas außerhalb ihrer Kompetenz. Mir war aufgefallen, dass sich meine Vorstellung von meinen eigenen Büchern im Laufe der Zeit, oder vielmehr mit wachsendem zeitlichem Abstand zu ihnen, weiterentwickelte. Als wäre irgendetwas in ihrem Gewebe – eine Hervorhebung, ein Motiv – für mich erst aus der Ferne sichtbar. Ich war gespannt darauf, welches Bild mir aus diesem Buch entgegentreten würde, und freute mich, dass sich noch jemand dafür interessierte. Und außerdem war ich, wenn auch nicht mehr imstande zu schreiben, so doch einstweilen noch imstande zu sprechen.

Zwei Tage später klingelte die Journalistin an meiner Tür. Sie habe es sich zur Gewohnheit gemacht, mit relativ kleiner Ausrüstung zu den Leuten zu gehen, um die Interviews in deren Umgebung aufzunehmen, sie wolle ihren Gästen entgegengehen, sie in ihrer Welt aufsuchen. Das Gespräch würde hinterher geschnitten und dann im Rahmen der Sendung ausgestrahlt.

Wir hatten gerade zu Mittag gegessen, als die junge Frau kam. L. war übler Laune, sie konnte es nicht billigen, dass ich immer noch über gewisse Bücher sprach, die es ihrer Ansicht nach nicht verdienten, dass ich mich noch mit ihnen befasste.

L. verschwand in ihrem Zimmer, noch bevor ich die Journalistin an der Tür empfing. Diese entschied sich für das Wohnzimmer als Ort des Geschehens und bat mich, der Geräuschkulisse halber ein Fenster etwas zu öffnen, dann erklärte sie mir den Ablauf des Gesprächs. Wir tranken einen Kaffee, und sie schaltete ihre Geräte ein. Ich erzählte, wie mir die Idee zu diesem Buch gekommen war, als ich eines Morgens erschöpft in der RER-Linie D gesessen hatte. Danach redeten wir fast eine Stunde lang über dieses und jenes, die Journalistin war sehr herzlich, ich meine mich zu erinnern, dass wir auch über mein Viertel sprachen, in dem sie einige Jahre zuvor gewohnt hatte, von ein oder zwei gerade angelaufenen Filmen über Gewalt in Unternehmen, und dass das Gespräch dann auf belanglosere Themen gekommen war. Einmal, als wir gerade beide gelacht hatten, meinte ich zu hören, wie sich L.s Schlafzimmertür öffnete, und nahm an, sie wolle wissen, wie weit wir waren.

Etwas später begleitete ich die Journalistin in die Diele. Dort sah sie noch in ihrem Terminkalender nach, um mir das genaue Datum zu nennen, an dem die Sendung ausgestrahlt würde. Wir gaben uns die Hand, ich schloss die Tür und spürte L.s Gegenwart ganz dicht hinter mir. Als ich mich umdrehte, versperrte sie mir den Weg. Einen kurzen Moment lang dachte ich, ich hätte einen nicht wiedergutzumachenden Fehler begangen und von nun an sei mir der Zugang zu meiner eigenen Wohnung verwehrt. Doch L. trat zur Seite, um mich vorbeizulassen, und folgte mir dann wie ein vorwurfsvoller Schatten ins Wohnzimmer.

»Hast du eine neue Freundin gefunden?«

Ich lachte.

»Glaubst du, ich hätte euch nicht gehört?«

Ich suchte in ihrem Gesicht nach dem Lächeln, das mir bestätigt hätte, dass es sich um einen Scherz handelte, doch ihr Gesichtsausdruck ließ keinen Zweifel am Ton ihrer Worte. Sie gab mir keine Zeit für eine Reaktion.

»Wenn du glaubst, du könntest dich so herauswinden, dann täuschst du dich. Ja, ich habe euch gehört, Delphine, und dieses ganze Theater, um herauszufinden, wie weit du bist: ›Sie wollen also zur Fiktion zurück?‹ (Mit den Händen setzte sie diese Frage in Anführungszeichen.) Aber was geht sie das an, fragen wir sie etwa, welche Art Journalismus sie praktiziert mit ihrem Zweitausend-Euro-Nagra, und wer ist sie überhaupt, dass sie sich eine Meinung zu dieser Frage erlaubt, haben wir sie etwa danach gefragt, na?«

Auf ihrem Gesicht war selbst der winzigste Muskel wütend angespannt. L. war mir böse, weil ich dieser jungen Frau so viel Zeit gewidmet, weil ich mit ihr gelacht, weil ich zugelassen hatte, dass sich diese Begegnung in der sanften Nachmittagsstimmung in die Länge gezogen hatte. Sie warf mir vor, ich hätte mich angebiedert, hätte faule Kompromisse mit meinem Gewissen geschlossen. Wenn ein Mann so mit mir geredet hätte, hätte ich sofort einen Eifersuchtsanfall vermutet und der Sache ohne weitere Diskussion ein Ende gesetzt. Als hätte sie meine Gedanken gelesen, wurde sie etwas sanfter.

»Bitte entschuldige. Es bringt mich auf, wenn ich sehe, wie du deine Zeit vergeudest. Es geht nicht gegen dich. Du weißt, wie ich mich freuen würde, wenn du zum Schreiben zurückfinden würdest. Aber dafür musst du dir eines Tages eingestehen, dass du nichts mit der Schriftstellerin zu tun hast, die man aus dir machen will. Es passt ihnen gut in den Kram, allen, dir ein Etikett aufzukleben, an das du dich dann bitte halten sollst. Aber ich kenne dich. Ich allein weiß genau, wer du bist und was du schreiben kannst.«

Ich weiß nicht warum, vielleicht weil ich einen schönen Moment hinter mir hatte, den sie mir gerade verdorben hatte, jedenfalls explodierte ich:

»Siehst du denn nicht, dass ich keine Ahnung habe, was für eine Schriftstellerin ich bin? Siehst du nicht, dass ich nichts mehr zustande bringe, dass ich sterbe vor Angst? Siehst du nicht, dass ich am Ende bin und danach nichts mehr kommt? NICHTS, NICHTS, NICHTS? Du gehst mir auf den Geist mit deinem Gerede über das Phantombuch, es gibt keins, es gibt nicht den Schatten eines verborgenen Buchs, verstehst du das nicht? Am Boden des Zylinders ist nichts, auch nicht hinter dem Vorhang, kein Tabu, kein Schatz, nichts Verbotenes! Leere, ja, die gibt es. Sieh mich an, mit ein wenig Glück kannst du durch mich hindurchsehen.«

Ich nahm meinen Mantel und verließ die Wohnung. Ich brauchte frische Luft.

François war schon zu lange fort, er fehlte mir. Ich lief ziellos durch die Straßen. Später ging ich, glaube ich, in ein Kino, ich bin mir nicht mehr ganz sicher. Vielleicht landete ich schließlich auch in einem Café.

Abends gegen 19 Uhr kam ich wieder nach Hause. Durch die Wohnung zog der Geruch nach gekochtem Gemüse und Hühnerbrühe. Ich traf L. in der Küche an, mit um die Taille gebundener Schürze. Sie kochte gerade eine Suppe. Ich setzte mich dazu und beobachtete sie einige Minuten lang schweigend. Sie hatte ihr Haar mit einer Klammer hochgesteckt, dabei schienen ihr mehrere Strähnen entwischt zu sein und hingen jetzt aus dem Knoten; so nachlässig war L. gewöhnlich nicht frisiert. Plötzlich schien sie mir klein, irgendwie geschrumpft, dann bemerkte ich ihre nackten Füße auf den Fliesen und dachte, dass ich sie zum ersten Mal ohne Absätze sah. Sie lächelte mir zu, wir hatten noch kein Wort gewechselt. Ich lächelte ebenfalls. Der Backofen war eingeschaltet, hinter der Scheibe erkannte ich ein Gratin. Anscheinend hatte L. ziemlich viel Zeit in der Küche verbracht. Sie hatte eine Flasche Wein gekauft und geöffnet. Alles schien wieder in die alte Ordnung zurückgekehrt zu sein. Ich fühlte mich gut. Die Episode vom Nachmittag war nur noch eine verwaschene seltsame Erinnerung, ich war mir nicht mehr sicher, dass dieses Gespräch überhaupt stattgefunden hatte. In der Wärme der Küche mischten sich die Gerüche. Ich lehnte mich auf meinem Stuhl zurück. L. gab mir ein Glas Wein.

Als das Gemüse gar war, sah ich, wie L. es in das Gefäß des Mixers füllte. Sie fügte ein wenig Brühe hinzu und versuchte das Gerät dann in Gang zu setzen. Ein Mal, zwei Mal. Ohne Erfolg. Ich sah sie den Stecker des Mixers ziehen und wieder einstecken. Seufzend vergewisserte sie sich, dass Fuß und Gerät richtig aufeinandersaßen. Sie betrachtete die Klinge auf ihrer Achse und prüfte mit der Fingerspitze, ob sie sich drehen ließ. Und dann sah ich, wie sie alles von vorn anfing: das Gerät Stück für Stück aufbaute, an den Strom anschloss und in Gang zu setzen versuchte.

L. wirkte sehr ruhig. Beängstigend ruhig.

Ich wollte ihr gerade vorschlagen, dass ich es mal versuchen könne, als L. den Mixer hoch über ihren Kopf hob und dann auf die Arbeitsplatte schmetterte. Sie wiederholte die Bewegung mit einer Wut, die ich noch nie an ihr erlebt hatte, und schlug das Gerät wieder und wieder mit aller Kraft auf die Arbeitsplatte, bis der Mixer in mehrere Stücke zerbrach. Die Klinge fiel mir vor die Füße.

L. hielt plötzlich inne. Atemlos stützte sie sich auf den Küchentisch und betrachtete die Trümmer des Mixers, die sich auf dem Boden verteilt hatten. Ich glaubte, ihre Wut sei verraucht, doch sie griff nach dem Nudelholz und zerstörte mit zwei Hieben, was noch von dem Gerät übrig war.

Dann sah sie zu mir auf. Das triumphierende wilde Funkeln, das an jenem Abend in ihren Augen tanzte, hatte ich noch nie gesehen.

Ab jenem Tag war von ihrer Wohnungssuche nie wieder die Rede. Ich stellte keine Fragen, zeigte kein Zeichen von Ungeduld. Ich glaube nicht, dass L. in dieser Phase so tat, als suchte sie eine neue Wohnung. Wir sprachen das Thema nicht mehr an, als sei ihre Anwesenheit jetzt für längere Zeit sicher.

Abgesehen von der Episode mit dem Mixer (L. hatte am nächsten Morgen einen neuen gekauft) war L. ruhig und ausgeglichen.

Sie verhielt sich aufmerksam und diskret, ließ nichts herumliegen. Sie kaufte regelmäßig ein und ersetzte, was fehlte. Unser Zusammenwohnen verlief ganz selbstverständlich, und wir hatten nie die geringste Meinungsverschiedenheit in häuslichen Dingen.

L. verschmolz mit ihrer Umgebung, als wäre sie immer schon da gewesen. Ihre Anwesenheit war für mich in gewisser Weise tröstlich, das kann ich nicht leugnen. Wir waren uns nah. Wir waren Komplizen. In der vollen Bedeutung des Wortes. Abgesehen vom gegenseitigen Einverständnis hatte ich L. zur einzigen Mitwisserin eines Geheimnisses gemacht. Denn nur sie wusste, dass ich außerstande war, eine Zeile zu schreiben oder auch nur einen Stift zu halten. Sie wusste es nicht nur, sie *deckte* mich auch. Sie ersetzte mich, damit kein Verdacht entstehen konnte. L. beantwortete an meiner Stelle alle beruflichen und administrativen Schreiben.

Wir lehnten Treffen und Schreib-Angebote ab.

Wir weigerten uns, über die Themen zu sprechen, zu denen Schriftsteller häufig befragt werden.

Wir waren mitten in der Arbeit.

Jetzt muss ich es zugeben. Mir ist bewusst, dass die Menschen, denen ich in jenem Zeitraum schriftlich geantwortet zu haben scheine, beim Lesen dieser Zeilen begreifen werden, dass nicht ich es war. Diese Menschen finden vielleicht in ihrer Post Briefe oder Mails, die ich unterschrieben, von denen ich jedoch kein Wort geschrieben habe.

Ich bitte diese Menschen, mir zu verzeihen.

Natürlich war unser Zusammenleben für L. eine gute Voraussetzung, ihre Macht über mich zu festigen, und ich bin mir nicht sicher, dass ich ihr großen Widerstand entgegensetzte. Ich würde gern schreiben können, ich hätte gekämpft, ich hätte mich gewehrt, ich hätte versucht davonzukommen. Aber ich habe nichts dazu zu sagen außer dieser einfachen Feststellung: Ich habe mich L. ergeben, weil sie mir der einzige Mensch zu sein schien, der mich aus dem Loch herausholen konnte.

Manchmal kommt mir das etwas abgenutzte Bild einer Spinne in den Sinn, die geduldig ihr Netz webt, oder eines Kraken, der mich mit seinen vielen Fangarmen umschlossen hätte. Aber es war etwas anderes. L. war eher eine leichte, durchscheinende Qualle, die sich auf einen Teil meiner Seele gesetzt hatte. Die Berührung hatte eine Verbrennung hinterlassen, die aber mit bloßem Auge nicht zu erkennen war. Diese Spur ließ mir scheinbar volle Bewegungsfreiheit. Doch mich band viel mehr an sie, als ich mir hätte vorstellen können.

Die wenigen Menschen, mit denen ich Kontakt hatte (meine Kinder, François, meine Lektorin), ließ ich in dem Glauben, ich hätte mich an die Arbeit gesetzt. Ich schriebe an *etwas*. Ich stünde noch ganz am Anfang, aber ich käme voran.

Ich rief keinen meiner Freunde an, um ihm von der Sackgasse

zu erzählen, in der ich steckte. Ich hatte Angst, sie würden es, zu Recht, für die Einbildungen eines verwöhnten Kindes halten. Ich hatte keine Entschuldigung, und es erschien mir unmöglich, meinen Müßiggang zu rechtfertigen.

Auch zu François sagte ich nichts. Ich hatte Angst, er würde mich nicht mehr lieben. Ich hatte ihm nicht nur nichts gesagt, ich hatte nach seiner Rückkehr sogar dafür gesorgt, dass er L. nie begegnete. Denn ich wusste, in dem Augenblick, in dem er sie sähe, würde er alles begreifen: die Lüge, die Ausflüchte, diese Vereinigung von Übeltäterinnen, die wir von nun an bildeten.

Das ist es, was ich heute zugeben muss, dass ich François und alle mir Nahestehenden belügen konnte. Ich verstrickte mich mit einer Mischung aus Angst, Ekel und vermutlich auch einem gewissen Vergnügen in der Lüge.

An manchen Morgen, wenn ich die Angst in meiner Kehle wie eine Kugel aus Aluminiumfolie anschwellen fühlte, klammerte ich mich an diesen Satz, den L. einmal zu mir gesagt hatte: »Den wahren schöpferischen Aufschwüngen geht immer eine Art Nacht voraus.«

Wenn wir abends beide zu Hause waren, griff L. ihr Ritual auf, trat an mein Bücherregal, ließ ihre Hand über die Buchrücken gleiten und schien aufs Geratewohl bei einigen Titeln zu verharren.

Hatte ich *Sara, Unverblümt,* Der Abend des Hundes, Der Slip, Nur die Liebe, Der Verzicht, Das unmögliche Buch, Ich gebe auf, Düsterer Sonntag, *Fegefeuer,* Die Zurückgebliebenen, Die Fassungslosen, *An meiner Seite, Gespenster sehen,* Mutterschaft, *Die Kunst des Hungers, Glister, Bis ans Ende der Nacht, Niemand, Falling man,* Unfälle, *Der Poet, Ich – Arturo Bandini, Der Klang der Trommel, Die Lage des Landes,* Einsamer Reiter, Der Sommer, in dem er nicht starb, Gnade und Wahrheit, Das Leben vor ihren Augen, *Gegenle-*

ben, Das dritte Licht, Fern, *Wenn du mich küsst, dreht die Welt sich langsamer*, Fern von Odile, *Die Geschichte der Liebe, Niagara, Das Echo der Erinnerung*, Unsere romanhaften Leben, Die Tochter meines besten Freundes, *Die Vergangenheit, Über Helden und Gräber, Alles ist erleuchtet, Eine Zeit ohne Tod, Die Larve, Paradies, Willow Tree, Das Gasthaus am Ende der Welt, Café Kuba, Der Leuchtturmwärter, Im Schatten des Vaters*, Die Inseln, Vergiss nie, *Elizabeth wird vermisst* gelesen?

Nach François' Rückkehr fuhren wir beide für einige Tage nach Courseilles. Ich ließ L. allein in meiner Wohnung. Ich hatte (aus gutem Grund) keine Arbeit mitgenommen. François gegenüber – der sich wunderte, mich so frei in meiner Zeiteinteilung und so weit von meiner Werkbank entfernt zu erleben – gab ich vor, ich gönnte mir eine Pause. Und als er nach meiner Arbeit fragte, sagte ich ihm wie jedes Mal, wenn er sich besorgt danach erkundigt hatte, es sei noch zu früh, darüber zu sprechen.

Als ich wieder nach Hause kam, arbeitete L. emsig in Pauls Zimmer. Sie teilte mir mit, dass ich von meinem Verlag eine Mail bekommen hatte, in der es um eine Veranstaltung in einer Schule von Tours ging, die ich Monate zuvor zugesagt hatte und die, aus einem Grund, den ich vergessen habe, immer wieder verschoben worden war. Die Bibliothekarin des Gymnasiums hatte angerufen, es musste unverzüglich ein neuer Termin festgelegt werden. Eine elfte Klasse und drei zehnte Klassen hatten mehrere meiner Romane durchgenommen und erwarteten mich nun.

Ich fühlte mich der Sache eigentlich nicht gewachsen, aber ich hatte nun einmal zugesagt. Auf den ersten Blick sah ich keinen Grund, warum es schiefgehen sollte. Ich war an solche Veranstaltungen gewöhnt. L. und ich überlegten zusammen, welche Termine wir vorschlagen konnten.

L. erwähnte auch zwei oder drei weitere Anfragen, auf die sie während meiner Abwesenheit geantwortet habe. Sie fand, ich sähe gut aus nach den Tagen auf dem Land. Und stellte mir keine Fragen über meinen Aufenthalt dort.

Abends fragte sie mich besorgt, ob es für mich ein Problem wäre, wenn sie noch ein wenig bliebe. Ich sagte ihr noch einmal, sie solle sich Zeit lassen.

L. hat mich nie über François ausgefragt, was sie sich hinsichtlich meiner Freundinnen durchaus erlaubte. Sie hat mich nie gebeten, ihr zu erzählen, wie wir uns kennengelernt haben oder wie lange wir schon zusammen waren. Wenn ich von ihm oder aus Courseilles zurückkam, wollte sie bloß wissen, wie es mir ging. Sie vermied Einzelheiten, Anekdoten und jede Art Erzählung. François war Teil meines Lebens, das konnte sie nicht ignorieren. Stillschweigend betrachtete sie ihn als Teil des Problems. Sie machte keinen Hehl aus einer gewissen Skepsis gegenüber unserer Beziehung und ließ manchmal eine Bemerkung fallen, die hinreichend verdeutlichte, wie widernatürlich sie ihr erschien. In L.s Augen war François ein ständiger Parameter meines Lebens, mit dem ich zurechtkommen musste. Eher eine Quelle von Komplikationen als ein günstiger Faktor. Einen Mann zu lieben, der die ganze Zeit andere Schriftsteller zu Gast hatte und lobte, fand sie gefährlich. Jemand, der den Ärmelkanal oder den Atlantik überquerte, um Autoren zu treffen, die er für interessanter hielt als die französischen – denn das war es doch, was diese häufigen Reisen ihrer Meinung nach bedeuteten –, würde mir ganz bestimmt nicht helfen, mein Selbstvertrauen zurückzugewinnen. An einem Abend, als L. ein bisschen getrunken hatte, ging sie sogar so weit, mich mit einer Grundschullehrerin zu vergleichen, die mit einem Oberschulrat zusammenlebt. Als ich darüber lächelte, führte sie den Vergleich weiter aus:

»Der Typ kommt dann jeden Abend nach Hause und erzählt ihr von Pilotprojekten, die von irgendwelchen Superlehrern an Elite-Gymnasien durchgeführt werden, während sie nicht einmal in einer vierten Klasse für Ordnung sorgen kann …«

Ich war mir nicht sicher, dass ich die Bedeutung der Metapher verstanden hatte. Oder vielmehr sämtliche Bedeutungen. Bei L. gingen mir die verborgenen Bedeutungen manchmal erst Tage nach unserem Gespräch auf.

So blieb unsere Wohngemeinschaft weiter erhalten. Durch François' Rückkehr hatte sich nicht viel geändert. Wenn ich über Nacht bei ihm blieb, ging ich frühmorgens wieder nach Hause, angeblich um zu arbeiten. Und dann saß L. in der Küche und trank Tee.

Die einzige eher direkte Frage, die L. mir in Bezug auf ihn gestellt hat, war die, ob wir jetzt, wo meine Kinder ausgezogen waren, zusammenziehen würden.

Als ich die Frage an sie zurückgab (Hatte sie vor, ihr Leben neu zu gestalten?), mokierte sie sich über diese treuherzige Formulierung. *Sein Leben neu zu gestalten*, was das denn heißen solle? Gehe es nur um das: aufbauen, abreißen, neu gestalten? Als wären es immer dieselben Steine. Sie lachte und fügte hinzu:

»Als wären wir völlig eindeutige Wesen, aus einem Stück, aus nur einem Material. Als hätten wir nur ein einziges Leben.«

Zwei oder drei Dinge kommen mir wieder in den Sinn, die, glaube ich, in diesen Zeitraum fallen. Doch ich muss zugeben, dass ich nicht mehr sicher bin, in welcher Reihenfolge sie sich ereigneten, denn je mehr ich mit dem Erzählen vorankomme, desto verschwommener werden die Dinge.

Zunächst kaufte sich L. eine oder auch zwei Jeans der Marke, die ich immer trage. Im ersten Moment beachtete ich es nicht, diese Details fielen mir erst viel später auf, als unsere Beziehung wirklich aus dem Ruder zu laufen begann. Auch ich suche gelegentlich nach einem Kleidungsstück ähnlich dem, das mir an einer Freundin gefallen hat. Es kommt vor, dass ich es anprobiere und sogar kaufe. Doch was mir an einem anderen Körper fließend und sexy erschien, finde ich an meinem zu weit, zu eng, nicht richtig geschnitten.

Ich bemerkte nur deshalb, dass L. die gleichen Jeans wie meine gekauft hatte, weil L., bevor wir uns kennenlernten, keine Jeans trug – zumindest war keine unter dem, was ich in der ersten Zeit unserer Bekanntschaft von ihrer Garderobe zu sehen bekam.

An den Tagen darauf hatte ich den Eindruck, dass L. sich verändert hatte. Ich meine damit, dass sie mir ähnelte. Mir ist durchaus bewusst, dass dies seltsam erscheinen mag (bei jemand anderem Ähnlichkeit mit sich selbst festzustellen) und wahrscheinlich auch ein bisschen narzisstisch. Aber so kam es mir vor. Es war keine echte Ähnlichkeit im Detail, in den Gesichtszügen, eher eine

Ähnlichkeit der Umrisse, der Haltung. Mir war bereits aufgefallen, dass wir gleich groß waren und dieselbe Haarfarbe hatten (wobei L.s Haar jedoch gefügig und gut frisiert war), aber nun kam etwas Neues hinzu: An L.s Gesten, an ihrer Haltung, erinnerte mich etwas an *mich*. In manchen Momenten hob sich ihre Gestalt ab wie eine Videoprojektion meines eigenen Körpers auf einer glatteren, weicheren Oberfläche. Ich bemerkte außerdem, dass L. sich weniger schminkte. Zum Beispiel benutzte sie keine getönten Cremes mehr wie zu Beginn unserer Bekanntschaft. Nach und nach hatte L. meine Bewegungen, meine Haltung, meine kleinen Gewohnheiten übernommen. Es war verwirrend und verstörend. Aber vielleicht war es nur eine Einbildung, meine Einbildung.

(Mir wird häufig gesagt, meine Tochter sehe mir ähnlich, vermutlich vor allem durch so etwas wie eine unbewusste Nachahmung, die für mich nicht erkennbar ist. Es kommt allenfalls vor, dass mich manche Fotos von Louise an Fotos von mir im selben Alter erinnern, doch wenn ich Louise vor mir habe, erkenne ich absolut keine Ähnlichkeit. Ich sehe, worin Paul seinem Vater ähnelt, die Art, wie er sich hinsetzt, wie er den Mund verzieht, wenn er nachdenkt, wie er die Hände bewegt, wenn er spricht. Aber ich glaube nicht, dass sein Vater selbst diese Nachahmung durch Paul wahrnehmen kann.)

Die Nachahmung, die L. mir gegenüber entwickelt hatte, war wirklich ganz anders geartet. Sie war nicht natürlich und unbewusst. Sie war willentlich. Vermutlich ist das der Grund, warum sie mir auffiel.

Aber in dieser Zeit war ich mir in gar nichts mehr sicher. Ich glaube, ich kam letzten Endes zu dem Schluss, dass ich mir alles nur einbildete.

Als ich einmal sehr früh morgens von François nach Hause kam, saß L. in der Küche, noch nicht richtig angezogen, ungekämmt und mit roten Augen. Sie habe gerade erfahren, dass Gérard Depardieus Autobiografie, über die man einige Wochen zuvor mit ihr verhandelt habe, nun doch Lionel Duroy zugesprochen worden sei. Es sei nicht das erste Mal, dass sie mit Duroy konkurriert habe. Er hätte nach einem Abendessen mit Depardieu gesiegt. Die Chemie habe wohl gestimmt. Sie verstehe die Entscheidung. Sie kenne beide Männer, und diese Entscheidung sei sinnvoll. Aber sie sei enttäuscht. Dabei sei sie selten bereit, für Schauspieler zu schreiben. Doch Depardieu sei etwas anderes. Für ihn hätte sie schreiben können.

Da L. so niedergeschlagen wirkte, schlug ich ihr später vor, zum Mittagessen ins Restaurant zu gehen, damit sie auf andere Gedanken käme. Ich hatte mich nicht dazu aufraffen können, etwas zu essen zu machen, und der Kühlschrank war leer.

Sie schloss sich eine halbe Stunde lang im Badezimmer ein.

Als sie wieder herauskam, konnte ich einen bewundernden Ausruf nicht unterdrücken; wirklich, auf dieses Handwerk verstand sie sich: Von den leicht geschwollenen Augen abgesehen, hatte sie eine spektakuläre Wandlung durchgemacht, ihre Wangen waren rosig, und sie wirkte frisch und munter.

Wir gingen zu einer der Brasserien meines Viertels, die für ihre guten Tagesgerichte bekannt waren und wo wir schon ein oder zwei Mal gegessen hatten. Als wir das Lokal gerade betreten wollten, hörte ich jemanden meinen Vornamen rufen. Ich wandte mich um und erkannte Nathan, einen Freund von Louise, den sie schon in der Kita kennengelernt hatte. Danach waren sie in derselben Kindergartengruppe gewesen, dann in derselben Grundschulklasse, und obwohl sie später getrennte Wege gegangen waren, hatten sie sich nie aus den Augen verloren. Im Laufe der Zeit waren Nathans Mutter und ich Freundinnen geworden. Vor einigen Jahren haben wir beide mit unseren Kindern eine lange Reise durch die Vereinigten Staaten gemacht.

Nathan stand vor mir, und für einige Sekunden überlagerte das Bild des kleinen Jungen, der er gewesen war (sein Blondschopf, die runden Bäckchen und der wunderschöne handgestrickte gelbe Pullover, den er auf dem Foto der Kita getragen hatte), das des großen, schönen jungen Mannes mit Dreadlocks. Ich hatte ihn nicht mehr gesehen, seit Louise nach Lyon gezogen war, wir umarmten uns und fingen an, uns über die jeweiligen Neuigkeiten auszutauschen.

Wenn ich eine meiner Freundinnen getroffen hätte, dann wäre L. ganz sicher geblieben. Aber jetzt war sie unbesorgt und gab mir ein Zeichen, dass sie schon hineingehen würde, um ins Warme zu kommen.

»Na, du scheinst ja schon seit Monaten in die Arbeit abgetaucht zu sein«, neckte mich Nathan. »Maman hat mir gesagt, du hättest sogar allen deinen Freunden eine Mail geschickt und sie angefleht, dich bloß in Ruhe zu lassen!«

Ich verstand nicht gleich. Ich wollte nicht verstehen. Ich glaube, ich sagte mir, das sei nur eine übertriebene Ausdrucksweise, die Formulierung eines jungen Mannes. Ich glaube sogar, ich habe im ersten Moment genickt. Nathan erzählte mir von seinen Plänen und fragte mich, wie es Louise und Paul ging. Wir trennten uns, nachdem wir ausgemacht hatten, an einem Wochenende, an dem die Zwillinge da sein würden, gemeinsam mit Corinne zu Abend zu essen.

Ich dachte über die Freude nach, die Kinder anderer aufwachsen zu sehen, Kinder, die man von ganz klein an gekannt hat. Kinder, die auf den Klassen- oder Ferienfotos sind, Kinder, die man getröstet, gefüttert, zu Bett gebracht, gerügt und manchmal in den Armen gehalten hat. Ich dachte an all die Jungen und Mädchen, die so groß geworden waren und so verschieden voneinander, ich dachte, ich würde gern einmal über dieses unendlich zärtliche Band schreiben, das mich mit den Freunden meiner Kinder und den Kindern meiner Freunde verbindet.

Ich betrat die Brasserie und sah L. an einem großen Tisch sitzen. Ich setzte mich zu ihr. Während sie die Speisekarte zu Ende studierte, kam der Kellner an den Tisch.

»Wollen Sie mit der Bestellung warten, bis alle drei da sind?«

L. hob traurig lächelnd den Blick zu ihm auf.

»Ich denke, wir fangen ohne sie an, sie kann dann dazustoßen.«

Wir hatten den Termin für meine Reise nach Tours in den Mai gelegt. Und der Mai kam.

Als die Reise näher rückte, stieg langsam die Angst, aber ich versuchte, nicht darauf zu achten. Am Tag davor überfiel mich abends eine Panikattacke. Mit einem Schlag wurde mir klar, dass ich unmöglich vier oder fünf Schulklassen eines Gymnasiums entgegentreten konnte. Was mich vor Angst lähmte, war der Gedanke, gute Miene machen, repräsentieren, Fragen zu meiner derzeitigen Arbeit beantworten zu müssen, wo ich mich doch so hilflos, so orientierungslos fühlte. Alles ist eine Sache der Visualisierung. Aber eben nicht, ich sah mich nicht achtzig Schülern vormachen, ich steckte mitten in der Arbeit. Nein, ich sah mich nicht auf die unausweichliche Frage antworten: »Was werden Sie *danach* schreiben?«

Gymnasiasten hatten mehrere meiner Bücher gelesen, Fragen vorbereitet, manche hatten zusätzliche Arbeit geleistet (Collagen, Kurzfilme), die sie mir zeigen wollten. Eine Absage wäre nicht anständig gewesen. Aber ich war nicht in der Lage hinzufahren.

Weil ich so verängstigt war, bot mir L. abends an, sich für mich auszugeben. Als wäre es das Natürlichste der Welt, *voilà*, eine Lösung wie jede andere, die Schüler würden nicht enttäuscht sein, man müsse das Treffen nicht noch einmal aufschieben, die Bahnfahrkarten nicht umtauschen, nicht noch einmal diese Nöte ausstehen.

Ich war verblüfft. Sie an meiner Stelle? Wie konnte sie glauben, niemand würde es bemerken? Doch L. war sich ihres Erfolgs völlig sicher. Diese Leute hätten mich nur auf Fotos gesehen, und ganz allgemein müsse ich doch zugeben, dass die meisten Fotos trügerisch seien und nicht viel mit der Wirklichkeit zu tun hätten. Zudem fand sie, dass meine Fotos im Internet mir nicht ähnlich seien. Sie bildeten kein kohärentes Porträt, sondern trügen im Gegenteil zu einem wechselnden, nicht interpretierbaren Bild bei. Es gebe keine fixen Orientierungspunkte. Manchmal hätte ich lockiges Haar, manchmal glattes, auf einigen Fotos sähe ich aus, als käme ich gerade aus dem Club Med, auf anderen wie gerade aus dem Gefängnis entlassen, auf manchen wie eine Fünfunddreißigjährige, auf anderen wie eine Fünfundfünfzigjährige, mal wie eine Gutbürgerliche, dann wieder wie ein durchgeknalltes Grunge Girl, kurzum, all das lasse uns wahrhaftig großen Spielraum, um *mich neu zu erfinden*, wie sie es ausdrückte. Einige sorgfältig ausgewählte Details würden es uns ermöglichen, diesen Streich zu spielen. Sie war sicher, dass es ginge. So hoch sei das Risiko nicht. Sie habe übrigens alle meiner Presse-Interviews gelesen (ab dem allerersten, wie sie hinzufügte), sie habe mich mehrmals im Radio gehört, sie fühle sich absolut dazu imstande, an meiner Stelle die üblichen Fragen zur Entstehung meiner Bücher oder über das Schreiben zu beantworten. Den Rest würde sie improvisieren.

Ich gebe gern zu, dass es völlig verrückt erscheint, aber ich willigte ein.

Am nächsten Tag in aller Frühe zog L. meine Kleidungsstücke an (wir hatten die ausgesucht, die ich auf den im Internet sichtbarsten Fotos trug, weil wir davon ausgingen, dass sie im Unterbewusstsein meiner Gastgeber eine Spur hinterlassen hatten), dann brachte ich eine halbe Stunde damit zu, ihr die Haare mit dem Lockenstab, den Louise in ihrem Zimmer zurückgelassen hatte, zu kräuseln. L.s Haar war genauso lang wie meins und nur eine Spur heller. Das Ergebnis meiner Bemühungen brachte uns beide zum Lachen, vor allem, als L. anfing, meine Bewegungen und meine Sprechweise ernsthaft nachzuahmen, als hätte sie es schon Dutzende Male allein vor dem Spiegel geübt. Sie hatte wirklich Talent.

Um 6 Uhr nahm sie, mit meinen Fahrkarten in der Tasche, ein Taxi zur Gare Montparnasse.

Aus dem TGV schickte sie mir noch zwei, drei SMS, dann hörte ich den ganzen Tag nichts mehr von ihr. Wir hatten vereinbart, dass sie mich nur anrufen würde, wenn sie wegen Identitätsdiebstahls auf der Polizeiwache säße.

Ich konnte nichts tun, außer alle zehn Minuten aufs Telefon zu schauen. Ich ließ mich dazu hinreißen, mir zwei oder drei Katastrophenszenarien auszumalen: L., enttarnt von den Schülern, die sie mit Büchern bewerfen; L., die irgendwelchen Unsinn auf die Fragen antwortet, die man ihr stellt; L., die einen Lehrer beschimpft, weil er ihr angeblich nicht respektvoll genug begegnet ist.

L. hatte nicht gewollt, dass ich sie vom Bahnhof abholte. Sie meinte, es sei besser, wenn ich die Gelegenheit nutzte und allein blieb. Gegen 22 Uhr, als ich es fast nicht mehr aushielt, hörte ich sie die Treppe heraufkommen.

Auf ihrem Gesicht sah ich die Müdigkeit, die ich gut kannte. L. zufolge war alles abgelaufen wie ein Uhrwerk, TGV, Mittagessen in der Schulmensa, Begegnung mit den Schulklassen, Signieren, der Imbiss im Lehrerzimmer, TGV. Ohne Pause und ohne den geringsten Zwischenfall. Es hatte nur diesen einen kurzen schwebenden Moment im Bahnhof von Tours gegeben, wo sie von der Bibliothekarin abgeholt worden war. Diese nämlich hatte L., bevor sie auf sie zugegangen war, mehrmals angeschaut und auch nach der Begrüßung immer wieder unauffällig gemustert. Nach einigen Sekunden der Ratlosigkeit hatte sie sich dafür entschuldigt, L. nicht gleich erkannt zu haben, sie habe eine etwas andere Vorstellung von mir gehabt. Aber die beiden Französischlehrer des Gymnasiums hatten keineswegs gestutzt. Sie hatten sich gefreut, mich zu sehen, und die Schüler hatten mich schon ungeduldig erwartet. Während des Gesprächs hatte ein Junge mit der Frage, ob L. sich einer Schönheitsoperation unterzogen habe, sie sehe jünger aus als auf den Fotos, allgemeine Heiterkeit erregt und sich damit eine Rüge seines Lehrers eingehandelt. Die Schüler hatten viele Fragen nach dem autobiografischen Anteil meiner Bücher, vor allem des letzten Buchs, gestellt. Zu L.s Erstaunen hatten die Fragen im Wesentlichen darauf abgezielt: Wieso ich mein Buch als Roman betrachte, ob alles wahr sei, was aus diesem oder jenem geworden sei, wie meine Familie auf das Buch reagiert habe. Alles Fragen, die ich gut kannte und schon oft hatte beantworten müssen.

L. konnte mir weder ihre Erregung noch ihren Stolz verhehlen: Sie hatte sich für mich ausgegeben, und es hatte funktioniert! Ob mir klar sei, was das bedeute? Wir seien ab jetzt austauschbar, oder jedenfalls könne sie für mich einspringen. Vermutlich sei die Vorstellung noch verbesserungsfähig, denn sie könne noch an sich arbeiten, dessen sei sie sicher, und das würde mich von allen möglichen Pflichten befreien, wenn ich dies wünschte.

»Du weißt, Delphine, ich kann es wieder tun, wann immer du es brauchst. Ich bin sicher, dass es auch mit Leuten funktionieren kann, die dich kennen. Buchhändler, Bibliothekare, Journalisten. Glaub mir, die Leute sehen nicht richtig hin. Sie sind viel zu sehr mit sich selbst beschäftigt. Wir probieren es, wann immer du möchtest.«

L. war so glücklich, als hätte sie gerade einen wichtigen Schauspielpreis gewonnen.

Vor lauter Freude bemerkte sie mein Unbehagen nicht, obwohl ich es kaum verbergen konnte. Ich verscheuchte das seltsame Gefühl, das mich ein wenig betäubte. Immerhin hatte sie mir dieses Mal aus der Patsche geholfen.

Ich dankte ihr. Ich glaube, ich sagte sogar: Ich weiß nicht, wie ich dir danken soll.

Am nächsten Tag sagte mir L., wir hätten eine sehr herzliche Mail von den Lehrern erhalten. Sie hätten wunderbare Rückmeldungen bekommen, die Schüler hätten diese Begegnung mit mir genossen, die sie lebendig, unglaublich interessant und entspannt gefunden hätten.

Wie gut, dass *wir* hingefahren waren.

Ich bin ein ungeschickter Mensch. Ich stoße mich an Wänden, verfange mich in Teppichen, lasse Gegenstände fallen, kippe Wasser, Wein oder Tee um, rutsche aus, stolpere, gerate in unkontrolliertes Schleudern, und manchmal alles an einem Tag. Das liegt nicht unbedingt an Bodenunebenheiten oder an verdeckten Hindernissen. Es handelt sich eher um eine große Abgelenktheit oder eine tückische Anpassungsunfähigkeit an die Welt, die mich umgibt. Hinzu kommen andere Faktoren: Müdigkeit, der Blick des anderen. Noch heute kommt es vor, dass ich, wenn ich mich beobachtet fühle, beim Durchqueren eines Raums oder beim Hinuntergehen einer Treppe nur die eine Sorge habe: anzukommen, ohne hinzufallen. Noch heute kommt es vor, dass ich, wenn ich mich eingeschüchtert fühle, ein ganzes Essen lang dem Gespräch nur mit halbem Ohr folge, weil ich mich bemühe, mich nicht zu verschlucken und nichts fallen zu lassen, und das verlangt dann meine ganze Aufmerksamkeit.

Ich habe gelernt, dieses Handicap zu verbergen, und ich glaube inzwischen, dass es mir ganz gut gelingt. Ich habe eine gewisse Anzahl von Automatismen, Strategien und vorbeugenden Maßnahmen entwickelt, die es mir ermöglichen, mich ganze Tage lang nirgends zu stoßen, mich nicht in der Öffentlichkeit zu blamieren, niemandes Leben in Gefahr zu bringen. Aber ich weiß inzwischen auch die Momente der Erschöpfung, der Traurigkeit, der Verstimmung zu erkennen, in denen ich mich doppelt vorsehen muss.

Denn es ist mir immer wieder, manchmal auch öffentlich, gelungen, durch unglaubliche Ungeschicklichkeit zu glänzen. Ich weiß nicht, ob auch andere Leute meines Alters – das heißt solche, die eigentlich lange genug haben trainieren können – in derselben Lage sind.

Einmal, vor einigen Jahren, lud mich mein englischer Lektor wegen der Übersetzung einer meiner Romane ein. Ich war schon lange nicht mehr in London gewesen und bereitete mich, nicht ohne Angst, darauf vor, mein erstes Interview auf Englisch zu bestreiten. Mein Lektor holte mich am Bahnhof St. Pancras ab, und wir nahmen ein Taxi, um direkt zu dem Studio zu fahren, in dem das Interview aufgenommen werden sollte. Vielleicht trug ich zu dieser besonderen Gelegenheit ein Kleid oder einen Rock. Im Wagen unterhielten wir uns über dieses und jenes. Mein englischer Lektor ist eine Persönlichkeit des Verlagswesens. Ein Mann in den Fünfzigern, überaus englisch und überaus anziehend. In meinen Augen ist er der Inbegriff britischer Eleganz. Als wir angekommen waren, stieg er als Erster aus und hielt mir lächelnd die Tür auf. Ich brauchte ja bloß aus dem Taxi auszusteigen. In den wenigen Sekunden, bevor ich mich in Bewegung setzte, warnte mich eine innere Stimme: *Du wirst es nicht schaffen.* Es war völlig unsinnig, es gab keinen objektiven Grund, aber die Angst war da, als müsste ich jetzt ganz oben im Zirkuszelt von einem schwingenden Trapez zu einem anderen schwingenden Trapez springen. Ich war nervös, ich wollte einen guten Eindruck machen, ich wollte geschmeidig und weiblich wirken, ich wollte ihm gefallen. Und plötzlich erschien es mir unmöglich, vor den Augen meines englischen Lektors aus dem Wagen auszusteigen.

In genau diesem Moment dachte ich: Von manchen Worten und Blicken erholt man sich nie. Obwohl viel Zeit vergangen ist, obwohl es andere, liebevolle Worte und Blicke gab.

Als ich ausstieg, verhedderten sich meine Beine oder Füße, ich weiß auch nicht, jedenfalls fiel ich nach vorn, ich segelte nicht etwa hin, was immerhin noch ein Schauspiel gewesen wäre, nein, es war eher ein jähes, erbärmliches Zusammensacken, ich lag mit dem Gesicht auf dem Boden, und der Inhalt meiner Handtasche verteilte sich auf die Straße. Mein englischer Lektor streckte mir die Hand hin, um mir beim Aufstehen zu helfen, und zwar mit absolutem Zartgefühl, er zeigte keinerlei Überraschung, als käme so etwas bei französischen Schriftstellern häufiger vor.

Während des Umgangs mit L., besonders in der Zeit, als sie bei mir wohnte, steigerte sich diese Ungeschicklichkeit und entwickelte sich wie ein wieder aktiv gewordenes Virus, das zu einer hartnäckigeren, schädlicheren Variante mutiert ist. Ich stieß mich ständig. Die Gegenstände fielen mir aus der Hand und schienen über ein Eigenleben zu verfügen. Meine Bewegungsabläufe waren gestört. Die Stöße, Stürze, Kollisionen häuften sich. Ich zählte weder die blauen Flecken noch bilanzierte ich den Sachschaden. Die Unangepasstheit meines Körpers an sein natürliches Umfeld, mit der ich mich arrangiert und die ich zu verbergen gelernt hatte, war wie ein ständiges Aufstoßen zurückgekehrt. Ich bewegte mich auf unsicherem, vermintem Gelände, ich konnte jeden Augenblick ins Schleudern geraten, ausrutschen, zusammenbrechen. Wohin ich auch ging, ich fürchtete mich vor meinem eigenen Schwanken. Ich fühlte mich unbeholfen und nervös. Zitterte. Meine aufrechte Haltung war keine Selbstverständlichkeit mehr, sondern ein prekärer Zustand, um den ich kämpfen musste.

François, der mich oft wegen meiner Ungeschicklichkeit geneckt hatte (ob ich vielleicht Gastons oder Pierre Richards heimliche Tochter sei), begann sich Sorgen zu machen. Er beobachtete mich unauffällig, als suchte er nach dem unwiderlegbaren Beweis, dass mit mir etwas nicht stimmte. Manchmal fiel ich vor seinen Augen hin oder ließ einen Gegenstand fallen, einfach so, mitten in einer Bewegung, ohne jeden Grund, als wäre die Information »ich führe ein Glas zum Mund« oder »ich halte einen Kochtopf in der rechten Hand« meinem Hirn mit einem Mal entfallen. Manchmal brach plötzlich die Verbindung ab. Da ich zudem immer mehr Mühe hatte, den Abstand zwischen meinem Körper und dem Rest der Welt richtig einzuschätzen, war mehrmals davon die Rede, dass ich einen Neurologen aufsuchen sollte.

Wenn ich jetzt darüber nachdenke, ist die Ungeschicklichkeit nur eins von mehreren in dieser Zeit aufgetauchten oder erneut aufgetauchten Symptomen, die mich mehr oder weniger behinderten und bei denen ich es, ohne Alarm zu schlagen, hinnahm, dass sie nebeneinander auftraten, sich summierten und potenzierten. Heute bin ich imstande, diese Ereignisse miteinander in Verbindung zu bringen. Doch damals verschmolz alles in einem Zustand der Traurigkeit und Einsamkeit, dessen Ursache ich nicht kannte und um dessentwillen ich auf keinen Fall zu einem Arzt, welcher Fachrichtung auch immer, gehen würde. Ich war einfach traurig, weiter nichts, nicht zum ersten und wohl auch nicht zum letzten Mal.

Ja, manchmal kam mir in den Sinn, dass L. von fern oder nah mit diesem Zustand zu tun haben könnte.

Allem Anschein nach trug sie mich, unterstützte und schützte sie mich. Doch in Wirklichkeit raubte sie mir meine Energie. Sie fing meinen Puls ab, meine Spannung und diese Freude an der Fantasie, die mich doch früher nie im Stich gelassen hatte.

Während ich mich vor ihren Augen aller Substanz entleerte, verbrachte sie ihre Zeit mit Arbeiten, kam und ging, fuhr mit der Metro, kochte. Wenn ich sie beobachtete, hatte ich manchmal den Eindruck, mir selbst zuzusehen oder eher einem Double von mir, neu erfunden, stärker, mächtiger und aufgeladen mit positiver Energie.

Von mir jedoch würde bald nur noch eine ausgetrocknete, tote Haut übrig sein, eine leere Hülle.

Je mehr ich mit diesem Text voranzukommen versuche, desto klarer wird mir, dass ich möglichst viele zeitliche Orientierungspunkte einbaue, aus dem vermutlich hilflosen Wunsch heraus, diese Geschichte in einer objektiven, von allen erlebten und für alle greifbaren Zeit zu verankern. Ich weiß, dass all dies bald zu Bruch gehen und die Zeit kommen wird, wo die zeitlichen Markierungspunkte nichts mehr zu bedeuten haben, wo nichts mehr bleiben wird als so etwas wie ein langer leerer Korridor.

Wenn ich könnte, würde ich detaillierter von den wenigen Wochen bis zum Sommer erzählen. Aber mir fehlt davon jede Spur, jede Erinnerung. Ich vermute, mein Leben ging in dieser zögerlichen Maskerade weiter, die zu nichts führte.

Ich nehme an, L. arbeitete weiterhin, kümmerte sich weiterhin um meine Post und meine Papiere, und ich tat weiterhin nichts. Ich nehme an, wir, sie und ich, sind ein- oder zweimal abends ausgegangen, um etwas zu trinken und auf andere Gedanken zu kommen.

Louise und Paul kamen zweimal übers Wochenende. Beim ersten Mal nutzte L. die Gelegenheit für einen Besuch bei ihrer Mutter in der Bretagne. Beim zweiten Mal sagte sie mir, sie wolle lieber so lange in ein Hotel ziehen, um uns nicht zu stören.

Eines Abends, als wir bei ihm waren, stritten François und ich. Ich glaube, es ging um die Psychoanalyse (die Psychoanalyse nimmt unter unseren Streitthemen einen der ersten Plätze ein, noch vor Filterkaffee, dem Gebrauch von Zitaten, Vergangenheitssehnsucht, bestimmten Autoren, für die ich eintrete und die er nicht mag, bestimmten Filmen, die er toll findet und ich dämlich, und umgekehrt). Wir streiten uns sehr selten und nie länger als zehn Minuten, doch an jenem Abend ergriff ich die erste Gelegenheit, um ihm zu widersprechen, was ich sehr gut kann, wenn ein Teil von mir plötzlich zu kämpfen beschließt (was glücklicherweise nicht oft vorkommt). Ich merkte gar nicht, wie schnell der Ton sich verschärfte. Ich war angespannt, er war müde, die Atmosphäre war elektrisch aufgeladen.

Hat nicht jeder von uns mindestens einmal im Leben diese Versuchung empfunden, alles zu verwüsten? Dieses plötzliche Schwindelgefühl – alles vernichten, alles in Schutt und Asche legen, weil wenige gut gewählte, gut geschliffene, gut geschärfte Worte genügen würden, Worte, die aus dem Nichts auftauchen, die verletzen, ins Herz treffen, nicht wiedergutzumachende Worte, die sich nicht wegwischen lassen. Hat das nicht jeder von uns mindestens einmal empfunden, diese seltsame, dumpfe, zerstörerische Wut, weil letztlich so weniges reichen würde, um alles zu vernichten? Und genau das empfand ich an jenem Abend: Ich war imstande, allem zuvorzukommen, selbst zu sabotieren, was mir wichtig war, alles zu zerstören, um nichts mehr zu verlieren zu haben. Das war es, was mich überwältigte, der verrückte Gedanke, jetzt sei der Moment gekommen, all dem ein Ende zu setzen, dieser zauberhaften Episode und dem ganzen dazugehörigen Quatsch, an den ich schließlich sogar geglaubt hatte, ich hatte geglaubt, einem Mann begegnet zu sein, der mich lieben könne, der mich verstehen, mir folgen, mich unterstützen könne, aber in Wirklichkeit, haha, nein, war das alles nur ein Köder, ein Betrug, und es war höchste Zeit, ihn zu stoppen. Und ich kannte sie, die Worte für die unheilbare Verletzung, ich kannte den wunden Punkt, die Achillesferse, ich brauchte nur genau zu zielen, auf die richtige Stelle, und alles wäre vorbei, noch bevor ich zu Ende gesprochen hätte.

Das war es, was L. reaktiviert hatte: den ungesicherten Menschen in mir, der imstande war, alles zu zerstören.

Eine Minute lang stand ich hart am Rand des Abgrunds, dann trat ich zurück.

Zu jener Zeit schlug mir François immer wieder vor, zu ihm zu ziehen, und sei es nur für einige Zeit. Er machte sich Sorgen. Ich konnte ihm nichts vormachen. Weder mit meinem Großtun noch mit meinem angeblichen laufenden Projekt. Er glaubte, die anonymen Briefe setzten mir viel mehr zu, als ich zugeben wolle. Er glaubte, ich hätte mich von einem aus der Vergangenheit auferstandenen Ungeheuer oder Geist einholen lassen.

Ich erinnere mich an einen anderen Abend, auf der Rückfahrt von Courseilles, an dem wir ein seltsames Gespräch führten, als würde François rings um mich eine ungewöhnliche Ausstrahlung wahrnehmen, sie sich jedoch nicht erklären können. Es war schon lange dunkel, die Straße war leer. Während der Fahrt begann er mich auszufragen. Ja, er mache sich Sorgen um mich. Er könne verstehen, dass ich allein sein müsse, dass ich meine Arbeit schütze, dass ich mit ihm über manche Dinge nicht sprechen wolle. Aber ich ginge zu weit, ich brächte mich in Gefahr. Ich verweigerte seine Hilfe. Vielleicht könne ich endlich einmal – wenigstens für kurze Zeit – den Gedanken akzeptieren, dass sich jemand um mich kümmere. Seiner Ansicht nach hatte ich wieder einen Sicherheitskordon um mich gezogen, sodass niemand, nicht einmal er, Zugang zu dem hatte, was mich betraf oder wirklich anging. Er verstehe, dass ich nicht alles mit ihm teilen wolle, doch ich bräuchte nicht solch eine Verteidigungsanlage aufzubauen. Wir seien nicht im Krieg. Er sei nicht mein Feind. Er habe mich schon ruhiger erlebt.

Und dann löste er seinen Blick kurz von der Straße, um mich anzusehen.

»Weißt du, manchmal frage ich mich, ob nicht jemand Besitz von dir ergreift.«

Ich weiß nicht, warum ich ihm an jenem Tag nicht alles gesagt habe. Warum ich nicht über L. gesprochen habe, und über diesen Eindruck, dass mein Hirn beim Zusammensein mit ihr von den Fängen eines Raubtiers zermalmt wurde.

Wer immer die Fremdherrschaft über den Geist erlebt hat, dieses unsichtbare Gefängnis, dessen Regeln nicht verständlich sind, wer immer dieses Gefühl erlebt hat, nicht selbständig denken zu können, diesen Ultraschall, den niemand hört außer einem selbst und der in jede Überlegung, jede Empfindung, jedes Gefühl dringt, wer immer je Angst hatte, verrückt zu werden oder es schon zu sein, versteht wahrscheinlich mein Schweigen gegenüber dem Mann, der mich liebte.

Es war zu spät.

Von meinem zwölften Lebensjahr an und bis nach der Geburt der Zwillinge führte ich Tagebuch. Ich habe diese dünnen Schulhefte schon erwähnt, die ich erst mit meiner Kinder-, dann mit meiner Jugendlichen- und dann mit der Schrift einer jungen Erwachsenen füllte. Sie sind nummeriert und entsprechend geordnet in einer wasserdichten Plastikbox untergebracht, die ich schon mehrmals in den Keller zu verbannen versucht, schließlich aber immer wieder nach oben geholt habe. Diese Hefte haben mir beim Schreiben meines ersten und meines neuesten Romans geholfen. Abgesehen von diesen beiden Momenten (im Abstand von zehn Jahren) habe ich sie nicht wieder gelesen. Sollte mir eines Tages etwas zustoßen, dann möchte ich, dass diese Hefte vernichtet werden. Ich habe es meinen Angehörigen gesagt und auch schriftlich festgelegt: Ich will, dass niemand sie aufschlägt und liest. Ich weiß, vorsichtiger wäre es, wenn ich mich selbst davon trennen und sie verbrennen würde, aber dazu kann ich mich nicht durchringen. Die Plastikbox hat ihren Platz im Abstellraum meiner Küche gefunden, in dem ich alles Mögliche unterbringe: Staubsauger, Bettwäsche und Handtücher, Werkzeugkasten, Nähkasten, Schreibwarenkasten, Schlafsäcke und Campingausrüstung.

Als ich eines Tages das Bügelbrett herausholen wollte, bemerkte ich, dass der Deckel der Plastikbox – der Kiste mit den Heften – verrutscht war. Ich klappte die Trittleiter aus, um die Box herunterzuholen. Und just in diesem Augenblick, vielleicht weil sie etwas gehört hatte oder tatsächlich einen sechsten Sinn besaß, kam L. aus ihrem Zimmer zu mir in die Küche.

Nachdem die Box auf dem Boden stand, fing ich an, den Inhalt zu überprüfen. Während ich mich noch vergewisserte, dass alle Hefte da waren, stieß L. einen bewundernden Pfiff aus.

»Na sag mal, da hast du ja einiges zu tun.«

Ich ging nicht darauf ein. Die Hefte waren in Unordnung, aber keines fehlte.

Fast hätte ich L. gefragt, ob sie es gewesen war, die die Box geöffnet hatte, aber das schien mir zu aggressiv, so ohne Beweis oder Motiv, es wäre auf den Vorwurf hinausgelaufen, sie hätte in meinen Sachen geschnüffelt. Dennoch, es war durchaus wahrscheinlich: L. wusste von der Existenz der Hefte und von ihrem Aufbewahrungsort, vielleicht war sie beim Lesen gestört worden, das hätte erklärt, warum sie nicht in der richtigen Reihenfolge zurückgelegt worden waren.

Sie ließ mich nicht aus den Augen, während ich die Box wieder verschloss und an ihren Platz stellte. Ich dachte dabei, dass ich in den nächsten Tagen einen anderen Aufbewahrungsort finden müsse.

Noch am selben Abend fragte mich L. nach der Verwendung dieses Tagesbuchs. Ihrer Ansicht nach war es ein unglaubliches, herrliches Material. Mehr als fünfzehn Jahre Erinnerungen, Anekdoten, Empfindungen, Eindrücke, Porträts … Etwas an der Art, wie sie darüber sprach, bestätigte mir, dass sie es gelesen hatte, zumindest teilweise. Es fällt mir schwer, das zu erklären: Sie sprach davon, als wüsste sie aus sich heraus, aus Intuition (und nicht etwa aus Indiskretion), was in diesen Heften stand. Sie machte ihre Sache so gut, dass sie, wenn ich mich empört, wenn ich ihr Vorwürfe gemacht hätte, sofort hätte leugnen können.

Sie fand es schade, dass ich aus diesen Heften nicht das kostbare Material für das Phantombuch ziehen wolle. Denn da sei dieses Buch, sie wisse es, lauter Seiten, die geknebelt nur darauf warteten, dass ich bereit sei, von ihnen zu erzählen.

»Es ist wie eine Goldmine, die du geschlossen hast. Du hast irrsinniges Glück, dass du das alles geschrieben hast. Ist dir das klar?«

Ja, sie hatte recht. Es war kostbar. Diese Hefte waren mein Gedächtnis. Sie enthielten alle möglichen Einzelheiten, Anekdoten, Situationen, die ich vergessen hatte. Sie enthielten meine Hoffnungen, meine Fragen, meinen Schmerz. Meine Heilung. Sie enthielten, was ich abgeworfen hatte, um durchzuhalten. Sie enthielten, was ich vergessen zu haben glaubte, was aber nie verblasst. Was ohne unser Wissen weiterwirkt.

L. ließ mir nicht die Zeit, ihr zu antworten. Sie redete jetzt leiser, aber auch fester mit mir:

»Ich verstehe nicht, dass du noch nach einem Thema suchst, wo du doch das in Händen hast.«

Bitterkeit stieg in mir hoch.

»Zunächst einmal suche ich nicht nach einem Thema, wie du behauptest, und dann hat das Material für niemanden außer mir einen Wert.«

»Und ich glaube das Gegenteil. Ich glaube, du musst dich mit genau dem, mit genau dieser Wirklichkeit, mit genau dieser Wahrheit auseinandersetzen.«

Der Zorn überfiel mich mit einem Schlag, ich hatte ihn nicht kommen spüren.

»Aber man pfeift auf diese Wahrheit, und wie!«

»Nein, man pfeift nicht darauf. Die Leute wissen es. Sie spüren es. Ich weiß es, wenn ich ein Buch lese.«

Ausnahmsweise hatte ich Lust zu argumentieren, mich um Verständnis zu bemühen.

»Glaubst du nicht, du spürst es, wie du sagst, weil du es weißt? Weil man dir absichtsvoll auf die eine oder andere Weise mitgeteilt hat, dass es sich um eine wahre Geschichte handelt, oder eine ›von wahren Ereignissen inspirierte‹ oder eine ›sehr autobiografische‹, und dass schon dieses Etikett reicht, um bei dir eine andere

Art Aufmerksamkeit zu wecken, eine gewisse Neugier auf das Vermischte, die wir alle haben, ich allen voran. Aber weißt du, ich bin nicht sicher, dass das Reale reicht. Das Reale, soweit es existiert, soweit man es wiedergeben kann, das Reale, wie du es nennst, muss verkörpert, verwandelt, interpretiert werden. Ohne Blick, ohne Standpunkt ist es bestenfalls todlangweilig und schlimmstenfalls beängstigend. Und diese Arbeit ist, was immer als Ausgangsmaterial dient, eine Form von Fiktion.«

Ausnahmsweise antwortete L. nicht wie aus der Pistole geschossen. Sie überlegte einen Augenblick, bevor sie mir antwortete:

»Worauf wartest du noch, um es zu machen?«

»Was zu machen?«

»Diese Arbeit, von der du sprichst.«

In der Nacht darauf hatte ich einen seltsamen Albtraum, den ich noch ziemlich genau in Erinnerung habe: Ich stehe in einem Klassenzimmer, an dessen Wänden von Kindern gemalte Bilder hängen, an der Tafel. Ein Lehrer, sein Gesicht ist mir völlig unbekannt, stellt mir Fragen. Ich gebe jedes Mal die falsche Antwort, und der Lehrer wendet sich an L. (die ebenfalls ein Kind ist, aber ein bisschen älter als ich), um von ihr die richtige Antwort zu hören. Die anderen Schüler sehen mich nicht an, sie starren auf ihr Heft, um mich nicht noch mehr zu demütigen. Nur meine Freundin Mélanie sieht mich an und bedeutet mir mit immer drängenderen Zeichen zu fliehen.

Schweißgebadet wachte ich auf.

Ich knipste das Licht an und wartete darauf, dass mein Herz wieder im normalen Rhythmus schlug. Ich glaube nicht, dass ich wieder eingeschlafen bin.

Den Vormittag des nächsten Tages verbrachte ich damit, meine Post zu ordnen. Ich behalte alle Briefe, die ich bekomme, den kleinsten Zettel meiner Kinder, Ansichtskarten, Kärtchen, die an Blumensträußen hingen, ich bewahre alles auf. Alle zwei, drei Jahre mache ich Häufchen, verschnüre sie und lege sie in Kartons.

Am Nachmittag machte ich einen Spaziergang.

Als ich am Kindergarten vorbeikam, kehrte der Satz von Nathan (dem Freund von Louise, dem ich einige Wochen zuvor im Viertel begegnet war) mit der Kraft eines Bumerangs zu mir zurück:

Maman hat mir gesagt, du hättest sogar allen deinen Freunden eine Mail geschickt und sie angefleht, dich bloß in Ruhe zu lassen!

Während der ganzen Zeit seit dieser Begegnung hatte ich diesen Satz auf Distanz gehalten. Und da war er geblieben, in gar nicht so großer Distanz in der Schwebe, in Wartestellung, weil ich nicht den Mut gehabt hatte, ihn aufzuklären und mich seinem Inhalt zu stellen, weil ich weder den Mut noch die Kraft gehabt hatte, diese Information normal zu verarbeiten.

Ich stand noch auf der Straße, als ich Corinne anrief, Nathans Mutter. Sie nahm gleich ab und freute sich über meinen Anruf. Endlich käme ich aus meiner Höhle heraus!

Corinne bestätigte mir, ich hätte ihr und anscheinend meinen sämtlichen Bekannten – jedenfalls der Länge der Adressatenliste nach – eine Mail geschickt, um ihnen anzukündigen, dass ich mich an die Arbeit machen wolle und mich von allen Versuchungen fernhalten müsse.

Ich fragte Corinne, ob ich bei ihr vorbeikommen dürfe, damit sie mir die Mail zeigen könne. Ich müsse sie sehen. Corinne ist keine, die sich über die Schrullen anderer aufregt, sie sagte, ich könne kommen, wann immer ich wolle, sie sei zu Hause und wolle auch nicht fortgehen.

Als ich bei ihr ankam, hatte sie die Mail schon gefunden, sie war mit meinem Namen unterschrieben und an alle meine Freunde und fast alle Bekannten geschickt worden.

Danach leitete sie sie an mich weiter, und ich gebe sie hier wieder:

Liebe alle,
wie die meisten von euch wissen, schaffe ich es nicht, mich wieder an die Arbeit zu machen. Diese Niederlage wird begleitet von einer großen Verzettelung in meinen verschiedenen Aktivitäten und von einer Form des Müßiggangs, die ich verabscheue und die mir zu schaffen macht.
Daher bitte ich euch, euch für einige Monate nicht bei mir zu melden, mich nicht einzuladen, mir keine wie immer gearteten Treffen vorzuschlagen. Außer natürlich in Fällen höherer Gewalt. Ich meinerseits werde mich auch nicht bei euch melden, bis ich dieses Buch fertig habe.
Diese Maßnahme mag euch radikal erscheinen. Aber ich bin mir im Augenblick sicher, dass ich da durchmuss.
Ich umarme euch.
Delphine

Diese Nachricht war im November verschickt worden, als L. zum ersten Mal Zugang zu meinem Computer gehabt hatte. Corinne hatte mir mit ein paar ermunternden solidarischen Worten geantwortet und mir seither, weil sie mich nicht anzurufen wagte, noch ein oder zwei Mal gemailt. (Wie die meisten meiner Freunde und einige Familienmitglieder, das sollte ich später erfahren. L. hat mir natürlich keine dieser Botschaften ausgerichtet.)

Ich dankte Corinne und versprach ihr, sie bald wieder zu besuchen oder sie anzurufen, damit wir uns auf ein Glas träfen.

Dann machte ich mich auf den Heimweg. Ich fühlte mich sehr müde.

Unten vor dem Haus versuchte ich François anzurufen, der für zwei Tage zu Dreharbeiten in die Provinz gefahren war, doch ich erreichte nur seinen Anrufbeantworter. Ich verhielt mich wie jemand, der Angst hat. Es war lächerlich. Warum wartete ich nicht, bis ich in der Wohnung war, um dann in Ruhe mit ihm zu telefonieren? Warum sprach ich leise, wenn L. in der Wohnung war?

L. erwartete mich in der Küche. Sie wunderte sich, dass ich erst so spät von meinem Spaziergang zurückkam, sie habe schon angefangen, sich Sorgen zu machen. Sie hatte meinen Lieblings-Rooibos-Tee gekocht und Macarons gekauft. Sie habe mir etwas Wichtiges zu sagen. Ich unterbrach sie:

»Nein, zuerst habe ich dir etwas Wichtiges zu sagen.«

Meine Stimme zitterte.

»Ich weiß, dass du an alle meine Freunde eine Mail geschickt und sie gebeten hast, mich nicht mehr zu kontaktieren.«

Ich war darauf gefasst, dass sie es leugnen würde. Oder mindestens überrascht wäre. Doch L. zeigte nicht das geringste Zeichen von Überraschung oder Unbehagen, sie antwortete mir ohne jedes Zögern, als fühlte sie sich völlig im Recht:

»Ja, stimmt. Ich wollte dir helfen. Denn das ist mein Part, musst du wissen, für dich die besten Arbeitsbedingungen zu schaffen. Zu verhindern, dass du abgelenkt wirst.«

Ich schnappte nach Luft.

»Aber das kannst du doch nicht machen! Ist dir eigentlich klar, was das bedeutet? Du schreibst meinen Freunden einen albernen Brief, um ihnen zu sagen, dass sie mich nicht mehr kontaktieren sollen, das ist schlimm, sehr schlimm, du hast nicht das Recht, so etwas zu tun, ohne mich zu fragen, ich brauche meine Freunde …«

»Aber ich bin doch da. Reicht dir das nicht?«

»Nein … Aber darum geht es nicht, ich kann es einfach nicht fassen, dass du so etwas tun konntest.«

»Es war nötig. Und das ist es immer noch. Du musst aufpassen. Du brauchst Ruhe und Einsamkeit, um dieses Buch zu schreiben.«

»Welches Buch?«

»Das weißt du genau. Ich glaube nicht, dass du die Wahl hast, du musst auf die Nachfrage deines Publikums reagieren.«

Vermutlich war es das Wort *Publikum*, an dem ich mich stieß, das mir so dissonant erschien. Dieses Wort, das sie ausgesprochen hatte, als wäre ich ein Varieté-Star kurz vor Tourneebeginn. Plötzlich konnte ich nicht mehr die Augen davor verschließen: L. hielt mich für jemand anderen, projizierte einen Traum auf mich, der mit dem, was ich war, nichts zu tun hatte. Ich protestierte in energischem Ton, ich hatte Angst, meine Stimme könnte schrill klingen, ich wollte ruhig bleiben.

»Hör mir gut zu. Ich will dir eins sagen: Ich habe nie geschrieben, um jemandem, wem auch immer, eine Freude zu machen, und ich habe auch nicht die Absicht, damit anzufangen. Wenn mir dieser Gedanke, zu gefallen oder Freude zu machen, unglückseligerweise in den Sinn kommt, denn ja, damit du es weißt, er kommt mir in den Sinn, dann trampele ich ihn mit allen Kräften nieder. Denn im Grunde ist das Schreiben weit intimer, weit gebieterischer als das.«

L. stand auf und musste sichtlich an sich halten, um sanft mit mir zu sprechen.

»Und genau davon spreche ich ja: vom Intimsten. Das ist es, was die Leser von dir erwarten. Ob du es willst oder nicht, du bist für die Aufmerksamkeit und Liebe, die du erregt hast, verantwortlich.«

Ich glaube, ich brüllte.

»Aber was zum Teufel geht dich das an? Was mischst du dich ein? Wer bist du überhaupt, dass du zu wissen glaubst, was gut oder schlecht, wünschenswert oder bedauerlich ist? Wer bist du, dass du zu wissen glaubst, was Literatur ist und was nicht, und was meine Leser erwarten? Für wen hältst du dich?«

Sie sah mich nicht an. Sie stand auf und nahm den Teller, auf dem sie sorgsam die Macarons arrangiert hatte. Sie trat mit der Fußspitze auf das Pedal des Abfalleimers und warf sie mit einer Bewegung, deren Schnelligkeit mich überraschte, weg.

Wortlos verließ sie die Küche. Den Tee hatten wir noch nicht angerührt.

Nachts hörte ich, dass L. mehrmals aufstand, ich glaubte, sie könne nicht schlafen. Wir hatten Vollmond, und sie hatte mir erzählt, bei Vollmond könne sie nicht gut schlafen.

Als ich am nächsten Morgen aufstand, war sie aufbruchbereit. Ihre Koffer standen in der Diele. Ihre Züge verrieten eine ungewöhnliche Müdigkeit, ihre Augen hatten dunkle Ringe, und ich hatte den Eindruck, dass sie völlig ungeschminkt war. Sie musste die ganze Nacht gepackt haben. Sie wirkte nicht zornig (oder wenn sie es war, verbarg sie es perfekt) und teilte mir sehr ruhig mit, sie habe ein Hotel im zehnten Arrondissement gefunden, die Zimmer seien nicht groß, aber eine Zeitlang werde sie damit zurechtkommen. Ich versuchte zu protestieren, doch sie unterbrach mich mit einer Handbewegung.

»Jetzt ist nicht mehr der Moment, darüber zu diskutieren. Ich spüre deutlich, dass meine Anwesenheit hier dir lästig ist. Ich will dich nicht am Schreiben hindern. Du weißt, wie wichtig mir deine Arbeit ist. Sicher brauchst du ein wenig Alleinsein, bevor deine Kinder über die Ferien zurückkommen. Das verstehe ich. Ich dachte, ich könnte dir helfen, wieder mehr Selbstvertrauen zu gewinnen. Ich glaubte, ich könnte dich daran hindern, Zeit zu verlieren, in Fallen zu tappen. Aber vielleicht muss man durch das alles durch. Ich habe mich geirrt, bitte verzeih. Du hast recht, du allein weißt, wie du arbeiten musst. Was gut für dich ist. Ich bitte dich um Verzeihung, falls ich irgendetwas gesagt haben sollte, was dich verletzt hat, es lag nicht in meiner Absicht.«

Plötzlich fühlte ich mich schuldig. Ich warf gerade die Freundin hinaus, die mir seit Wochen half, die alle unangenehmen Arbeiten übernahm.

L. öffnete die Wohnungstür. Nach kurzem Zögern wandte sie sich zu mir um.

»Weißt du, Delphine, ich habe Angst um dich. Ich hoffe, dir passiert nichts. Ich habe eine ungute Ahnung. Pass auf dich auf.«

Mit diesen Worten ging sie hinaus, und die Tür schloss sich hinter ihr. Ich hörte sie die ersten Stufen hinuntergehen und dann hörte ich gar nichts mehr. Die Schlüssel, die ich ihr gegeben hatte, hatte sie auf den Küchentisch gelegt.

Am Nachmittag kam ein anderer Junge, genauso jung wie der, der sie herbegleitet hatte, und holte ihre Koffer.

An den Tagen darauf hörte ich nichts von L.

Ich versuchte sie nicht anzurufen.

Ich konnte nicht umhin, an ihre letzten Worte zu denken. Es war keine Warnung gewesen, sondern ein Fluch. L. hatte ein düsteres, unentrinnbares Schicksal für mich heraufbeschworen.

III Verrat

»Annie, verraten Sie mir eines?«
»Natürlich, mein Lieber!«
»Wenn ich diese Geschichte für Sie schreibe ...«
»Roman! *Einen schön dicken, wie die anderen –*
vielleicht sogar noch dicker!«
Er schloss die Augen einen Moment, dann öffnete er
sie wieder. »Okay – wenn ich diesen Roman
für Sie schreibe, werden Sie mich dann
gehen lassen, wenn ich fertig bin?«
Einen Augenblick umwölkte Unbehagen
ihr Gesicht, dann sah sie ihn vorsichtig
und kalkulierend an. »Das hört sich an,
als würde ich Sie hier gefangen *halten, Paul.«*

An den Sommer, der auf L.s Weggang folgte, habe ich nur wenige Erinnerungen.

Louise und Paul kamen im Laufe des Junis zurück und verbrachten zwei Wochen mit mir, dann fuhren wir gemeinsam nach Courseilles, wo sie eine Weile bei uns blieben, bevor sie zu ihren Freunden aufbrachen. Ich wohnte den ganzen Juli bei François auf dem Land. Ich erinnere mich an die Angst, eine Mischung aus Faszination und Ekel, die ich angesichts der Büchermengen empfand, die er mitgebracht hatte. Es war jeden Sommer dasselbe Ritual: In seinem Wohnzimmer lagen, einer nur ihm bekannten strengen Ordnung folgend, etwa hundert Romane in kleinen Häufchen auf den Tischen oder dem Fußboden. Ich erinnere mich, dass ich dachte, L. habe recht, es sei selbstmörderisch, als Schriftstellerin in solcher Nähe zu einem Mann wie ihm zu leben. Einem Mann, dessen Beruf es war, Bücher zu lesen, Schriftsteller kennenzulernen und einzuladen, seine Meinung zu ihren Werken abzugeben. In jedem Herbst erschienen Hunderte von Werken. Und das war nicht nur eine Zahl, die man in den Medien hörte. Die Bücher waren da, vor meinen Augen, in Stapeln sortiert und in noch verschlossenen Kartons, die er bald auspacken würde: fünf- bis sechshundert Romane unterschiedlicher Größe, die zwischen Mitte August und Ende September erschienen.

Ich hatte François bei der Ausübung seines Berufs kennengelernt. Jeder hatte sich zunächst an seine Rolle gehalten, und es hatte einige Jahre gedauert, bis wir uns wirklich kennenlernten.

Ich liebte ihn. Ich liebte ihn aus tausend Gründen, und ich liebte ihn auch, weil er Bücher liebte. Ich liebte seine Neugier. Ich liebte es, ihm beim Lesen zuzusehen. Ich liebte unsere Ähnlichkeiten, unsere Meinungsunterschiede, unsere endlosen Diskussionen. Ich liebte es, mit ihm, vor ihm, dank ihm Bücher zu entdecken.

Doch dieses Mal waren mir all diese Romane unerträglich. Die Einbände, die Banderolen, die Klappentexte verhöhnten meine Ohnmacht. So vor mir ausgebreitet, erschien mir diese Papierflut plötzlich bedrohlich und obszön.

Ich hatte Lust, sie ihm aus der Hand zu reißen und alle aus dem Fenster zu werfen.

Ich träumte davon, zu François, der an den Abenden, an denen er enttäuscht oder sehr müde war, manchmal davon sprach, mit allem aufzuhören, zu sagen: Na schön, dann los, jetzt wollen wir doch mal sehen, ob du dazu fähig bist, hören wir mit allem auf, gehen wir an einen anderen Ort, erfinden wir uns neu, an einem anderen Ort, in einem anderen Leben.

Im August fuhr ich mit Louise und Paul zu dem Treffen mit unseren *Ferienhaus*-Freunden. Jetzt, wo ich diese Zeilen schreibe, wird mir klar, dass ich keinerlei Erinnerung an das Haus habe, das wir in jenem Sommer gemietet haben, die Bilder entgleiten mir, mischen sich mit anderen, älteren, ich kann weder das Haus noch die Kleinstadt, an deren Rand es lag, vor meinem geistigen Auge sehen.

Ich erinnere mich nur an den Radweg, den wir zum Meer nahmen, an den Gegenwind, der in meinen Mund drang, das Gefühl von Geschwindigkeit, das ich bergab genoss. Ich war glücklich, da zu sein, dieses Treffen mit meinen Kindern und meinen Freunden nicht zu verpassen, und die Angst löste ihre Umklammerung endlich doch für einige Tage.

Nach zwei Wochen Burgfrieden fuhren wir mit dem Zug zurück. Als ich mit Louise und Paul den Vierertisch in Besitz nahm, der uns im TGV erwartete, fühlte ich mich plötzlich um ein Jahr zurückversetzt, fast auf den Tag genau, hinter den grau-grünen Vorhängen in den SNCF-Farben, in einer Umgebung, die der damaligen in allen Details glich. Einen Augenblick lang sah ich diese Reise vor mir, die wir drei zur selben Zeit auf dem Rückweg vom *Ferienhaus* gemacht hatten: das auf dem Tisch ausgebreitete Picknick, Pauls neuer Haarschnitt, Louise' rotes T-Shirt, und beide Kinder braun gebrannt. Plötzlich, als wäre es erst tags zuvor gewesen, hatte ich die Gedanken wieder im Kopf, die mich an jenem Tag beschäftigt hatten, während mein Blick durch die Scheibe in derselben vorbeifliegenden Landschaft vergeblich einen Punkt suchte, an dem er sich festhaken konnte. Ich hatte an François gedacht, dessen Jahr sehr ausgefüllt zu werden versprach, an das Buch, das ich mich zu schreiben anschickte, an die Dokumentation über den Völkermord an den Armeniern, die ich bestellt hatte, um sie meinen Kindern (die väterlicherseits von Armeniern abstammen) zu zeigen, ich hatte an die Winterhimmel gedacht und dann die Mineralwasserflasche umgestoßen, und wir hatten mehr als eine Schachtel Kleenex gebraucht, um alles aufzuwischen. All das kam mir seltsam genau ins Gedächtnis, ich erinnerte mich, dass Paul wie früher als Kind *Weder-Ja-noch-Nein* hatte spielen wollen, doch das Spiel hatte schnell geendet, weil unsere Sitznachbarn uns zu laut fanden.

Ein Jahr war seit dieser Reise vergangen, ja, ein ganzes Jahr, und ich hatte nichts getan. Nichts. Ich war noch am selben Punkt. Das heißt, nicht ganz. Ich war inzwischen unfähig, vor meinem Computer zu sitzen, eine Word-Datei zu öffnen, eine Mail zu beantworten, unfähig, einen Stift länger als vier Minuten in der Hand zu halten und mich über ein liniertes, kariertes oder ein Blanko-Blatt zu beugen. Kurzum, ich hatte die Beherrschung der für meinen Beruf erforderlichen elementaren Fähigkeiten verloren.

Anfang September fuhren Louise und Paul wieder weg.

Wie andere auch, denke und spreche ich in Schuljahren, von September bis Juni, der Sommer ist dann so etwas wie ein Einschub, eine Auszeit, von allen Zwängen befreit. Lange dachte ich, das sei die Manie einer Mutter, deren biologischer Rhythmus sich schließlich auf den Schuljahresrhythmus abgestimmt hätte, aber ich glaube, es liegt vor allem an dem Kind, das noch in mir ist, in uns allen, und dessen Leben so lange in entsprechende Scheiben geschnitten wurde: eine hartnäckige Spur in unserem Zeitempfinden.

Schuljahresbeginn. Die Zeit des neuen Schulmaterials und der guten Vorsätze. Dieser Moment des Anfangens oder Neuanfangens.

Aber es zirkulierte kein Luftmolekül, alles schien erstarrt.

Diesmal hatte ich mir nicht vorgenommen, mich wieder an die Arbeit zu setzen. Schon der Gedanke ans Schreiben lag jetzt fern. Ich hatte nicht mehr die geringste Ahnung, welche Form es annehmen könnte, mein Körper hatte die Empfindungen vergessen, die ich so sehr liebte, diese Müdigkeit und Erregung, die Stunden im Lichtkreis, die Hände über der Tastatur, die Beine unter dem Tisch ausgestreckt.

Meine Kinder fuhren wieder weg, und ich war allein in meiner Wohnung. Zum Fehlen von Louise und Paul kam nun auch noch das von L. hinzu, ein zusätzlicher Verlust, dessen Tragweite ich zu ermessen begann. Ich brauchte mich bloß umzusehen. Auf dem Wohnzimmertisch stapelte sich die Post, auf dem Bildschirm meines Computers lag eine feine Staubschicht. Ich ließ mich von einem Tag zum anderen treiben, tat weiter so als ob, ich verbrachte die Zeit mit lauter Kleinigkeiten, die ich bis zum Äußersten in die Länge zog, damit sie dauerten, damit sie die unergründliche Leere füllten, die ich, ohne es zu bemerken, im Verlauf eines unbeschriebenen Jahres rings um mich geschaffen hatte.

Wahrscheinlich lebten so auch alte Menschen, in einer Abfolge vorsichtiger winziger Schritte und Gesten, deren Langsamkeit die Leere füllen konnte. Es tat nicht einmal besonders weh.

Ich nehme an, jedem von uns kommt früher oder später der Gedanke, dass es keinen Zufall gibt. Ich nehme an, jede und jeder von uns hat schon einmal ein serienhaftes Zusammentreffen von Umständen erlebt, dem sie oder er einen besonderen Sinn zuschreibt, einen zwingenden Sinn, der nur für einen selbst entzifferbar ist. Wer von uns hätte nicht mindestens einmal in seinem Leben gedacht, dass dieser oder jener Umstand nichts Zufälliges an sich habe, dass es sich ganz im Gegenteil um eine Botschaft handle, die im großen Weltenwirrwarr nur an einen selbst gerichtet sei?

So ist es mir gegangen. Zwei oder drei Wochen lang schien es, als wären L.s Botschaft, ihre ganz persönlichen inneren Gewissheiten, die sie mit mir hatte teilen wollen, nicht auf sie angewiesen, um mich zu erreichen: Sie lagen noch in der Luft, bewegten sich aus eigener Kraft vorwärts, suchten sich hier und da weitere Vermittler, um mich zu überzeugen.

Eines Abends rief mich ein Filmemacher an, mit dem ich einige Jahre zuvor am Drehbuch eines Spielfilms gearbeitet hatte, aus dem trotz verschiedenster Förderung, auch durch mehrere Organisationen, nichts geworden war. Die Finanzierung war nicht zustande gekommen, das Projekt ins Wasser gefallen. Der Filmemacher wollte sich auf ein Glas mit mir treffen, um mir von seinen Projekten zu erzählen. Wir verabredeten uns in dem Café, in dem wir uns auch bei unserer Zusammenarbeit oft gesehen hatten. Er kam bald zur Sache: Er suche nach einer wahren Geschichte, um sie zu verfilmen. Das sei das Einzige, was gehe, man brauche nur auf die Plakate zu sehen, wie viele wiesen in einer Schrift, die fast genauso groß sei wie die des Filmtitels, darauf hin, dass der Film auf »wahren Tatsachen« beruhe, man brauche nur in den Zeitschriften zu blättern, das Fernsehprogramm mit seinen Horden von Zeugen und Versuchskaninchen zu sehen oder Radio zu hören, um zu begreifen, was die Leute wollten.

»Die Wahrheit ist das einzig Wahre«, sagte er abschließend. Er wusste, dass ich die verschiedenen Angebote für eine Verfilmung meines letzten Buchs abgelehnt hatte, er verstand es, doch wenn ich eine Idee hätte oder von irgendetwas hören sollte – eine alte oder neue Zeitungsmeldung, eine von der Geschichte vergessene Persönlichkeit –, solle ich ihn sofort anrufen, er würde sich über eine erneute Zusammenarbeit mit mir sehr freuen.

Verdrossen verließ ich das Café. Es war also … wahr, das war es, was die Leute erwarteten, Realität, bei Filmen und Büchern garantiert durch ein Siegel wie das Label rouge oder das Biosiegel auf Lebensmitteln, ein Echtheitszertifikat. Ich hatte immer gedacht, die Leute bräuchten bloß Geschichten, die sie interessieren, verstören, begeistern. Ich hatte mich getäuscht. Die Leute wollten, dass es irgendwo stattgefunden hatte und nachprüfbar war. Sie wollten Erlebtes. Die Leute wollten sich identifizieren können, Empathie beweisen, und dafür mussten sie Sicherheit über die Ware haben, ein Minimum an Rückverfolgbarkeit.

In den Wochen darauf schien es mir, wann immer ich den Fernseher einschaltete oder eine Zeitschrift aufschlug, wann immer neue Filmplakate auftauchten, nur noch darum zu gehen: Realität, Wahrheit, Wahrheitsgetreues, und alles in einem Sack, als wäre es ein und dasselbe, ein Sonderangebot im Dreierpack, das wir von nun an verlangen durften, auf das wir ein Recht hatten.

Beim Schreiben dieser Zeilen weiß ich nicht zu sagen, ob es wirkliche Zufälle waren oder eher eine von meinen eigenen Ängsten verfälschte subjektive Sicht.

War ich nicht zwanzig Jahre zuvor, während der Monate vor meiner herbeigesehnten Schwangerschaft, sicher gewesen, von Schwangeren umzingelt zu sein? Eine echte Epidemie, wie ich damals sagte, als hätten sich alle gebärfähigen Frauen meines Viertels verabredet, vor mir schwanger zu werden, ringsum sah ich nichts als sie und ihre hinreißenden, glücklichen Babybäuche.

Dennoch, alle Zeichen wiesen in die von L. vorgegebene Richtung.

Und wenn L. recht hatte? Und wenn L. eine tiefgreifende Mutation unserer Art zu lesen, zu sehen, zu denken, gespürt und verstanden hatte? Als Leserin oder Zuschauerin war ich keine Ausnahme von der Regel. Reality-TV war für mich von einer Faszination, für die meine literarischen Projekte als Rechtfertigung nicht ausreichten, jedes Mal, wenn ich zum Friseur oder Zahnarzt ging, stürzte ich mich auf die Regenbogenpresse, ich ging regelmäßig in Filmbiografien oder von wahren Ereignissen inspirierte Filme und danach sofort ins Internet, um die Fakten zu überprüfen, die echten Gesichter zu sehen, gierig auf Details, Beweise, Bestätigungen.

Und wenn L. verstanden hatte, was ich mir nicht eingestehen wollte? Ich hatte ein autobiografisches Buch geschrieben, dessen sämtliche Figuren von Menschen aus meiner Familie inspiriert gewesen waren. Manche Leser hatten sie ins Herz geschlossen, hatten mich gefragt, was aus diesem oder jenem geworden war, hatten mir eine besondere Zuneigung für die eine oder andere Figur gestanden. Hatten sich erkundigt, ob alles so stattgefunden habe. Sie hatten Nachforschungen angestellt. Das konnte ich nicht außer Acht lassen. Und vielleicht hing der Erfolg des Buches letzten Endes nur damit zusammen. Eine wahre oder für wahr gehaltene Geschichte. Was immer ich dazu sagte. Was immer ich vorbeugend über die Ungreifbarkeit der Wahrheit und mein Recht auf Subjektivität gesagt hatte.

Ich hatte meinen Finger auf das Wahre gelegt, und die Falle war zugeschnappt.

Von nun an würden alle Figuren, die ich erfinden würde, unabhängig von ihrer Statur, ihrer Geschichte oder Verletzung, nie mehr genügen. Von diesen durch und durch künstlichen Figuren würde nichts ausgehen, keine Ausstrahlung, kein Duft, kein Fluidum. Was immer meine Fantasie zustande brächte, die Figuren wären zu klein, zu dürftig und blässlich, man würde sie wiegen und für zu leicht befinden. Blutleer, entbehrlich, ungreifbar.

Ja, L. hatte recht. Ich musste mit der Realität kämpfen.

Der Klassiker-Verlag, für den ich das Vorwort für den Roman von Maupassant verfasst hatte (das heißt: für den L. unter meinem Namen das Vorwort verfasst hatte), organisierte mehrmals im Jahr Buchvorstellungen im Théâtre de l'Odéon. Nachdem die Neuausgabe des Texts erschienen war, rief mich die Lektorin an, um sicherzugehen, dass ich diesen Termin, den wir schon bei Vertragsabschluss vereinbart hatten, nicht vergessen hatte. Die Begegnung sollte im kleinen Saal Roger Blin stattfinden, der rund hundert Plätze hat. Sie sollte etwa eine Stunde dauern und, sofern ich einverstanden sei, mit einem Auszug aus dem Roman beginnen, den ich vorlesen würde. Die Fragen des Moderators würden dann um meine Leseerfahrung mit diesem Text kreisen, um meine Vorliebe für diesen Autor, man wolle den Leuten Lust machen, diesen weniger bekannten Roman Maupassants neu zu entdecken oder wieder zu lesen.

Als ich aufgelegt hatte, war mein erster Gedanke, L. anzurufen und sie zu bitten, an meiner Stelle hinzugehen. Ich erreichte nach wie vor nur den Anrufbeantworter. Als wäre diese Telefonnummer nur mir vorbehalten und als würden meine Anrufe ins Leere laufen, solange L. mir böse war. Ich hinterließ keine Nachricht.

Auch dieses Mal war ich in der Pflicht, die Veranstaltung war auf mehreren Webseiten angekündigt worden, für eine Absage war es viel zu spät. Bei genauerem Nachdenken kam es keine Sekunde lang in Frage, L. darum zu bitten, meine Rolle zu spielen. Ich kannte in diesem Verlag mehrere Menschen, und es würden vermutlich auch Leser kommen, die mir schon in einer Buchhandlung begegnet waren. Unter solchen Bedingungen würde es keine zwei Minuten dauern, bis sie demaskiert wäre.

Am Abend vorher las ich noch einmal den Roman und L.s Vorwort. Ich tat die ganze Nacht kein Auge zu.

Am Abend der Lesung kam ich früher, um noch kurz mit dem literarischen Berater des Theaters zu sprechen, der die Gesprächsleitung haben sollte. Dieser erklärte mir, nachdem er mich zu beruhigen versucht hatte (ich muss extrem angespannt gewirkt haben), noch einmal die Spielregeln. Und dann war es so weit, dass wir uns auf die kleine Bühne vors Publikum setzen mussten.

Der Saal war voll. Zehn Minuten lang las ich einen Auszug aus dem Roman vor. Als ich den Blick hob, sah ich sie.

Sie saß in der dritten Reihe und war so angezogen wie ich. Nicht im selben Kleidungsstil, nein, sie war *genauso* angezogen wie ich: die gleiche Jeans, die gleiche Bluse, die gleiche schwarze Jacke. Nur die Farbe ihrer Stiefeletten war etwas anders, eine Spur dunkler. Am liebsten hätte ich gelacht. L. machte einen Witz, L. hatte sich verkleidet und wollte Double spielen wie im Kino. L. ließ mich wissen, dass sie sich für den Fall eines Problems bereithielt und nötigenfalls zum fliegenden Wechsel auf die Bühne springen würde. Sie zwinkerte mir unauffällig zu, niemand außer mir schien ihr Spiel bemerkt zu haben.

Meine Erinnerung an die Vorstellung des Buchs ist ziemlich verschwommen. Meine Antworten waren mittelmäßig, und je später es wurde, desto mehr schien mir, dass ich in einem furchtbar leeren, lauwarmen Geschwätz versank. Ich sah L. an, die jetzt mitten im Publikum saß, unwillkürlich suchte ich ihr aufmerksames, ausdrucksloses Gesicht, das mich an die Hochstapelei erinnerte, der ich mich hier ungeniert hingab. Trotz ihres Lächelns und ihres häufigen Nickens (als wollte sie ein Kind bei der Schulaufführung ermutigen) konnte ich den Gedanken nicht verscheuchen, ihr Platz sei hier auf der Bühne und ihre Antworten würden sicher weit treffender ausfallen als meine.

Nach der Lesung blieben die Leute noch ein wenig, bevor sie sich zerstreuten. Ich signierte einige Bücher und wechselte ein paar Worte mit den Lesern. Von ferne sah ich L., die sich in den inneren Kreis mischte, dann mit der Lektorin sprach, die mich um das Vorwort gebeten hatte. Ich erbebte. Niemand schien sie zu bemerken. Niemand schien zu bemerken, dass L. mir ähnelte oder mich imitierte. L. verschmolz mit ihrer Umgebung und erregte weder Verwunderung noch Misstrauen. Und da kam mir plötzlich der Gedanke, das alles sei nur eine Projektion von mir. Ein narzisstisches Phantasma. Eine wahnhafte Fehlinterpretation. L. war nicht angezogen wie ich, sondern wie die meisten Frauen unseres Alters. Wer war ich überhaupt, für wen hielt ich mich, dass ich mir einbildete, L. wolle mich kopieren? Das war es, was ich endlich einsehen musste: Ich hatte, was L. anging, eine völlig unverhältnismäßige Angst aufgebaut. L. war eine etwas übergriffige Freundin, das ja, aber sie hatte versucht, mir zu helfen, mich zu beraten, und dafür von mir nur Misstrauen und Verdächtigungen geerntet. Niemand außer mir fand sie seltsam, ich war die Einzige, die sie ängstlich beäugte.

Später, als der Saal leer war, ging ich mit den Leuten aus dem Verlag noch einen trinken. In einem Café gleich beim Theater setzten wir uns an einen großen Tisch. Ich freute mich, da zu sein, in angenehmer Gesellschaft, die Atmosphäre war herzlich und entspannt, ich fühlte mich gut.

Nach etwa zehn Minuten sah ich L. am Fenster des Cafés vorübergehen, sie winkte mir traurig zu und verschwand.

Am Tag nach dieser Buchvorstellung versuchte ich L. mehrmals zu erreichen, doch ihr Handy war immer noch blockiert, ich geriet nur an den Anrufbeantworter. Eines Abends schickte sie mir eine SMS, sie denke an mich und werde mich anrufen, sobald sie »ein wenig klarer sehe«.

Wir hatten mehrere Wochen zusammengewohnt, wir hatten das Badezimmer und viele Mahlzeiten geteilt, wir hatten unsere jeweiligen Launen aufeinander abzustimmen versucht, und dann war L. fortgegangen. In meiner Wohnung gab es keine Spur mehr von ihr, kein vergessenes Kleidungsstück, keinen übriggebliebenen Gegenstand, keinen Zettel am Kühlschrank. Sie hatte alles eingesammelt und eingepackt, nichts zurückgelassen.

So vergingen ein oder zwei Wochen, an die ich mich nicht mehr erinnern kann. In dieser Zeit schaltete ich meinen Computer kein einziges Mal ein.

Und dann musste François wieder ins Ausland.

Ich hätte meine Freunde anrufen, wieder Kontakt aufnehmen und mitteilen können, dass ich absolut disponibel und erreichbar war, doch ich hatte nicht die Kraft dazu. Ich hätte von L. erzählen müssen, erklären müssen, warum sie bei mir eingezogen war, warum sie unbegrenzten Zugang zu meinem Computer erhalten hatte, ich hätte meine Schreibunfähigkeit eingestehen müssen, diese Phobie, die nicht nachließ. Oder aber ich hätte lügen und behaupten müssen, ich hätte diese blöde Nachricht, die sie von mir ferngehalten hatte, selbst geschrieben.

Ich war allein, gefangen in einer Lüge, die keinen Rückweg offen ließ.

An einem Oktobermorgen fand ich einen weiteren anonymen Brief in meinem Briefkasten. Der Umschlag war wie vorher. Dies war der Inhalt:

Delphine,
schon als Kind warst du zum Fürchten. Du schwitztest es aus, dein Unbehagen. Alle sahen es, sagten es. Alle. Es ist nicht besser geworden. Sogar viel schlimmer. Weil Madame jetzt in Literatur macht.
Doch heute lässt sich niemand mehr täuschen. Die Stunde deines Ruhmes, deine Tricks, deine erbärmlichen Schläge unter die Gürtellinie, alles vorbei. Niemand hat mehr Mitleid mit dir. Jeden Tag höre ich unfreundliche Kommentare zu deinen Veröffentlichungen, überall, in den Läden, auf der Straße, bei den Abendeinladungen. Überall höre ich Spott und Hohn, niemand macht sich mehr Illusionen. Und alle pfeifen darauf. Auf deine Geschichten und deinen Humor, über den nur du lachen kannst. Ich weiß, dass deine Kindheit und Jugend ziemlich verrückt waren, geradezu krankhaft, das erzählst du sehr schön. Dein Buch hat die Menge verstört. Aber damit ist es aus.

Schnüffler wie du verbrennen sich letzten Endes doch immer die Finger. Dein Verhalten hat deinen Geisteszustand nur verschlimmert. Du glaubst, du bräuchtest dich bloß aus der Aktualität der Medien zurückzuziehen, damit in Vergessenheit gerät, dass du mit jemandem schläfst und dabei auf deinen Vorteil schielst? Du bist doch bei allen unten durch. Und das Schlimmste ist, du weißt es nicht.

Ich steckte den getippten Bogen wieder in den Umschlag und legte den Brief zu den anderen. Die Angst breitete sich in meiner Wohnung aus wie eine Blutlache.

Ich konnte nicht mehr leugnen, dass mich die Briefe verletzten und beschmutzten.

Ich sagte François nichts davon, auch sonst niemandem.

Ich sprach nicht von der ständigen Beengung des Brustkorbs und der ätzenden Flüssigkeit, die sich gleich beim Aufwachen in meinen Bauch ergoss und dann im ganzen Körper verteilte.

Einige Tage darauf setzten sich in der Metro zwei Jugendliche, die gerade aus einer Kinovorstellung kamen, auf die Sitze mir gegenüber. Einer erklärte dem anderen, der Film, den sie gerade gesehen hätten, sei nach dem, was er auf der AlloCiné-Website gelesen habe, sehr realitätsnah: Fast alles sei wahr. Der andere nickte, äußerte sich dann jedoch erstaunt:

»Ist dir schon aufgefallen, wie viele neue Filme auf wahren Geschichten beruhen? Als hätten die Typen keine Fantasie mehr!«

Der Erste überlegte einige Augenblicke lang, bevor er antwortete.

»Nein, daran liegt's wohl nicht … Eher daran, dass das Reale die Eier hat, viel weiter zu gehen.«

Dieser Satz verblüffte mich, dieser Satz aus dem Mund eines Fünfzehnjährigen, dessen Nike-Turnschuhe so aussahen, als seien sie für den Gebrauch auf einem anderen Planeten konzipiert, dieser an sich so banale, aber so einzigartig formulierte Satz: Das Reale hatte Eier. Das Reale hatte einen Willen, eine Eigendynamik. Das Reale war das Ergebnis einer höheren Kraft, die viel kreativer, kühner und einfallsreicher war als alles, was wir uns ausdenken konnten. Das Reale war ein riesiges, von einem unvergleichlich mächtigen Schöpfer gesteuertes Ränkespiel.

An einem anderen Abend roch ich, als ich nach Hause kam, im Hausflur L.s Parfüm. Ich dachte, es sei Zufall oder vielleicht eine Geruchshalluzination.

Als ich meine Wohnungstür öffnete, beleuchteten die Lichter der Stadt einen Teil meines Wohnzimmers, sodass sich die Schatten der Möbel auf dem Fußboden abzeichneten. Ich knipste das Licht nicht gleich an, und vermutlich fühlte ich mich beobachtet, denn ich sah sofort aus dem Fenster. Im Treppenhaus des Gebäudes gegenüber glaubte ich eine Gestalt zu erkennen. Während sich meine Augen an die Dunkelheit gewöhnten und die Gestalt genauer zu erfassen versuchten, wurde der Glaube zur Gewissheit. Da stand jemand, völlig reglos, die Treppenhausbeleuchtung war aus, und die betreffende Person hielt sich gewiss für unsichtbar. Aus der Entfernung konnte man unmöglich das Gesicht erkennen oder auch nur, ob es sich um einen Mann oder eine Frau handelte.

Ich blieb noch einen Moment so stehen und sah forschend in die Dunkelheit, in der Hoffnung auf einen Hinweis, ein Kleidungsstück, erkennbare Umrisse. Und dann trat die Gestalt immer weiter zurück, bis sie ganz verschwand.

Ich zog die Vorhänge zu und blieb ganz still dahinter stehen, um durch einen winzigen Spalt Ausschau zu halten, ob die Gestalt zurückkehrte. Doch sie erschien nicht mehr.

Am Morgen darauf, als ich bei Tageslicht aus dem Fenster sah, fragte ich mich, ob ich nicht geträumt hatte. Alles wirkte so normal.

Als ich ein oder zwei Stunden später meine Wohnung verließ, um zum Markt auf dem Boulevard Richard-Lenoir zu gehen, stürzte ich im Treppenhaus. Es fällt mir schwer, diesen Sturz zu beschreiben. Ich glaube, ich hatte einfach vergessen, dass ich dabei war, die Treppe hinunterzugehen. Einen Sekundenbruchteil lang (in einem winzigen Moment des Abgekoppeltseins) setzte ich einen Fuß vor den anderen, als bewegte ich mich auf einer ebenen Fläche. Ich schlug mit einem dumpfen Geräusch zehn Stufen weiter unten auf dem Treppenabsatz auf. Nach einigen Minuten stellte ich fest, dass ich nicht aufstehen konnte. Eine meiner Nachbarinnen rief den Rettungsdienst an. Sie parkten den Krankenwagen vor dem Haus und bestanden darauf, dass ich mich auf die Trage legte. Sie brachten mich in den Krankenwagen, um den sich bereits ein kleines Grüppchen Schaulustiger gebildet hatte, die einer der Männer auf Abstand hielt. Als sich die Türen schlossen, sah ich L. aus dem Grüppchen auftauchen, sie wirkte aufgeregt. Die Sanitäter sagten ihr, sie würden mich ins Krankenhaus Saint-Louis bringen, und sie schrie mir zu, sie würde mit dem Wagen nachkommen.

Im ersten Moment fragte ich mich gar nicht, welcher Zufall sie gerade zu diesem Zeitpunkt hergeführt hatte. Ich war froh, ein vertrautes Gesicht zu sehen, jemanden, den ich nicht erst zu Hilfe hatte rufen müssen, sondern der im richtigen Moment da war, wie durch ein Wunder aus dem Nichts aufgetaucht.

Eine halbe Stunde später kam L. zu mir in die Notaufnahme. Normalerweise dürfen die Angehörigen nicht in den Behandlungsbereich vordringen, doch es hatte nicht lange gedauert, bis L. jemanden überreden konnte, sie durch die hermetische Tür zu mir zu lassen. Sie brauchte auch nicht lange, um einen Stuhl zu finden, und setzte sich neben die Pritsche, auf der ich lag. Ich fragte sie, wie sie es angestellt hatte hereinzukommen, und sie sagte, sie habe dem diensthabenden Arzt gesagt, ich mache gerade eine schwere Depression durch und es sei daher besser, sie sei bei mir und könne mich beruhigen. Ich wusste nicht, ob sie Witze machte oder es wirklich dachte. Wie auch immer, ich kannte ihre Überredungskunst.

Mein Fuß tat sehr weh, doch alles Übrige schien, von einigen Prellungen abgesehen, noch zu funktionieren. Ich war kein sonderlich dringender Fall und musste lange warten, bevor man mich in die Röntgenabteilung brachte. Die ganze Zeit blieb L. bei mir. Ich hatte sie schon einige Wochen lang nicht mehr gesehen, und ich muss sagen, ich freute mich über das Wiedersehen. Unsere letzten Streitgespräche waren in die Ferne gerückt, und ich konnte ihr deshalb nicht mehr wirklich böse sein. Ich glaube, ich hatte inzwischen absolut begriffen, dass L. seltsam, neurotisch, exzessiv und unberechenbar war, aber ich erfasste das Ausmaß der Gefahr nicht. Ich kannte eine Reihe von seltsamen, neurotischen, exzessiven und unberechenbaren Leuten, und wahrscheinlich war ich selbst seltsam, neurotisch, unberechenbar und exzessiv. Zudem waren meine Verdachtsgründe gegen sie vielleicht gar nicht so begründet. Ja, sie hatte es sich in der Hoffnung, damit meine Konzentration zu fördern, erlaubt, eine Mail an meine Freunde zu schicken. Vielleicht war ihr die Tragweite ihres Tuns nicht bewusst gewesen. Ich war mir nicht sicher, dass ich mich deshalb endgültig mit ihr entzweien wollte. Denn es gab ja noch den ganzen Rest. Was sie für mich getan hatte. Wochenlang hatte mir L. ihre Hilfe, ihre Anwesenheit und ihren Trost geschenkt.

Und auch jetzt bewies sie, während sie neben mir saß, ihre Fähigkeit, zu verstehen, zu beruhigen und die rechten Worte zu finden. In wenigen Minuten fanden wir zu der Verschworenheit zurück, die uns verband.

Während dieses Wartens fing L. zum ersten Mal an, sich mir anzuvertrauen.

Ich wüsste nicht zu sagen, wie es zu diesem Gespräch kam, wahrscheinlich sprachen wir von Krankenhäusern, vom Leben in Krankenhäusern, und L. machte zunächst eine Anspielung auf die Tatsache, dass sie mehrere Monate in einer psychiatrischen Klinik verbracht hatte. Ich fragte nach. Anfangs blieb sie vage, dann erzählte sie. Nach der Beisetzung ihres Mannes hatte sie die Sprache verloren. Einfach so, von einem Tag auf den anderen. Ohne Vorzeichen. Eines Nachts war sie aufgewacht, kurzatmig und mit schmerzenden Knochen. Sie hatte Fieber. Unter der Decke spürte sie die Hitze, die ihr eigener Körper ausstrahlte. Sie dachte, sie habe sich eine Grippe oder ein sonstiges Virus eingefangen und blieb im Bett liegen, um den Morgen zu erwarten. Durch das Fenster sah sie zu, wie in den Gebäuden ringsum die Lichter angingen und der Himmel langsam von Schwarz zu Grau wechselte. Als ihr Wecker klingelte, stand sie auf, um sich einen Tee zu kochen. Und dann versuchte sie, allein in ihrer Küche, zu sprechen. Als hätte sie intuitiv schon begriffen, was ihr passiert war. Aus ihrer Kehle kam kein Laut. Sie ging ins Badezimmer und sah sich im Spiegel an. Sie putzte sich die Zähne. Sie betrachtete ihren Gaumen, betastete die Lymphknoten am Hals. Versuchte zu husten. Nichts, nicht einmal ein Flüstern. Ihr Rachen war nicht entzündet, ihre Lymphknoten nicht geschwollen. Sie blieb den ganzen Tag über zu Hause. Immer wieder versuchte sie zu sprechen, doch sie brachte keinen Laut hervor.

Nach einigen Tagen fingen Verwandte von ihr an, sich Sorgen zu machen, weil sie nichts mehr von ihr hörten. Einer von ihnen brachte sie in ein Krankenhaus, wer, wusste sie nicht mehr.

Sie musste sechs Monate dort bleiben. Sie war fünfundzwanzig Jahre alt. Sie versuchte, möglichst wenige der Medikamente, die man ihr gab, zu schlucken. Sie schloss sich in ihr Schweigen ein –

ein dicker Wattepfropf, der in ihrer Kehle steckengeblieben und von da aus gewachsen war, um sie schließlich ganz zu umschließen. Etwas Weiches, Kompaktes, das sie schützte.

Eines Tages wurde ihr klar, dass sie nicht ihr ganzes Leben stumm bleiben konnte. Dass sie diesen ganzen Weg zurück machen und den Gebrauch der Sprache wiedererlangen musste. Dass sie sich dieser Sache würde stellen müssen. Mehrere Tage lang trainierte sie das Sprechen, ganz allein, nachts unter der Decke. Sie flüsterte, artikulierte leise kurze Wörter und hielt dabei die Hände vor den Mund, damit sie niemand hörte.

Hallo.

Ist da wer?

Ja.

Ich.

L.

Lebendig.

Imstande zu sprechen.

Die Wärme ihres Atems in ihren Händen. Die ihre Wörter empfingen, ganz langsam, eins nach dem anderen. Da wusste sie, dass sie den Gebrauch der Sprache wiedererlangen würde und nie mehr aufhören würde zu sprechen. Sie sprach neue Wörter aus.

An einem Dienstag redete sie zum ersten Mal. Die Krankenschwester kam mit dem Frühstück in ihr Zimmer. Die Sonne warf die Schatten der Fenstergitter auf die Wand neben ihrem Bett. Die junge Frau redete sie in dem munteren Ton an, den man in Krankenhäusern, Kliniken und Altenheimen zu hören bekommt, überall wo sich Leute, denen es gut geht, um Wehrlose kümmern. Sie stellte das Tablett auf den Nachttisch mit Rollen.

L. sah ihr dabei zu. Sie hatte Lust, etwas zu sagen. Plötzlich kam ihr die Erinnerung an ein Gedicht, das sie einmal gelernt hatte.

»Ich habe so viel von dir geträumt, dass meine Arme, so daran gewöhnt, sich um deinen Schatten zu schließen und ihn an meine Brust zu drücken, sich vielleicht nicht um deinen Körper schmiegen könnten.«

Und da blieb die Krankenschwester stehen und antwortete ihr im selben Ton: Ist das nicht wunderbar, Sie haben Ihre Stimme wiedergefunden. Sie hätte der Schwester gern zugelächelt, aber sie fing an zu weinen. Ohne jedes Schluchzen, nur stille, unwillkürliche Tränen, die ihr über die Wangen rollten.

Jean war tot, doch sie lebte.

L. beendete ihre Erzählung. Ihre Aufgewühltheit war greifbar.

Sie hatte sechs Monate ihres Lebens zugebracht, ohne ein Wort auszusprechen. Ich spürte, wie schmerzvoll die Erinnerung daran noch war.

Ich glaube, das war der Augenblick, in dem mir der Gedanke zum ersten Mal kam.

Wegen dieser Erzählung, weil sie mich zum ersten Mal ins Vertrauen gezogen hatte.

Während rings um uns ständig neue verletzte, ramponierte, verängstigte Menschen ankamen, die litten, deren Leben aus den Fugen geraten war, kam ich zum ersten Mal auf die Idee, über L. zu schreiben.

Ein Projekt an sich. Ein Abenteuer. Ich würde Nachforschungen anstellen müssen, und das würde nicht einfach werden. L. vertraute sich nicht blind an. Wusste ihre Geheimnisse zu bewahren.

Doch plötzlich wurde alles klar. Bekam alles einen Sinn. Unsere seltsame Begegnung, die Raschheit, mit der sie so viel Platz in meinem Leben hatte einnehmen können, und sogar der Sturz im Treppenhaus. Plötzlich rückten die Dinge an ihren Platz, fanden ihre Daseinsberechtigung.

Plötzlich dachte ich nur noch an eins: einen Roman über L. Über das, was ich von ihr wusste. Über ihre Schrullen, ihre Ängste. Ihr Leben.

Es lag klar auf der Hand. War unausweichlich.

Sie hatte recht. Es war nicht mehr zeitgemäß, Figuren vollständig zu erfinden und sie im Leben handeln zu lassen wie abgenutzte arme Marionetten.

Es war an der Zeit, vom echten Leben zu erzählen.

Und ihr Leben glich, mehr als meins, einem Roman.

L. kehrte in den Wartebereich zurück, während ich geröntgt wurde. Die Bilder zeigten einen nicht dislozierten Bruch des fünften Mittelfußknochens.

Ein wenig später wurde ich mit einer Unterschenkel-Orthese, die bis zum Knie reichte, aus der Notaufnahme entlassen.

L. holte ihren Wagen. Wir hatten den Krankenwagen abgelehnt, auf den wir noch mindestens eine Stunde hätten warten müssen.

Vorsichtig half sie mir auf den Beifahrersitz. Wir hielten noch an der Apotheke, um die vom Krankenhaus verschriebenen Schmerzmittel und Unterarmgehhilfen abzuholen.

Die Ärzte hatten gesagt, dass ich für mindestens vier Wochen die Orthese tragen musste und den Fuß nicht aufsetzen durfte.

Als wir im Wagen saßen und L. mich nach Hause fuhr, schwieg sie lange. Dann bemerkte sie, dass mein Leben im sechsten Stock ohne Aufzug und jetzt auch noch ohne François kompliziert zu werden versprach. Es würde schon nicht leicht sein, mich auf einem Bein hüpfend nach oben zu befördern. Doch sobald ich dort wäre, sei an ein Hinunterkommen nicht mehr zu denken. Für mich, die ich es doch nicht ertrüge, einen ganzen Tag nicht auszugehen, würde es ganz schön schwierig werden.

Ich weiß nicht mehr, wie sie die Idee zur Sprache brachte, nach Courseilles zu fahren, aber ich bin sicher, dass sie es vorschlug und nicht ich. Für mich war Courseilles vor allem François' Reich. Er hatte zwar in den vergangenen Jahren keine Mühe und Aufmerksamkeit gescheut, damit ich mich dort wohlfühlte (und mir sogar im Erdgeschoss einen besonders schönen Raum als Arbeitszimmer überlassen), doch ich betrachtete diesen Ort immer noch als seinen Ort. Ich fuhr nie ohne ihn dorthin.

Wahrscheinlich war das einer der Gründe, warum François, als ich ihn anrief, um ihm von meinem Unfall zu erzählen und ihn zu fragen, ob ich für einige Zeit in Courseilles wohnen könne, geradezu enthusiastisch reagierte, sobald ich seine Sorgen beschwichtigt hatte. Aber ja, eine ausgezeichnete Idee, vor allem, wenn ich nicht allein sei. Das Haus sei ebenerdig, und ich hätte einen Raum, in dem ich arbeiten könne. Leider könne er nicht früher zurückkommen (er war mit einem vierköpfigen Team unterwegs, die Flüge, die Drehpläne, die Termine mit den Schriftstellern, alles stand seit langer Zeit fest), aber es sei für ihn beruhigender, mich dort mit einer Freundin zu wissen, als allein in meiner sechsten Etage. Ich hätte ja die Schlüssel, wir bräuchten bloß noch hinzufahren. Während dieses Gesprächs kam François mehrmals besorgt auf meinen Sturz zurück: *Was ich mir gedacht hätte?* Ich dachte, dass ich mir eben nichts gedacht hatte, gar nichts. Doch jetzt hatte ich einen Plan. Einen durchaus gewichtigen. Denn ich war nicht von dem Gedanken abgekommen, über L. zu schreiben. Und im Hinblick darauf freute ich mich, dass ich mit ihr aufs Land fahren, sie in direkter Nähe haben würde.

Am Ende unseres Gesprächs fragte François noch einmal, mit wem ich nach Courseilles fahren wollte, und als ich zum zweiten Mal L.s Namen nannte, folgte ein kurzes Schweigen. Er empfahl mir Vorsicht, ich glaube, er dachte nur an die Autofahrt und an meinen verletzten Fuß.

Als ich aufgelegt hatte, setzte mich L. in einem Café unten in meiner Straße ab, damit ich es warm hatte, während sie unsere Abreise vorbereitete. Sie hatte mir angeboten, sie würde hinaufgehen, um ein paar Sachen für mich zusammenzusuchen. Ich hatte das Angebot angenommen. Ich war erschöpft von meinem Sturz, von der langen Wartezeit in der Notaufnahme und vom Schmerz, der in Wellen immer wieder über mich herfiel. Ich hatte nicht mehr die Kraft, mich sechs Stockwerke hoch zu mühen.

Sie sagte, sie würde bei der Gelegenheit auch die Blumen gießen und die Heizung herunterdrehen. Danach würde sie ihre Sachen aus dem Hotel holen.

Ich saß mindestens eine Stunde in dem Café, vielleicht sogar noch ein bisschen länger. Ich war wie betäubt. Ich erinnere mich, dass ich mehrmals auf die Wanduhr sah.

Und dann sah ich L.s Wagen, der wieder vor dem Fenster hielt. Sie bedeutete mir, dass sie aussteigen und mich aus dem Café holen würde.

Alles war bereit.

Wir machten uns unverzüglich auf den Weg.

Die Ausfallstraßen aus Paris waren ziemlich voll. Nachdem wir mehr als zwanzig Minuten gefahren waren, ohne dass ich die mindeste Frage gestellt hatte, erzählte mir L., wie sie ihren Mann kennengelernt hatte, an einem Abend, als die öffentlichen Verkehrsmittel bestreikt wurden und die ganze Stadt gelähmt war. Im Stau hatte ein erster Mann an ihr Autofenster geklopft. In einem etwas absurden Anfall von Misstrauen hatte sie die Türen verriegelt und war bis zur Ampel vorgefahren. Der Mann war wieder auf ihrer Höhe aufgetaucht, und sie hatte einen Moment lang geglaubt, er würde es noch einmal versuchen, doch er war in einen anderen Wagen eingestiegen. Und das mit einem ironischen Lächeln, sodass sie sich für ihre Reaktion geschämt hatte. Vermutlich war sie genau deshalb ein Stückchen weiter bereit gewesen, einen Anhalter mitzunehmen. Groß und älter, als er ihr zunächst erschienen war, hatte er sich auf den Beifahrersitz gleiten lassen und sie dann betrachtet. Der Duft dieses Mannes, eine Mischung aus Tabak und Leder, hatte sie sofort gefangen genommen. Schweigend waren sie eine Weile gefahren. Später hatten sie in einer Gasse geparkt und waren gemeinsam in ein Pariser Hotel gegangen, dessen Zimmer fast alle leer gewesen waren. L. hatte Jean gewollt. Von der Sekunde an, als er zu ihr ins Auto gestiegen war, von der Sekunde an, als sie seinen Duft eingeatmet hatte. Schon in den ersten Stunden hatte sie gewusst, dass sie bei ihm bleiben würde. Weil alles Vorangegangene plötzlich nicht mehr zu existieren schien. Sie war neunzehn gewesen, er achtundzwanzig.

Sie machte eine Pause in ihrer Erzählung. Ich erinnere mich, dass ich zu ihr sagte, das sei eine Begegnung wie in einem Roman oder einem Film. Ich bin sicher, dass ich mir in diesem Moment sonst nichts dabei dachte.

Während wir über die Nationalstraße fuhren und ich unwillkürlich auf den Tacho sah, stellte ich ihr weitere Fragen. Zum ersten Mal antwortete L. Ich erfuhr, dass sie sechs Jahre mit Jean zusammengelebt hatte. Und dann war er gestorben. Als sie ihn kennengelernt hatte, war Jean Zahnarzt gewesen. Er hatte sich mit zwei anderen Zahnärzten eine Praxis geteilt. Einige Monate vor der Heirat waren sie zusammengezogen. Ein oder zwei Jahre später hörte Jean auf, als Zahnarzt zu arbeiten. Er hatte sechs, sieben Jahre lang studiert, doch er hatte kein Interesse mehr an seinem Beruf. Während L. anfing, als Ghostwriterin zu arbeiten, übernahm Jean Jobs als Kurier und dann als Barkeeper. Er sprach davon, in ihrem Viertel ein Delikatessen- oder Antiquitätengeschäft zu eröffnen. Und dann war die Rede davon, ins Ausland zu ziehen. Und dann war von gar nichts mehr die Rede. Langsam war Jean an ihrer Seite in eine stumme Traurigkeit versunken, deren Gefährlichkeit sie nicht erkannt hatte.

Wir fuhren etwa zehn Minuten schweigend weiter. Dann erzählte mir L. vom Tod ihres Mannes. Ich glaube, sie hatte diesen Moment gewählt, weil wir uns während der Fahrt nicht ansehen konnten. Das war mir schon aufgefallen, als Louise und Paul jünger waren: Sie redeten mit mir, wenn wir durch die Straßen liefen, nebeneinander im Zug oder in der Metro saßen oder während ich das Essen zubereitete. In der Zeit ihres Heranwachsens haben wir unsere intensivsten Gespräche so geführt: während wir mehr oder minder mit anderem beschäftigt waren.

Daran dachte ich, während wir über die Nationalstraße 12 fuhren und L. von dem zu erzählen begann, was sie immer vermieden hatte – weil wir uns nicht gegenübersaßen, weil ich nur ihr Profil sehen konnte, konnte sie mir endlich vom Tod ihres Mannes erzählen.

L. liebte die Berge. Die Einsamkeit, die Konfrontation mit den Elementen. Sie und Jean waren oft zusammen ins Gebirge gefahren. Seit Langem hegte sie den Plan, mehrere Wochen in einer völlig abgelegenen Hütte mitten in den Alpen zu verbringen. Kurz nach ihrem dritten Hochzeitstag schlug sie Jean vor, mit ihr zusammen in die Berge zu gehen. Er hatte keine Lust, doch sie bestand darauf. Sie hoffte, das könne ihn aus seiner Erstarrung reißen und ihnen beiden die Chance bieten, sich wieder zu finden. Jean willigte schließlich ein. Er fand sogar Gefallen an den Vorbereitungen und recherchierte selbst, was sie alles würden mitnehmen müssen. Sie hatten zusammengestellt, was sie für ein völlig autarkes Leben brauchten, Kleidung, Schlafsäcke, einen Gaskocher, Dörrobst und -fleisch, Konserven aller Art. Nach dem letzten Dorf war es noch ein ganzer Tagesmarsch bis zur Hütte. Jean hatte ein Gewehr mitnehmen wollen, für den Fall, dass sie von einem wilden

Tier angegriffen würden. Ein Stammgast der Bar hatte es ihm geliehen.

An einem klaren, sonnigen Tag stiegen sie zur Hütte auf. Sie bestand aus einem großen Raum mit einem Ofen und Fenstern und einem kleinen Schlafzimmer ohne Öffnungen nach außen.

Ringsum nichts als Schnee. Und diese Stille, die nur manchmal von Geräuschen zerrissen wurde, die sie nach und nach zu deuten lernten. Sie waren allein, fern von allem. Die Zeit dehnte sich, glich in nichts mehr dem, was sie kannten.

Nach einer Woche wollte Jean zurück. Er fühle sich unwohl, sei bedrückt. Er müsse in die Stadt zurück, zum Lärm der Autos, der Hupen, der Stimmen. Doch L. hatte überhaupt keine Lust, schon aufzugeben. Sie hatten sich vorgenommen, so lange zu bleiben, wie ihre Vorräte es ihnen erlaubten. Sie wollte das Experiment bis zum Schluss durchziehen.

Jean wollte aufbrechen. Sie sagte ihm, er könne ja ohne sie gehen, und stellte auf diese Weise seine Loyalität auf die Probe. Dann hatte sie diese etwas bittere Bemerkung gemacht (in dem Moment, als L. davon sprach, wurde ihre Stimme brüchig), sie war sich der genauen Worte nicht mehr sicher, aber sie waren hart gewesen und hatten ihm, wieder einmal, den Vorwurf gemacht, er weiche aus.

Jean blieb.

Jeden Tag machten sie Wanderungen mit ihren Schneeschuhen. Sie lasen viel. Sie hatten keinen Sex mehr. Abends schliefen sie, erschöpft von der Kälte, mit einem Schlag ein. Trotz des Ofens mussten sie pausenlos gegen die Kälte kämpfen. Ein Kampf, der die Zeit dehnte. Sie vergaß schließlich, dass es Jean schlecht ging, weil es Jean nicht mehr so schlecht ging.

Eines Abends sagte er sogar, er sei glücklich.

Einige Tage lang war so heftiger Sturm, dass sie die Hütte nicht verlassen konnten. Sie blieben drinnen, und die Fenster beschlugen immer mehr. Während dieser Tage hörten sie nur das Gebrüll des Windes und den Klang ihrer eigenen Stimmen. Und da kam ihr ein schrecklicher Gedanke und ließ sie nicht mehr los. Sie liebte diesen Mann, den sie geliebt hatte, nicht mehr.

Am vierten Tag beruhigte sich der Sturm endlich, und L. ging nach draußen, um Luft zu schnappen. Jean hatte sich unter den Federbetten zusammengerollt und war im Chalet geblieben. Sie ging allein auf den Wald zu, als sie plötzlich hinter sich einen Knall hörte. Der Schuss zerriss die Stille, und dennoch war wenige Sekunden später nichts mehr von ihm übrig. Kein Nachhall. Sie fragte sich, ob sie ihn nicht geträumt habe.

Zurück in der Hütte, fand sie Jeans Leiche. Es war eigentlich nicht mehr Jean, denn sein Kopf fehlte. Sein Kopf war abgerissen worden, und überall war Blut. L. blickte auf ihre Füße und wich zurück, als ihr klar wurde, dass sie auf ein Stück vom Kopf ihres Mannes getreten war. Das schwarze Haar war blutverklebt.

Sie schrie, doch niemand hörte sie.

L. beendete ihre Geschichte, und ich konnte einige Minuten lang nichts sagen. Ich hätte so gern Worte des Mitgefühls, des Trostes gefunden, die dem Vertrauen entsprochen hätten, das sie mir gerade geschenkt hatte.

Schließlich sagte ich:

»Wie musst du gelitten haben.«

L. lächelte mir zu.

»Es ist lange her.«

Wir fuhren schweigend weiter, es wurde dunkel.

Als wir ankamen, ließ ich L. aussteigen, um das Tor zu öffnen. Ich sah ihr im Licht der Scheinwerfer zu, wie sie die beiden Flügel nacheinander aufzog, kraftvoll, energisch, *sie hat die Schlüssel*, dachte ich, die Doppeldeutigkeit dieses aus einer Falte meines Bewusstseins oder einem Krimi aufgetauchten Satzes war mir durchaus bewusst. Als sie fertig war, drehte sie sich triumphierend zu mir um, ihr elektrisch aufgeladenes Haar bildete einen glitzernden Heiligenschein um ihr Gesicht. Dann kam sie zum Wagen zurück.

L. steuerte den Wagen vor das Haus und sagte dabei zu mir, der Garten sei ja ein wahres Minenfeld. Tatsächlich waren in dem Teil längs der Straße mehrere tiefe Löcher ausgehoben worden, weil Abwasserrohre verlegt werden sollten. Die Arbeiten betrafen das ganze Dorf, überall waren die mit rot-weißen Absperrungen markierten Baustellen zu sehen.

L. öffnete die Haustür und stellte dann mein und ihr Gepäck ins Haus. Ich führte sie durchs Erdgeschoss, doch das Obergeschoss ließ ich sie allein besichtigen, weil ich noch nicht gut genug mit den Krücken zurechtkam, um ihr zu folgen.

Wir beschlossen, die beiden Gästezimmer im Erdgeschoss zu beziehen. Die Treppe zu dem Zimmer, in dem ich sonst mit François schlief, erschien mir zu gefährlich.

In der Speisekammer fanden wir Fertigsuppen und Nudeln.

Ich war erschöpft und ging gleich nach dem Abendessen schlafen.

Am nächsten Tag erklärte ich L. den Weg zum nächsten Supermarkt. Wir stellten gemeinsam eine Liste der Lebensmittel auf, mit denen wir eine gute Woche würden durchhalten können.

Nachdem L. fort war, ging ich in mein Arbeitszimmer im Erdgeschoss auf der anderen Seite des Hauses. Ich drehte die Heizung voll auf. Zog die Vorhänge zur Seite. Durchs Fenster sah ich das Tor, das sie wieder sorgfältig geschlossen hatte. Der zementgraue Himmel hing tief, nichts schien ihn aufreißen zu können.

Ich spürte etwas in meinem Körper, in meinen Händen, ein vertrautes Pulsieren, einen gewissen Schwung, eine Hoffnung, die schon das geringste Anzeichen von Überstürzung gefährden konnte.

Ich versuchte nicht, den Computer einzuschalten oder zu Papier und Stift zu greifen. Ich setzte mich vorsichtig. Ich rückte den Stuhl an den Tisch. Und dann kam mir die Idee, ich könne, statt zu schreiben zu versuchen, die Diktierfunktion meines Handys nutzen.

Ich diktierte die Begegnung zwischen L. und ihrem Mann und dann Jeans Tod, so wie L. mir beides beschrieben hatte, mit allen Details, an die ich mich erinnerte.

Ich diktierte diese Erzählung, wie ich sonst schrieb, Satz um Satz.

Ich unterbrach mich mehrmals, um L.s Worte wiederzufinden und sie in eine Form zu bringen.

L.s Erzählung verfolgte mich durch einen Teil der Nacht. Sie hallte in mir wider, als hätte ich sie schon gekannt, als hätte ich sie schon einmal gehört.

Die Frage des Freitods (und was sie an Ohnmacht, Schuldgefühlen und Trauer mit sich bringt) war für mich nach wie vor schwierig. L.s Erzählung hatte den Schrecken wieder heraufbeschworen, mit dem ich einige Jahre zuvor die Leiche meiner Mutter entdeckt hatte, und auch die Erinnerungen an die adrenalingesättigten Wochen danach.

Aber das war es nicht. Nicht nur. Etwas Vertrautes, das ich mir nicht erklären konnte, verfolgte mich.

L. hatte mir oft Schmerzen und Verletzungen angedeutet, aber nie von ihnen erzählt. Jetzt hatte sie mir einen Teil der Geschichte anvertraut, der zwei oder drei Dinge, die ich über sie wusste, erklärte: die Einsamkeit, in der sie lebte, die Freunde, die sich entfernt hatten und nicht mehr zu ihrem Geburtstag kamen, eine gewisse Brutalität in ihrem Verhalten.

L. barg sicher noch viele andere Erzählungen, Fossilien, die sich im Schlamm ihres Gedächtnisses gut erhalten hatten, geheim gehaltene, vor dem Licht geschützte Geschichten.

Etwas, das sich aufschreiben ließ. Das aufgeschrieben werden musste.

Ich nutzte L.s Abwesenheit, um per Sprachmemo andere Einzelheiten aufzunehmen, die ich mir im Verlauf unserer Gespräche gemerkt hatte. Viele waren es nicht. Einige wenige verstreute Teile eines Puzzles, dessen Komplexität mir bewusst war.

Aber ja, ich würde schreiben. Notfalls sprechend.

Ich würde mit dem Fest anfangen, auf dem sie mich angesprochen hatte, und dann alles Weitere schildern.

Ich würde über die Faszination schreiben, die L. auf mich ausübte, und über die seltsame Bindung, die zwischen uns entstanden war.

Ich würde sie dazu bringen, über sich zu sprechen. Ich würde ihre Mitteilungen sammeln.

Ich würde herauszufinden versuchen, wer sie war, sie, die mir einmal gesagt hatte: »Ich könnte jeden deiner Sätze zu Ende bringen«, oder: »Ich bin dir nicht begegnet, ich habe dich erkannt.«

Das Tor öffnete sich, noch während ich dabei war, eine Reihe von Fragen an sie aufzuzählen, die mir unerlässlich schienen. Während L. den Wagen auf das Haus zusteuerte, überprüfte ich, ob die Audioaufnahme wirklich als Datei auf der Liste war. Dann schloss ich die Tür hinter mir und ging ihr entgegen.

L. war bester Laune. Der Kofferraum war voller Lebensmittel, und ich dachte, sie habe ziemlich reichlich eingekauft oder aber die Absicht, mehrere Wochen zu bleiben.

Auf meine Krücken gestützt, sah ich ihr zu, wie sie die Pakete auslud, und konnte ihr nicht helfen. Als sie sich gerade wieder auf den Weg in die Küche machte, griff ich nach der letzten Tüte, die mir leicht zu sein schien. L. kam zum Wagen zurück.

»Kannst du nicht mal zwei Minuten stillhalten? Was hast du überhaupt hier zu suchen, ich komme prima allein zurecht! Steh mir hier nicht im Weg!«

Sie schlug den Kofferraum zu und reichte mir die Krücke, die ich gegen die Tür gelehnt hatte. Mit einem seltsamen Lachen, das ich noch nicht von ihr gehört hatte, fügte sie hinzu:

»Sonst breche ich dir auch noch den anderen Fuß.«

Ich wartete einen Moment ab, der mir geeignet schien, um L. zu fragen, warum sie am Tag meines Sturzes unten vor meinem Haus gewesen war. Sie erklärte mir, was geschehen war. Sie sei durch die Straße gelaufen, und dann habe ihr Fuß einige Minuten lang so furchtbar wehgetan, dass sie nicht habe weitergehen können. Und da sei ihr dieser Gedanke gekommen, ganz klar: Mir sei etwas zugestoßen. Eine Vorahnung, mehr noch eine Gewissheit, erklärte sie, so deutlich, dass sie beschlossen habe, mich sofort aufzusuchen. An meiner Straßenecke sei sie auf den Krankenwagen gestoßen.

Aus verschiedenen Gründen gehöre ich zu der Sorte Leute, die so etwas glauben, ohne nach einer rationalen Erklärung zu suchen. An dem Tag, an dem Paul sich mitten in den Osterferien den Arm gebrochen hatte (er war in einem kleinen Park in unserem Viertel vor meinen Augen von einem Klettergerüst gefallen), bat Louise, die die Ferien bei einer Schulfreundin verbrachte, die Mutter ihrer Freundin, mich anrufen zu dürfen. Hunderte von Kilometern entfernt hatte sie mitten am Nachmittag vor einer Brioche und einem Glas Nutella gesessen und zu dieser Frau gesagt: »Paul hat sich wehgetan, ich muss Maman anrufen.«

Ein anderes Mal, die Zwillinge waren noch Babys und schliefen im selben Zimmer, fing Paul mitten in der Nacht an zu schreien. Es war ein seltsames, mir völlig unbekanntes Schreien. Ich ging in ihr Zimmer und schaltete das Licht ein. Paul weinte, doch es war Louise, die von einem Hautausschlag bedeckt war.

Noch heute braucht Louise ihrem Bruder keinen besonderen Klingelton zuzuordnen, um zu wissen, dass er es ist, der sie anruft.

Ich kann mich nicht mehr erinnern, ob ich L. die eine oder andere solcher Anekdoten erzählt habe. Jedenfalls glaubte ich ihr aufs Wort.

Gegen Mittag verkündete ich L., dass ich anfinge, an einem Buch zu arbeiten, das meine intellektuelle, affektive und emotionale Seinsweise in Frage stelle. Etwas sehr Persönliches.

Nein, mehr könne ich ihr nicht sagen, ich hätte Angst, diesen unerwarteten Schwung zu bremsen.

Ja, es handle sich um einen sehr autobiografischen Text.

Ich sah L.s Gesicht aufleuchten. Ihre Züge entspannten sich plötzlich, und da sie ein befriedigtes Lächeln nicht unterdrücken konnte, beeilte ich mich hinzuzufügen, noch sei nichts gewonnen, man dürfe sich nicht zu früh freuen.

Ich sagte L., ich könne den Computer immer noch nicht einschalten, nicht einmal Notizen auf Papier machen. Beim bloßen Gedanken an solche Tätigkeiten fingen meine Hände wieder an zu zittern. Aber das würde sich ändern. Ich spürte es. Ich sei sicher, dass die Dinge wieder ins Lot kämen, sobald ich mich dauerhaft mit einem neuen Text beschäftigen würde, es sei nur eine Frage der Zeit. Und in der Zwischenzeit würde ich eben anders verfahren. Ich erklärte ihr, dass ich versuchen würde, sprechend zu schreiben, und zwar jeden Tag, bis ich endlich wieder imstande wäre, einen Stift zu halten. Da es sich um eine Art Beichte, eine Innenschau handle, würde ich zunächst einen ersten Entwurf vokal aufzeichnen und ihn dann, wenn es mir besser ginge, überarbeiten.

L. war glücklich. Verrückt vor Freude.

Sie hatte gewonnen.

In den Stunden, nachdem ich ihr diese Neuigkeit verkündet hatte, öffnete sich ihr Gesicht, ihre Haltung veränderte sich. Ich hatte sie noch nie so ausgeglichen erlebt. So beruhigt. Als wäre ihr ganzes Leben seit Monaten von dieser Kapitulation abhängig.

Am zweiten Abend öffneten wir eine Flasche Champagner, um meine Rückkehr zum Schreiben zu feiern. L., die sich bis dahin beherrscht und nicht genauer nachgefragt hatte, hielt es nicht länger aus:

»Was du angefangen hast, hat es etwas mit deinem Phantombuch zu tun?«

Ich zögerte eine Sekunde, bevor ich antwortete. Das berühmte Phantombuch. Was hatte sie sich ausgemalt? Welche Kindheits- oder Jugendgeschichte wollte sie von mir lesen? Was hatten wir, real oder fantasiert, gemein, das sie so sehr interessierte?

Ich sah diese Hoffnung in ihren Augen, ein flackerndes Licht, das auf meine Zustimmung lauerte, und ohne weiteres Nachdenken antwortete ich mit Ja. Ja, natürlich, es habe etwas mit dem Phantombuch zu tun. Ich fügte hinzu, dass es, wie sie sich vorstellen könne, schwer sein würde, dieses Buch zu schreiben. Doch sie habe recht. Es sei höchste Zeit, dass ich damit anfing.

Ich hörte den Ton meiner Stimme, tief und sicher, und dachte, der Wind habe sich gedreht. Ich sei nicht mehr die ausgeblutete Schriftstellerin, die L. seit Monaten auf Händen trug, sondern der Vampir, der sich bald von ihrem Blut nähren würde. Ein Schauer der Angst und der Erregung lief über meinen Rücken.

»Weißt du«, fuhr ich fort, »mir liegt daran zu begreifen, woraus wir bestehen, woraus wir gebaut sind. Durch welchen Vorgang es uns gelingt, bestimmte Ereignisse und Erinnerungen zu assimilieren, die sich in unseren Speichel mischen und in unserem Fleisch verteilen, während andere wie ein spitzer Stein im Schuh spürbar bleiben. Wie kann man die Spuren des Kindes auf der Haut der

Erwachsenen entziffern, die wir jetzt zu sein vorgeben? Wer kann die unsichtbaren Tätowierungen lesen? In welcher Sprache sind sie geschrieben? Wer kann die Narben verstehen, die wir zu verbergen gelernt haben?«

»Deine?«, fragte sie.

In ihrer Stimme lag kein Argwohn.

Ich zögerte wieder, dann sagte ich Ja.

Es geschah genau das, worauf ich gehofft hatte.

L. glaubte, ich sei in die für das Schreiben des verborgenen Buches nötige Introspektive versunken, und fing an, mir von sich zu erzählen. Als Zeichen der Ermutigung und der Solidarität begann sie, mir aus ihrer Kindheit und Jungmädchenzeit von genau den Ereignissen zu erzählen, die sie mir gegenüber nie erwähnt hatte. Wahrscheinlich betrachtete sie diese vertraulichen Mitteilungen als Anregungen, die mir helfen würden, meine eigenen Erinnerungen und Verletzungen zurückzurufen. Ich hatte es richtig vorhergesehen. Ich brauchte sie nur glauben zu machen, dass ich mit meiner Arbeit vorankäme, und schon gab sie mir nach und nach Informationen, die meinen Text ohne ihr Wissen bereichern würden.

Von L. ausgehend würde ich eine Figur schaffen, deren Komplexität und Authentizität mit Händen greifbar wäre.

Natürlich würde ich ihr eines Tages, wenn das Buch hinreichend vorangeschritten, vielleicht sogar fertig wäre, die Wahrheit sagen müssen. Dann würde ich sie daran erinnern, dass sie doch jedes Schreiben ablehne, das nicht unmittelbar ans Leben geknüpft sei. Ich würde sie an ihre Überzeugungen erinnern, zu denen sie mich so gern bekehrt und die ich schließlich geteilt hätte. Ich würde ihr von unserem Kennenlernen erzählen, von diesen Monaten in ihrer Nähe, von dieser Gewissheit, mit der ich plötzlich gewusst hatte, dass nur sie allein Gegenstand des Buches sein konnte. Ich würde ihr erzählen, wie notwendig es mir erschienen war, die Fragmente, die sie mir mitgeteilt hatte, zusammenzufügen und ihnen eine neue Ordnung zu geben.

Von nun an war ich in jeder Hinsicht von L. abhängig.

Zunächst weil ich den Fuß nicht aufsetzen konnte. Und dann, weil ich ihre Worte, ihre Erinnerungen für den Anfang eines Romans brauchte, von dem sie rein gar nichts wusste.

Doch diese Abhängigkeit machte mir keine Angst.

Sie war gerechtfertigt durch ein übergeordnetes Projekt, das sich ohne ihr Wissen entwickeln würde.

L. ihrerseits arbeitete an einem Text, den sie vor dem Sommer begonnen hatte. Eins dieser überaus wichtigen Bücher, bei denen sie sich vertraglich verpflichtete, nichts darüber zu sagen. Ein Buch, als dessen Autor jemand anders auftreten würde.

Ich befragte L., um herauszubekommen, um wen es sich handelte. Welche Schauspielerin, Sängerin, Politikerin hatte sich diesmal ihre Schreibkunst gesichert?

So leid es L. tat, sie konnte mir nichts sagen. Die Vertraulichkeitsklausel war länger als der ganze übrige Vertrag, und sie durfte kein Risiko eingehen. Einmal habe sie sich dazu verleiten lassen, etwas auszuplaudern, und die betreffende Person habe sie völlig unbeabsichtigt verraten. Ich versuchte es mit ein oder zwei Vermutungen: Mireille Mathieu? Ségolène Royal?

L.s Gesicht blieb ausdruckslos, und ich drang nicht weiter in sie.

Nach einigen Tagen fanden wir zu den Ritualen unseres gar nicht so lange zurückliegenden Zusammenlebens zurück. L. wachte früher auf als ich. Von meinem Schlafzimmer aus hörte ich das Geräusch der Dusche und dann das der Kaffeemaschine. Ich stand auf, und wir frühstückten noch schnell zusammen, bevor sie sich an die Arbeit setzte. Sie hatte sich gleich am ersten Tag in einem kleinen Zimmer in der Nähe der Küche niedergelassen. Es schien nie die Sonne hinein, und sie mochte diese Atmosphäre. Sie hatte ihren Computer auf ein Tischchen gestellt und ringsum ihre Entwürfe, Pläne und die sonstigen Unterlagen verteilt.

Ein wenig später zog ich mich in mein Arbeitszimmer am anderen Ende des Hauses zurück. Ich setzte mich in derselben Haltung hin, die ich auch zum Schreiben eingenommen hätte, den Oberkörper leicht vorgebeugt. Ich behielt meine Krücken in Reichweite, die Armstützen über die offene Schreibtischschublade gehakt. Ich wickelte mich in einen großen Schal und begann leise zu diktieren. In Anbetracht der Entfernung zwischen uns konnte L. mich unmöglich hören.

Dennoch konnte ich mehrmals am Tag nicht anders, ich vergewisserte mich, dass die Tür wirklich geschlossen war. Und dass sie nicht dahinterstand.

Gegen 13 Uhr ging ich zu L. in die Küche, wo sie eine Suppe oder ein Nudelgericht für uns zubereitet hatte.

Zu Beginn des Nachmittags machten wir uns beide, jede in ihrem Zimmer, wieder an die Arbeit. Während L. in ihrem Text vorankam, nahm ich weiter meine mündlichen Erzählungen auf und, ohne ihr Wissen, einen Bericht über unsere immer privater werdenden Gespräche.

Nach einigen Tagen gelang es mir, den Computer einzuschalten, um die Audiodateien zu speichern, die ich auf meinem Handy aufgenommen hatte.

Am Spätnachmittag machten wir manchmal noch einen Spaziergang.

Je kräftiger meine Armmuskeln wurden, desto länger wurden die Strecken.

Abends tranken wir ein Glas Wein, während L. das Essen zubereitete. Ich konnte ihr im Sitzen helfen: Ich schnitt die Wurst oder den Mozzarella, schälte Zwiebeln, putzte Gemüse und hackte Kräuter. L. kümmerte sich um alles Übrige.

Wir begannen, über alles und nichts zu reden, um dann unmerklich auf die Themen zu kommen, die mich interessierten. Ich erzählte L. meine eigenen Erinnerungen. Kindheits- und Jugenderinnerungen, sofern sie bei ihr ein Echo auslösen konnten.

Nach dem Abendessen machte L. Feuer im Kamin und wir setzten uns davor und streckten unsere Hände in die Wärme. Ich kannte sie gut. Mit der Zeit hatte ich gelernt, ihre Antworten, ihre Emotionen, ihre Reaktionen zu deuten. Ich wusste auf ihrem Gesicht noch den flüchtigsten Ausdruck von Freude oder Verärgerung zu lesen. Ich konnte an ihrer Körperhaltung den Moment erkennen, in dem sie sich anschickte, etwas Wichtiges zu sagen, oder den, in dem sie wieder auf Distanz ging. Im Laufe der Wochen waren mir L.s Syntax, ihre Art, bestimmten Themen auszuweichen, um sie dann in einem Moment, in dem ich am wenigsten damit rechnete, in einer plötzlichen Umkehr offensiv anzugehen, vertraut geworden. Ich hatte sie noch nie so ruhig gesehen. So ausgeruht.

L. behauptete, dass ich mir den Fuß nicht zufällig gebrochen hätte. Der Bruch sei sichtbares Zeichen meines Verhindert- und Verheddertseins, das mich zum Schweigen verdamme. Der *Sturz* sei zugleich ein Ende gewesen, ich hätte nicht nur das Gleichgewicht verloren, ich sei gefallen, um etwas zu beenden. Ein Kapitel abzuschließen. Stürzen oder psychosomatische Symptome entwickeln, das komme auf dasselbe hinaus. Übrigens, so meinte L., sei es Hauptzweck unserer psychosomatischen Störungen, eine Beklemmung, eine Angst, eine Spannung zu enthüllen, die wir uns nicht eingestehen wollten. Sie würden uns auf diese Weise eine Warnung zukommen lassen.

L. hatte schon lange keine Theorie mehr vor mir entwickelt. Sie hatte wieder diesen Ton angeschlagen, der mich amüsierte, einen gelehrsamen Ton, in dem man sofort einen Hauch Selbstironie entdeckte. Wir lachten. L.s Theorie erschien mir ziemlich zutreffend: Ihrer Ansicht nach verlagerten wir im Laufe der Zeit unsere psychosomatischen Reaktionen, um nicht immer dieselben Organe zu belasten, von der Migräne zum Sodbrennen, vom Sodbrennen zu den Blähungen, von den Blähungen zu den Interkostalneuralgien. Ob mir das nicht aufgefallen sei? Jeder von uns habe mehrere Perioden psychosomatischer Störungen durchgemacht. Man bräuchte den Leuten nur zuzuhören, wenn sie von ihren Zipperlein sprächen. Stürze seien nichts anderes als eine spektakulärere Art, ein regelmäßiges Alarmsystem in entscheidenden Situationen zu ergänzen. Man müsse sich nur die Mühe machen, das alles zu deuten.

François rief mich jeden Tag an. Ich nahm meine Krücken und humpelte zum Ende des Gartens, wo ich mich mehr schlecht als recht auf den Erdhügel hievte, auf dem mein Handy Empfang hatte. Wir redeten ein paar Minuten miteinander, ich kippelig auf meine Krücken gestützt, er in einem Hotelzimmer im Mittleren Westen oder in Montana. Er merkte gleich, dass es mir besser ging, und fragte, ob ich wieder schreiben könne. Ich sagte ihm, ich hätte jetzt ein neues Projekt begonnen, etwas Größeres, ich hätte etwas und sei schon ganz begierig darauf, ihm davon zu erzählen. Mehr sagte ich ihm nicht.

L. hatte sich mit verblüffender Mühelosigkeit im Haus in Courseilles zurechtgefunden. Sie gehörte zu den Menschen, die sich in Rekordzeit an einen fremden Ort anpassen können. In wenigen Stunden wusste sie, wo alles war. Keine Schublade, kein Winkel war ihrem Radar entgangen. Sie war hier *wie zu Hause*, und ich muss sagen, dass dieser Ausdruck seine volle Bedeutung erhielt, wenn man sah, wie sie sich ohne das geringste Zögern an diesem Ort bewegte, der ihr völlig vertraut zu sein schien.

Ich habe im Computer in Courseilles einige Audiodateien, die ich dort an den ersten Tagen unseres Aufenthalts gespeichert hatte, wiedergefunden. Abgesehen von dem Gefühl der Fremdheit, das wir alle empfinden, wenn wir unsere eigene Stimme hören, fällt es mir schwer, meine Stimme wiederzuerkennen. Ich spreche leise, weil ich Angst habe, L. könne mich hören. Ich gebe den Inhalt dieser Dateien hier wieder:

Audiodatei vom 4. November 2013

L.s Mutter starb, als sie sieben oder acht Jahre alt war. Sie war es, die sie gefunden hat, einfach so, auf dem Boden. Ihre Mutter lag in der Diele auf dem Parkett. L. hob ihr Haar an und legte ein Ohr frei, damit ihre Mutter sie besser hören konnte. Doch die Mutter reagierte nicht. Da merkte sie, dass etwas nicht stimmte, und legte sich in voller Länge auf sie. Ihre Mutter trug das gelbgeblümte Kleid, das L. so sehr liebte. Sie blieb eine Weile so liegen, in dieser Haltung, sie schlief sogar ein, mit hängenden Armen der Länge nach an ihre Mutter geschmiegt, den Kopf auf ihrer Brust. (Dieses Bild erschütterte mich.)
Dann klingelte das Telefon und weckte sie. Sie stand auf, das Haar noch schweißnass vom Schlaf. Als sie abgenommen hatte, hörte sie die Stimme einer Freundin ihrer Mutter, die mit ihr sprechen wollte. Maman schläft, sagte sie, und die Freundin machte sich Sor-

gen, weil L.s Mutter nie tagsüber schlief. Sie fragte, ob sie krank sei. L. sagte, das nicht, aber sie wacht nicht auf. Die Freundin bat sie, ganz ruhig bei ihrer Mutter zu Hause zu warten. Sie sagte, sie käme sofort.
L. legte sich wieder zu ihrer Mutter.

Nach dem Tod ihrer Mutter blieb L. in der Wohnung eingeschlossen. Ich habe nicht herausfinden können, wie lange. Eine gewisse Zeit. Ich glaube, sie ging nicht zur Schule.
Noch näher zu erforschen: Ich glaube, L.s Vater verbot ihr, die Wohnung, außer in Fällen höherer Gewalt, zu verlassen. Ich glaube, sie hatte so viel Angst vor ihm, dass sie mehrere Wochen oder sogar Monate lang nicht ausging. Sie blieb allein in der Wohnung.
Sie ging nicht zur Schule.
Sie durfte die Wohnungstür unter keinen Umständen öffnen.
Ihr Vater bestellte sie ins Arbeitszimmer ein, um diese Anweisungen zu geben. Sie musste sich sehr gerade halten, mit erhobenem Kinn. Strammstehen.
L. stellte sich eine Welt voller Feinde vor. Sie wusste nicht, was sie draußen vorfinden würde, sollte ihr eine Flucht gelingen. Sie stellte sich die Menschen mit Reißzähnen vor, die Kinder bewaffnet.

Auf das zurückkommen, was L. erwähnte, aber nur beiläufig: diesen Moment, in dem sie sich sagte, dass sie nicht lebend aus dieser Wohnung hinauskommen würde. Der Gedanke an Selbstmord.

Wenn möglich, auf L.s Vater zurückkommen.

Ich spüre, dass wir uns auf gefährlichem Terrain bewegen.
L. will nicht in zeitlicher Folge erzählen. Ich spüre, dass sie mir noch weitere verstreute Episoden erzählen wird und dass ich sehen muss, wie ich sie untereinander in Verbindung bringe.

L.s Satz gestern Abend über ihren Vater: Alles, was in mir unsicher, unangepasst, gebrochen ist, kommt von ihm.

Audiodatei vom 6. November 2013

Ich versuche mich an L.s genaue Worte zu erinnern. Sie wählt sie sorgfältig, und mir scheint, jedes einzelne Wort ist wichtig.
Schade, dass ich sie nicht ohne ihr Wissen mit meinem iPhone aufnehmen kann, aber das wäre zu riskant.
Irgendwann muss jemand eingegriffen haben, denn sie ging wieder zur Schule. Und dann auf die weiterführende Schule.
Sie lebte bei ihrem Vater in einer Atmosphäre ständigen Vorwurfs. Jede Geste, jedes Wort von ihr konnte aus dem Kontext gerissen, ausgelegt und zerlegt werden. Jedes Wort von ihr kehrte sich eines Tages gegen sie und traf sie mitten ins Gesicht.
Die Art, wie er sie beobachtete, sein anklagender Blick.
Die stumme Wut, die das Haus erfüllte und die Luft manchmal so schwer zu atmen machte.
Er suchte nach dem Riss, dem Zeichen des Verrats, dem Beweis für ihre Schuld. Er war überall und immer auf der Suche nach Gründen, um in Zorn zu geraten.

Seine unterdrückte Gewalttätigkeit lastete wie eine ständige Bedrohung auf ihr.

L. erzählt mir danach von dieser Selbstbeherrschung, die dann nötig ist.
Denn jede Ausgelassenheit von ihr (Freude, Enthusiasmus, gewandter Redefluss) wurde als krankhaft betrachtet.
Darauf kommt sie oft zurück: die unmöglich gemachte Jugend.
Die zerstörerische Kraft dieses Blicks in der Zeit, in der sie zur Frau wurde.

Doch irgendetwas in ihrer Persönlichkeit hat sich in diesen Jahren ausgeformt, eine Art System, das es ihr ermöglicht, in feindlicher Umgebung zu überleben.
L. beschreibt in Andeutungen dieses wachsame, alarmierte, kampfbereite Wesen, zu dem sie geworden ist.
Als sie auf dem *Collège* und dann auf dem *Lycée* war, wollte ihr Vater nicht, dass sie mit Freunden ausging.
Sie durfte auch keine Freunde einladen.

Seltsame Geschichte mit einem Nachbarn (darauf zurückzukommen versuchen), den L. zweimal erwähnt hat.

Audiodatei vom 7. November

Mehrere Jahre lang hatte L. eine imaginäre Freundin namens Ziggy.
Ziggy verbrachte ihre Tage mit ihr. L. schlief zusammengerollt auf einer Betthälfte, damit Ziggy genug Platz hatte, ließ sie mit durch die Tür gehen und achtete

darauf, dass sie sich bei Tisch neben sie setzen konnte; wenn sie allein waren, sprach sie laut mit ihr.
L.s Vater wusste nichts von Ziggys Existenz.
Abends träumte sie davon, mit Ziggy zu fliehen. Per Anhalter, im Zug, auf jeden Fall weit weg.

Eines Tages fragte Ziggy L., ob sie immer noch wegwolle. L. sagte Ja, aber es erscheine ihr unmöglich, wegen ihres Vaters.
Ziggy sagte, sie würde sich darum kümmern.
Wie?
Ziggy legte den Finger an die Lippen, ihre Art zu sagen: Frag nicht, denn die Antwort könnte dir nicht gefallen.
Einige Tage später brannte das Haus nieder. Alles ging in Rauch auf.
Möbel, Kleidungsstücke, all ihr Kinderspielzeug, alle Fotos.
Alles.
Sie zogen in ein anderes Haus.

Ich habe nicht herausbekommen können, wie alt L. war, als es passierte.
Ich musste sie mehrmals zum Erzählen bringen, um genauere zeitliche Angaben zu erhalten. Als wollte L. verhindern, dass ich zwischen bestimmten Ereignissen Verbindungen herstellen konnte, sie tat so, als sei sie nicht mehr sicher, in welcher Reihenfolge sie geschehen waren.

Ich fragte L., was aus Ziggy geworden sei. Sie zögerte kurz, dann sagte sie, Ziggy sei überfahren worden. Eines Tages, als sie beide durch die Straßen gelaufen seien, sei Ziggy vom Bürgersteig gerutscht und unter die Räder eines Wagens geraten.

Obwohl mir L.s vertrauliche Mitteilungen manchmal konfus erschienen, bestätigten sie meine Intuition: L. war das Opfer einer unsichtbaren Gewalt gewesen, die sich kaum in Sprache fassen ließ, einer verborgenen, hinterhältigen Gewalt, die ihre Seinsweise bis ins Tiefste geprägt hatte. Doch L. hatte sich dieser Gewalt entrissen. Ihre Fähigkeit, sich selbst zu erschaffen, sich selbst neu zu schaffen, ihre Willenskraft: Da war es wieder, was mich an L. immer noch so beeindruckte. Eines Tages, lange bevor ich sie kennengelernt hatte, war sie zu diesem Menschen im Hochsicherheitstrakt, diesem willensstarken, beharrlichen Menschen geworden, dessen Rüstung, wie ich wusste, mit einem einzigen Schlag auseinanderbrechen konnte.

In den ersten Tagen fuhr L. ein oder zwei Mal mit dem Wagen Brot und sonstige frische Sachen einkaufen. In der übrigen Zeit blieb das Tor verschlossen.

L. war fröhlich gestimmt und mir gegenüber aufmerksamer denn je. Während dieser Zeit ließ sie mich niemals spüren, dass sie sich um praktisch alles kümmerte. Manchmal dachte ich, diese Hilfsbereitschaft, diese ständige Besorgtheit um mich sei eine andere Art der Machtausübung.

Doch wer von uns beiden über das Spiel herrschte, hätte ich nicht zu sagen gewusst.

Eins ist sicher: Sobald ich hörte, dass sich L.s Schritte dem Arbeitszimmer näherten, in dem ich mich eingeschlossen hatte, beendete ich meine Tonaufnahme und spürte während der Minuten, bis sich ihre Schritte wieder entfernten, im ganzen Körper meinen beschleunigten Herzschlag. Der Gedanke, sie könne begreifen, was ich da gerade tat, machte mir schreckliche Angst.

Mehrmals ging L. vor Einbruch der Dunkelheit (und trotz des massiven Temperaturrückgangs) zu dem kleinen Bassin vor dem Haus. Sie beugte sich lange über die Wasserfläche und beobachtete die beiden Goldfische, die François und seine Tochter einige Monate zuvor in einer Tierhandlung in der Gegend gekauft hatten. Eines Abends, als L. nach einer dieser seltsamen Beobachtungsexpeditionen ins Haus zurückkehrte, erklärte sie mir, diese Fische seien Fleischfresser. Ihrer Auffassung nach würden sie sich, wenn wir sie nicht entsprechend fütterten, am Ende gegenseitig auffressen. Ich hielt ihre Bemerkung für eine ihrer vielen Absonderlichkeiten (schließlich handelte es sich um ganz gewöhnliche Goldfische).

In der Nacht darauf träumte ich, L. habe entdeckt, was ich gerade tat: Sie hatte ohne mein Wissen mein Handy überprüft, die Audiodateien gefunden und zwang mich, mich hinzusetzen und meiner eigenen Stimme zuzuhören, die L.s Leben erzählte. Dann warf sie mein Handy auf den Boden und trampelte wütend darauf herum, bis nur noch ein paar Splitter übrig waren, die ich dann herunterschlucken sollte. Da ich es nicht schaffte (die Splitter waren zu groß, ich drohte zu ersticken und spuckte Blut), befahl sie mir, sie in den Abfall zu werfen. Als ich aufstand, um es zu tun, nahm sie einen Besen und schlug mir mit aller Kraft auf den Fuß. Und dieser Schmerz weckte mich, es war ein realer Schmerz: Meine Orthese hatte sich zwischen Wand und Matratze verhakt und verdrehte mir den Fuß. Ich wachte mit einem Stöhnen auf, das aus dem Traum kam und sich in die Nacht hinein fortsetzte. Ich konnte meine Atmung schließlich beruhigen und hielt durch die Spalten der Fensterläden nach dem ersten Morgenlicht Ausschau, als würde dieser schreckliche Albtraum mit der Dunkelheit verschwinden.

In einer anderen Nacht schreckte mich die Gewissheit, dass jemand in meinem Schlafzimmer war, aus dem Schlaf. Ich setzte mich im

Bett auf, spannte alle Sinne an und bohrte meinen Blick in die Dunkelheit, um die schwarze Gestalt zu erkennen, die völlig reglos vor mir stand. Ich hörte mein Herz wild in der Brust schlagen, das Blut brauste durch meine Schläfen, ein angstvolles Rauschen, das mich daran hinderte, in die Stille zu lauschen. Die Luft im Raum erschien mir dicht, gesättigt, als hätte jemand anders als ich den gesamten Sauerstoff verbraucht. Da war jemand, dessen war ich mir sicher, jemand, der mich überwachte. Es dauerte mehrere Minuten, bis ich mich dazu überwinden konnte, das Licht einzuschalten, und sah, dass die Gestalt nur ein Kleidungsstück war, das ich abends auf dem Bügel an ein Regal gehängt hatte. Und es dauerte noch länger, bis das Blut unter meiner eiskalten Haut wieder normal zirkulierte.

Dabei ließ in den ersten Tagen nichts darauf schließen, dass L. irgendwelche Zweifel an meiner Tätigkeit hatte. Die offizielle Version schien ihr völlig zu genügen: Ich diktierte Fragmente, die mir bald dabei helfen würden, das verborgene Buch zu schreiben.

Ganz langsam begann ich, nach unseren abendlichen Unterhaltungen kleine Notizen auf Post-its zu machen, in einer unsicheren, zittrigen Schrift. Danach klebte ich sie in ein Heft, damit L. sie nicht entdecken konnte, sollte sie einmal während meiner Abwesenheit in mein Arbeitszimmer kommen. Am folgenden Tag ermöglichten mir diese Anhaltspunkte, mich an L.s vertrauliche Mitteilungen zu erinnern und sie zu diktieren. Ich war noch an einem Punkt, an dem es mir schwerfiel, eine Verbindung zwischen ihnen herzustellen, einen Sinn oder roten Faden zu finden. Jeden Tag versuchte ich, über das Diktiergerät gebeugt, die verstreuten Elemente zu ordnen, die mir L. anvertraut hatte und deren Zusammenhang ich noch nicht erkennen konnte, doch ich war überzeugt, dass er sich mir erschließen würde.

Zum ersten Mal seit Langem konnte ich einen Stift halten, mich jeden Tag an einen Schreibtisch setzen, ein paar Wörter schreiben:

Ich machte Fortschritte. Ich hatte wieder Hoffnung. Bald würde das alles, die Sackgasse, in der ich seit Monaten steckte, die körperliche Unfähigkeit zu schreiben, die Übelkeiten vor dem Computer, nur noch eine schlimme Erinnerung sein.

Wir gingen in die dritte Woche – und ich konnte eben gerade die Orthese auf den Boden aufsetzen –, als ich eines Morgens L. schreien hörte. Es waren Schreie äußerster Angst. Wir hatten beide gerade angefangen zu arbeiten. Einige Sekunden lang war ich wie erstarrt. Wenn ich heute von diesem Augenblick erzähle, erscheint mir meine Reaktion seltsam. Ich eilte L. nicht zu Hilfe, ich hatte nicht den Reflex, zu ihr zu laufen, ich blieb so sitzen, reglos, zurückgezogen und lauschte auf das leiseste Geräusch. Dann hörte ich L.s überstürzte Schritte, und noch bevor ich Zeit hatte zu begreifen, dass sie auf mein Arbeitszimmer zulief, war sie schon da, stand rot und keuchend und in einem Zustand unglaublicher Panik vor mir. Sie hatte die Tür hinter sich geschlossen und sprach sehr hastig, es ging um Mäuse im Keller, mindestens zwei, da sei sie sicher, die bald schon den Weg in die Küche finden würden, sie habe sie schon einmal abends gehört, aber ihren Ohren nicht trauen wollen, nun habe sie keinen Zweifel mehr, im Haus gebe es Mäuse. L. kam nur mühsam wieder zu Atem, hatte Mühe, sich zu beruhigen, ich hatte sie noch nie so erlebt, so verwundbar. Ich stand auf, um ihr meinen Platz zu überlassen. Sie ließ sich auf meinen Stuhl fallen, nach Atem ringend, die Hände zu einer Art Angstknoten verschränkt, die Finger waren weiß, so fest drückte sie sie zusammen.

Ich begann, sanft auf sie einzureden. Die Kellertür sei absolut dicht, es sei unmöglich, dass die Mäuse ins Haus eindringen könnten, wir würden Fallen aufstellen oder Gift auslegen, ich würde François anrufen und ihn um Rat bitten, sie brauche sich keine Sorgen zu machen.

Nach einigen Minuten beruhigte sie sich schließlich. Und da fiel ihr Blick auf das gelbe Klebezettelchen, das in dem aufgeschlagen auf meinem Tisch liegenden Heft klebte, das Post-it, auf das ich am Abend zuvor vor dem Schlafengehen geschrieben hatte:

Mehr über den Weggang von ihrem Vater zu erfahren versuchen.

Auf die Folgen von Jeans Tod zurückkommen.

Ich sah L.s Blick für eine Zehntelsekunde auf das Post-it gerichtet und dann das unmerkliche Zurückzucken ihres Körpers, den kaum sichtbaren Einschlagpunkt auf der Höhe des Brustbeins. Ungläubig hob sie den Blick zu mir. Sie musste es gesehen haben. Sie musste begriffen haben, was ich da gerade tat.

Sie stellte mir keine Frage. Seufzend bat sie mich, die Kellertür zu schließen. Vor lauter Panik habe sie sie offen gelassen, und sie fühle sich außerstande, dorthin zurückzukehren.

Ich hatte keine Wahl. Ich griff nach meinen Krücken und hüpfte in die Küche.

Ich schloss die Kellertür und rief dann in einem Ton, der fröhlich klingen sollte, die Luft sei rein, keine Maus weit und breit, sie könne kommen.

Ich weiß nicht mehr, ob es uns gelang, wieder an die Arbeit zu gehen, oder ob wir bis zum Mittagessen in der Küche herumtrödelten.

Am frühen Nachmittag fuhr L. mit dem Auto los, um für die Woche einzukaufen. Ich setzte mich zum Lesen ins Wohnzimmer, an das Kaminfeuer, das sie vor ihrem Aufbruch noch angefacht hatte. Doch ich konnte mich nicht konzentrieren. Nach einigen Zeilen begannen meine Gedanken zu den verschiedensten möglichen Szenarios abzuschweifen, und obwohl ich mir die schlimmsten untersagte, war mir ziemlich mulmig zumute. Wenn sie verstanden hatte, würde ich es bald erfahren, und ich kannte sie gut genug, um die Heftigkeit ihrer Reaktion zu fürchten. Wenn sie nur einen Verdacht hatte, würde sie auf das Thema zurückkommen und mir Fragen stellen.

Langsam wurde es dunkel, Nebelfetzen verhakten sich in den Bäumen. L. blieb so lange weg, dass mir der Gedanke kam, sie hätte mich im Stich gelassen, einfach so, ohne Auto, ohne Vorwarnung.

L. kam gegen 19 Uhr zurück. Durchs Fenster sah ich, wie sie lächelnd ausstieg. Mit Einkäufen beladen kam sie ins Haus und fragte mich, ob ich mir nicht Sorgen gemacht hätte. Sie habe mich mehrmals auf dem Handy anzurufen versucht, aber immer ohne Erfolg. Was wenig erstaunlich war, denn meistens hatte mein Handy nur außerhalb des Hauses Empfang. Während sie die Einkäufe wegräumte, erzählte sie mir von ihren Irrfahrten: Da sie im großen Supermarkt nicht gefunden hatte, was sie brauchte, hatte sie einen Umweg zur Drogerie im Stadtzentrum gemacht, wo man sie ausführlich über die Ausrottung von Mäusen informiert hatte. Triumphierend öffnete sie vor meinen Augen die große Tüte, die sie mitgebracht hatte, randvoll mit Mausefallen und Mäuse- und Rattengift, das für mehrere Nagerkolonien gereicht hätte. Der Verkäufer hatte ihr erklärt, wie und wo man das Gift auslegen und die Fallen aufstellen musste, und sie machte sich auch gleich ans Werk, bat mich allerdings, ich solle diese Aufgabe im Keller übernehmen, weil sie keinen Fuß mehr dorthin setzen könne. Ich stellte meine Krücken am Anfang der Steintreppe ab, stützte mich mit den Armen links und rechts an der Wand ab und arbeitete mich Stufe für Stufe nach unten. Es dauerte irrsinnig lange, nach mehreren Wochen Untätigkeit waren meine Muskeln atrophiert.

Oben an der Treppe stand L. und warf mir die Fallen und Giftblöcke zu, damit ich alles entsprechend ihren Anweisungen verteilen konnte.

Ich stieg langsam wieder nach oben, mein Fuß tat weh.

Als ich wieder in die Küche kam, kündigte mir L. eine Überraschung an. Sie wandte sich mir zu, mit einem so herausfordernden Gesichtsausdruck, wie ich ihn noch nie an ihr gesehen hatte.

»Es gibt doch immer etwas zu feiern, nicht wahr? Den Anfang eines Buches, das Ende einer Geschichte …«

Sie bückte sich und griff nach einer geschlossenen Kiste, die sie auf den Boden gestellt und die ich bisher nicht bemerkt hatte. Sie öffnete sie vorsichtig und zog zwei lebende Hummer heraus, die beiden letzten einer Sonderlieferung aus der Bretagne, wie sie mir erklärte; sie hatte sie in der Fischabteilung des Supermarkts erstanden. Ich beobachtete die desorientierten, verängstigten Bewegungen der Tiere.

Ich öffnete die Weinflasche, die L. gekauft hatte, einen Premier Cru, von dem sie gleich mehrere Flaschen genommen hatte, denn es kam ja nicht mehr in Frage, die Kellertür zu öffnen. Am Küchentisch sitzend schnitt ich ein wenig Gemüse klein, während sie sich daranmachte, die beiden Krustentiere zu kochen.

L. brachte Wasser, Wein und Gewürze zum Sieden und gab noch ein paar Zwiebeln dazu. Als der Sud kochte, nahm sie die Hummer einen nach dem anderen und versenkte sie, ohne zu zögern, lebendig im Topf. Ich sah ihren Gesichtsausdruck und das befriedigte Lächeln, als sie nach der Schaumkelle griff und ihre Köpfe unter Wasser drückte. Mir war, als könnte ich die Panzer platzen hören.

Wir nahmen gemeinsam das Abendessen ein, ein festliches Abendessen, das L. sich ausgedacht hatte.

Ich gab mich dieser angehaltenen Zeit hin, einem dieser Momente des Friedens, die häufig einer Tragödie vorausgehen; wäre ich in meinem Normalzustand gewesen, hätte ich diesem Frieden nicht getraut. Ich weiß nicht, ob der Alkohol als Erklärung für dieses Zurückfließen der Angst, für diese Besänftigung der Sinne, für dieses wiedergefundene Vertrauen reicht. L. war es gelungen, alle Besorgnis in mir einzuschläfern und mich an die Möglichkeit meines Sieges glauben zu lassen.

Denn ja, an jenem Abend glaubte ich weiter, ich würde die Angst, den Zweifel und die Übelkeit überwinden – alles, was mich seit Monaten lähmte und mich am Schreiben hinderte.

Wir tranken bis spät in die Nacht hinein Weißwein.

Ich meine mich zu erinnern, dass L. in einer Patisserie ein Dessert gekauft hatte, eine Art Erdbeerkuchen, von dem wir beide nachnahmen. Die Atmosphäre war sanft und freundschaftlich. Alles wirkte normal.

Als wir später einen Kräutertee tranken, erzählte mir L. von sich aus, was eines Tages mit dem Nachbarn von nebenan geschehen war. Sie hatte an den vorangegangenen Tagen ein- oder zweimal darauf angespielt, sich jedoch bis jetzt nicht dazu überwinden können, wirklich davon zu erzählen.

Als ich erschöpft schlafen ging, war ich beruhigt.

Ich glaube, ich habe mir ganz einfach einreden können, es sei möglich, dass L. in dem verängstigten Zustand, in dem sie in mein Arbeitszimmer gestürmt war, das Post-it nicht gesehen oder vielmehr gesehen, aber nicht richtig angesehen hätte.

Am nächsten Morgen setzte ich mich trotz meiner sehr großen Müdigkeit, einer ungewöhnlichen Müdigkeit, an meinen Arbeitstisch, um meine Erinnerung an unser Gespräch vom Abend zuvor aufzuzeichnen.

Ich habe diese Datei auf meinem Computer wiedergefunden, es war die letzte, die ich auf ihn überspielen konnte.

Audiodatei vom 12. November

L. ist auf die Geschichte mit dem Nachbarn zurückgekommen. Und zwar, ohne dass ich danach gefragt hätte, so als schuldete sie mir diese genauere Ausführung, als hätte ich ein Recht auf diese Ergänzung.

Es geschah im zweiten Haus, in dem Haus, in dem sie nach dem Brand lebte.

Der Nachbar war der Vater des kleinen Jungen, den L. manchmal nach der Schule hütete. Er war nett zu ihr, seine Augen waren sanft. Wenn er seinen Sohn abholte, redete er ein paar Minuten mit L., wenn ihr Vater nicht da war. Sie lachte mit ihm.

Eines Tages klingelte er mitten am Nachmittag, als L. allein zu Hause war.

Wortlos drängte er sich von hinten an sie, im Stehen, vor der Wand. Dann schob er seine Hand in ihre Hose, unter das Gummiband ihres Schlüpfers. Danach drang

er mit den Fingern – erst mit einem, dann mit mehreren – in sie ein und tat ihr weh.
Als der Nachbar seine Hand wieder herauszog, war sie voller Blut.
L. hat nie etwas gesagt.

Ich muss die Details dieser Erzählung, ihre Brutalität im Gedächtnis behalten.

Als ich mit dem Diktieren fertig war, fühlte ich mich völlig kraftlos. Eine Müdigkeit, wie ich sie *vorher* gekannt hatte, in der Zeit, in der ich stundenlang schreiben konnte, ohne auch nur den Kopf zu heben, um danach schwankend und mit verkrampften Muskeln aufzustehen. Aber jetzt war ich erst seit etwa zwanzig Minuten am Schreibtisch und hatte lediglich ein paar Sätze ausgesprochen.

Der Himmel war hell, ich setzte mich nach draußen auf das Steinbänkchen. Ich brauchte Licht. Ich sehnte mich danach, die Sonne auf meinem Gesicht zu spüren, zu spüren, wie diese Hitze meine Haut nach und nach erwärmte. Ich blieb mehrere Minuten lang sitzen und hoffte, die Sonne würde das innere Frösteln, das mich zittern ließ, schließlich vertreiben.

Etwas später aßen wir, wie gewöhnlich, zu zweit in der Küche zu Mittag. Danach fühlte ich mich so schwach, dass ich in mein Zimmer ging und mich hinlegte. Ich las und döste.

Zum Abendessen hatte L. eine Fischsuppe gekocht. Ich mag keine Fischsuppe, aber ich wollte sie nicht verärgern, denn ich hatte sie in der Küche gehört und wusste, dass sie einen Teil des Nachmittags dort verbracht hatte.

Während des Abendessens war L. fröhlich und gesprächig. Sie erzählte mir von Ziggy, ihrer imaginären Freundin. Ich glaube, sie erzählte mir auch noch andere Sachen, die ich vergessen habe.

Ich kann mich nicht mehr an den Moment erinnern, in dem ich wieder in mein Zimmer ging. Auch nicht an den, in dem ich mich ins Bett legte. Als ich mitten in der Nacht aufwachte, waren die Laken schweißnass und klebten mir am Körper. Ich trug nur einen Slip, ich spürte das Pochen meiner Adern unter der Haut, mein Haar war feucht und fühlte sich eiskalt an. Plötzlich beugte ich mich über die Bettkante und erbrach mich.

Ich wäre gern aufgestanden, um mir den Mund auszuspülen und das Gesicht zu waschen, aber ich konnte mich nicht aufrecht halten. Ich legte mich wieder hin. Ich dachte an die Fischsuppe und musste mich wieder erbrechen.

L. hatte mich wohl gehört. Sie kam in mein Zimmer und an mein Bett. Sie half mir beim Aufstehen, stützte mich auf dem Weg ins Badezimmer und setzte mich dort auf einen Hocker, während sie den Badenwannenstöpsel einsetzte und den Wasserhahn aufdrehte. Krämpfe schüttelten mich, ich schlotterte an allen Gliedern. Als die Badewanne voll war, half sie mir hoch. Ich sah ihren scharfen Blick über meine Schultern, meine Brüste, meine Beine gleiten. Sie griff unter meine Achseln, damit ich ins Wasser steigen konnte, und hielt dann meinen gebrochenen Fuß, damit er nicht vom Badewannenrand rutschte. Dann wickelte sie ein Handtuch um meine Orthese, um sie vor Nässe zu schützen. Nachdem sie sich vergewissert hatte, dass ich stabil lag, holte sie mir ein Glas Wasser aus der Küche und gab es mir zusammen mit zwei Tabletten. Sie sagte, ich glühte, und wir müssten das Fieber senken. Ich nahm die Tabletten und blieb im Wasser, während sie mein Bett frisch bezog und alle zwei Minuten nachsehen kam, ob alles in Ordnung war.

Ich spürte wieder, wie mich der Schlaf überfiel. Ein schwerer, nicht zu unterdrückender Schlaf. Ich glaube, ich bin in der Badewanne eingeschlafen. Als ich die Augen aufschlug, war das Wasser kalt, und L. betrachtete mich vom Hocker aus. Wortlos holte sie ein Badetuch. Sie half mir aus dem Wasser und zurück zum Bett.

Ich glaube, sie hat mir auch in den Schlafanzug geholfen. Ich war völlig durchgefroren.

Am Vormittag klingelte mein Handy. Ich erkannte François' Klingelton. Ich suchte mein Handy neben meinem Bett, aber ich konnte es nicht finden. L. kam in mein Schlafzimmer, sie nahm mein Handy, das auf dem Tisch lag, außerhalb meiner Reichweite. Ich hörte, wie L. mehrmals »Hallo, hallo?« sagte, dann ging sie in den Garten.

Später sagte sie mir, sie habe mit François gesprochen und ihm gesagt, dass ich krank sei, allem Anschein nach hätte ich eine Lebensmittelvergiftung. Er habe sich Sorgen gemacht, aber sie habe ihn beruhigt. Sie habe ihm versprochen, ihn auf dem Laufenden zu halten, solange ich selbst nicht dazu in der Lage sei.

Von diesem Moment an verlor ich jegliches Zeitgefühl. L. brachte mir Tee oder warme Milch, manchmal auch eine Brühe. Sie hielt mir den Kopf, damit ich trinken konnte. Das Erbrechen hörte auf, aber ich behielt einen metallischen Geschmack im Mund. Zwischen L.s Besuchen schlief ich. Es waren lastende Stunden, gegen die ich nicht kämpfen konnte. Ich versank in diesen dichten, kompakten, fast schmerzhaften Schlaf. Wenn ich aufwachte, stellte ich fest, dass Tag war oder Nacht, manchmal schwitzte ich, manchmal schlotterte ich, und fast immer war L. da, reglos und aufmerksam. Ich stand auf, um auf der anderen Seite des Gangs zur Toilette zu gehen, ich stützte mich an der Wand ab, um vorwärtszukommen. Ich wusste nicht, wie lange ich schon in diesem Zustand war. Eines Abends hatte ich nicht mehr die Kraft zum Aufstehen. L. wechselte die durchnässte Bettwäsche.

Ich bat L., Louise und Paul Bescheid zu geben, damit sie sich keine Sorgen machten, weil sie nichts von mir hörten. Das habe sie schon getan, sagte sie.

Die Zeit wurde unentzifferbar.

Ich weiß bis heute nicht, wie lange es gedauert hat: zwei Tage, vier Tage, sechs Tage?

Einmal wachte ich in der Nacht auf und suchte nach meinem Handy. Ich schaute mich in alle Richtungen um, es war nicht da.

Das war der Moment, in dem ich begriff, dass L. es behalten und sich vermutlich in aller Ruhe die Audiodateien angehört hatte. Ich hatte sie auf den Computer kopiert, um sie zu speichern, aber ich hatte sie nicht vom Handy gelöscht.

Eine Welle der Panik überrollte mich.

Natürlich wusste L. Bescheid.

Natürlich hatte sie verstanden.

Aber es war zu spät. Für alles.

Ich hatte nicht mehr die Kraft, ihr das Buch zu erklären, das ich schreiben wollte, ich hatte nicht mehr die Kraft, sie zu überzeugen, auch nicht mehr die, mich zu entschuldigen.

Eines Abends hörte ich in halb bewusstem Zustand, dass es an der Haustür klingelte. Jemandem war es gelungen, durchs Tor zum Haus vorzudringen. Es klingelte mehrere Male, ich hörte L.s Schritte im Gang, bis zu meiner Tür, dort blieb sie einige Minuten stehen, sie machte die Haustür nicht auf.

Vielleicht hatte François einen Freund oder einen Nachbarn benachrichtigt. Jemand hatte angefangen, sich Sorgen zu machen. Jemand hatte nachsehen wollen. Hatte bestimmt durch ein Fenster gesehen. Hatte Anzeichen für unser Hiersein entdecken können.

Es sei denn, L. hatte alle Fensterläden geschlossen.

Am selben Abend brachte ich die Brühe, die mir L. gekocht hatte, nicht hinunter. Mir war so schlecht, dass ich nicht schlucken konnte. Sie bestand darauf, und ich begann zu weinen, flehte sie an, ich könne es nicht, sie müsse mir glauben, es sei keine böse Absicht. L. ließ sich erweichen.

In der Nacht fühlten sich meine Gelenke weniger steif an. Als ich aufstand, um zur Toilette zu gehen, nutzte ich die Gelegenheit und trank. Aus dem Wasserhahn kam ein dünner Strahl, ich drückte meinen Mund mehrere Minuten lang an den Auslauf.

Ich erwachte sehr früh am Morgen und stand auf, bevor L. kam. Ich konnte mich ein bisschen besser auf den Beinen halten. Neben dem Bett trainierte ich das Gehen. In kleinen Schritten. Ich konnte mich inzwischen auf die Orthese stützen, ohne dass es wehtat. Als ich L. kommen hörte, legte ich mich wieder hin. Mir war ein wenig schwindelig. Sie kam mit einem Tablett in mein Zimmer. Sie stellte es vor mir ab und setzte sich dann auf mein Bett. Ich trank nur ein paar Schlucke von der Schokolade und sagte, mir würde übel davon. Ich sah den Schleier der Verärgerung in L.s Augen. Ich bat sie, die Schale bei mir stehen zu lassen, und versprach ihr, ich würde sie austrinken, sobald ich könnte.

Ein wenig später hörte ich L. telefonieren, ich nutzte die Gelegenheit und schüttete den Kakao in die Toilette. Es gelang mir, einen Teil des Vormittags wach zu bleiben.

Da wurde mir klar, dass L. mich vergiftete.

Den ganzen Tag über weigerte ich mich, das zu mir zu nehmen, was sie mir brachte. Ich tat so, als wäre ich zu schwach, um mich aufzurichten, und als würde ich den ganzen Nachmittag schlafen. Mit geschlossenen Augen dachte ich über mögliche Auswege nach. Mir fiel ein, dass François noch einen Schlüsselbund in einer Schublade in der Küche aufbewahrte, an dem ich auch den Schlüssel des Gartentors finden würde. Aber dazu musste ich erst einmal bis zur Küche kommen. Und wie sollte ich fliehen, ohne dass sie mich sah? Ohne dass sie mich einholte.

Abends kam L. wieder mit einem Tablett. Sie hatte eine Kürbiscremesuppe gekocht. Sie setzte mich auf und stützte mich gegen die Kopfkissen. In einem Ton, dessen Sanftheit die Drohung nicht verbarg, bat sie mich, mir ein bisschen Mühe zu geben. Sie nahm den Suppenteller in die eine Hand und versuchte mich mit der anderen zu füttern.

Mit einer geschickten, präzisen Bewegung führte sie den Löffel an meinen Mund, wie sie es bei einem Baby getan hätte. Da merkte ich, dass sie wieder ihre rechte Hand benutzte. Die Maskerade war zu Ende.

Wir waren nicht mehr zwei ähnliche Menschen mit vielen Affinitäten, mit Geschichten, die zueinander passten, wir waren nicht mehr zwei Freundinnen, deren Handlungen vom selben Elan bestimmt wurden und miteinander verschmolzen. Nein. Wir waren zwei unterschiedliche Menschen, und einer war dem anderen ausgeliefert.

Als hätte sie meine Gedanken gelesen, sagte sie leise:

»Ich habe alles getan, um dir zu helfen. Aber du hast alles verdorben.«

Ich schluckte ein oder zwei Löffel Suppe, dann sagte ich, ich könne nicht mehr. Ich öffnete den Mund nicht mehr. L. sah sich im Zimmer um, als suchte sie ein Werkzeug, mit dem sie meine Zähne auseinanderzwingen konnte. Sicher kam ihr der Gedanke, mir den Löffel in den Mund zu stoßen, und ganz sicher auch der, mich zu ohrfeigen. Sie stieß einen zornigen Seufzer aus, nahm den Teller und ging. Ich dachte, sie würde mit einem Nachtisch oder einem Tee zurückkommen, aber ich sah sie an diesem Abend nicht wieder.

L. würde meine Nahrungsverweigerung nicht mehr lange hinnehmen. Wenn ich so weitermachte, würde sie eine andere Möglichkeit finden, mich zu schwächen. Bei diesem Gedanken überfiel mich das Grauen.

Ich durfte nicht länger warten.

Ich musste es fertigbringen, dieses Haus zu verlassen.

Ich musste es bis zum Gartentor schaffen.

Wenn ich erst auf der Straße wäre, würde ich das erstbeste Auto anhalten.

Es war schon lange dunkel, als es anfing zu regnen. Ein starker, zorniger Regen, der gegen die Fensterscheiben schlug. Von meinem Zimmer aus hörte ich die Windböen und in der Ferne das Geräusch der Autoreifen in den Pfützen. Ich wusste nicht mehr, ob ich die Autos hörte oder von ihnen träumte. Ich wusste nicht, ob ich imstande war, die Strecke vom Haus bis zum Dorf zurückzulegen. Mit geschlossenen Augen stellte ich mir meine durchnässte Gestalt vor, die mitten auf der Straße mit emporgereckten Armen im Scheinwerferlicht auftauchen würde. Ich stellte mir den Moment vor, in dem ein Wagen bremsen, sich eine Tür öffnen und ich erlöst würde.

Dann konnte ich nicht länger gegen den Schlaf ankämpfen.

Als ich wieder aufwachte, waren alle Lichter aus. Ich hatte keine Ahnung, wie spät es war, doch ich ging davon aus, dass L. schlafen gegangen war. Wie in den Nächten zuvor hatte sie ihre Schlafzimmertür offen gelassen, um auch das kleinste Geräusch hören zu können.

Die Wahrscheinlichkeit, dass es mir gelingen würde, aufzustehen und bis zur Küche zu gehen, ohne sie zu wecken, war äußerst gering. Das wusste ich. Die Orthese pochte sehr hörbar auf den Boden, und meine Krücken waren verschwunden.

Die Wahrscheinlichkeit, dass ich es schaffen würde, den Schlüssel aus der Schublade zu holen und das Gartentor zu öffnen, ohne sie zu wecken, war gleich null. Aber ich hatte keine andere Wahl.

Ich zog einen Pulli über das T-Shirt, das ich anhatte. Sonst hatte ich keine Kleidungsstücke in Reichweite. Der Koffer, in dem wir meine Sachen mitgebracht hatten, war verschwunden. L. hatte mir alles weggenommen.

Ich setzte mich aufs Bett und blieb einige Minuten mit fast angehaltenem Atem sitzen. Ich wagte es nicht einmal, meinen Speichel zu schlucken. Und dann nahm ich alle Kräfte zusammen und stand auf.

Ich ging in die Küche, zog die Schublade auf und nahm den Schlüssel heraus. Ich hörte meinen eigenen Atem, keuchend und schmerzhaft.

Ich ging nach draußen und spürte den eisigen Regen auf meinen Schenkeln, die Orthese grub sich mit einem metallischen Geräusch in den Kies. Wenige Sekunden später war mein Haar tropfnass, es peitschte mein Gesicht, ich kam nur mühsam gegen den Wind voran. Ich versuchte zu rennen, doch es tat zu weh.

Ich kam beim Tor an. Erst in diesem Moment merkte ich, dass L.s Wagen nicht mehr da war. Ich stützte mich an der Mauer ab, um wieder zu Atem zu kommen. Ein Windstoß hob unter lautem Rauschen das Laub der Weide an. Es klang wie ein Wasserfall aus Glassplittern.

Ohne mich zum Haus umzudrehen, öffnete ich das Tor, humpelte auf die schmale Landstraße hinaus und dann Richtung Dorf.

Ganz gewiss stand L. irgendwo mit abgeschaltetem Motor und wartete auf mich. Ich war ganz sicher, jeden Moment würde ich den Wagen anspringen hören, und dann würde er auf mich zurasen.

Das war also ihr Plan. Mich halbnackt fliehen zu lassen, mich im Licht ihrer Scheinwerfer zu fangen und mich wie einen Kegel umzustoßen.

Ich wanderte über die Straße, obwohl der Schmerz mit jedem Schritt zunahm. Wegen des Regens sah ich nichts, nur ein erleuchtetes Fenster, das sich in der Ferne von der Dunkelheit abhob.

Ich war nur noch wenige Meter vom ersten Haus des Dorfes entfernt, als ich in einen Graben stürzte, der neben der Straße für den Abwasserkanal ausgehoben worden war. Ich habe kein Bild mehr von diesem Augenblick, nur noch das Gefühl des Schlamms und des Fallens. Ich verlor das Bewusstsein.

An die Fahrt im Krankenwagen habe ich eine sehr chaotische Erinnerung. Geblieben ist mir nur das Bild der im Blaulicht golden schimmernden Rettungsdecke. Das Gefühl der Trage an meinem Rücken. Die Geschwindigkeit des Krankenwagens.

Ich wachte in einem Krankenhauszimmer in Chartres auf. Kurz danach kam eine Krankenschwester. Sie erzählte mir, was geschehen war. Sie sagte, *mein Mann* sei schon auf dem Weg, oder vielmehr im Flugzeug, er war benachrichtigt worden.

Einer der Gemeindearbeiter hatte mich in der Baustelle gefunden, als es gerade Tag wurde. Der Arzt sagte, ich sei vermutlich erst kurz, bevor mich dieser Mann entdeckt habe, gestürzt, sonst hätte ich es nicht überlebt, ich sei stark unterkühlt gewesen.

Man fragte mich kein einziges Mal, warum ich mich kurz vor Tagesanbruch in Slip und Pulli dorthin begeben hatte. Man sagte mir, ich solle mir Zeit nehmen und über alles nachdenken. Man gab mir Tabletten gegen die Schmerzen und andere zum Schlafen.

Die Orthese war durch einen Kunstharzstiefel ersetzt worden. Neue Krücken hatte ich auch bekommen. Ich schlief fast die ganze Zeit, bis François kam.

Als ich am nächsten Morgen aufwachte, saß er an meinem Bett, abgespannt und besorgt. Er nahm mich in die Arme. Ich müsse mich ausruhen. Das Wichtigste sei, dass ich da sei, heil und gesund.

Später erfuhr ich, dass man bei den toxikologischen Tests Spuren von Rattengift und mehreren Schlafmitteln in meinem Körper gefunden hatte.

Noch später, als man meinte, nun sei es an der Zeit, mich nach dem Vorfall zu fragen, begriff ich, dass das gesamte medizinische Personal – und vermutlich auch François – davon überzeugt war, ich hätte mir diese Mischung selbst verabreicht. Und sei dann in Panik geraten und mitten in der Nacht aus dem Haus gelaufen, um Hilfe zu suchen.

L. war fortgegangen, bevor ich das Haus verlassen hatte. L. hatte mich allein gelassen und mir damit die Möglichkeit gegeben zu fliehen, aber auch die, für immer einzuschlafen.

L. war aus meinem Leben verschwunden, wie sie in es eingetreten war. Mir ist durchaus bewusst, dass ein solcher Satz ein Gefühl von Déjà-vu weckt. Er legt nahe, die Geschichte sei jetzt zu Ende, sei nur noch eine Erinnerung. Sie habe in der Bewegung des Erzählens eine Art Sinn gefunden – oder sogar eine Auflösung. Fakt ist, dass L. spurlos verschwunden ist.

Ich brauchte mehrere Wochen, bis ich bereit war, nach Courseilles zurückzukehren. Ich wartete, bis es mir besser ging, bis ich wieder normal laufen konnte. Bis ich imstande war, die Furcht zu besiegen, die mich beim bloßen Gedanken, die Schwelle zu übertreten, überfiel.

Als François zum ersten Mal dorthin kam, noch während ich im Krankenhaus in Chartres lag, fand er das Haus in tadellosem Zustand vor. Die Geschirrspülmaschine war gelaufen, es war geputzt worden. Alles war in bester Ordnung. Zusammengefaltet, aufgeräumt, an seinem Platz. L. hatte sich die Zeit genommen, das Wasser abzustellen, die Mülleimer zu leeren, die Thermostate der Heizkörper herunterzudrehen. Sie hatte ihren Weggang genau geplant und darauf geachtet, alles sauber zu hinterlassen. In dem Zimmer, in dem sie geschlafen hatte, war nichts mehr auf der Matratze. Die Bettwäsche war gewaschen und getrocknet wieder in den Schrank geräumt worden, und das galt auch für die Handtücher. Das Badezimmer war sauber.

Die einzigen Spuren unseres Aufenthaltes fanden sich in meinem Zimmer: ungemachtes Bett, leere, schmutzige Trinkschalen, ein T-Shirt auf dem Boden.

François hat weder meinen Koffer noch mein Handy, noch sonst etwas von dem, was ich mitgebracht hatte, je wiedergefunden.

Als ich ihn bat, mir genau zu erzählen, was L. an jenem Abend, als sie an meiner Stelle an mein Handy gegangen war, zu ihm gesagt hatte, sah ich deutlich, dass er an meinem Erinnerungsvermögen zweifelte. Ich hörte es an diesem nachsichtigen Ton, in dem er mir erklärte, er habe nie mit L. telefoniert, weder an jenem Abend noch sonst wann. An diesem von Vorsicht gesättigten Ton, in dem man Verrückte zur Vernunft zu bringen versucht.

François erzählte, er habe tatsächlich einen ganzen Tag lang versucht, mich zu erreichen, aber ohne dass ich den Anruf angenommen oder mit einem anderen Lebenszeichen reagiert hätte. Später sei er direkt an meinen Anrufbeantworter geraten, mein Handy sei ausgeschaltet gewesen. Er habe sich Sorgen gemacht. Wir ließen nie einen Tag vergehen, ohne miteinander gesprochen zu haben. Abends habe er schließlich seinen Freund Charles angerufen, der am anderen Ende des Dorfs wohnt, und ihn gebeten nachzuschauen. Als Charles über die Mauer geklettert sei, habe er keinen Wagen im Garten gesehen, kein Licht im Haus, und die Fensterläden seien geschlossen gewesen. François hatte daher vermutet, wir seien nach Paris zurückgekehrt (und genau diese Vermutung hatte L. ihm wohl nahelegen wollen). Etwas später war ihm der Gedanke gekommen, ich hätte vielleicht einen Geliebten. Und dann hatte er diesen Anruf von der Sekretärin des Bürgermeisters bekommen, an dem Morgen, als man mich gefunden hatte, und war ins nächste Flugzeug gestiegen.

Einige Tage nach diesem Gespräch bat mich François, ihm noch einmal zu erklären, wie ich L. begegnet war.

Ich erzählte ihm noch einmal von der Abendeinladung nach der Buchmesse, bei einer Freundin von Nathalie, und von dieser Frau, die mich angesprochen hatte.

François fand es seltsam, dass er ihr nie begegnet war. Während dieser ganzen Zeit, als ich mit L. in Paris Kontakt gehabt hatte, als sie in meiner Wohnung gelebt hatte, hatten sie sich nie gesehen, wie war das möglich?

Aber ich kam eben normalerweise aus verschiedenen Gründen viel häufiger zu ihm als er zu mir. Und während der Zeit, in der L. bei mir gewohnt hatte, hatte ich es so arrangiert, dass er kein einziges Mal bei mir gewesen war.

Er bat mich, ihm noch einmal zu erklären, warum ich so spontan beschlossen hatte, mit ihr nach Courseilles zu fahren, warum ich nicht einer engeren, vertrauenswürdigeren Freundin vorgeschlagen hatte mitzukommen. Was für ein Auto hatte sie, wieso war sie gleich an Ort und Stelle gewesen, und wie hatte sie sich so ohne Weiteres freinehmen können? Wieso hatten wir uns bei geschlossenen Fensterläden im Haus aufgehalten? Warum hätte sie mein Handy ausschalten sollen?

Ich erkannte schließlich den Verdacht hinter diesem Bemühen, mich nicht zu verletzen oder zu verärgern.

François ist, vielleicht weil er sich eine ganz andere Art Verrat vorstellen konnte, der Einzige, dem ich alles zu erzählen versucht habe. Von Anfang an. Wie ich L. kennengelernt, wie ich mich mit ihr angefreundet hatte. Was sie für mich, was sie an meiner Stelle getan hatte. Was sie wusste, noch bevor man es ihr sagte, was sie so gut verstand. Was sie von meinen Büchern hielt, was sie von mir erwartete. Ich musste die Maskerade und die Lügen eingestehen. Von diesen Wochen erzählen, in denen ich aller Welt weisgemacht hatte, ich sei mitten im Schreiben, obwohl ich meine Tage damit zugebracht hatte, durch die Straßen oder die Abteilungen von Monoprix zu irren.

Ich erklärte ihm, wie mir in der Notaufnahme des Krankenhauses Saint-Louis die Idee gekommen war, über L. zu schreiben, mich von ihrem Leben inspirieren zu lassen. Wie naheliegend mir diese Idee erschienen war, wie zwingend und, zum ersten Mal seit Langem, wie interessant. Deshalb war mir die Aussicht auf eine abgeschiedene Zweisamkeit mit ihr in Courseilles wie ein Geschenk des Himmels vorgekommen. Eine unverhoffte Möglichkeit! Nein, ich hatte keine Angst gehabt. Die Notwendigkeit zu schreiben, die Gewissheit, endlich ein Buch zu haben, hatten alles Misstrauen hinweggefegt. Doch L. hatte mein Projekt entdeckt, und dann waren die Dinge aus dem Ruder gelaufen.

François trug mir gegenüber diese erstaunte Miene zur Schau, die ich so gut an ihm kannte. Ich spürte, dass er meine Erzählungen nicht einmal zur Hälfte ernst nahm.

Mehrmals fragte er mich in scherzhaftem Ton, ob L. nicht zufällig ein Mann gewesen sei. Doch im Grunde glaube ich eher, er dachte, ich hätte es so eingerichtet, dass ich allein nach Courseilles flüchten konnte, um allein zu sein, um mich von allem abzuschotten.

Später schloss er sich wohl, auch wenn er es mir nicht sagte, der Meinung der Ärzte an. Ich hätte eine schwere depressive Periode durchgemacht. Die Medikamente, die ich genommen hätte, hätten Verwirrtheit und sogar Halluzinationen hervorgerufen, die das Geschehene zu großen Teilen erklären könnten. In einer Art nächtlichem Anfall, den ich nur noch verzerrt in Erinnerung hätte, sei ich halbnackt aus dem Haus gelaufen und in den von der Gemeinde ausgehobenen Graben gefallen. Schließlich sei ich früher schon in psychiatrischer Behandlung gewesen.

Die Wahrheit war ganz anders: L. hatte versucht, mich zu vergiften. Mich zu schwächen. Sie hatte mich in Gefahr gebracht.

Ich hätte Anzeige gegen sie erstatten oder sie zumindest suchen lassen können.

Ich habe es nicht getan. Ich hatte nicht die Kraft. Und außerdem hätte ich dann alle möglichen Fragen beantworten, ihre Person beschreiben, alles wieder und wieder erzählen, Einzelheiten, Beweise beibringen müssen. Und ich war mir nicht sicher, dass ich Beweise hatte.

Als ich nach den drei Tagen, die ich zur Beobachtung im Krankenhaus hatte bleiben müssen, in meine Pariser Wohnung zurückkam, schaltete ich den Computer ein. Meine Vermutung erwies sich als richtig: L. hatte alle Mails gelöscht, die wir in den ersten Monaten unserer Beziehung gewechselt hatten. Alle. Ihr war keine einzige entgangen.

In all der Zeit, die sie, während sie bei mir gewohnt hatte, täglich an meinem Rechner verbracht hatte, hatte sie in aller Ruhe sämtliche Postfächer und Papierkörbe aufräumen und leeren können, um keine Spuren zu hinterlassen.

Ich hatte nichts mehr: nicht das geringste Indiz. Sämtliche Mails hingegen, die sie an meiner Stelle geschrieben hatte, hatte sie unangetastet gelassen: Sie waren alle mit meinem Namen unterzeichnet, und nichts (außer meinem Wort) bewies, dass nicht ich die Verfasserin gewesen war.

Ich fand auch mehrere ermutigende, unterstützende und liebevolle Mails, die meine Freunde mir geschickt hatten, nachdem sie L.s Mail erhalten hatten, in denen ich (L.) sie gebeten hatte, sich nicht mehr zu melden. L. hatte sich natürlich gehütet, mir von ihnen zu erzählen.

Ich blieb mehrere Tage lang in meiner Wohnung. Draußen hatte ich Angst. Wenn ich allein in meiner Wohnung war, auch.

Meine Freunde erfuhren, dass es mir nicht gut ging, und besuchten mich. Sie freuten sich, mich nach all der Zeit wiederzusehen. Ich auch. Sie sprachen ganz sanft mit mir.

Eines Nachts träumte ich von L. Sie kroch über den Küchenfußboden in Courseilles, ihr Kopf war halb eingeschlagen, das Blut lief ihr über die Augen. Sie versuchte, die Haustür zu erreichen, und rief nach Ziggy. Ich sah sie an, unfähig, ihr zu helfen.

Ich wachte schweißgebadet und aufrecht im Bett sitzend auf. Der Schrecken hielt bis zum Morgen an.

Nach ein oder zwei Wochen fing ich langsam wieder an auszugehen.

Jedes Mal, wenn jemand hinter mir herging oder mir ein bisschen zu dicht folgte, wechselte ich die Straßenseite. Manchmal spürte ich jemanden hinter mir (das Reiben meines Schals auf dem Leder meines Blousons, das Klicken einer Gürtelschnalle) und drehte mich dann ruckartig um, doch da war nichts. Ich fühlte mich bespitzelt, beschattet, beschmutzt. Ich zuckte beim leisesten Geräusch zusammen, ich spürte jeden einzelnen meiner Muskeln, bis zum Äußersten angespannt. Mein ganzer Körper war im Alarmzustand. Ich fühlte eine unmittelbar bevorstehende Gefahr, wusste jedoch weder, in welcher Form sie drohte, noch, ob sie in mir oder außerhalb von mir lauerte.

Zu welcher Uhrzeit auch immer, ich öffnete die Tür zu meiner Wohnung mit der Angst, ja der Sicherheit im Bauch, dass ich eines Tages auf jemanden stoßen würde, der auf dem Sofa säße oder unter meinem Bett läge und gekommen wäre, um mit mir abzurechnen.

Louise und Paul kamen sehr oft nach Hause, um mich zu besuchen. François hatte beschlossen, in Paris zu bleiben, ich hatte jedes Buchprojekt auf später verschoben.

Ich ging noch einmal ins Krankenhaus Saint-Louis, damit die Kontroll-Röntgenaufnahmen gemacht werden konnten. Der Kunstharzstiefel wurde abgenommen. Anfangs traute ich mich nicht, den Fuß aufzusetzen. Nach zwei oder drei Stunden Krankengymnastik begann ich wieder zu gehen, ohne zu humpeln.

Einige Wochen lang hörte ich immer wieder Knarren oder seltsame Geräusche auf dem Treppenabsatz. Ich sah mehrmals am Tag durch den Türspion, um sicherzugehen, dass niemand an der Tür lauschte. Ich zog weiterhin, Tag und Nacht, die Vorhänge vor. Mir kam der Gedanke, dass L. in meiner Wohnung vielleicht Wanzen und Kameras versteckt hatte. Ich fühlte überall nach, unter den Tischen, unter den Kissen, in den Lampen, in allen Ecken. Um sicherzugehen.

Man kann diese verschiedenen Verhaltensweisen als Folge eines psychischen Traumas auslegen oder auch als Verschlimmerung einer bereits vorhanden gewesenen Tendenz zur Paranoia. Ich habe zu dieser Frage keine Meinung.

Nichtsdestotrotz nahm ich ganz langsam das wieder auf, was man als *normales Leben* bezeichnet.

Natürlich, ich dachte an L. Ich dachte an sie wie an einen bösen Traum oder eine etwas peinliche Erinnerung, bei der man lieber nicht zu lange verweilt. Je weiter diese Periode in die Zeit zurückfiel, desto mehr hüllte sich die Erinnerung an L. in eine undurchsichtige Membran. Ich fragte mich, ob es darum ging, sie intakt zu erhalten, vor Licht zu schützen, damit sich nichts an ihr änderte, vielleicht mit dem Hintergedanken, eines Tages über sie zu schreiben, oder ob es im Gegenteil darum ging, sie verschwinden zu lassen. Heute kenne ich die Antwort.

Im April nahm ich eine Einladung des Literaturfestivals von Chalon-sur-Saône an. Ich sollte dabei vor größerem Publikum ein Gespräch mit einer Gruppe von Lesern führen, die über das ganze Jahr verteilt meine sämtlichen Bücher gelesen hatten. Ich nahm diese Einladung an, weil ich den Programmleiter des Festivals, der selbst Schriftsteller ist, seit Langem kenne.

Und außerdem wollte ich mich wahrscheinlich auf die Probe stellen und mir selbst beweisen, dass ich es allein schaffen konnte.

Vom Bahnhof aus ging ich zum Hotel, um meine Sachen abzustellen. Ich legte mich eine halbe Stunde hin. Ich liebe diesen Moment, wenn ich mich wie teleportiert in einem Zimmer wiederfinde, das ich nicht kenne, in einer mir ebenfalls unbekannten Stadt, diese abgeschnittene Zeit, bevor ich mich stelle. Etwas später ging ich zu Fuß zum Theater. Ich wechselte ein paar Sätze mit den Mitgliedern der Lesegruppe, während nach und nach das Publikum Platz nahm.

Ich ließ meinen Blick durch den großen Saal wandern wie einen stummen Radar, der die Menge erfasst, ohne bei den einzelnen Gesichtern zu verharren. Als meine Augen wieder zur Mitte zurückkehrten, begriff ich, was ich da gerade tat. Ich suchte L. Oder vielmehr vergewisserte ich mich, dass L. nicht im Saal war. Nachdem ich sicher war, atmete ich tief durch, und das Gespräch begann.

Die Fragen der Gruppe betrafen alle meine Bücher und die Verbindung zwischen ihnen. Die Atmosphäre war herzlich. Wohlwollend. Ich freute mich, da zu sein. Ich erinnerte mich, dass ich es immer schon geliebt hatte, meinen Lesern zu begegnen, von ihrer Lektüre zu erfahren, über meine Arbeit zu sprechen. Dass ich gern nach dem meinen Büchern zugrundeliegenden Bild, dem Gefühl, dem Funken forschte, gern laut über das Schreiben nachdachte und im Sprechen nach den Antworten suchte, die mir am meisten zuzutreffen schienen.

Und dann kamen andere Fragen, jetzt aus dem Publikum. Sie betrafen im Wesentlichen meinen jüngsten Roman. Keine dieser Fragen war mir völlig neu. Aber ich hatte lange nicht mehr darauf geantwortet. Und diese Zeit hatte meinen Bezug zum Text geändert. Meine Koordinaten hatten sich bewegt, ich hatte Abstand genommen. Der Tag war jetzt fern, an dem ich zum ersten Mal vor etwa zwanzig Buchhändlern über mein Buch gesprochen hatte und in Tränen ausgebrochen war. Danach schämte ich mich dafür, dass ich die Tränen nicht hatte zurückhalten können. Dass ich ein solches Schauspiel abgegeben hatte.

Aber an diesem Abend in Chalon hatte ich das Gefühl, dass ich endlich den richtigen Abstand hatte.

Nach verschiedenen kurzen Gesprächen ergriff in der ersten Reihe eine Frau das Wort, und zwar für ein junges Mädchen, Léa, das sich nicht direkt zu diskutieren traute, aber im Saal anwesend war. Die Frau nahm das Mikrofon in die Hand und stand auf. Ihr Ton hatte etwas Feierliches.

»Nun, Léa möchte wissen, ob Sie ehrlich sind. Beim Lesen Ihres Buches hatte sie manchmal Zweifel, sie fragte sich, ob manches nicht auch erfunden war. Ist das, was Sie erzählen, die Wahrheit? Ist alles wahr?«

Einen Augenblick lang hatte ich Lust, Léa zu antworten, sie habe ins Schwarze getroffen. Denn nein, natürlich nicht, all das seien reine Fantastereien, nichts von dem, was ich erzählt hätte, habe stattgefunden, rein gar nichts, übrigens liebe Léa, jetzt, wo wir beide miteinander sprechen, wälzt sich meine Mutter irgendwo im Département Creuse im Gras, sie ist nicht tot, absolut nicht, sie trägt sommers wie winters Cowboystiefel und Kleider aus golden schimmerndem Satin, sie lebt mit einem alten Cowboy zusammen, der verrückt nach ihr ist und ein bisschen so aussieht wie Ronald Reagan, sie ist immer noch so schön und so witzig und so nervig, sie hat in ihr großes unordentliches Haus voller Pflanzen ein Dutzend illegaler Einwanderer aus allen Gegenden der Welt aufgenommen, sie liest Baudelaire und sieht *The Voice* im Fernsehen.

Stattdessen versuchte ich zu erklären, wie sehr ich mich bemüht hatte, ehrlich in dem von ihr gemeinten Sinne zu sein, ja, soweit wie möglich, und sehr wahrscheinlich habe es dem Buch geschadet, denn heute sprängen mir die überflüssigen Details, die absurden Präzisierungen, die Namen, die ich hätte verändern sollen, die unnötigen Genauigkeiten ins Auge, eben dieser ganze Tribut, den ich der Realität schuldig zu sein geglaubt hätte und auf den ich hätte verzichten sollen. Und dann versuchte ich, wie ich es schon bei mehreren Veranstaltungen dieser Art getan hatte, zu sagen, wie unzugänglich mir das Reale erscheint. Ich versuchte diesen Gedanken zu erklären, auf den ich immer wieder zurückkam und wonach man, was immer man schreibt, in der Fiktion ist:

»Selbst wenn es geschehen ist, selbst wenn etwas geschehen ist, was dem gleicht, selbst wenn es nachprüfbare Fakten sind, bleibt es immer noch eine Geschichte, die man sich erzählt. *Wir spielen uns gegenseitig etwas vor.* Und im Grunde ist vielleicht das das Entscheidende. Diese winzigen Dinge, die nicht an der Wirklichkeit kleben, sondern sie verändern. Diese Stellen an den Rändern und Ecken, wo sich das Pauspapier ablöst. Denn was man auch tut, es wellt und krümmt sich und es täuscht. Und vielleicht hat das Buch Sie gerade deshalb berührt. Wir alle sind Voyeure, da stimme ich Ihnen zu, aber was uns im Grunde interessiert, fasziniert, ist vielleicht nicht so sehr die Realität wie die Art, in der sie von denjenigen verändert wird, die sie uns zu zeigen oder zu erzählen versuchen. Es ist der Filter vor dem Objektiv. Ein Realitätszertifikat macht den Roman nicht besser. Das glaube jedenfalls ich.«

Ein Mann ergriff das Wort. Seine Stimme war laut, er brauchte kein Mikro.

»Da haben Sie nicht recht. So ist es nicht. Was uns an Ihrem Buch gefällt, ist der Klang der Wahrheit. Man spürt ihn, erkennt ihn. Der Klang der Wahrheit lässt sich nicht erklären. Was immer Sie sagen, er macht die Stärke Ihrer Bücher aus.«

Der Mann wartete auf meine Zustimmung. Was konnte ich darauf antworten? Ich war am allerwenigsten dazu geeignet, zu bestimmen, was an meinem Buch gefiel oder nicht. Aber ich wollte Schluss machen mit diesem Klang der Wahrheit.

»Ich glaube nicht an diesen Klang der Wahrheit, Monsieur. Ganz und gar nicht. Ich bin fast sicher, dass Sie, wir, wir Leser einer wie der andere, völlig auf ein Buch hereinfallen könnten, das sich als *Wahrheit* ausgäbe und doch nur Erfindung, Verzerrung, Einbildung wäre. Ich glaube, jeder beliebige halbwegs geschickte Autor brächte das zuwege. Ein Maximum an Realitätseffekten, damit man glaubt, das, was er erzählt, habe stattgefunden. Und ich fordere uns heraus – Sie, mich, jeden Beliebigen –, das Wahre vom Falschen zu trennen. Das könnte übrigens ein literarisches Projekt sein, ein ganzes Buch zu schreiben, das sich als *wahre Geschichte* ausgäbe, ein Buch, von dem behauptet würde, es sei von *wahren*

Ereignissen inspiriert, das jedoch völlig, oder fast völlig, erfunden wäre.«

Während des Sprechens verlor meine Stimme an Festigkeit, sie fing wieder an zu zittern. Einen Augenblick lang war ich sicher, dass L. aus dem Hintergrund des Saals auftauchen würde. Doch ich sprach weiter.

»Ich bin mir nicht sicher, dass dieses Buch weniger ehrlich wäre als ein anderes. Vielleicht wäre es sogar ganz im Gegenteil besonders ehrlich.«

Gemurmel im Saal.

Der Mann ergriff wieder das Wort.

»Sie sprechen jetzt von Betrug. Aber die Leser lassen sich nicht gern betrügen. Sie wollen klare Spielregeln. Wir wollen wissen, woran wir uns halten können. Es ist wahr oder nicht wahr, Punkt, aus. Es ist eine Autobiografie oder reine Fiktion. Es ist ein Vertrag zwischen Ihnen und uns. Aber wenn Sie den Leser betrügen, nimmt er es Ihnen übel.«

L.s Duft lag in der Luft, ganz in meiner Nähe, er kam noch näher, umkreiste mich. Ich sah in die Gesichter mir gegenüber, ich konnte mich nicht mehr auf das Gespräch konzentrieren.

Ich antwortete nicht. Ein enttäuschtes Raunen ging durch den Saal, als ich mein Wasserglas in einem Zug leerte.

Als ich abends ins Bett ging, dachte ich noch einmal an diesen Ausdruck *reine Fiktion*, den der Mann gebraucht und den auch ich hin und wieder verwendet hatte. Inwiefern war die Fiktion rein? Wovon war sie befreit oder gereinigt? Gab es in der Fiktion nicht immer einen Anteil von uns, unseren Erinnerungen, unserem Innersten? Man sprach von *reiner* Fiktion, nie jedoch von *reiner* Autobiografie. Täuschte sich also nicht völlig. Aber vielleicht gab es letzten Endes weder das eine noch das andere.

Dann stand mir ein Bild vor Augen: meine ungeschickten Kinderhände, die in der Küche des Hauses in Pierremont Eier aufschlugen und über einer Schüssel das Eigelb vom Eiweiß trennten. Diese vorsichtigen, genauen Bewegungen, die mir meine Großmutter Liane mehrmals gezeigt hatte, diese Bewegung, mit der man das Eigelb von einer Eierschalenhälfte in die andere gleiten lässt, damit das Eiweiß ohne Eigelbspuren in die Schüssel läuft. Doch oft löst sich ein wenig Eigelb oder ein Stückchen Schale. Und wenn der Splitter erst im durchsichtigen Weiß versunken ist, lässt er sich weder mit dem Finger noch mit dem Löffel herausangeln, immer entwischt er.

Ich schloss die Augen und hörte die Stimme meiner Großmutter, diese singende Stimme, die ich andachtsvoll in meinem Gedächtnis bewahre:

»Ist diese Lüge wahr, meine kleine Königin?«

Ich hörte auf, beim kleinsten Geräusch zusammenzuzucken, mich ständig zu vergewissern, dass ich nicht verfolgt wurde, mich unablässig beobachtet zu fühlen. Ich hörte auf, L. überall zu sehen – in den Warteschlangen in Bäckereien, vor oder hinter mir im Kinosaal, am anderen Ende des Metrowaggons, ich hörte auf, jedem blonden Haarschopf, jedem grauen Wagen, der in mein Gesichtsfeld geriet, zu misstrauen.

Ich fing wieder an, meine Freunde anzurufen, ich nahm wieder Kontakt zu Menschen auf, die ich lange nicht gesehen hatte. Ich trat in eine Phase der *Resozialisierung* ein, wie ich es nannte, um darüber lachen zu können. Ich willigte ein, an einem Drehbuch mitzuarbeiten.

Mehrere Wochen lang hatte ich das Gefühl, zerbrochenes Geschirr aufzuheben, Möbel zu reparieren, das Fundament neu zu bauen. Ich akzeptierte diese Zeit als Genesungszeit.

Vier oder fünf Monate nach L.s Verschwinden erhielt ich an einem Freitagabend eine SMS meiner Lektorin:

Habe dein Manuskript erhalten. Welche Überraschung! Ich lese es ganz schnell und rufe dich noch an diesem Wochenende an. Du kannst dir vorstellen, wie ich mich freue …

Anfangs dachte ich, sie hätte sich in der Handynummer geirrt, ich konnte mir denken, dass man in der Eile versehentlich eine SMS an den Verkehrten schickt. Dann fasste ich eine vom Verfolgungswahn geprägte Interpretation ins Auge. (Es war kein Fehler bei der Bedienung des Handys gewesen, sondern böse Strategie, um mich wissen zu lassen, dass wenigstens die anderen Autoren weiterhin schrieben und ihre Manuskripte ablieferten.) Dann kam ich wieder auf die ursprüngliche Annahme zurück und machte mir nicht die Mühe zu antworten. Meine Lektorin würde ihren Irrtum schon selbst bemerken.

Doch in der Nacht von Sonntag auf Montag erhielt ich eine weitere SMS von ihr:

Bin gerade durch. Es ist gewagt und fantastisch. Bravo. Rufe dich am Vormittag an.

Jetzt fand ich, dass sie es ein wenig zu weit trieb. Sie hätte doch aufpassen sollen, wem sie was schrieb.

Ich dachte über mehrere Antworten nach, von der einfachsten (*»falsch adressiert«*) zur gemeinsten (*»zu spät, habe schon anderswo unterschrieben«*), antwortete dann aber gar nicht. Einer der Autoren des Hauses hatte einen *gewagten* und *fantastischen* Text geschrieben, und meine Lektorin war hin und weg … Ich verübelte mir, dass ich Neid und Eifersucht empfand, es war kindisch und erbärmlich, aber genau das empfand ich. Andere schrieben gewagte und fantastische Sachen, und das machte mich traurig.

Am Vormittag rief meine Lektorin mich an. Noch bevor ich ein Wort herausbringen konnte, überfiel sie mich mit einem enthusiastischen Redeschwall, sie sei bewegt, berauscht, sie sei völlig durcheinander, es sei ein intelligenter Text, sie habe ihn in einem Zug gelesen, habe ihn nicht aus der Hand legen können, er sei verstörend und fesselnd, ganz sicher das Beste, was ich bisher geschrieben hätte, das zeige deutlich, dass all diese Befürchtungen, die Angst, am Ende zu sein, nichts zu bedeuten hätten, im Gegenteil, sie wisse es, sie sei sich sicher, dies sei der Beginn eines neuen Zyklus.

Ich konnte sie dann doch endlich unterbrechen und sagte ihr in ziemlich genervtem Ton, ich hätte den Text, von dem sie spreche, nicht geschrieben. Und um alles klarzustellen, fügte ich noch hinzu:

»Ich habe dir nichts geschickt, Karina, verstehst du? Nichts. Das bin nicht ich.«

Ich hörte ihr überraschtes Auflachen, das ich so gut kenne und das einer der Gründe ist, warum ich ihr so verbunden bin.

»Aber ja, ich verstehe, das ist übrigens das Verstörende an deinem Text, dieses implizite Nachdenken über den Autor und seine Doppelgänger, diese Romanfiguren, die du einander gegenüberstellst …«

Ich war ratlos. Was, zum Teufel, war das für ein Text, den sie in Händen hatte? Ich sorgte dafür, dass meine Stimme äußerst fest klang, als ich ihr noch einmal sagte, ich hätte seit drei Jahren NICHTS geschrieben und ihr auch kein Manuskript geschickt. Sie lachte noch einmal und antwortete mir dann liebevoll:

»Ich weiß nicht, ob wir das gegenüber den Medien durchhalten können, aber darüber lässt sich reden, wenn du willst. Jedenfalls möchte ich, dass du weißt, wie zuversichtlich ich bin. Ich lese es noch einmal, und wir treffen uns, sobald du möchtest. Es ist gut, wirklich gut …«

Ich legte einfach auf. Sie rief sofort zurück und hinterließ auf meinem Anrufbeantworter eine herzliche und beruhigende Nachricht. Sie verstehe, dass es für mich nicht einfach sei, es sei ein Text auf Messers Schneide, er spiele mit dem Feuer, aber genau das mache seine Stärke aus.

Ich weiß nicht, wie lange ich reglos auf meinem Sofa saß. Betäubt. Ins Leere starrend, unfähig, meine Beine anzuwinkeln, meine Arme zu strecken oder mich in die Decke zu hüllen, die neben mir lag. Lange genug, um die zunehmende Auskühlung meines Körpers zu bemerken. Meine eiskalten Hände.

Diese Kälte riss mich schließlich aus der Starre. Ich stand auf, mit steifem Rücken und schweren Beinen, und stampfte auf den Boden auf, um die Ameisen aus meinen Füßen zu vertreiben.

Und dann begriff ich plötzlich.

L. hatte diesen Text an meiner Stelle geschrieben und an meinen Verlag geschickt.

L. hatte einen *fantastischen* und *gewagten* Text geschrieben, der bei meiner Lektorin eine noch nie da gewesene Begeisterung auslöste.

L. hatte meine Identität gekapert, um einen unendlich viel besseren Text zu schreiben, als ich je geschrieben hatte.

Ich wünschte, ich könnte den Ausdruck beschreiben, den François' Gesicht annahm, als ich ihm zu erklären versuchte, meine Lektorin habe ein Manuskript erhalten, das sie im kommenden Herbst zu veröffentlichen hoffe und das angeblich von mir stamme, von dem ich aber kein einziges Wort geschrieben hätte.

Diese wenigen Sekunden, in denen er sich (nicht zum ersten Mal) fragte, auf was er sich da eingelassen hatte. Diesen Augenblick des Zweifelns und vielleicht des Verzagens, bevor er mir diese Frage stellte, die reichte, um seinen geistigen Zustand zu beschreiben:

»Was ist das jetzt für eine Geschichte?«

Ich glaube, meine Lektorin und er sind sich eine Woche darauf über den Weg gelaufen, und sie konnte ihn davon überzeugen, dass sie ein sehr gutes Manuskript in Händen habe, an dessen Verfasser es ihrer Meinung nach keinen Zweifel gebe. Ich vermute, sie haben über die Gründe diskutiert, die ich haben könnte, meine Autorschaft zu leugnen, sicher war auch von meiner Verletzlichkeit seit dem Erscheinen meines letzten Romans die Rede, von den anonymen Briefen, die ich erhalten hatte, von der Art, wie ich mich isoliert und zurückgezogen hatte, von meiner Ängstlichkeit, die manchmal an Verfolgungswahn grenzte, von meinen Manien und von dem Schrecken, den mir wahrscheinlich der Gedanke einjagte, mich wieder allem so aussetzen zu müssen. Das war ja letzten Endes auch alles richtig. Und von da aus war es nur ein kleiner Schritt zu der Schlussfolgerung, man müsse mir Zeit lassen, bis ich fähig wäre, diesen Text zu tragen, zu ihm zu stehen.

An dem Tag, als ich François sagte, L. habe Zugang zu meinem Computer, zu meinem Tagebuch und zu allem gehabt, was ich bis dahin geschrieben hätte, und wahrscheinlich sei sie die Verfasserin des Manuskripts, das meine Lektorin erhalten habe, setzte er diese nachsichtige Miene auf, die er immer zur Schau trägt, wenn er mich nicht verärgern will.

Der Form halber stellte er mir einige Fragen nach L. (Fragen, die er mir größtenteils schon nach meiner Entlassung aus dem Krankenhaus gestellt hatte). Und hinter jeder Frage steckte sein Zweifel.

Da setzte ich es mir in den Kopf, L. wiederzufinden.

Zu beweisen, dass sie dieses Manuskript geschrieben hatte, und herauszufinden, warum sie es unter meinem Namen getan hatte. War es eine Falle? Ein Geschenk? Eine Art, mich um Verzeihung zu bitten?

L.s Handynummer war nicht mehr vergeben.

Ich ging noch einmal zu dem Haus, in dem sie gewohnt hatte, bevor sie zu mir gezogen war, und in dem ich sie an ihrem Geburtstag besucht hatte. Der Eingangscode war nicht mehr gültig. Ich wartete etwa zehn Minuten, bis jemand kam, der ins Haus wollte. Ich ging zu L.s Wohnung hinauf und klingelte. Eine junge Frau von etwa zwanzig Jahren öffnete die Tür. Sie sei einige Monate zuvor eingezogen, die Wohnung werde von einer Agentur vermietet, sie habe keine Ahnung, wer vor ihr darin gewohnt habe. Durch die halb offene Tür erkannte ich L.s Wohnung, jetzt sah sie wirklich bewohnt aus. Die junge Frau gab mir die Adresse der Agentur, die sich um die Vermietung und Verwaltung kümmerte. Da sie im selben Viertel war, ging ich gleich hin. Der zuständige Kundenberater war gerade abwesend. Auf mein Drängen hin war sein Kollege schließlich bereit, einen Blick in die Akte zu werfen. Die Agentur vermietete die Wohnung erst seit Kurzem, die erste Mieterin war die, die ich besucht hatte. Der Kollege weigerte sich, mir die Telefonnummer des Eigentümers zu geben. Als ich am folgenden Tag den zuständigen Berater anrief und ihn anflehte, mir wenigstens einen Namen zu geben, legte er einfach auf.

Ich rief Nathalie an und bat sie, mir die Telefonnummer der Freundin zu geben, auf deren Abendeinladung ich L. kennengelernt hatte. Ich musste ihr eine Reihe von genaueren Hinweisen geben, bis sie wusste, welche Abendeinladung ich meinte. Nathalie konnte sich überhaupt nicht an die Frau, die ich ihr beschrieb, erinnern, allenfalls daran, dass sie selbst relativ früh wieder gegangen sei, auch meine sie mich mit niemandem, wem auch immer, sprechen gesehen zu haben. Ich rief Hélène an, Nathalies Freundin, die noch vage im Kopf hatte, dass ich auf ihrem Fest gewesen war, aber nicht wusste, wer unter ihren Gästen diese blonde, elegante L. gewesen sein könnte, die ich ihr beschrieb. Ich ließ nicht locker. Lieferte alle möglichen Details: L. und ich wären unter den Letzten gewesen, die gegangen seien. Wir hätten an ihrem Küchentisch Wodka getrunken. Hélène wusste wirklich nicht. Überhaupt nicht. Diese Frau müsse von jemandem mitgebracht worden sein. Aber von wem?

Einige Tage später rief ich Lionel Duroy an, um ihn zu fragen, ob er eine Frau namens L. kenne, die Ghostwriterin sei und mehrmals mit ihm konkurriert habe, insbesondere, als es um Gérard Depardieus Buch gegangen sei. Lionel wirkte nicht sonderlich überrascht, es gebe natürlich noch mehr Ghostwriter als ihn, aber eins sei sicher: Bei Gérard sei nie die Rede von einem anderen Autor als ihm gewesen. Sie hätten sich bei einem Abendessen kennengelernt, und schon in der Nacht darauf habe ihn der Schauspieler angerufen und Ja gesagt. Er kenne diese Frau nicht, er habe nie von ihr gehört.

Danach schrieb ich Agnès Desarthe einen kurzen Brief, in dem ich sie daran erinnerte, dass wir in derselben Hochschulvorbereitungsklasse gewesen waren, und sie fragte, ob sie sich an ein junges Mädchen mit dem Vornamen L. erinnern könne, das in unserer Klasse (leider aber nicht mit auf dem Klassenfoto) gewesen sei, und ob sie, falls ja, wisse, was aus ihr geworden sei. Als ich den Brief in den Umschlag stecken wollte, fügte ich noch rasch mit einem roten Stift ein Postskriptum an, meine Frage sei dringend und wichtig. Falls sie aus dieser Zeit noch Kontakte habe, wäre ich ihr sehr dankbar, wenn sie sie ebenfalls nach L. fragen könne. Agnès' Antwort kam zwei Tage später, weder sie noch Claire, noch Nathalie, noch Hadrien, mit denen sie immer noch befreundet sei, könnten sich an eine L. erinnern.

Eines Nachts fiel mir wieder das *Lycée* in Tours ein, das sie an meiner Stelle besucht hatte. Ich stand auf und schaltete den Computer ein, um den Mailwechsel zu suchen, den L. vor und nach »meinem« Kommen mit der Bibliothekarin gehabt hatte. Doch seltsamerweise war keine dieser Mails auffindbar. L. hatte sie alle gelöscht. Ich konnte mich nicht mehr an den Namen der Schule erinnern, doch mit ein wenig Glück würde ich im Internet eine Spur »meines« Besuchs finden, vielleicht sogar ein Foto von L. inmitten der Schüler. Schulen stellen solche Fotos gern in ihren Blog.

Als ich nach solchen Einträgen suchte, stieß ich auf ein altes, in einer Schülerzeitung in Reims erschienenes Interview mit mir, in dem ich als Filme, die mir wichtig waren, *Verrückt – nach Liebe* und *Comment font les gens* sowie *Grande Petite* von Sophie Fillières genannt hatte.

Es wurde mir also klar, dass diese seltsamen, unglaublichen Übereinstimmungen von Vorlieben, die L. und mich verbanden, vermutlich gar nicht so seltsam waren.

L. war vor allem sehr gut informiert.

Im Internet fand ich keine Spur von L.s Besuch in Tours. Am nächsten Tag rief ich in den wenigen *Lycées* der Stadt an. Beim zweiten Versuch wurde ich mit der Lehrerin verbunden, die mich eingeladen hatte. Ich spürte schon bei den ersten Worten, dass diese Frau gezögert hatte, meinen Anruf anzunehmen. Ihr Ton war eisig. Als ich wissen wollte, ob sie sich an »meinen« Besuch einige Monate zuvor erinnern könne, hustete sie trocken und fragte mich dann, ob ich sie verarschen wolle. Sie sagte nicht »Machen Sie Witze?« oder »Wollen Sie mich auf den Arm nehmen?«. Mit einer tonlosen Stimme, deren Brutalität sie nicht verhehlen wollte, fragte sie: »Wollen Sie mich verarschen?« Denn ich sei nicht nur nicht gekommen, ich hätte nicht einmal abgesagt. Etwa hundert Schüler hätten dieses Treffen vorbereitet, meine Bücher gelesen, ungeduldig auf diesen Tag gewartet. Sie hätte mir die Bahnfahrkarten geschickt und mich an einem sehr kalten Tag am Bahnhof erwartet. Und ich sei nicht gekommen. Ich hätte es nicht für nötig gehalten, mich zu entschuldigen oder auf den wütenden Brief zu antworten, den sie mir geschrieben hätte.

Ich legte auf. Der Boden sackte unter meinen Füßen weg, das ist nicht nur ein Bild, das Parkett schlingerte lautlos im Netz der von den vier Zimmerecken bestimmten Fluchtlinien.

L. hatte mich getäuscht.

L. war verschwunden, hatte sich in Luft aufgelöst.

L. hatte keinerlei Spur hinterlassen.

Die folgenden Tage brachten mir nur Schwindelgefühle und Chaos.

Jedes Detail, jede Erinnerung, an die ich mich klammern zu können glaubte, jeder Beweis, den ich triumphierend vorzulegen hoffte, war nur in meinem Gedächtnis real.

L. hatte keinen einzigen Fingerabdruck hinterlassen. Keinen greifbaren Beweis ihrer Existenz.

Während der ganzen Zeit hatte sie darauf geachtet, niemandem aus meinem engeren Umfeld zu begegnen. Und ich war ihr eine unvergleichliche Komplizin gewesen. Ich hatte sie weder meinen Kindern noch François, noch meinen Freunden vorgestellt. Ich hatte mit ihr eine exklusive, zeugenlose Beziehung gehabt. Ich war mit ihr an übervölkerten Orten gewesen, wo niemand einen Grund gehabt hätte, sich an uns zu erinnern. Sie hatte kein Verbrechen begangen, das die Suche nach DNA-Spuren gerechtfertigt hätte. Und wenn ich auf den Gedanken verfallen wäre, sechs Monate nach der Tat in einer Polizeiwache zu erzählen, das Rattengift und die Schlafmittel, die man in meinem Blut gefunden hatte, seien mir ohne mein Wissen verabreicht worden, hätte man mich für verrückt erklärt.

Ich war eine Romanautorin, die mehrmals deutliche Zeichen von Verstörung, Verletzlichkeit und sogar Depressivität gezeigt hatte.

Ich lag ganze Nächte lang wach und suchte nach einem Indiz, einem winzigen Riss.

Als ich François eines Abends die Angst zu erklären versuchte, die mich in manchen Augenblicken packte und mir den Atem raubte, als er sich geduldig anhörte, wie ich zum zwanzigsten Mal alles von Anfang an erzählte, mit immer neuen Details, Anekdoten, Erinnerungen an Gesprächsfetzen, da sprach er diesen Satz aus, der mir wahrscheinlich helfen sollte, dieses Kapitel in meinem Leben abzuschließen: »Vielleicht hast du sie erfunden, um über sie schreiben zu können.«

Da begriff ich, dass alle Mühe vergebens war und ich gegen Windmühlen kämpfte.

Natürlich hätte ich dieses Manuskript gern gelesen. Ich dachte einige Tage lang darüber nach, wie ich es mir beschaffen oder wenigstens erfahren könnte, wovon darin die Rede war, ohne noch mehr Zweifel an meiner geistigen Gesundheit zu wecken. Einige Tage lang überlegte ich, ob ich meiner Lektorin grünes Licht geben sollte, diesen *gewagten* und *fantastischen* Roman in die Herstellung zu geben und zu veröffentlichen, selbst auf die Gefahr hin, dass L. meine Hochstapelei öffentlich machte. Auf diese Weise wäre sie wenigstens wieder sichtbar, und ich könnte so beweisen, dass ich sie nicht erfunden hatte.

Es war eine Versuchung. Ein bereits geschriebenes Buch, schlüsselfertig, gebrauchsfertig. Und auch noch gut. Noch verstörender, noch stärker als alles, was ich zu schreiben imstande war.

Ich liebäugelte einige Tage, vielleicht sogar Wochen lang mit diesem Gedanken.

Und dann schlug ich meiner Lektorin eines Vormittags ein Treffen in einem Café vor. Sie kam und machte sich Sorgen, weil ich so müde aussah. Ich bat sie so ernsthaft wie möglich, das Buch, das sie in Händen hatte, fortzuwerfen oder zu verbrennen. Und bekräftigte in einem keinen Widerspruch duldenden Ton, ich würde es nie veröffentlichen.

Auf ihre Frage hin bestätigte ich, dass ich keine Kopie der Word-Datei hatte. Doch für den Fall, dass sie noch Wert auf unsere Beziehung lege, mich noch für fähig halte, eines Tages ein neues Buch zu schreiben, flehte ich sie an, dieses Buch fortzuwerfen.

Erschüttert von meiner Entschlossenheit, wahrscheinlich aber auch von meinen violetten Augenringen, mit denen ich aussah wie geprügelt, versprach sie mir, sie werde es tun.

So dumm bin ich nicht. Ich weiß, dass dieser Text noch irgendwo in ihrem Büro aufbewahrt wird.

Eines Morgens fand ich in meinem Briefkasten einen weiteren Brief.

Delphine,
du glaubst wahrscheinlich, du könntest dich so aus der Affäre ziehen. Zu etwas anderem übergehen. Du bist robuster, als du aussiehst. Aber du hast dich nicht aus der Affäre gezogen. Glaub mir.

Dieser Brief war unterschrieben.

Mir war der Gedanke gekommen, dass L. diese Briefe geschrieben haben könnte. Aber ich hatte mich geirrt. Sie war es nicht gewesen. Es wäre mir lieber gewesen.

Es war der letzte Brief dieses Absenders.

Einige Wochen darauf kam Paul nach Hause. Als wir eines Morgens über ein Buch diskutierten, das er gerade zu Ende gelesen und das ihn sehr aufgewühlt hatte, an einem Morgen also, als ich mit meinem Sohn darüber sprach, wie uns manche Texte tage- oder sogar wochenlang verfolgen können, erwähnte ich als Beispiel David Vanns ersten Roman *Im Schatten des Vaters*, nach dessen Lektüre ich mehrere Abende lang nicht hatten einschlafen können, und diese berühmte Stelle (Seite 111), die den Lesern als verstörender Schock in Erinnerung bleibt. (Der Roman schlägt in eine Tragödie um, die man zwar von Anfang an vorausahnt, die einen aber ebenso unvorhergesehen wie furchtbar trifft.) Ich stand auf, um das betreffende Buch aus dem Regal zu ziehen. Dieses Buch ist durch und durch düster, und ich war keineswegs darauf aus, dass Paul es las, aber ich suchte nach der Bestätigung für die schreckliche Erinnerung, die ich an diese Stelle hatte. Während ich ihm kurz die Handlung zusammenfasste und ihm dann erzählte, was ich danach über die Gründe erfahren hatte, die David Vann zu diesem Roman bewogen hatten, schlug ich mein Exemplar auf der betreffenden schon mit einem Eselsohr markierten Seite auf. Ich überflog die Zeilen, und es verschlug mir die Sprache.

Die Beschreibung vor meinen Augen entsprach geradezu Wort für Wort der, die L. mir vom Selbstmord ihres Mannes gegeben hatte. Und was anfangs noch als zufällige Übereinstimmung erscheinen konnte, erwies sich beim Weiterlesen ganz klar als das Gegenteil: L. hatte sich, als sie mir von Jeans Tod erzählte, von diesem Buch, von diesen Worten inspirieren lassen. Die Abgeschiedenheit, der Schnee, die kleine Hütte, die ihnen als Zuflucht diente, der Schuss, die Rückkehr zur Hütte und der schreckliche Anblick, den sie mir während der Fahrt in ihrem Wagen beschrieben hatte, nichts fehlte.

In einem Anfall von Panik schleuderte ich das Buch zu Boden.

Wir gingen dann beide spazieren. Den Angstschauder wurde ich den ganzen Nachmittag nicht los.

Später am Abend stand ich, weil mich eine vage Intuition nicht an Schlafen denken ließ, vor meinem Bücherregal und las, wie L. damals, laut die Titel meiner Bücher vor, die da eng aneinandergereiht standen. Alle. Brett für Brett.

Als ich schließlich auf dem Rücken im Bett lag und nicht schlafen konnte, sondern auf das leiseste Geräusch horchte, wurde es mir klar: Alles, was mir L. aus ihrem Leben erzählt hatte, jede Anekdote, jede Geschichte, jede Einzelheit, stammte aus einem der Bücher in meinem Regal.

Ich zog einen Pulli und Jeans an, schaltete alle Lichter in meinem Wohnzimmer ein und zog die Vorhänge zu. Ich ging ganz methodisch vor, bis in die frühen Morgenstunden: Ich rief mir jede einzelne private Mitteilung von L. ins Gedächtnis.

Und dann ließ ich meinen Finger über die Buchrücken gleiten, bis ich es fand.

L. hatte, ohne besondere Vorliebe für ein spezielles Genre, aus allen möglichen französischen und ausländischen Romanen geschöpft. Alle Texte jedoch, die sie als Inspirationsquelle genutzt hatte, stammten von zeitgenössischen Autoren. Die Sterbeszene ihrer Mutter stammte ohne jeden möglichen Zweifel aus einem Roman von Véronique Ovaldé. Die Beschreibung der Persönlichkeit ihres Vaters war sehr stark von einem Roman Gillian Flynns beeinflusst. Ich fand, wieder fast wörtlich, den schrecklichen Besuch des Nachbarn im ersten Roman von Alicia Erian. Die Beschreibung des Morgens, an dem sie mit trockener Kehle und unfähig, einen Ton hervorzubringen, aufgewacht war, war einer entsprechenden Szene in einem Roman Jennifer Johnstons zum Verwechseln ähnlich. Und was die erste Begegnung mit ihrem Mann an einem Tag, als die öffentlichen Verkehrsmittel bestreikt wurden, anging, so entstammte sie schnurstracks einem Buch von Emmanuèle Bernheim.

In den Wochen danach fand ich immer mehr Verbindungen zwischen L.s verschiedenen Erzählungen und meiner Bibliothek.

Die Geschichte Ziggys, ihrer imaginären Freundin, war eine seltsame Mischung zwischen einer Novelle Salingers und einem Roman Xavier Mauméjeans, den Paul auf dem *Collège* gelesen hatte und der, warum auch immer, zwischen meinen Büchern im Wohnzimmer gelandet war.

Als L. mir einige ihrer Erinnerungen erzählt hatte, hatte es sich seltsam vertraut für mich angefühlt. Sie hatten in mir einen Widerhall gefunden, der mich zu glauben veranlasst hatte, dass wir etwas sehr Tiefes, Innerliches gemein hätten. Etwas Unerklärliches. Eine Spur aus einer anderen Zeit. Erst jetzt begriff ich die Art dieses Widerhalls.

Ich weiß bis heute nicht, warum sie mir diese Komödie vorgespielt hat. Aufgrund welcher Wette, welcher Verweigerung. Doch ich bin Romanautorin und habe immer neue Hypothesen ins Auge gefasst.

L. hat sich absichtlich meiner Lektüren und meiner Bücher bedient, um mir eine Version ihres eigenen Lebens anzubieten, dessen markante Augenblicke nicht etwa zufällig gewählt waren, sondern äußerst sorgfältig, weil sie dachte, ich würde diese Szenen unbewusst in mich aufnehmen und sie würden mich dann dazu anspornen, meine eigene Geschichte aufzuschreiben. L. war davon ausgegangen, dass ich diese Bücher mochte (weil ich sie behalten hatte) und dass diese unbewussten Erinnerungen mit meiner eigenen Geschichte, insbesondere der des verborgenen Buchs, zusammenklingen würden.

Oder aber L. hatte mich spaßeshalber herausgefordert. In absoluter Kenntnis der Umstände. Sie hatte es sich angelegen sein lassen, mir, manchmal wörtlich, Geschichten zu erzählen, die ich gelesen hatte. Sie trieb die Herausforderung immer weiter. Auf die Gefahr hin, dass ich den Betrug entdecken und sagen würde: Aber das habe ich doch alles schon gelesen! L. hatte ihre Erzählungen mit Realitätseffekten gespickt, um zu sehen, ob ich imstande war, mich an meine Lektüren zu erinnern. Vielleicht hatte sie mir beweisen wollen, dass diese Bücher nur einen diffusen, vagen, leicht zu löschenden Eindruck bei mir hinterlassen hatten. In diesem Fall hatte sie sich getäuscht. Ich erinnerte mich an diese Bücher, an einige sogar sehr gut. Aber ich hatte ihr mein Vertrauen geschenkt und ihre Worte nie in Zweifel gezogen.

Zudem dachte ich, dass L. mir noch eine andere Art Falle gestellt hatte, und in die war ich blind getappt. Denn indem sie in mir ohne mein Wissen den tiefen Eindruck aufleben ließ, den diese Bücher bei mir hinterlassen hatten, würde sie, wie sie wusste, in mir zugleich den Wunsch wecken, über L. zu schreiben. Ich hatte geglaubt, L. zu verraten, aber genau das hatte sie gewollt. Sie wollte mein Thema werden. Und mich so dazu bringen, unwillkürlich die Autoren zu plagiieren, die ich liebte.

Jede einzelne dieser Hypothesen machte ich mir für einige Stunden zu eigen. Aber im Grunde fand ich keine von ihnen befriedigend.

Vielleicht hatte L. all diese Szenen *wirklich* erlebt. Vielleicht waren die Übereinstimmungen zwischen L.s Leben und den Büchern in meinen Regalen nur ein seltsamer Zufall. In diesem Fall hätte die Realität die Fiktion nicht nur überholt, sondern würde sie umfassen, kumulieren … In diesem Fall hätte die Realität wirklich die Eier gehabt, sich zu amüsieren.

Eines Morgens, als wir in Courseilles waren, fand François einen toten Fisch im Wasserbecken. Von Djoba waren nur noch der Kopf und die Mittelgräte übrig, an der noch ein paar Fleischfetzen hingen. Auf der Wasseroberfläche trieben schimmernde Schuppen. Djobi war in bester Form. Ich fragte François, ob Djobi Djoba gefressen hätte, und er versicherte mir, Nein, das nicht. Doch einige Tage später, nachdem er im Internet recherchiert hatte, gab er zu, dass es nicht ausgeschlossen war.

An einem Tag, kurz vor dem Sommer, als es mir schon viel besser ging und ich nicht mehr jede Nacht aufwachte und an L. dachte, erkannte ich auf einer Caféterrasse den sehr schönen jungen Mann, der L. geholfen hatte, ihre Sachen in meine Wohnung zu bringen.

Ich war auf dem gegenüberliegenden Bürgersteig. Ich weiß nicht, welcher besondere Gesichtszug meine Aufmerksamkeit auf sich gezogen hatte, jedenfalls blieb ich abrupt stehen.

Ich ging auf die andere Straßenseite und auf ihn zu. Er saß mit einem jungen Mädchen seines Alters zusammen am Tisch. Ich unterbrach ihr Gespräch.

»Guten Tag, bitte verzeihen Sie, aber Sie sind vor einigen Monaten mit einer Frau in den Vierzigern in meine Wohnung gekommen, sehr früh morgens, Sie halfen ihr beim Transport ihrer Sachen. Sie zog zu mir und hatte ziemlich viele Koffer. Erinnern Sie sich noch daran?«

Der Junge sah mich an und lächelte freundlich.

»Nein, tut mir leid, ich erinnere mich nicht, wo war das?«

»Im elften Arrondissement, Rue de la Folie-Méricourt. Im sechsten Stock ohne Aufzug. Sie erinnern sich doch sicher an diese Frau? Sie heißt L., sie ist groß und blond, und sie sagte mir, Sie seien der Sohn einer Freundin.«

Der Junge erklärte mir, er habe einige Zeit für eine Firma für Haushaltsdienstleistungen gearbeitet. Kleine Reparaturen ausgeführt, Möbel geschleppt, Keller leer geräumt. Er erinnere sich noch vage an einen etwas anstrengenden Job im sechsten Stock ohne Aufzug, aber an mehr auch nicht. Es tue ihm wirklich leid, aber er könne sich weder an L. noch an mich erinnern. Die Firma sei von einem Freund von ihm gegründet worden und ziemlich bald pleitegegangen.

Vor einigen Monaten sah ich mit Paul noch einmal *Die üblichen Verdächtigen*, einen Kultfilm aus den Neunzigern, den ich ihm schon lange hatte zeigen wollen. Als der Abspann lief, verstand ich, warum er so wichtig war. Die berühmte Szene am Ende des Films weckte ein seltsames Echo in mir.

Das Drehbuch besteht im Wesentlichen aus dem Verhör von Verbal Kint, dem einzigen Überlebenden eines Massakers, das tags zuvor stattgefunden hat. Verbal humpelt, hat eine missgebildete Hand und ist außerdem geistig nicht auf der Höhe, gespielt wird er von Kevin Spacey. Nach mehrstündigem Verhör erscheint er einem als Komplize zweiter Klasse und selbst Opfer einer Intrige, die er nicht versteht. Da die Kaution gezahlt wurde, ist er frei. Er nimmt seine persönlichen Besitztümer an sich und verlässt die Polizeiwache. Nachdem er weg ist, bleibt der Polizeibeamte Kujan noch kurz in dem Büro, das nicht sein Büro ist. Sein Blick gleitet abwesend über die Pinnwand, an der Fahndungsbilder, Personenbeschreibungen, Fotos und Zeitungsausschnitte hängen. Und da wird ihm klar, dass alle Namen und Einzelheiten, die er während des Verhörs von Verbal Kint gehört hat, von dieser Pinnwand stammen, die Verbal Kint die ganze Zeit vor Augen gehabt hat. Und dass der Name des angeblichen Komplizen kein anderer ist als der des Porzellanfabrikanten, der unten auf der Kaffeetasse steht. In diesem Moment kommt ein Fax mit dem Phantombild des für seine Grausamkeit berüchtigten Kriminellen Keyser Söze an – der Verbal Kints Gesichtszüge hat.

Parallel dazu sieht man Kevin Spacey durch die Straßen laufen, seine Hand wird wieder normal, er hört auf zu humpeln, seine Schritte beschleunigen sich, er steckt sich eine Zigarette an.

Und genauso ging es mir an diesem Tag, als ich vor meinen Bücherregalen stand, mir diese Litanei ins Gedächtnis rief, die L. so gern rezitierte, und begriff, dass sie alles erfunden hatte. Ich bin wie der Polizist Kujan, dem zu spät klar wird, dass er sich hat hereinlegen lassen.

Wenn ich heute an L. denke, dann steigt unter anderen Bildern auch dieses in mir auf: Verbal Kints Beine in Nahaufnahme, dieser Übergang vom Hinken zum normalen Gehen, und dann dieses schnelle, sichere Schreiten, mit dem er auf den Wagen zugeht, der ihn erwartet.

Ich weiß, dass L. irgendwo ist, nicht sehr weit entfernt. Sie hält Abstand.

Ich weiß, dass sie eines Tages zurückkehren wird.

Eines Tages werde ich hinten in einem Café, im Halbdunkel eines Kinosaals, inmitten eines Grüppchens von Lesern, die zu einer Veranstaltung mit mir gekommen sind, ihre Augen sehen, ich werde sie glänzen sehen wie die schwarzen Murmeln, die ich auf dem Pausenhof der Grundschule in Yerres so gern gewonnen hätte. L. wird sich mit einer kleinen Handbewegung begnügen, des Friedens oder des heimlichen Einverständnisses, aber sie wird dieses triumphierende Lächeln auf den Lippen haben, das mich umbringen wird.

Für jede ihrer vertraulichen Mitteilungen fand ich schließlich das Buch, das sie dazu inspiriert hatte. Nur eine einzige blieb, obwohl sie sie mir mit vielen Details erzählt hatte, herkunftslos. Vielleicht stammt sie aus einem Buch, das ich nicht gelesen habe. In meinen Bücherregalen gibt es einige. Ich habe sie gekauft, oder sie wurden mir geschenkt. Ich brauche Reserven.

Vielleicht werde ich, wenn ich eines Tages eins dieser Bücher zu lesen beginne, auf diese Szene stoßen.

L. ist vierzehn. Sie geht auf das *Collège* einer Stadt in der Banlieue von Paris. In der Nacht zuvor hat ihr Vater ihr stundenlang Vorwürfe gemacht. Das gehe nicht, nichts laufe richtig, irgendetwas stimme nicht. Sie halte sich schlecht, ganz krumm, ganz verschüchtert, sie sei nicht weiblich und ziehe immer ein mürrisches Gesicht. Da sei irgendetwas im Busch, sie sei nicht sauber, das sei alles. Das sehe übrigens alle Welt (er wiederholt *alle Welt*, als stünde er mit dem Universum in Verbindung), der Apotheker und der Typ von der Agentur Groupama hätten ihm genau dasselbe gesagt: Ihre Tochter ist seltsam. Sie ist nicht wie die anderen. Die anderen sind wenigstens fröhlich und munter, sie fühlen sich wohl in ihrer Haut. Sie sind nett.

Als sie am Morgen in der Schule ankommt, hält sie sich abseits. Sie weiß, dass sie rote Augen hat, womöglich stellt man ihr noch Fragen.

Manchmal träumt sie, dass sie flieht. Oder dass jemand sie abholt. Manchmal sagt sie sich, dass sie vielleicht trotz allem eine Frau wird. Eine Frau, die man anschaut und schön findet. Deren Verletzungen man nicht sieht.

Nach der Französischstunde bittet der Lehrer sie zu bleiben. Als die anderen Schüler gegangen sind, fragt er sie, ob alles in Ordnung sei. Ob sie zu Hause Probleme habe. Er wolle nicht indiskret sein, er wolle nur wissen, ob es ihr gut gehe.

Der Lehrer steht vor ihr und sieht sie an. Er sucht nach einem Zeichen. Sie senkt den Blick.

Er sagt, wenn sie nicht reden könne, solle sie vielleicht schreiben. Für sich selbst. Sie schreibe doch gern, oder? Sie sagt nichts. Sie denkt ganz stark diese Worte, die sie nicht sagen kann, sie denkt sie so stark, wie sie kann, damit er sie hört, bin ich so hässlich, so lächerlich, so anders, so krumm, so schlecht frisiert, so bösartig? Ich habe Angst, verrückt zu werden. Ich habe Angst, und ich weiß nicht, ob diese Angst existiert, ob sie einen Namen hat.

ENDE *